महेंद्र मधुकर

महेंद्र मधुकर का जन्म 2 जनवरी, 1940 को सीतामढ़ी, बिहार में हुआ। उन्होंने हिन्दी एवं संस्कृत में एम.ए. किया। उन्हें पी-एच.डी. एवं डी.लिट्. की उपाधि प्राप्त है। वे बिहार विश्वविद्यालय के हिन्दी विभाग में प्रोफेसर एवं अध्यक्ष तथा विश्वविद्यालय अनुदान आयोग के प्रोफेसर एमेरिटस रह चुके हैं। उनकी प्रकाशित कृतियाँ हैं—'लोपामुद्रा', 'दमयन्ती और भी', 'बरहम बाबा की गाछी', 'कस्मै देवाय', 'त्र्यंबकम यजामहे', 'वसंतसेना', 'नटखेला उर्फ़ बन्ना गोसाईं', 'वक्रतुण्ड', 'मैत्रेयी', 'कैक्टस लेन', 'वासवदत्ता' (उपन्यास); 'आषाढ़ के बादल', 'अस्वीकृत इन्द्रधनुष', 'आगे दूर तक मरुथल है', 'हरे हैं शाल वन', 'मुझे पसन्द है पृथ्वी', 'अब दिखेगा सूर्य', 'तमालपत्र', 'शिप्रावात', 'प्रतिपदा' (गीत-कविता); 'महादेवी की काव्य-चेतना', 'उपमा अलंकार : उद्भव और विकास', 'काव्यभाषा के सिद्धान्त', 'मेघदूत आज भी', 'मेघदूत पर व्याख्यान', 'भारतीय काव्यशास्त्र' (आलोचना); 'माँगूँ सबसे बैर', 'बयान कलमबंद' (व्यंग्य); 'पराशक्ति श्रीसीता और अवतरण भूमि : सीतामही', 'सीता परिणयम्', 'संस्कृत महाकाव्य', 'नया आलोचक', 'अनासक्ति दर्शन' (सम्पादन)।

उनके साहित्यिक अवदान के लिए उन्हें उत्तर प्रदेश हिन्दी संस्थान के 'महात्मा गांधी सम्मान' सहित अनेक पुरस्कारों से सम्मानित किया गया है।

सम्पर्क : मंजुलप्रिया, पशुपति लेन, क्लब रोड, मिठनपुरा, मुज़फ़्फ़रपुर-842002 (बिहार)।

D1832089

वक्रतुण्ड

महेंद्र मधुकर

राजकमल पेपरबैक्स

राजकमल पेपरबैक्स में
पहला संस्करण : 2024

© महेंद्र मधुकर

राजकमल पेपरबैक्स : उत्कृष्ट साहित्य के जनसुलभ संस्करण

राजकमल प्रकाशन प्रा. लि.
1-बी, नेताजी सुभाष मार्ग, दरियागंज
नई दिल्ली-110 002
द्वारा प्रकाशित

शाखाएँ : अशोक राजपथ, साइंस कॉलेज के सामने, पटना-800 006
पहली मंजिल, दरबारी बिल्डिंग, महात्मा गांधी मार्ग, प्रयागराज-211 001
1, अनमोल सोराबजी सन्तुक लेन, धोबी तलाव, मरीन लाइंस, मुम्बई-400 002
वेबसाइट : www.rajkamalprakashan.com
ई-मेल : info@rajkamalprakashan.com

बी.के. ऑफ़सेट
नवीन शाहदरा, दिल्ली-110 032
द्वारा मुद्रित

मूल्य : ₹399

VAKRATUND
Novel by Mahendra Madhukar

ISBN : 978-93-6086-632-7

एकदंताय विद्महे, वक्रतुण्डाय धीमहि, तन्नो दंती प्रचोदयात्॥

गणपति वक्रतुण्ड के महाभाव को स्मरण करते हुए

उनकी दिव्य प्रेरणा से

रची गई यह कृति

उन्हीं के श्री चरणों में समर्पित।

—महेंद्र मधुकर

स्वस्ति-वाचन

दिव्य ईश्वरीय शक्तियों से सम्पन्न गणपति श्री गणेश पर केन्द्रित मेरा यह उपन्यास 'वक्रतुण्ड' पाठक-वर्ग के समक्ष प्रस्तुत करते हुए मुझे अपार हर्ष और सन्तोष का अनुभव हो रहा है। श्री गणेश कई दृष्टियों से हमें आकर्षित करते हैं। एक तो वे आदिब्रह्म के मूर्तिमान स्वरूप हैं तो अपने रूप से वे जीव-दया और करुणा-भाव का भी प्रतिनिधित्व करते हैं। उनमें एक-साथ वक्रता और अनुकूलता का भाव है। वे विघ्नहर्त्ता भी हैं और विघ्नकर्त्ता भी। किसी भी त्रुटि, असावधानी और दुष्टबुद्धि के प्रति उनका विघ्नेश्वर रूप प्रकट होता है, किन्तु सात्विकता के वे सदा समर्थक हैं, वे शुद्ध-बुद्धि वालों के सभी कार्यों को निर्विघ्न बनाते हैं, उनके रास्ते के कंटकों को चुनते हैं। उनका यह आश्वासन मनुष्य को महिमा ही नहीं प्रदान करता बल्कि सम्पूर्ण जीवन को बाधारहित और निष्कंटक भी बना देता है।

यों तो देव-जाति में युद्ध का भाव प्रबल होता है। ऐसा लगता है मानो विधाता ने देव-जाति का भी भाग्य शस्त्र की नोक से लिखा है। समस्त असुर, दैत्य और दानव उनके भ्राता होने के बावजूद महत्त्वाकांक्षा की दौड़ में शामिल होते हैं। ऐसे भी सात्विकता और तामसिकता का अन्तर्संघर्ष तो चलता ही रहता है। पर इसके मूल में प्रधान कारण होता है राजस तत्त्वों और सुखों की प्राप्ति की आकांक्षा। भोग, विलास, ऐश्वर्य और भौतिक एषणाएँ सदैव उकसाने का काम करती हैं। चूँकि मनुष्य का जीवन छोटा और क्षणिक होता है और उसे सौ वर्षों के जीवन की सीमित अवधि में अपनी सभी लीलाएँ पूरी करनी पड़ती हैं इसलिए उसके जीवन में उत्तेजना भी अधिक होती है और कर्म-कोलाहल भी अधिक रहता है। फिर वह अकेला भी नहीं रहता। उसके आसपास यह सम्पूर्ण विराट् प्रकृति होती है, घर-परिवार, समाज और देश होता है। इसलिए उसके उत्तरदायित्व भी बड़े हो जाते हैं।

मेरी दृष्टि में जैसे वक्रतुण्ड गणेश के भ्राता कार्तिकेय देव सेनापति हैं, वैसे ही हमारे गणपति मनुष्य-जाति के रक्षक, उसके संघर्षों के साथी, बन्धु, स्वामी, सखा और हितू हैं। जैसे सेनानियों का सेनानायक आगे-आगे चलता है वैसे ही मनुष्य-जाति के हर शुभकार्य में गणपति पहले याद आते हैं। उन्हें ही अग्रपूज्य माना गया है। उनका स्मरण ही जीवन की सभी बाधाओं से मोक्ष दिलाता है। वास्तव में, निर्बाध होने में ही सच्चे मोक्ष की अनुभूति होती है।

हमारे वक्रतुण्ड प्रतीकों के देवता हैं। उनकी आकृति में 'ॐ' का स्वरूप बनता है। इसमें 'उ' का निचला बड़ा-भाग उनके महोदर का प्रतीक है। उसी उकार में 'वक्रतुण्ड' का सौन्दर्य ऊपरी भाग में शोभा पाता है। 'उ' कार के माथे पर सजा हुआ द्वितीया का चन्द्रमा 'चन्द्रबिन्दु' की तरह शोभित होता है। गणपति 'प्रणव' हैं, साक्षात् प्रणव हैं। वे नाद ब्रह्म हैं, उनमें विविध ध्वनियों का गुंजार है। उनमें रूप, गुण, नाट्य, नृत्य, संगीत, कवित्व और कला है। उनका विशाल उदर और उनके हाथ का मोदक साक्षात् पृथ्वी का रूपक है। उनके पृथुल उदर-भाग में तथा नाभि में लिपटा हुआ सर्प मानो इस बात की घोषणा करता है कि विष भी कल्याणकारी होना चाहिए, मृत्यु भी स्वागत करने की वस्तु है। वह और कुछ नहीं जरा-जीर्ण शरीर का परिवर्तन है।

गजमुख समृद्धि का वाचक है, वह महाशक्ति का प्रतीक है। क्षीर सागर से जैसे चौदह रत्न निकले उनमें महालक्ष्मी की भाँति ऐरावत भी उद्‌भूत हुआ था। इसलिए वक्रतुण्ड विशालता और विराट्ता के प्रतीक हैं। पर उन्हें सब लघु जीवों की चिन्ता रहती है। उनका वाहन मूषक पृथ्वी पर उपेक्षित एक साधारण चूहा है पर हद तो यह है कि वह सदैव पृथ्वी के गर्भगृह में ही निवास करता है। उसमें खोदने और अन्तरतम में प्रविष्ट होने की कला मालूम है। शास्त्रों में उसका एक नाम 'आखु' है। इसीलिए गणपति को 'आखु वाहन' भी कहा गया है। उस मूषक को कोई छोटा समझने की भूल न करे। वह जब चाहे विशाल और महाकार रूप धारण कर सकता है। जैसे वह किसी बन्धन को सरलता से काट सकता है, वैसे ही वक्रतुण्ड की कृपा से सांसारिक बन्धन छिन्न-भिन्न हो जाते हैं और चित्त को मुक्ति का अनुभव होता है।

गणेश से सम्बन्धित सभी कथाओं में लीला-भाव की प्रमुखता है। यह लीला ही कैवल्य है : 'लीलावत् तु कैवल्यम्।' गणेश ने अपने विवाह के लिए प्रजापति विश्वरूप की दो पुत्रियों—'बुद्धि' और 'सिद्धि' का चयन किया है। इस 'बुद्धि' को ही 'पुष्टि' या 'ऋद्धि' भी कहा गया है। ऋद्धि से उत्पन्न पुत्र का नाम 'लाभ' और सिद्धि से उत्पन्न पुत्र का नाम 'क्षेम' है। अर्थात् बुद्धि से हम धनोपार्जन करें, स्वस्थ हों, बली हों और लाभ प्राप्त करें। इसी प्रकार सिद्धि हमें तपोबल दे, सन्मार्ग पर ले चले,

उसकी अष्टसिद्धियाँ हमें लघुता और महत्ता का अन्तर समझाएँ। हम विनम्र भी हों और आवश्यकता पड़ने पर आक्रामक भी और हमारा जो कुछ भी हो वह क्षेम अर्थात् दूसरों के कल्याण के लिए ही हो।

'वक्रतुण्ड' वक्रता को अनुकूलता में बदलनेवाली महाशक्ति के रूप में गिने गए हैं। संसार तो विघ्नों से भरा हुआ है। यहाँ सुचारु रूप से काम करने के लिए निर्विघ्नता जरूरी है। इसीलिए वक्रतुण्ड से निर्विघ्न कार्यसिद्धि की प्रार्थना की जाती है।

मेरी नज़र में गणेश हम मनुष्यों के देवता हैं, मनुष्यों के साथ-साथ पशु-पक्षियों के भी शरणदाता हैं, अखिल जीवमात्र की कल्याण-कामना से उनका हृदय लबालब भरा है। उनका विशाल उदर मुझे पृथ्वीलोक का प्रतीक प्रतीत होता है और उनके हाथों का मोदक भी ऐसा लगता है जैसे वह समूची धरती हो। मनुष्यों के संघर्ष और आर्तनाद से भरी धरती, दुख-सुख के अनुभवों से नित्य नई लगनेवाली धरती। गणपति जब-जब अवतार लेते हैं, असुरों का नाश करते और मनुष्य-जाति की रक्षा करते दिखाई देते हैं। स्वर्ग के देवता भले ही अमर हों पर उन्हें सदैव अपने मान-सम्मान और पद की चिन्ता होती है, पर सौ वर्षों की सीमित अवधि में मनुष्य का पुरुषार्थ उसे मोक्ष का अधिकारी बना देता है।

हमारे 'वक्रतुण्ड' आनन्दमय हैं, नृत्य-संगीत विशारद और वंशीवादक कृष्ण की तरह मधुर हैं, और उनका सब कुछ मधुर है : 'मधुराधिपते रखिलं मधुरम्।'

अपना यह पौराणिक उपन्यास 'वक्रतुण्ड' अपने प्रिय पाठकों को सौंपते हुए मुझे आन्तरिक तृप्ति हो रही है, पूर्व की तरह प्रेस-कॉपी तैयार करने में मेरी जीवन-संगिनी **सुनीति मिश्र** ने अपार श्रम किया है और मुझे सदैव प्रेरित किया है, तदर्थ मैं अपनी भावस्निग्ध अशब्द प्रीति व्यक्त करता हूँ।

मकर संक्रान्ति
14 जनवरी, 2021

—महेंद्र मधुकर

वक्रतुण्ड महाकाय सूर्यकोटि समप्रभ।
निर्विघ्नं कुरु मे देव सर्वकार्येषु सर्वदा॥

1

हिमालय की आकाश-छूती चोटियों पर जमा हुआ हिमखंड धीरे-धीरे द्रवित हो रहा था। आज सूर्य की प्रभा-भास्वर किरणें चाँदी-सी चमक रही थीं। हिम के भार से दबी हुई वृक्षों की शाखाएँ धीरे-धीरे बाहर की उन्मुक्त प्रकृति को निहार रही थीं। हवा में लय थी और कैलास पर्वत पीली हल्दी की गाँठ की अन्तर्निहित लालिमा की तरह रंगमय शोभा से भर गया था। शिव के गणों का कोलाहल भी धीरे-धीरे बढ़ रहा था, वह इस बात का संकेत था कि ठिठुराने वाले शीत में ताप कितना प्रिय हो सकता है! ऐसे समय शिव ध्यान-मुद्रा में चले गए थे। अपनी गहरी समाधि में वे प्रकृति से एकाकार हो जाते। उनका मस्तक किसी पर्वत की चोटी की तरह तन जाता, मुद्रा में आत्म-संयम आ जाता, शरीर की इन्द्रियाँ अनुशासन में सिमट जातीं, सारा विश्व जैसे हथेली पर आ जाता। वे ध्यान में गहरे आनन्द का सुख ले रहे थे। आँखें कभी अर्द्ध निमीलित होतीं, कभी पूरी तरह बन्द हो जातीं। प्राण-वायु निस्तरंग थी, इच्छाएँ शान्त और हृदय अपने भीतर अपार करुणा से तरंगित हो रहा था।

नयेपन का आकर्षण रुचि और मोह को एक-साथ बढ़ा देता है। पर्वतराज हिमवान की पुत्री पार्वती को दीर्घ तपस्या के बाद शिव मिले थे। जैसे वर्षा काल में पृथ्वी में समाकर बीज अंकुरित और विकसित होता है, वैसे ही पार्वती के हृदय की श्रद्धा और भक्ति में प्रीति का अंकुरण हो रहा था। पिता का भव्य प्रासाद छोड़कर जब वे प्रथम बार कैलास के शिव-लोक में पहुँचीं तो वे आश्चर्यचकित हो गईं। कैलास के विराट् हिमाच्छादित पर्वत-शृंगों के भीतरी लोक में दिव्य ऐश्वर्य बिखरा हुआ था। जैसे आकृति के साथ प्रकृति, रूप के साथ गुण और नाट्य के साथ काव्य और कला का मेल होता है,

वैसे ही कैलास एक रंगमय लोक की तरह ही दीपित था। चारों ओर हिमस्नात पर्वतों के पुंज थे जो सूर्य की सुनहरी किरणों के पीत स्पर्श से जगमगा रहे थे, झालरदार हिमखंड सूर्य के ताप से बिन्दु बनकर बूँद-बूँद पिघल रहे थे, उनमें शीत और आतप का प्रभाव झलक रहा था। सब ओर से हरित वृक्षों की अगणित पंक्तियाँ हवा के साथ ताल देती हुई हिल रही थीं। सारा दृश्य संगीतमय था। अचानक पार्वती की चकित दृष्टि के सामने शिव आकर खड़े हो गए। अभी उनका नया वैवाहिक पीत वस्त्र स्नान के बाद और भी शोभा पा रहा था। उन्होंने मधुर स्मिति से कहा :

"मन्दाकिनी की धवल धार ने मुझे पूरी तरह पवित्र कर दिया है। मेरे वैवाहिक वस्त्र और अपने शरीर पर हरिद्रा के लेपन एवं अन्य रंगों और अंगरागों के मंडन के कारण मैं भार का अनुभव कर रहा था। कहाँ तो मृग-चर्म, हस्ति-चर्म आदि से लिपटा रहने का अभ्यस्त मेरा शरीर और कहाँ शरीर में पुलक जगाने वाले कोमल मुलायम रेशमी वस्त्र? देवि! कठोरता सहसा कोमलता को अंगीकार नहीं कर पाती। यहाँ के वन्य जीवों से मेरी मैत्री और एकात्मता है। मैं इन्हें अपने से पृथक नहीं देख पाता। ये सब मेरे ही अंग और आश्रित प्रतीत होते हैं। मैं इन सभी आत्माओं से जुड़कर ही स्वयं को पूर्ण अनुभव करता हूँ।"

"देव! सत्य तो यही है कि आप स्वयं पूर्ण हैं अत: जो भी आपके सामीप्य में आता है वह आपका ही अंग बन जाता है। मैं भी तो प्रकृति की उपासिका हूँ। प्रकृति के सारे पदार्थ मुझे प्रिय हैं। वृक्ष मुझे सन्तान की भाँति प्रतीत होते हैं, दूर तक फैली हुई वल्लरियाँ मेरी आत्मजा ही तो हैं, वन देवी मेरी सखी है, पर्वतराज तो मेरे पिता ही ठहरे। इसलिए मैं प्रकृति हूँ और आप मेरे पुरुष हैं। आपको पाकर ही मैं पूर्ण और धन्य हुई हूँ।"

यह कहती हुई पार्वती मन्दाकिनी के जलावगाहन का आनन्द लेने लगीं। पार्वती के स्नान के पश्चात् शिव बोले :

"देवि! स्नान के बाद आपकी धवल कान्ति और भी मोहक, स्वच्छ और सात्विक हो गई है। जैसे मन्दिर का पवित्र देव-विग्रह स्वत: अपने तेज से उद्‌भासित रहता है, वह अपनी करुणा और वरदायिनी मुद्रा से ही सिक्त रहता है, उसे किसी बाह्य जलधार की अपेक्षा नहीं होती। तभी तो सृष्टिकर्ता ब्रह्मा नारायण के नाभिकुंड के जलज पर विराजते हैं, नारायण का तो निवास ही क्षीरसागर ठहरा। रहा मैं! मैं तो सदैव सतत गंगधार के उच्छल जल-सेचन से करुणार्द्र रहता हूँ। यह जल ही तो है जो मेरी अग्नि को शमित करता रहता है। इस समय एक महान् दैवी तेज आपके मुखमंडल पर व्याप्त है जो मुझमें श्रद्धा का संचार कर रहा है।"

"प्रभो! प्रीति और श्रद्धा तो दोनों दो भाव हैं। क्या एक-साथ दोनों की प्रतीति सम्भव है?"

"हाँ प्रिये! भाव के क्षेत्र सब कुछ सम्भव है। वस्तु और भाव में आधार-आधेय सम्बन्ध भी होता है। हमारी मनोदशा जैसे-जैसे उच्च होती जाती है उसमें दिव्यता का समावेश होता जाता है। एक ही बिन्दु पर दो विरुद्ध तत्त्वों की समान स्थिति प्रीति है, इस प्रीति में दुराव और भेद नहीं होता। इसे लवण-नीर संयोग की तरह देखना चाहिए। दो मनों की एकता अर्थात् का एक में विलयन प्रीति का रूप ले लेता है पर श्रद्धा प्रीतिपात्र को श्रेष्ठ आसन पर बिठा देती है। इसलिए जीव परमात्मा में भक्ति और श्रद्धा भी रखता है और उनसे अपार प्रीति भी रखता है। देवि! इस हिमालय क्षेत्र में गन्धमादन पर्वत मेरा प्रिय और रम्य स्थल रहा है। वहाँ मैं चित्त से विहार करता हूँ, ध्यान भी लगता है, समाधि भी दृढ़ होती है और नाना प्रकार के पक्षियों के कलरव-कोलाहल में भी मैं एक दिव्य संगीत का अनुभव करता हूँ। स्वर भाँति-भाँति के भी हों पर यदि वे एक बिन्दु पर लय हो सकें तो दिव्य संगीत के जन्म की सम्भावना बढ़ जाती है।"

पार्वती की दृष्टि में सहमति और उत्सुकता का भाव देखते ही शिव ने वरदराज नन्दी का स्मरण किया और गन्धमादन के एक समतल प्रदेश में वे पार्वती के साथ बैठ गए। पार्वती हिमालय क्षेत्र से अवगत थीं पर गन्धमादन में आने का उन्हें अवसर नहीं मिलता था। वृक्षों पर पंछियों की चहचहाहट बढ़ गई थी, उनके कल-कूजन का मधुर स्वर दूर तक फैले वन-प्रदेश को जीवन्त बना रहा था। नन्दीश्वर शिव-शिवा को एकान्त में छोड़कर दूर पर्वत-प्रदेश की सुषमा का अवलोकन कर रहे थे। उस निविड़ एकान्त में शिव ने अपनी प्रिया पार्वती का कर-कमल अपने हाथों में लिया, उनकी दृष्टि के सम्मुख तपःपूत तपोनिरत पार्वती का मुखमंडल बार-बार घूम रहा था। वे बहुत विलम्ब से तपस्वी वेश में पार्वती के पास गए थे। क्या उन्हें उनके प्रीति-पगे हृदय को पहचानने में इतना समय लग गया कि पार्वती उन्हें पाने के लिए कठोर तप करती रहीं, अपर्णा हो गईं, क्लान्त, शिथिल, गात्र होकर तप का ताप सहती रहीं और वे कठोर भाव से उनकी परीक्षा लेते रहे। शिव का सारा शरीर रोमांचित हो रहा था। पार्वती से उनकी यह दशा छिपी न रही। वे भाव-विभोर होकर शिव के हृदय से जा लगीं। अस्फुट स्वरों में वे कहने लगीं :

"अब तो मैं आपकी प्रिया हूँ, आपके बिलकुल समीप। मेरे हाथ आपके कन्धों पर किसी पुष्पमाल्य की तरह झूल रहे हैं, मेरी पलकें आपकी आँखों का स्पर्श कर रही हैं, मेरा हृदय आपके हृदय से संवाद कर रहा है, मेरे रोम-कूपों में आपका रोमहर्षण मेरे सारे शरीर में अभिनव पुलक का संचार कर रहा है।"

कुछ देर की मधुर वार्ता और विश्राम के बाद जैसे ही शिव चलने को उद्यत हुए, उन्हें लगा कि आकाश में देवताओं की छायाकृतियाँ उभर रही हैं। उन्हें प्रतीत हो गया कि अमरावती की देव सभा ही उठकर वहाँ प्रत्यक्ष हो रही है। देवता प्रार्थनापूर्वक स्तुति गान कर रहे थे। शिव ने उन्हें प्रसन्न भाव से देखा और कहा :

"मुझे सब कुछ स्मरण है, आपकी चिन्ता शीघ्र दूर होगी। आप शान्तमना अपने लोक में पधारें!"

पार्वती ने सम्भ्रम से पूछा : "देव! देवताओं के साथ आपका यह सांकेतिक वार्तालाप मुझे समझ में नहीं आया। क्या आपने उन्हें कोई वचन दिया है?"

"देवि! सृष्टि का विधाता भी निरन्तर रचना करता रहता है, भाग्य-लेख लिखना उसका कर्म है, सृष्टि को उलझाने और सुलझाने में उन्हें बड़ा रस आता है। वे सभी चाहते हैं कि हमारी सन्तान का शीघ्र जन्म हो क्योंकि वही महाभयानक तारकासुर जैसे प्रचंड राक्षस का संहार कर सकेगा। पहले तो ब्रह्मा जी को हमारे विवाह की चिन्ता थी, अब उन्हें हमारे होनेवाले पुत्र की चिन्ता है। चिन्ता करना तो कोई विधाता से और चिन्तातुर होना देवताओं से सीखे! सभी देवगण हमारे सुख को दायित्व में बदलने पर उतारू हैं।"

यह कहकर शिव जोरों से हँस पड़े। उनका अट्टहास स्वच्छ हिमधवलित शिखरों की तरह चमक उठा। पार्वती मन्द-स्मिति के साथ लज्जावनत हो गईं। सुख के इस कल्पना-प्रवाह में उनके आकर्षक नयन सहसा आरक्त हो उठे, उनकी नासिका और कपोल पर लज्जा की यह लालिमा क्षणमात्र में दौड़ गई।

देवताओं की उपस्थिति पार्वती के चित्त में अनेक प्रश्न पैदा कर रही थी। तब शिव ने ही बताया कि 'यह सब ब्रह्मा जी की योजना ठहरी। अभी त्रिलोक में तारकासुर नामक एक महादुर्दान्त राक्षस का अत्याचार बढ़ता जा रहा है, सर्वत्र त्राहि-त्राहि मची हुई है और इससे रक्षा तभी हो सकती है जब हमारे पुत्र स्कन्द का जन्म हो, क्योंकि वही बालक तारकासुर के वध का कारण होगा। अत: अब तो हमें देवताओं की इच्छापूर्ति करनी ही पड़ेगी!' कहकर शिव ने सस्मित हास्य से पार्वती ओर देखा। पार्वती अत्यन्त संकुचित, नम्रमुखी और लज्जावनत हो गईं।

कुछ देर में प्रकृतिस्थ होकर उन्होंने पूछा "प्रभो! देवता इतने युद्ध-प्रिय क्यों हैं? क्या वे शान्तिपूर्वक नहीं रह सकते। देवत्व बड़े महत्त्व की वस्तु है, वह सुख तो महिमाशालियों को ही प्राप्त होता है।"

"देखो देवि! अधिकार और पद की महत्त्वाकांक्षा ही इस युद्ध का कारण है। यही महत्त्वाकांक्षा सात्विकता से राजस और तामस वृत्तियों तक ले जाती है।"

पर पार्वती विचलित चित्त से सोचती रहीं। आज उनका मन अनमना था। वह इन्हीं बातों पर विचार कर रही थीं :

'देव-जाति का भाग्य भी विधाता ने मानो किसी शस्त्र की नोक से लिखा है। केवल युद्ध ही देवत्व का भाग्यफल है। देवता समझते हैं जो सुर नहीं हैं, वे असुर हैं। तो देवत्व भी तो एक जाति विशेष है, उन्मद अहंकार से लबालब भरा युद्ध जिसका परिणाम है। बहते हुए रक्त की नदी का प्रवाह ही मानो स्वगंगा की धार की तरह उन्हें स्नान के लिए उत्तेजित करता है। उन्हें चाहिए पद और शक्ति का भोग, कल्पवृक्ष की छाया में पड़े रहने का आनन्द। मेरे शिव भी तो परमेश्वर हैं पर उनमें तो सुख-भोग का कोई आकर्षण, अधिकार पाने की लालसा नहीं। वे सचमुच निराले हैं।'

उनकी दृष्टि उस ओर चली गई जहाँ से कोलाहल का स्वर आ रहा था। कैलास क्षेत्र में रहनेवाले शिव के आश्रय में पलनेवाले भूत, प्रेत, पिशाच और डाकिनियों का उच्च स्वर में उठनेवाला विवाद। ये सब पृथ्वीलोक के सताए हुए जीव मृत्यु के बाद शिव के ही तो शरणापन्न हैं, वे आवेग में आकर अनुशासन के बन्धनों को शिथिल अवश्य करते हैं पर वे अनुशासनहीन नहीं हैं। भगवान् शिव उन्हें नाथना और साधना जानते हैं। उस पर उनके नन्दी का स्वर्ण दंड उन्हें सहेजता चलता है। इतने गणों को उचित-अनुचित का ज्ञान देना नन्दी और वीरभद्र आदि का ही कार्य है जो गणों को वश में रखना जानते हैं। उन्होंने ध्यान देकर सुना—नन्दी उन सभी गणों को नियम और कर्तव्य-पालन का आदेश दे रहे थे। भूत, प्रेत, पिशाच आदि पुरुष गणों पर कैलास के समस्त समीपस्थ वनों की सुरक्षा का भार था। वे एक-एक वृक्ष का हिसाब रखते थे। जो वृक्ष पूरी तरह अपनी आयु पूरी कर सूख जाता उनकी लकड़ियाँ काटना उन्हें यज्ञादि कार्यों तथा शीत निवारण के लिए उपयोग में लाने का कार्यभार उन पर था। दिन में उनकी समस्त पैशाचिक शक्तियाँ निर्बल हो जातीं, वे किसी सबल मनुष्य की तरह कार्य करते, फलों और फूलों के वृक्षों और पौधों की देखरेख करते। उनका दूसरा कार्य था, वन्य पशुओं की रक्षा। दुग्धवती गायें सबके लिए दुग्ध देती थीं और बड़े पशु अभय पाकर मुक्त-भाव से विचरते थे। वह हरा-भरा क्षेत्र जब हिमाच्छादित हो जाता तो ऐसा प्रतीत होता जैसे अमल धवल उत्तरीय में लिपटा कोई तपस्वी साधनारत हो।

स्त्री-जाति की पिशाचिनियाँ, चुड़ैलें और पिपासु डामरी स्त्रियाँ दिन-रात इच्छानुसार नित नये रूप बदलने की कला में पारंगत थीं। वे जब जो रूप धारण करना चाहतीं उसे प्राप्त कर लेतीं, कभी वे कौतुक करतीं। उर्वशी, रम्भा या मेनका बनतीं, नृत्य करतीं, झूमतीं और अपने प्रमत्त अट्टहास से दसों दिशाओं को गुंजित कर

देतीं पर भगवान् शिव का स्पष्ट आदेश था कि जीवन में कर्म-कोलाहल होना चाहिए, केवल कोलाहल नहीं। कोई भी निष्क्रिय न रहे, सभी दिये गए कार्यों का उचित रीति से पालन और निर्वहन करें। स्त्री जाति की प्रेतनी चुड़ैलें तीव्र गति से बेरोकटोक कहीं भी आ-जा सकती थीं, उन पर पृथ्वी पर उत्पन्न होनेवाले भाँति-भाँति के सुस्वादु फलों के वृक्ष लगाने का भार था, कैलास के वन-प्रदेश की भूमि में अनुकूल मिट्टी भरने और पौधों को उगाने और संरक्षण का उन पर दायित्व था। उनका दूसरा महत्त्वपूर्ण कार्य था समस्त कैलास की स्वच्छता को बनाए रखना, सूखे पत्तों को बटोरना, हाथियों की उत्खात-केलि से धसके हुए पहाड़ों के प्रस्तर भाग को हटाकर मार्ग को साफ-सुथरा करना। नन्दी सभी भूत-प्रेत गणों को समझाते रहते : "तुम इच्छानुसार रूप धारण करनेवाले अलौकिक प्राणी हो, तुम सब प्रायश्चित्त का दुख भोग रहे हो, पिछले जीवन में तुम मनुष्य या पशु थे तो अब तो मनुष्य के गुणों को पहचानो! तुम्हें नया मनुष्य बनने की कला सीखनी होगी। तप-त्याग और परोपकार का मर्म समझना होगा। पशुता का स्वरूप धारण करना नाट्य-क्रीड़ा का सुख देता है पर पशुता की वृत्ति निम्न कोटि में ढकेल देती है। तुम जितना नीचे जा सकते थे उतना नीचे चले गए थे। अब इसके नीचे कोई सीमा नहीं रह जाती। स्मरण रखो, ऊपर उठने और नीचे गिरने की सीमा भी निश्चित होती है। अब तुम्हारे ऊपर की ओर उठने की बारी है। इसलिए उठो, जागो!"

अनेक गण नन्दी की बातों को समझते, दंडवत भाव से प्रणिपात होकर अपनी भूल का परिमार्जन करते, अपने कृत्यों पर दुखी और क्षुब्ध होते। कई गण चिल्लाकर अवश-भाव से रोने लग जाते, उनकी आँखें आँसुओं से तर हो जातीं। नन्दी दौड़कर आते, उनके आँसू पोंछते। बोलते :

"देखो, ये शुभ लक्षण हैं। तुम रो सकते हो, पश्चात्ताप कर सकते हो, अपना सिर पीट सकते हो, पृथ्वी पर लोट-लोटकर अपनी पीड़ा व्यक्त कर सकते हो तो तुम बदल रहे हो। तुममें मनुष्य बनने के लक्षण प्रकट हो रहे हैं। इसलिए आशावान रहो। तुममें भी परिवर्तन आएगा। पृथ्वी-लोक में आर्यावर्त यह भारत ही तो है जो हमें आशावाद की शिक्षा देता है। घटनाएँ सदैव एक ही क्रम में नहीं घटतीं, परिवर्तन ही तो नियम गढ़ते हैं। इसलिए स्वयं को बार-बार बदलो, अपने ही साँचे को तोड़ते रहना असली विकास कहलाता है।"

पार्वती तटस्थ-भाव से यह सब देख-सुन रही थीं। नन्दी का हिलता हुआ स्वर्ण दंड और उस पर आचरण और कर्तव्यपालन की सीख-जैसी बातों ने उनके मन को शान्ति पहुँचाई। उनका उद्वेलन थोड़ा कम हुआ। वे धीरे-धीरे चलती हुई वहाँ पहुँचीं जहाँ शिव समाधि में लीन बैठे थे। वहाँ सब कुछ शान्त और स्थिर था, शिव के मस्तक,

गले और बाहुओं में आवेष्टित सर्प मंत्रमुग्ध भाव से स्थिर थे, लगता था, तपस्वी शिव के साथ वे भी तप की कला सीख गए थे। बाह्य वृत्तियाँ जब अन्तर्मुखी हो जाएँ तभी तो तप का तेज प्रकट होता है। तप है, भीतर जाने की कला, एक अन्तर्मुखी यात्रा। एक दिन परम प्रभु शिव ने उन्हें कहा था कि :

"जब मैं पलकें मूँदकर समाधि-दशा में आता हूँ तो मेरे भीतर समस्त सृष्टि चैतन्य हो उठती है, मेरे कान पृथ्वी की चीख-पुकार सुनते हैं, सारे जीव अपने-अपने कर्मफल का सुख-दुख भोगते हैं, मैं एक निर्लेप योगी की तरह उन्हें देखता हूँ। देखना भी संरक्षण देना है। जो गिर रहे हैं या मृत्यु की ओर जा रहे हैं, उन्हें सहारा चाहिए। कभी-कभी तो मृत्यु भी सहजता से नहीं मिलती, माँगने से भी नहीं मिलती। जीव अपने जीवन-काल में ही इतनी यातनाएँ भोगता है कि उसे नरकवास का प्रत्यक्ष अनुभव होता रहता है। तुम जब मनुष्य को मुस्कुराते हुए प्रमुदित होते हुए देखो तो समझो वह किसी पुण्य फल के कारण स्वर्गीय सुख भोग रहा है पर जब वह दुखी, क्लान्त और पीड़ित हो तो समझो वह नरक के द्वार पर खड़ा है। सुख-दुख का यह अनुभव साक्षात् मनुष्य का अधिकार है। देवतागण अधिक क्षुद्र और स्वार्थी हैं, उन्हें परमात्मा का भी स्मरण तभी होता है जब उन पर विपत्ति पड़ती है, या जब वे किसी प्रतापी असुर के प्रकोप से स्वर्ग से भागकर किसी कन्दरा में छिपने को बाध्य होते हैं। वे केवल सुख-भोग के ही उपासक और इच्छुक हैं। उनकी अतृप्त इन्द्रियाँ सदा पिपासित हैं, उनकी तृष्णा कभी नहीं मिटती। अक्षय यौवन, अक्षय रूप, अक्षय धन उन्हें कहीं का नहीं रखते। यही प्रभुत्व उनमें ईर्ष्या-द्वेष की भी सृष्टि करता है। वे परस्पर विरुद्ध शक्तियों के स्वामी बनकर अपना बल प्रकट करते हैं। ऋषियों द्वारा प्रदत्त हवि ही उनका भोजन है, वे गन्ध भोगी हैं और ऋषियों की स्तुति वाणी ही उनके दृप्त अहंकार को निरन्तर बढ़ाते रहने में सहयोगी है।"

पार्वती ने धीरे से अपने कुशल हाथों से शिव के बिखरे जटाजूट को सँभाला, सर्पों को संकेत से आदेश दिया कि वे शरीर भाग पर कम ठहरें, आसपास रहें, स्थिर होने की कला सीखें। उन्होंने प्रार्थनापूर्वक गंगधार का नियमन किया, उनके शिव को कोई बाधा नहीं पहुँचे, इसका उन्हें सतत ध्यान था। उन्होंने त्र्यंबक शिव को देखा। अपने दोनों हाथों के मधुर स्पर्श से उन्होंने शिव की बायीं आँख को छुआ, वे पुलकित हुईं, यहीं वामांग में तो मैं विराजित हूँ। यह वामनेत्र मेरे प्रियतम की प्रीति से भरा है। फिर उन्होंने अपने दोनों करतलों से शिव के दाहिने नेत्र को छुआ : यह नेत्र है करुणा का अथाह समुद्र। समस्त सृष्टि के लिए प्राणदायी जीवनधारा। इन्हीं नेत्रों को शास्त्रों ने चन्द्र-सूर्य कहा है। विराट् को तो विराट् से ही जाना जा सकता है

और विराट् होकर ही पाया भी जा सकता है। फिर उन्होंने थोड़ा सहमते हुए कम्पित करों से अत्यन्त मधुरता और कोमलता से शिव के तीसरे नयन को सहलाया। यही तो तृतीय नेत्र है जो खुलता है तो विश्व का लय हो जाता है, सहसा पट-परिवर्तन होता है, प्रलय-जल में यह समस्त सृष्टि डूब जाती है, जीवन का कोई चिह्न कहीं शेष नहीं रह जाता। मृत्यु की इसी शून्यता में महाकाल की पदचाप सुनाई पड़ती है, जब सारी बाह्य ध्वनियाँ शान्त होती हैं, तभी महाकाल की सवारी निकलती है।

शिव का बन्द तीसरा नेत्र भीतर-भीतर मानो धधक रहा था : जैसे भीतर असंख्य ज्वालामुखियाँ फूट रही हों, पहाड़ चूर हो रहे हों, अग्नि का ज्वालनृत्य चल रहा हो। जगदम्बा पार्वती ने सहसा अपने हाथ पीछे खींच लिए। नहीं, नहीं! अनुभूत सत्य को अस्पृष्ट और सुरक्षित ही रहने देना चाहिए। उन्होंने झुककर शिव के चरणों में प्रणाम किया और थोड़े उदास और थोड़े सन्तुष्ट-भाव से अपने कक्ष की ओर लौटने को उद्यत हुईं। बाहर उनकी सखियाँ जया, विजया और परिचारिकाओं का दल उनकी प्रतीक्षा कर रहा था। सबने एक स्वर से कहा :

"देवि! चलें हरिद्रा विलेपन और मंडन-द्रव्य तैयार हैं, आपके दिव्य स्नान के पूर्व मंडन-उबटन का कार्य होना चाहिए। प्रभु की समाधि टूटने के पहले हम आपकी ऐसी सज्जा करना चाहती हैं कि हमारे भगवान् को भी भ्रम हो जाए कि यह अद्वितीय सौन्दर्य रचना कौन है?"

पार्वती ने भी प्रसन्न-भाव से सिर हिलाया और उनके साथ उत्साहपूर्वक चल पड़ीं।

विजया ने कहा :

"सखि! सचमुच परमात्मा भी भ्रमित होता है और सोचने पर बाध्य होता है कि क्या यह रचना मेरी है? क्या मैं ऐसी दिव्य सृष्टि करने में समर्थ हूँ? अपनी क्रिया शक्ति पर जब कर्ता प्रश्नवाचक चिह्न लगा दे तो समझो रचना सार्थक है, सौन्दर्य अनिन्द्य है, रूप चारु है और स्वरूप दिव्य है। सखि! आपका सौन्दर्य तो स्वत: ही सहज है पर हम उसे अंगराग से पोषित करेंगी। जैसे अग्नि की ज्वाला में ऋत्विक घृत की आहुति देकर उसे और भी प्रदीप्त कर देता है, वैसे ही बाहरी द्रव्यों से स्त्री के सहज सौन्दर्य तथा गुण और भी चमक उठते हैं। हमारे भोले भंडारी जब उस अपूर्व सौन्दर्य का अवलोकन करेंगे तो फिर आगे से समाधि लगाना भूल जाएँगे।" कहते ही सारी सखियाँ ठठाकर हँस पड़ीं।

2

मंडन कक्ष में पार्वती का आधा ढँका और आधा खुला, अर्द्ध अनावृत सौन्दर्य प्रात:कालीन सूर्य की प्रभा के स्वर्ण खंड की तरह उद्भासित हो रहा था। सौन्दर्य भी अग्नि है पर वह अग्नि दृष्टि तक पहुँचते-पहुँचते शीतल हो जाती है। एक बड़े स्वर्ण पात्र में उबटन का मंडन-द्रव्य लाकर रखा गया। पार्वती की उन्मुक्त केश-राशि को विजया दोनों हाथों से समेटने का बार-बार प्रयत्न कर रही थी पर पाँव की एँड़ी तक फैली हुई केश राशि सम्हल नहीं पा रही थी।

विजया हँसकर बोली, "प्रिय सखि! जब आप रणांगण में होती हैं तो आपके ये केश मुक्त रहते हैं। वे बँधे रहना भी जानते हैं और खुलना भी। यही तो स्त्री-जाति की विशेषता है। अपनी इच्छा से बन्धन स्वीकार करना प्रीति है पर अनिच्छा या परवशता से इन्हें बाँधा नहीं जा सकता। यह मुक्त केशराशि चेतना की स्वतंत्रता का प्रमाण है जो कोमलता और कठोरता दोनों ही रूपों की साक्षी बनती है।"

पार्वती का केश-संभार उन्हें तपस्विनी के रूप में व्यक्त कर रहा था। सूर्य की किरणें गौरी को और गौर बना रही थीं। कहा जाता है कि पहले गौरी काली थीं पर शिव को पाने और उनके समानुरूप होने के लिए उन्होंने बड़ा कठोर तप किया तब वे गौरी हो गईं। गौरता केवल वर्ण नहीं वह आन्तरिक उज्ज्वलता का समर्थन करती है। यही गौरी शत्रुओं के संहार के लिए पुन: काली बनती हैं। वे कृष्ण-वर्ण की हो जाती हैं। जहाँ अन्य सारे रंग मिट जाएँ वहाँ कृष्ण-वर्ण प्रकट होता है। इस कृष्ण पर और कोई रंग प्रभावी नहीं होता, यह अद्वितीय बनाने का मार्ग है।

पार्वती बोलीं :

"श्रृंगार के बहाने तुम सब मिलकर मुझसे क्रीड़ा कर रही हो। तुम्हारी इस इच्छा को मैं इसलिए नहीं रोकती कि जब तक किसी में क्रीड़ा की वृत्ति रहती है, तब तक उसमें शिशुता होती है। यह शिशुता निश्छलता सिखाती है। हम जब क्रीड़ा करते हैं तो वह हमारा सृष्टि-विलास ही तो होता है। घरौंदे बनाना, मूर्ति बनाना फिर उसे तोड़ते चलना, स्मरण रखना और फिर भूलते चलना, यही तो मानव-जीवन की विशेषता है। पुराना सब याद नहीं रह जाता, याद रहना भी नहीं चाहिए। हम भूलते हैं तो भारहीन हो जाते हैं और आगामी काल और जीवन के लिए तैयार होते हैं।"

जया अब तक चुप थी। वह पार्वती की रूप-तरंगों में डूब-उतरा रही थी। बोली :

"सखि! मैं तो आपके इतने समीप रहती आई हूँ पर आज तक मैं यह निर्णय नहीं कर पाई कि आप कोमल हैं या कठोर हैं? मधुर हैं या तिक्त? शान्त हैं या उग्र? जब आप महिषासुर या शुम्भ, निशुम्भ जैसे महाराक्षसों का वध करती हैं तो आपकी हुंकार से त्रिलोक दहल जाता है, कोटि-कोटि दुष्टों का देखते-देखते संहार हो जाता है और दूसरी ओर आपकी यह कोमल-कान्त छवि। यह दुग्धवर्णी त्वचा, चिकने माखन की तरह पिघलता हुआ रूप वर्ण, आपकी कोमल उँगलियों की स्पर्श-कान्ति, आपकी पलकों का कम्पन और उत्थान-पतन जैसे सृष्टि बन रही हो, मिट रही हो, आपकी भौहों की चढ़ी हुई कमान जो देखनेवाले को ढेर कर दे, आपका ग्रीवा-भंग जो झुकने पर बाध्य कर दे, आपके मुख के शब्द कितना भी सुनो पर कभी सन्तोष नहीं होता।"

"जया! तुमने प्रशंसा के बहुत-से शब्द एकत्र कर लिए हैं। इन्हें कम में भी कहा जा सकता था।"

विजया ने कहा : "सखि! आप जो भी कहें पर आज का केश-संभार शिव प्राप्ति के लिए किये गए आपके तपस्वी रूप का स्मरण दिला रहा है। आपकी इसी मुद्रा ने तो परमेश्वर को वश में कर लिया था।"

"हाँ! वह तप था विजया। प्राणों का एकान्त विसर्जन। प्रार्थना का अटूट क्रम। उच्छ्‌वसित हृदय का सम्पूर्ण समर्पण। कुछ भी पहले से सोचा हुआ या पूर्व निर्धारित नहीं, सब कुछ स्वाभाविक। सचमुच हम जब सहज स्वाभाविक होते हैं तो हमारा ऋषित्व प्रकट होता है और अस्वाभाविक या प्रदर्शन-प्रिय होते हैं तो सामान्य मनुष्य भर होते हैं। प्रपंच नहीं, मनुष्यता की कला हमें ऋषित्व की ओर ले जाती है।"

वार्तालाप के साथ-साथ जया, विजया एवं अन्य अनुभवी परिचारिकाएँ अंगराग उबटन का लेप भी लगाती चल रही थीं। उबटन का पीताभ रंग पार्वती की गौर कान्ति को और भी देदीप्यमान बना रहा था और शरीर का मैल छूटता जा रहा था।

अंगराग की ढेर लगती जा रही थी। सखियाँ अपने कार्य में व्यस्त थीं पर पार्वती का मन कुछ सोचने में लगा था :

'महान् दैवी शक्तियाँ क्रीड़ा करना ही तो सिखाती हैं। यदि क्रीड़ा में लिप्त हो गए तो समझो हमने दुख मोल ले लिया। कोई भी क्रीड़ा तटस्थता और निर्लिप्तता सिखाती है। डूबो नहीं, उतराते रहो। कुशल तैराक की तरह पार उतरो। मनुष्य-जाति इसीलिए तो दुख-दुख चिल्लाती है कि वह तैरना नहीं जानती, इतने गहरे डूब जाती है कि फिर उबरने का भी अवसर नहीं मिलता।'

पार्वती के सोचने का क्रम चल रहा था, 'इस क्रीड़ा में सुख है, एक प्रकार का अभिनय है। कोई राजा बने या रंक, अभिनय पूरा होते ही सारा रंग-रोगन उतर जाता है। व्यक्ति अपने वास्तविक स्वरूप में आ जाता है। क्रीड़ा अलिप्त होनी चाहिए, वह निर्लिप्तता ही तो सिखाती है।'

खेल ही खेल में पार्वती ने उबटन के छूटे हुए मैल के गिरे हुए भाग को अपने हाथों से थपथपाया। वह जैसे उँगलियाँ फिरातीं, उबटन का मैल अंगराग उधर ही लचक जाता। ऐसा लग रहा था जैसे पृथ्वी पर पड़ा वह व्यर्थ भाग उनकी उँगलियों के संकेत को पहचान रहा था। उन्होंने पुनः थपकी दी। और दोनों हाथों की उँगलियों से उन्हें ठोक-बजाकर एक आकार देने लगीं। अंगराग का वह भाग अब धीरे-से उनके हाथों की गढ़न और थपथपाहट से एक मानवाकृति का रूप लेता जा रहा था। सबसे पहले उदरभाग बना, थोड़ा विशाल, बड़ा और आकर्षक जैसे थपथपाना उसे प्रिय लग रहा हो, फिर बने उसके चार हाथ : एक चतुर्भुज आकृति स्वयं अपना आकार लेती जा रही थी। दो छोटे-छोटे पाँव भी बन गए। फिर बनी मुख की सुन्दर आकृति। अब एक सम्पूर्ण मानवाकृति शिशु रूप में सजकर तैयार हो गई थी। क्रीड़ा करते-करते माता पार्वती का वात्सल्य अचानक उमड़ आया। उनकी छाती में दूध उतर आया। उन्होंने उस स्वनिर्मित बालक मूर्ति को उठाकर हृदय से लगा लिया। दूध की धार में भीगता हुआ वह बालक अचानक प्राणवान होकर रोने लगा। सखियाँ हतप्रभ! वे विस्मय-विमुग्ध। अवाक। हर्ष के मारे न वे चिल्ला पा रही थीं न कुछ बोल पा रही थीं। माता के हृदय-स्पर्श से वह अंगराग निर्मित बालक जीवित हो गया। रूप-कान्ति से भरा, आकर्षक, सुन्दर और प्रभा-भास्वर।

पार्वती उत्साह के वेग से बोलीं, "देखो, देखो यही है मेरा गणेश। यह प्राणवान है, मेरा पुत्र है। मेरे दुग्धधार से पोषित, मेरे शरीर के द्रव से रंजित है। देखो मेरे दूसरे प्राण को।"

सभी सखियों ने बालक गणेश को दुलराया, पुचकारा। क्षणभर में यह समाचार विद्युत् गति से उनके महल के अन्त:कक्ष में व्याप्त हो गया। नन्दी दौड़े आए। नन्दी प्रसन्नता के आवेग से भरे हाँफ रहे थे, मुख के कोरों पर फेनराशि झिलमिला रही थी। आज श्री गणेश का जन्म हो गया था। छोटे-छोटे सर्प दौड़े आ रहे थे, एक-दो गणेश की भुजाओं में लिपट गए। एक थोड़े बड़े सर्प ने यज्ञोपवीत के रूप में पेट और छाती पर अपना अधिकार कर लिया। द्वितीया का चन्द्रमा गणेश के माथे पर झिलमिलाने लगा। सब ओर व्याप्त था केवल हर्ष, केवल वात्सल्य की गंगा बह रही थी। सब उसमें किलोल कर रहे थे। केवल शिव ध्यानमग्न थे, अभी उनकी समाधि टूटी नहीं थी।

3

पार्वती आनन्द के उमड़े हुए वेग को सम्हाल नहीं पा रही थीं। उनके वक्ष से दुग्ध धार झर रही थी और आँखों से अविरल अश्रु बह रहे थे। वे जानती थीं कि देव-समाज उनके गर्भ से उत्पन्न होने वाले पुत्र की प्रतीक्षा कर रहा है। वे यह भी जानती थीं कि जन्म के साथ ही उनके उस होनेवाले पुत्र को युद्धाभ्यास में लग जाना है। उनके जन्म के पूर्व से ही देवताओं का दल प्रार्थना की मुद्रा में खड़ा था। तारकासुर जैसे महान् और शक्तिशाली राक्षस का संहार स्कन्द के ही हाथों निश्चित था। 'यह कैसा निश्चय है जो ममता को भी पूरी तरह प्रकट होने का अवसर नहीं देता। देवता परिणाम तो जानना चाहते हैं पर प्रयत्न करना नहीं चाहते। उन्हें स्वयं को व्यक्त करने के लिए कोई-न-कोई माध्यम अवश्य चाहिए। अग्नि देव काष्ठ खंडों में या वृक्षों में धधक उठते हैं, वरुण को चाहिए प्रवहमान नदी या विराट् समुद्र जो उन्हें आश्रय दे, यम को चाहिए जीव जिसके प्राण हरकर वह अपनी सत्ता की घोषणा करे, इन्द्र को चाहिए सभी देवों का स्वामित्व और पृथ्वी की आहुतियों की धूम गन्ध जिससे वे तृप्त हो सकें। ये सभी देवता परमुखापेक्षी, परजीवी क्यों हैं? वे बिना किसी श्रम के समस्त सुख पा लेना चाहते हैं। कल्पवृक्ष ने उन्हें समस्त भोग सामग्रियाँ प्रदान कर अकर्मण्य बना डाला है। और जब सत्ता के लिए पाताल या यत्र-तत्र छिपी दैत्य-जाति संगठित होकर उन पर आक्रमण करती है तो वे कभी ब्रह्मा, कभी विष्णु और कभी शिव की शरण में आकर स्तुति परायण हो जाते हैं।

पार्वती मन-ही-मन बुदबुदाईं, 'यह स्तुति क्या है? मीठे-मीठे स्तोक वचन, लुभावने शब्दों में कीर्ति गाथा का गान। पृथ्वी के सम्राटों के यहाँ जैसे चारण या बन्दीजन

प्रशंसात्मक और अतिशयोक्ति मूलक शब्दों का प्रयोग कर रिझाने की चेष्टा करते हैं, प्राय: वही प्रवृत्ति स्वर्गलोक के देवगणों में भी आ गई है। उन्होंने अनेक बार मेरी भी वंदना की है, मैं उनके शब्दों पर नहीं रीझती पर उसके पीछे छिपी दारुण वेदना के दंश से विचलित तो हो ही जाती हूँ। परमेश्वर के मन में उठी हुई अगणित इच्छाओं की तरह ये देवगण काममय 'एवायं पुरुष:' के प्रतीक ही तो हैं। वे ईश्वर के चित्त की उठी हुई निपट इच्छाओं की तरंग की तरह उठते-गिरते रहते हैं, तभी तो शास्त्रों ने इस इच्छा को समुद्र तरंगों की तरह सदैव हिल्लोलित माना है : 'काम: समुद्रमव जग्मुराप:'। जैसे समुद्र की विराट् तरंगें वेग से उठ खड़ी हों, यह तो है देवत्व का मायामय लोक। मेरा छोटा पुत्र बालवय में ही देव-जाति का सेनापति बना दिया जाएगा। ब्रह्मा सृष्टि रचते हैं तो मायाजाल भी रचते हैं, वरदानों और शापों का अप्रतिहत क्रम चलता रहता है। वे दैत्यों को वरदान देकर महाशक्तिशाली और त्रिलोक विजयी होने का वरदान भी देते हैं और फिर उनके विनाश का उपाय भी सुझाते हैं। सृष्टि क्या प्रपंच भर है? सब कुछ देना और सब कुछ छीन लेने का कुचक्र! ब्रह्मा चतुर्मुख हैं, चार मुखों वाले : 'चार मुखों से सोचनेवाले की बुद्धि में विपर्यय, भ्रम, अनिश्चय और अराजकता तो होगी ही। पर मैं अपने इस जीवन्त पुत्र गणेश को पलकों के भीतर आँखों की पुतली की तरह बचाकर रखूँगी। इस पर केवल मेरा, केवल मेरे मातृत्व और वात्सल्य का अधिकार होगा। कोई दूसरा इस पर अपना अधिकार नहीं जता सकेगा। यह पुत्र मेरा होगा, केवल मेरा होगा। आह! इसका कोमल शरीर कितना भव्य और दिव्य है?' पार्वती का आत्मालाप और उनका भावावेग थोड़ा कम हुआ तो उन्होंने अपनी सखियों, जया, विजया और अंगराग-वाहिका मालिनी को बुलाया और कहा :

"मैं मन्दाकिनी की धारा में स्नान करना चाहती हूँ और आज मेरे साथ मेरा यह प्रिय पुत्र, मेरा अंगी, मेरे शरीर से आविर्भूत गणेश भी मन्दाकिनी के जल से स्नापित होगा। तुम सब देखो, यह मेरी सभी बातें सुन और समझ रहा है। शीघ्र ही इसकी चेतना दिव्य हो जाएगी, यह बुद्धिशाली, बलशाली और महिमावान होकर विकसित होगा।"

सखियाँ यह सुनकर भाव विह्वल हो गईं। सबके साथ गणेश की मनोहर लघु बालमूर्ति माता की गोद में मन्दाकिनी की ओर चली। नदी के पास पहुँचते ही गंगा का मातृत्व जग गया, कोमल जल बिन्दुओं के सेचन से बालक गणेश का मानो स्वस्तिवाचन और अभिषेक हो रहा था। जैसे ही माता पार्वती ने गणेश को मन्दाकिनी की धवल धार में स्नान के लिए हल्के से डुबोया, गंगा की तरंगों ने उसे बड़े वेग से

लपक लिया। गंगाजल की स्वच्छ धार से बालक गणेश का दिव्य रक्तवर्णी शरीर झिलमिला उठा। उसकी देह-कान्ति किसी गेरुआ पर्वत की तरह चमचमा रही थी, प्रात:कालीन उदयाचल के उगते हुए सूर्य की तरह वह लालिमा के ज्वार की तरह उठ रहा था। गंगा के जल-प्रवाह की डुबकी से बाहर निकलते ही वह एक स्वस्थ कान्तिमान सुडौल शिशु बन गया था। माता पार्वती ने उल्लसित होकर कहा :

"पुत्र गणेश! आज से तुम गंगा पुत्र गांगेय भी हो गए। माता गंगा के स्नेह से लालित तुम्हारा सौन्दर्य और भी लालिमामय हो उठा है। देखो, तुम्हारा आकार प्रकार भी विकसित हो गया है।"

पार्वती और उनकी सभी सखियों ने आश्चर्यपूर्वक देखा : गणेश किसी छोटे मन्दार वृक्ष की तरह शोभा पा रहे थे, उनके मुख और शरीर की रक्त कान्ति सबको वशीभूत कर रही थी, सबसे सुन्दर था उदरभाग का विस्तृत रूप और उसकी महाकारता, छोटे वय का वह तुन्दिल रूप अत्यन्त मोहक लग रहा था। पार्वती हँसकर बोलीं :

"तुम्हारे रूप में अकस्मात् यह परिवर्तन आँखों को सुखद लग रहा है, मेरे प्रिय गणेश! तुम थोड़े और स्थूल हो गए हो, निस्सन्देह तुम्हारा भार भी बढ़ गया होगा पर मैं भी जगदम्बा हूँ, मैं जब सम्पूर्ण सृष्टि को गोद में उठा सकती हूँ तो तुम्हें क्यों नहीं?"

यह कहकर उन्होंने बड़ी सरलता से गणेश को गोद में उठा लिया और वस्त्रों से उनका अंग-प्रोक्षण कर पीली धोती पहनाई। तब तक उनके शृंगार प्रसाधन के लिए कटिबन्ध में धोती बाँधने के लिए सर्प लिपट चुके थे। इसी तरह दोनों बाहुओं और यज्ञोपवीत पर भी छोटे-छोटे सर्पों ने अपना अधिकार कर लिया था। सूर्य की प्रखर किरणों में निस्तेज बाल चन्द्रमा भी सिर पर अपना स्थान ग्रहण करने में नहीं चूका। पार्वती ने स्वयं अपने हाथों से गणेश का शृंगार किया। गोरोचन का तिलक लगा। पीला चन्दन, पीला वस्त्र; पाँवों में रुनझुन कसी स्वर्ण किंकिणी और हाथों में झूलती हुई छोटी-छोटी झालरें हवा में हिलकर झनकार उत्पन्न कर रही थीं। गणेश ने माता की उँगली पकड़कर चलने का उद्योग किया पर पार्वती नहीं मानीं। बोलीं :

"मैं जानती हूँ पुत्र! तुम दिव्य शक्तियों से सम्पन्न हो, शीघ्र ही विकसित होकर बड़े हो रहे हो। मैं अपने हाथों में आज तुम्हें गोद में उठाकर ही कैलास के निवास तक जाऊँगी। मैं जानती हूँ, तुमने मेरे मन का भाव ताड़ लिया है और तुम शीघ्रातिशीघ्र मेरी सेवा में तत्पर भी होना चाहते हो। मैं भी तुम्हारी हर इच्छा का आदर करूँगी पर तुम्हारे इच्छित संकल्प की पूर्ति अब कैलास पहुँचकर ही होगी।"

स्नान के बाद पार्वती के शरीर पर के शेष मंडन-द्रव्य के धुल जाने के बाद उनका गौर वर्ण पीताभ कान्ति से दपदपा रहा था। वे खिले हुए पीतवर्णी कर्णिकार की तरह गणेश को गोद में उठाए ऐसे चल रही थीं मानो पीत पुष्प-गुच्छों से लदी फूलों की टहनी हवा में लचक रही हो।

पार्वती का सुप्त पुत्र-प्रेम उसी प्रकार जग गया था जैसे पर्वतों को चीरकर कोई वेगवान निर्झर निकलता है। वे अपने हाथों गणेश का शृंगार करतीं, नये-नये सुचिक्कण वस्त्र और प्रसाधनों से उनका कक्ष जगमगा रहा था। जैसे-जैसे दिन बीत रहे थे, गणेश का स्वरूप नित्य पोषित और स्वस्थ हो रहा था। एक दिन गणेश ने माता का अंचल पकड़ कर कहा :

"माँ! देखो अब मैं बड़ा हो गया हूँ, भाँति-भाँति के फल, कन्दमूल और अन्न मेरे प्रिय भोज्य पदार्थ हैं। मुझे मोदक और मिष्टान्न रुचिकर हैं। तुम सतत मेरा ध्यान रखती हो, मुझे निर्देश करो, मैं तुम्हारी सेवा कैसे करूँ? क्या करूँ? इसे मेरी याचना समझो।"

"हाँ, पुत्र! मैं जानती हूँ तुम इसी अवस्था में ज्ञानवान, बुद्धिशाली और बलशाली हो गए हो। सबके आशीर्वाद से तुम शस्त्र-विद्या में भी पारंगत हो गए। ऐसे विद्या-बुद्धि सम्पन्न पुत्र को पाकर किस माता का हृदय वात्सल्य रस से नहीं भर जाएगा? तुम तो मेरे पुत्र हो, मेरे अंगज, मेरे स्नेह के धारक, तुम्हें पाकर मेरा जननीत्व सार्थक हो रहा है।"

"पर माता! आप तो त्रिनयन हैं। यह तीसरा नेत्र क्यों है?"

गणेश की इस बाल-सुलभ जिज्ञासा से पार्वती पुलकित हो गईं। कहा, "पुत्र! यह तृतीय नयन हर समय नहीं खुलता। यह सदा बन्द ही रहना चाहता है। यह सृष्टि के संहार का प्रतीक है। सृष्टि जब प्रलयकाल में अपना रूप बदलती है तो मैं अपने परमेश्वर के साथ उनकी लीला में सहयोग करती हूँ।"

बालक गणेश ने सहज उत्सुकता से पार्वती की दोनों भौहों के मध्य भाग को छुआ जो तीसरे नयन का स्थान था। वहाँ नयन तो नहीं दिखा पर असह्य तीव्र ताप का बोध अवश्य हुआ। इतना प्रचंड ताप? बालक गणेश ने अपना हाथ पीछे खींच लिया, "माता! आप तो किसी यज्ञ-वेदी की तरह प्रदीप्त हैं, ऊपर से सब कुछ शान्त और स्थिर पर भीतर अग्नि का तरंगनाद जैसे सुनाई दे रहा है। ऐसा क्यों है माँ?"

"पुत्र! अग्नि प्रकट भी होती है, अप्रकट भी। वृक्षों को देखो, उनमें आग-ही-आग भरी हुई है पर बाहर कितनी हरीतिमा, लाल, पीले, नीले सब तरह के पुष्प भार से आसज्जित। इसी प्रकार हरी-भरी पृथ्वी के नीचे भी लपलपाती अग्नि ज्वालामुखी के

रूप में चिर संचित है, समय पाकर वह अग्नि भी बाहर फूट पड़ती है, अग्नि और धूम राशि से सब कुछ नष्ट-भ्रष्ट और ज्वलनशील हो उठता है। शरीर में भी ताप है, यही ताप प्राण को सम्हाले रहता है, इस आग के बुझते ही मानव-शरीर निष्प्राण ठंडा पड़ जाता है। सूर्य भी विराट् अग्नि-पिंड है जो सम्पूर्ण पृथ्वी में प्राण का विस्तार करता है।"

"मात:! यह अग्नि क्या है? मुझे बताओ। इसकी लाल, नीली लपटों के रंग में मुझ बड़ा आकर्षण दिखाई देता है।"

"पुत्र गणेश! अग्नि देवता हैं। इस अग्नि के तीन मुख, रूप और स्थान हैं : आकाश में यह सूर्य बनकर दिपता है, अन्तरिक्ष में यही विद्युत् बनकर चमकता है और पृथ्वी पर साधारण अग्नि के रूप में अग्निहोत्र, हवनादि कार्यों के साथ-साथ पाकशाला में भोजन निर्मित करने में सहयोगी होता है। पुत्र गणेश! ऋग्वेद में अग्नि की स्तुति में ही सबसे अधिक सूक्त कहे गए हैं। अग्नि को 'गृहपति' कहा गया है, उसका सम्बन्ध परिवार के सभी सदस्यों के साथ होता है। अग्नि के कारण अन्धकार की सत्ता नहीं रहती, निशाचर और जादू-टोने निष्क्रिय हो जाते हैं, राक्षसों, वन्य पशुओं और रोगों का भय नहीं रह जाता। यज्ञ की अग्नि बड़ी पवित्र होती है, वह यज्ञ वेदिका में निवास करती है। समिधा, घृत और सोम से यह अग्नि शक्तिमान बनती है। यही अग्नि मनुष्य को देवता से जोड़ती है। सच पूछो तो, यह मनुष्यों की सन्देशवाहक है जो उसके और देवताओं के बीच मध्यस्थता का कार्य करती है। इस अग्नि को पुरोहित कहा गया है। और वैदिक वांङ्मय में उसे यज्ञों का राजा (राजा त्वमध्वराणां) कहा गया है। अग्नि समदर्शी है, सर्वभोक्ता है। उसके सहस्र नयनों की कल्पना की गई है। उसकी पत्नी का नाम स्वाहा है और उसके तीन पुत्र हैं : पावक, पवमान और शुचि। इस प्रकार उनचास प्रकार की अग्नियों की कल्पना की गई है। देखो पुत्र, योग में भी अग्नि है और यह अग्नि ज्ञान में भी है।"

"मात:! आपके ज्ञान-दान से मैं कृतकृत्य हुआ। अब मेरे योग्य सेवा बताएँ।"

"पुत्र! सेवा सहज धर्म है। कोई सत्कर्म यदि सदाचरण से किया जाए तो वह सेवा का रूप ले लेता है। तुम वीर हो, चार भुजाएँ हैं तुम्हारी। तुम्हारे हाथों में पाश, अंकुश, मोदक और वर मुद्रा है। दिनोंदिन तुम्हारी शक्ति विकसित होती जाएगी, तुम्हें कोई परास्त नहीं कर पाएगा। तुम सदा अजेय रहोगे। तुम्हारी इच्छा है तो मैं तुम्हें एक उत्तरदायित्वपूर्ण कार्यभार प्रदान कर रही हूँ। तुम आज और अभी से मेरे एकान्त कक्ष के बाह्य द्वार पर अवस्थित हो जाओ। बिना मेरी अनुमति के कोई मेरे एकान्त में बाधक नहीं बने। पुरुष हो या स्त्री, भीतर आने के लिए तुम मुझसे अनुमति लेकर ही उन्हें प्रवेश करने दोगे। अनपेक्षित किसी भी व्यक्ति को रोकने का मैं तुम्हें अधिकार देती हूँ।"

गणेश माता की आज्ञा सुनकर हर्ष से गद्गद हो गए। बोले, "मात:! पुत्र को जब माता की सेवा का सुअवसर आदेश के रूप में मिलता है तो उसके पालन में भी कर्तव्य तथा दायित्व का अनुभव होता है। मैं अभी से बाह्य द्वार पर स्थिर हो जाता हूँ। आपके आदेश या आपकी इच्छा के बिना कोई भी अवांछित व्यक्ति अन्त:पुर में प्रवेश नहीं पा सकेगा। मैं इस कार्यभार का पालन प्राणपण से पूरी सजगता से करूँगा। आप आश्वस्त और निश्चिन्त हो जाएँ।"

पार्वती का चित्त पूर्णत: सन्तुष्ट हो गया और वे गणेश को स्नेहालिंगन देकर अपने अन्तरिम कक्ष की ओर प्रस्थित हो गईं।

4

आज ब्राह्ममुहूर्त में जागरण के साथ ही पार्वती को यह अनुभव हो रहा था कि आज उनके अंग फड़क रहे हैं, आँखों में भी कम्पन है तो क्या शिव आज समाधि से जगेंगे। उन्होंने सूर्योदय के पूर्व ही अन्त:पुर में ही स्नान की तैयारी की और विचार किया कि स्नान के बाद पूजा का थाल लेकर वे महेश्वर की सेवा में पहुँच जाएँगी।

पार्वती के आदेश से बाह्य द्वार पर गणेश दत्तचित्त होकर सावधानी से प्रतिनियुक्त थे। उन्होंने ब्रह्म बेला में ही अपने स्नानादि कार्य पूरे किये। योग और ध्यान के बाद संगीत का अभ्यास किया। वंशी और ताल वाद्य की झंकार से उनका कक्ष गुंजित हो उठा। पर्याप्त फल और मोदक का आहार लेकर वे बाह्य द्वार पर आकर स्थित हो गए। वे कभी घूमते, कभी आसन पर बैठते, कभी ध्यानमुद्रा में आते। आँखें बन्द होने पर भी उनकी बाह्य चेतना पूर्णत: जाग्रत थी। उन्होंने सोचा, 'ध्यान भी तो देखना ही है पर यह अन्तर्दृष्टि है। बाहर झाँकने के साथ-साथ अन्तर्मन में पैठना, उभयमुखी होना। बाहर-भीतर पर समान-भाव से अधिकार।' कुछ ही देर बाद गणेश ने एक विशाल पुरुषाकृति को दूर से आते देखा। आगन्तुक की आकृति दिव्य प्रतीत हो रही थी, शरीर चर्मावृत था, हाथ में लम्बा-सा त्रिशूल, माथे पर जटाजूट, रुद्राक्षधारी, माथे में लिपटा भयानक-सा सर्प उसके स्वरूप को विलक्षण बना रहे थे। धीरे-धीरे चलता हुआ वह पास आ गया और अन्त:पुर में जाने की चेष्टा करने लगा।

गणेश द्वार घेरकर खड़े थे। बोले, "महोदय! आप कौन हैं? कहाँ से आए हैं? अन्त:पुर में जाने का प्रयत्न क्यों कर रहे हैं?"

शिव ने कहा, "अरे बालक! क्या तुम मुझे नहीं जानते? यह मेरा ही आवास है। मैं शिव हूँ, अपनी प्राणवल्लभा पत्नी पार्वती का पति। इसलिए मैं अधिकार-भाव से अन्त:पुर में जा रहा हूँ।"

"किन्तु श्रीवर! मैं आपको नहीं जानता, नहीं पहचानता। किसी भी अज्ञात कुल-शील वाले व्यक्ति को मैं सहसा भीतर प्रवेश नहीं करने दे सकता। मुझे माता का आदेश है कि मैं अन्त:पुर में किसी भी अज्ञात व्यक्ति को नहीं आने दूँ।"

"बालक! तुम तेजस्वी और कर्त्तव्यपरायण हो, इसमें कोई सन्देह नहीं! पर यह नितान्त हास्यास्पद और अश्रुतपूर्व घटना है कि कर्त्तव्यपरायणता का दम्भ करनेवाला एक निरा बालक घर के स्वामी को ही घर के भीतर प्रवेश करने से रोक रहा है? तुम्हें लोक-व्यवहार और श्रेष्ठ जनों से उचित आचरण का ज्ञान नहीं। तुम्हारा ज्ञान आधा-अधूरा है और अधूरा ज्ञान अज्ञान से भी अधिक घातक होता है। मुझे तुम्हारी अधकचरी सीख पर, तुम पर दया आ रही है। इसलिए मेरे सामने से हटो, मूर्खता मत करो!"

"देव! आप जो कह रहे हैं उस पर मैं सहसा विश्वास कैसे कर सकता हूँ। आप सत्य कह रहे हैं या असत्य इसका प्रमाण कैसे मिलेगा? जब तक माता भगवती स्वयं आदेश नहीं देंगी मैं यहाँ से हिल भी नहीं सकता, तब तक आपका भीतर जाना असम्भव है। मुझे यह भी ज्ञात है कि दैत्य, राक्षस आदि भी सद्वेश में घूमते और छल-प्रपंच की विद्या में पारंगत होते हैं। फिर आपका वेश भी निराला और अद्भुत है। वह भी मुझे संशय में डाल रहा है। आपके सिर पर जटाजूट है, गले में भयानक सर्प फुफकार रहा है, वस्त्र के नाम पर गजचर्म एवं मृगचर्म, फिर चमकता हुआ भारी-भरकम त्रिशूल, माथे पर त्रिपुंड—ये सब विस्मयकारी ही तो हैं? आप इस घर के मुखिया तो कहीं से भी प्रतीत नहीं होते। हाँ, आपको देखकर किसी भिक्षुक, संन्यासी या वनवासी वर्ग के किसी प्राणी का बोध अवश्य होता है। आप भय और विस्मय की वस्तु अवश्य हैं। परिवार में महिलाओं के अन्त:कक्ष में इस अद्भुत रस का भला क्या काम? मैं तो आपको भीतर प्रवेश देने से रहा!"

"मूर्ख बालक! तुम हठी भी हो और वाचाल भी। तुम्हारे शब्द तुम्हारी कुतर्क भरी बुद्धि का परिचय दे रहे हैं। पर तुम मेरा परिचय न जानना चाहते हो, न समझना चाहते हो। मैं पुन: शान्त चित्त से समझा रहा हूँ, मैं शिव हूँ। अपनी प्रिया पार्वती का पति और यह मेरा ही आवास है। अपरिचित और अज्ञात तो तुम हो, तुम्हें मैंने यहाँ कभी नहीं देखा। स्वयं अज्ञात कुल-शील के हो और तुम मुझे अपरिचित सिद्ध करने पर उतारू हो। यह क्या कम आश्चर्यजनक है?"

"देव! आप कुछ भी कहने और सोचने के लिए स्वतंत्र हैं पर मैं अपने कार्य और निर्णय पर अडिग हूँ। आप कथमपि अन्त:पुर में नहीं जा सकते। यदि आप बलपूर्वक जाना चाहेंगे तो मुझे विवश होकर शस्त्र-सन्धान करना पड़ेगा।"

"अरे तुच्छ बालक! तुम देवाधिदेव महादेव को युद्ध की चुनौती दे रहे हो! तुम स्वरूप से सुन्दर, किंचित् आश्चर्यकर भी हो क्योंकि तुम्हारे चार हाथ हैं जो तुम्हारी असाधारणता भी सूचित कर रहे हैं पर तुम्हारा हठ तुम्हारे लिए प्राणघातक सिद्ध होनेवाला है। तो तुम मुझे रोकना चाहते हो तो रोक लो, मैं भीतर प्रवेश करने जा रहा हूँ।"

गणेश ने अपना एक पाँव फैलाकर द्वार रोक लिया। उनके हाथ में पाश और अंकुश दोनों सक्रिय हो गए। शिव अचम्भित, दुखी और क्षुब्ध थे। किसी बालक पर कैसे प्रहार करें? यह बालक कौन है, किसका है? पार्वती ने इस प्रकार का अविश्वसनीय आदेश भला कैसे दे दिया? इन चिन्ताओं में डूबे हुए शिव ने बालक पर प्रहार करना उचित नहीं समझा और अपने स्थान पर लौट आए। तब तक सुन-समझ तथा अनुमान कर उनके गणों में भयानक रोष छा गया। हमारे आराध्य शिव को एक हठधर्मी बालक ने माता पार्वती का नाम लेकर अन्त:पुर में प्रवेश करने से रोक दिया। यह तो अविश्वसनीय और अपमानजनक घटना थी। वीरभद्र और अन्य अनेक गण सहसा उत्तेजित हो उठे। वे सब अपने-अपने अस्त्र-शस्त्र लेकर उस बालक का मान मर्दन करने चल पड़े। परमपिता परम प्रभु शिव के अपमान का ऐसा दु:साहस? ऐसे दुर्बुद्धि बालक को तो हर हाल में दंड मिलना ही चाहिए।

गणेश अपने स्थान पर जमे बैठे थे। सहस्त्रों गणों की सेना अस्त्र-शस्त्र लिए आ रही थी पर गणेश तनिक भी विचलित नहीं हुए। उन्होंने अपने हाथों में परिघ नचाते हुए गणों के समस्त आघातों का उत्तर देना आरम्भ किया। कुछ ही क्षणों में गम्भीर चोटों से आक्रान्त होकर गणों की वाहिनी भाग चली। उनमें कुछ गण मारे गए, कुछ रक्त-स्नात, कुछ अर्द्धमूर्च्छित दशा में भागे जा रहे थे। एक अकेले गणेश ने सबका जैसे सर्वनाश कर डाला था। तब तक अन्त:पुर में सूचना गई कि बाह्य द्वार पर गणों, भूत, पिशाचों ने गणेश ने घेर लिया है और उनमें युद्ध हो रहा है तो माता पार्वती विचलित हो गईं। कहाँ से, कौन विरोधी उनके पुत्र गणेश को घेरकर युद्ध कर रहे हैं, उनके शरीर से अनेक ज्वालामयी शक्तियाँ प्रकट हो गईं और वे बाह्य द्वार की ओर जाकर युद्ध में गणों का संहार करने लगीं। यह समाचार त्रिलोक तक व्याप्त हो गया। विष्णु जी शिव की सहायता के लिए आ गए। इधर नवग्रहों में शनि सबसे प्रखर और उग्र लग रहे थे। वे भी भागे-भागे शिव के पास पहुँचे।

क्रोधित शिव की भुजाएँ फड़क रही थीं, क्रोध से वे उन्मत्त-जैसे प्रतीत हो रहे थे। उनके साथ-साथ विष्णु, शनि आदि ग्रह एवं देव-वाहिनी भी चल रही थी।

शनि ने कहा, "देवाधिदेव! ज्ञात हुआ है कि कोई शक्तिशाली बालक अकेला ही हमारे गणों का संहार कर रहा है, आप चलें, मैं भी आपके साथ चल रहा हूँ। मेरे एक दृष्टि निक्षेप से उसका सिर कटकर भूमि पर गिर पड़ेगा, और वैसे तो आपका त्रिशूल ही पर्याप्त है।"

बाह्य द्वार पर तुमुल कोलाहल मचा हुआ था, भगवती की शक्तियाँ युद्धरत सैनिकों, गणों का निर्ममतापूर्वक संहार कर रही थीं। शिव अपना त्रिशूल तानकर क्रोधावेश में दौड़े, तब तक गणेश ने पाश से उन्हें सहसा बाँध लिया। यह सब इतनी शीघ्रता और त्वरा में हुआ कि शिव का त्रिशूल स्तम्भित-सा हो गया। पाश में आबद्ध होने के कारण शिव निरुपाय होकर एक दर्शक की भाँति हो गए थे फिर भी उन्होंने अपनी महाशक्तियों का आह्वान किया और उन पर पाश छिन्न हो गया। उन्होंने अपना त्रिशूल ताना और चाहा कि बालक का शिरश्छेद कर दें। तब तक शनि ने भी अपने प्रभु शिव की रक्षा के लिए बालक पर कुदृष्टि डाल दी। इधर शनि की कुदृष्टि और उधर शिव के त्रिशूल दोनों का एक-साथ बालक पर आघात हुआ और बड़ी क्षिप्रता से बालक गणेश का सिर कटकर कहीं दूर जा गिरा। गणेश के शरीर के गिरते ही गण आवेश में अचानक नृत्य करने लगे, इधर भगवती की शक्तियों में हाहाकार मच गया। क्षणभर में वे चीत्कार करती हुईं बाह्य द्वार पर आ गईं। वे सभी क्रोध, दुख और विनाशकारी भावों से भर गई थीं। उनका विकल आर्तनाद पूरे भूमंडल तक व्याप्त हो गया था।

उन सबके रुदन का वेग बढ़ता जा रहा था, समूची दिशाएँ प्रकम्पित थीं। उत्तेजना की लहर से वातावरण में विकलता भर गई। रुदन का स्वर सुनते ही शिव को लगा कोई बहुत बड़ी अक्षम्य भूल हो गई है। शिव के हाथों से त्रिशूल छूटकर नीचे जा गिरा। शनि देव माता पार्वती के प्रकोप से भागकर दूर जा छिपे, अज्ञानता में ही इतना बड़ा कुकांड घटित हो गया था।

5

दुख केवल मनुष्य की ही पूँजी नहीं है वह चित्त का स्वाभाविक धर्म है : जहाँ भी प्राण हैं, विचार हैं वहाँ यह अपने अस्तित्व की घोषणा कर देता है। आज्ञाकारी द्वारपाल बालक गणेश का सिर शनि की क्रूर दृष्टि और शिव के प्रलयंकारी त्रिशूल के वज्र आघात से कटकर कहीं दूर जा गिरा। एक छोटे बालक पर यह क्रोध, यह अमर्ष देवाधिदेव महादेव को स्वयं भी प्रिय नहीं लग रहा था पर हठधर्मिता की भी तो कोई सीमा होती है! अज्ञान से उत्पन्न आत्माभिमान का कोई अर्थ नहीं होता, वह दंड का भागी होता है। शिव यह नहीं समझ पा रहे थे, वह बालक कौन था, कहाँ से आया था, उसे अन्त:पुर की रक्षा के लिए मुख्य द्वार पर किसने प्रतिनियुक्त किया था, चार भुजाओं वाला बालक आश्चर्य और विस्मय की वस्तु था, फिर उसका युद्ध कौशल? युद्धोन्मत्त गणों की वाहिनी से अकेले जूझने का सामर्थ्य आखिर उसमें कहाँ से आया? वह किसका आश्रित था? ऐसे बहुत सारे प्रश्न शिव के मन को मथ रहे थे। पर अब क्या हो सकता था? उस बालक का निष्प्राण सिर-विहीन शरीर वहीं भूमि पर पड़ा था, युद्ध में भाग लेनेवाले गण हर्ष मना रहे थे। उन्मत्त कोलाहल सब कहीं गूँज रहा था।

पार्वती स्नानादि से निवृत्त होकर जैसे ही ध्यान में बैठीं गणों के हर्षोन्मत्त कोलाहल ने उनका ध्यान खींच लिया। तभी उनकी परिचारिकाएँ दौड़ती हुई वहाँ आईं। उनके नथुने फूल रहे थे, मुख से फेन निकल रहा था, वे बदहवास और अत्यन्त विकल प्रतीत हो रही थीं। पार्वती ने प्रश्न-मुद्रा में देखा तो वे परिचारिकाएँ फूट-फूटकर रो पड़ीं, "महादेवी! भयानक अनर्थ घटित हो गया। हम कैसे बताएँ? हम कुछ कहने की स्थिति में नहीं हैं।"

"तुम सब पहले शान्तचित्त हो जाओ और फिर स्पष्ट बताओ।"

एक परिचारिका ने आगे बढ़कर बोलने का प्रयत्न किया, उसके शब्द विशृंखल हो रहे थे फिर भी उसने साहस बटोरकर कहा, "हमारा प्रिय गणेश का युद्ध में वध कर दिया गया। वह निष्प्राण होकर पृथ्वी पर पड़ा है।"

पार्वती यह सुनते ही पहले तो संज्ञाशून्य-सी हुईं फिर अचानक उनकी मुख-मुद्रा बदल गई। उनका मुख रक्ताक्त हो गया, क्रोध से थर-थर काँपता हुआ उनका शरीर महाकालिका की तरह कृष्णवर्णी हो गया था, वे पीड़ा के उन्माद से व्यथित, स्तम्भित, उत्तेजित और सहसा आक्रामक हो उठीं।

"किसने किया यह? मेरे प्यारे पुत्र का वध हो गया, मेरा शक्तिशाली देवपुत्र, कोमल, आज्ञाकारी बालक जो मेरी प्रीति का पात्र था, मेरे स्नेह का पुँजीभूत रूप, मेरे हृदय की अभिलाषाओं का ज्वार, मेरे प्राणों का वैभव किसने लूट लिया, शिव के इस लोक में ऐसा दु:साहसी कौन है? शीघ्र बताओ, मुझे विस्तार से बताओ। मेरा रोम-रोम क्रोधाग्नि में जल रहा है, इस आग से मैं स्वयं भस्म हो रही हूँ, यह सारी सृष्टि नष्ट हो जाएगी, यह अग्नि-पिंड की तरह धधक उठेगी। मुझे उस अन्यायी का नाम बताओ, शीघ्र बताओ।'

परिचारिका ने बड़े साहस से इतना भर कहा, "और कौन ऐसा दु:साहस कर सकता है? स्वयं हमारे प्रभु शिव और शनि की क्रूरकर्मा दृष्टि के प्रभाव से बालक का सिर कटकर वेग से कहीं दूर-सुदूर जा गिरा। बालक गणेश का अपराध बस इतना था कि उसने प्रभु को अन्त:पुर में आने से रोका था। प्रभु बार-बार अपना परिचय दे रहे थे पर गणेश बार-बार यही दुहरा रहा था कि मेरी माँ का आदेश है कि जब तक वे स्नानादि से निवृत्त नहीं हो जातीं तब तक मैं उनके अन्तरिम कक्ष में किसी भी बाह्य व्यक्ति को प्रवेश नहीं करने दूँगा। दोनों अपने-अपने हठ पर अड़े थे। इसी तनातनी में प्रभु के गणों ने उस पर आक्रमण कर दिया। बालक गणेश अकेला ही गणों का विनाश कर रहा था। यह देख प्रभु के मन में भी भयानक कोप का भाव आ गया, उस पर शनि ने भी अपनी कुदृष्टि डाल दी और बेचारा अबोध बालक मृत होकर धराशायी हो गया।"

परिचारिका जैसे-जैसे घटना का वर्णन करती जा रही थी, पार्वती के मुख की मुद्राएँ बदलती जा रही थीं। वे एक दैवी उन्माद में झूम रही थीं, अकस्मात् उनका स्वरूप बदल गया, वे महाकाली के विराट् रूप में बदल गईं। अब अनेक भुजाओंवाली महाकाली के हाथ में भाँति-भाँति के अस्त्र-शस्त्र चमक रहे थे। असुरों के कटे हुए बाहुओं से बँधा हुआ वस्त्र उनके कटि भाग में लिपटा था।

खुली हुई केशराशि छाती के अग्रभाग पर झूल रही थी। जिह्वा बाहर निकली हुई मानो अभी-अभी रक्तपान करके निकली हो, हाथ में किसी असुर का कटा हुआ सिर जिसमें से रक्त की बूँदें प्रस्रवित हो रही थीं। क्रोध और उत्तेजना में उनके गले में पदतल तक झूलती हुई लम्बी मुंडमाला के टकराने की खड़खड़ाहट का स्वर एक भयानक स्वर और दृश्य उपस्थित कर रहा था। उनका क्रोध वश में नहीं था, उत्तेजना अपने चरम पर थी, मुख से निकलता हुआ आर्तनाद एक भयानक, भयकारक वातावरण की सृष्टि कर रहा था।

पार्वती किसी ज्वलित अग्निपिंड की तरह बाहर निकलीं, उनके उच्छ्वास से दिशाएँ दग्ध हो रही थीं, पदक्षेप से दिग्गज चरमरा उठे थे। आज पिता ही हन्ता के रूप में खड़ा था और उनके शरीर-देश के सुगन्धित मैल से रचा गया शिशु जघन्य क्रूरता का आखेट बन गया था।

पार्वती केवल अग्नि-पिंड की तरह धधक रही थीं, उनका शरीर उस उत्तप्त ज्वाला में छिप गया था केवल जलती हुई आँखें और लपलपाती जिह्वा ही दीख पा रही थी। शिव कुछ समझ नहीं पा रहे थे पर उन्होंने शान्तिपूर्वक प्रश्न किया :

"देवि! क्या मुझसे कोई अपराध हो गया? यह बालक कौन था? मेरी जिज्ञासा अभी भी शान्त नहीं हुई है। आपका यह दारुण दुख और भयानक क्रोध मुझे विकल कर रहा है, कृपया शीघ्र बताएँ? मेरी चिन्ता को शमित करें।"

"हाँ, वह बालक मेरा पुत्र था। मेरे शरीर का ही अंग था, मैंने इन्हीं हाथों से उसका निर्माण किया था, वह मेरी आज्ञा से अन्त:पुर के द्वार पर नियुक्त था। मैंने ही उसे आज्ञा दी थी कि चाहे कोई भी हो, बिना मेरी आज्ञा से उसे भीतर मत आने देना। मेरे पुत्र ने मेरी आज्ञा का पालन किया। और आपलोगों ने अविचारित कर्म किया। एक बालक पर निर्मम प्रहार करते हुए आपके हाथ नहीं काँपे? क्या ममत्व का अनुभव केवल स्त्री के हृदय को ही होगा और पुरुष उद्दंड, अहंकारी और बल-प्रदर्शन का ही कठोर प्रतीक बना रहेगा! स्त्रीत्व जब मातृत्व में परिणत होता है तो उसकी अनुभव-सीमा को विस्तृत कर देता है। मेरी निर्मिति को कोई खंडित नहीं कर सकता। मेरी आँखों से बहते हुए अश्रु के ताप में मेरी वेदना प्रवाहित हो रही है, इसके एक-एक बिन्दु में मेरा क्रोध उबल रहा है।"

"देवि! आप शान्त हों। अपनी विनाश-लीला को आप ही समेट सकती हैं। अब मुझे ज्ञात हो रहा है हमसे बड़ी भूल हो गई है, मैंने अपनी अहंकृति को महत्त्व दिया, अपने गणों की पीड़ा देखी पर उस नन्हे बालक के शौर्य के पीछे छिपी आपकी महाशक्ति का अनुभव नहीं कर सका।

"आज आपके असहनीय क्रोध की प्रलयाग्नि में मेरा चित्त द्रवीभूत हो रहा है। मैं भला इस बात की कल्पना भी कैसे कर सकता था कि मैं स्वयं अपने कक्ष में जाने का अधिकारी नहीं हूँ और एक बालक मुझे रोकने के लिए बल का प्रयोग कर सकता है? और अब इस पीड़ा को सहना तो मेरे लिए और भी कठिन है कि मैंने अपने ही पुत्र अपने गणेश का शिरच्छेद कर दिया। क्रोध के आवेश और शौर्य के उन्माद में भला सोचने-विचारने का समय ही कहाँ रह गया था? कोई भी युद्ध चाहे वह छोटा हो या बड़ा, दो व्यक्तियों के बीच का हो या विराट् सैन्य वाहिनियों के बीच हो, वह प्रदीप्त अहंकार का उदाहरण होता है। उसमें अस्त्र-शस्त्रों का चालन और सामने खड़े प्रतिरोधी को परास्त करने या उसके वध की ही एकमात्र इच्छा शेष होती है। युद्ध एक उन्माद है, अन्धवृत्ति है, वहाँ ज्ञान लुप्त हो जाता है और बुद्धि के दीप बुझ जाते हैं, वहाँ केवल नैश अन्धकार होता है, स्व और पर का भेद मिट जाता है, बचता है केवल उग्र अहंकार, दृप्त अभिमान, शत्रु को परास्त कर देने की तीव्र लालसा! बस इसके बाद विवेक के उपयोग का प्रश्न ही कहाँ रह जाता है? देवि! मैं तो समाधि में एकचित्त था, बाहर के विश्व की किसी हलचल से दूर आँखें मूँदे सृष्टि-चिन्तन कर रहा था। मुझे कहाँ पता था कि मेरी परम प्रिया पार्वती ने अपने महत् तेज से एक शिशु की रचना कर डाली है, मुझे तो उसे देखकर वात्सल्य-भाव से विमुग्ध होना चाहिए था, वह शिशु जो मेरे अमित स्नेह का भाजन था, वह मेरे कोप का भागी बन गया, उस पर अग्नि में घृत की तरह शनि देव के दृष्टिपात भर से उसका सिर कटकर दूर जा गिरा और तत्क्षण नेत्र-ज्वाला से वह भस्म भी हो गया। प्रिये! मैं पश्चात्ताप से विकल हो रहा हूँ, क्षणमात्र में पट-परिवर्तन हो गया। सब कुछ नष्ट हो गया। एक प्रीति-स्निग्ध ममता की बलि चढ़ गई। देवि! तुम्हारी आँखों से बहते हुए अश्रु मुझे सन्तप्त कर रहे हैं, इस अश्रु-जल में जो तप्त अग्नि है वह मुझे दग्ध कर रही है। स्नेही व्यक्ति स्नेह का अनुभव सहस्त्र गुना करते हैं। मैं इस बात से भी दुखी हूँ कि अन्ततः देव-जाति को इतनी महाशक्तियाँ क्यों मिली हुई हैं जिनके उपयोग या दुरुपयोग की कला उन्हें नहीं मालूम। एक तो मेरा प्रचंड त्रिशूल, दूसरे शापित शनिदेव की कुदृष्टि! यह अघटित घटना अधिकार-मद रखनेवालों के लिए लज्जाजनक है।"

इतना कहकर शिव शान्त हो गए, उनकी वाणी अवरुद्ध हो गई। पार्वती का दुख उन्हें हिला रहा था। उन्होंने अविलम्ब ध्यान-मुद्रा में विष्णु और ब्रह्मा का स्मरण किया। कुछ ही क्षणों बाद दोनों महाशक्तियाँ प्रकट हुईं। यह घटनाक्रम उनसे अविदित नहीं था। उन्होंने भी महाकाली को मधुर शब्दों में समझाने का प्रयत्न किया। ब्रह्मा ने कहा :

"विष्णुदेव! आप इस अज्ञात बोध से उत्पन्न पीड़ा का निवारण करें आप यहाँ से और आगे उत्तर दिशा में जाएँ। जो प्रथम दृष्टि में जीव दृष्टिगत हो उसका सिर ले आएँ, वही हमारे प्रिय बालक गणेश के स्वरूप का निर्धारण करेगा।"

विष्णु पितामह के आदेश से अपने गरुड़ पर उड़ चले। कुछ ही दूर आगे घना वन-मंडल आरम्भ हो गया था। आगे बढ़ते ही उन्होंने एक विचित्र दृश्य देखा। एक विशाल हथिनी ने सम्भवतः कुछ ही देर पहले अपने शिशु हाथी को जन्म दिया था। उस नवजात हाथी के शिशु का रक्तवर्णी शरीर धूप में चमक रहा था। हथिनी ने उसे स्वच्छ कर दिया था और वह ठुमकता हुआ उसके पीछे-पीछे चलने का प्रयत्न कर रहा था तभी अचानक पहले से घात लगाए बाघों के झुंड ने उसे घेर लिया। हथिनी चारों ओर नाच-नाचकर अपने शिशु को बचाने का प्रयत्न कर रही थी पर चार-चार बाघों के आक्रमण के बीच वह स्वयं को असहाय अनुभव कर रही थी और बाघ शिशु के शरीर के पृष्ठ भाग पर चढ़ बैठे थे। शिशु का आर्तनाद सर्वत्र गूँज रहा था। उसके शरीर के पिछले धड़ भाग को चार-चार बाघ नोच रहे थे। हथिनी ने अपने शिशु की पीड़ा और कातरता देखी पर वह बचाव में असमर्थ थी, उसे लग गया था कि उसके नवजात शिशु की प्राण-रक्षा अब असम्भव है तो वह दुखी मन से उसे छोड़कर चल पड़ी। विष्णु को लगा यह हाथी के नवजात शिशु का मस्तक ही गणेश का मस्तक होने योग्य है। उन्होंने तुरन्त सुदर्शन चक्र से नवजात हाथी के शिशु का मस्तक काटकर अपने गरुड़ पर रख लिया और बड़े वेग से कैलास की ओर उड़ चले।

अभी कैलास का दृश्य पूर्ववत् ही था पर अब माता पार्वती अपने स्वाभाविक रूप में आ गई थीं। उनका विक्षुब्ध हृदय कुछ शान्त हो गया था। क्रोध की अग्नि-शिखा बुझ गई थी, रह गई थी केवल धूम-रेखा। उनकी गोद में गणेश का सिर-विहीन धड़ पड़ा था। उनकी आँखों के बहते अश्रु गणेश की कटी हुई ग्रीवा के बहते रक्त के साथ एकाकार हो गए थे, तभी कोलाहल मचा। किसी उड़ते नील पर्वत की तरह विष्णु अपने गरुड़ पर आते दिखाई दिये। गरुड़ के विशाल पंख जैसे आकाश में किसी समुद्र पोत की तरह बड़े वेग से हवा को मथते हुए चल रहे थे। पंखों की सरसराहट इतनी तीव्र थी मानो दो वृक्षों का घर्षण हो रहा हो। गरुड़ किसी चमकीले ग्रह की तरह शोभा पा रहे थे। कुसमय का सर्प ही उनका ग्रास था, विस्तृत शून्य आकाश ही उनका घोंसला था, आकाश के ग्रह-गण चन्द्र और तारक उनके सखा थे। उड़ते समय उनके प्रखर चोंचों की टकराहट से ज्ञात हो जाता था कि उन्होंने अपना कार्य सिद्ध कर लिया है। उन चोंचों की टकराहट नगाड़े की-सी ध्वनि उत्पन्न कर रही थी।

उस समय सम्पूर्ण कैलास उत्कंठा, आवेग और जीवनेच्छा की कामना से भरा हुआ था। विष्णु ने बड़ी सावधानी से रक्तरंजित रक्तवर्ण वाले गज-शिशु के कटे हुए मस्तक को उतारा, ब्रह्मा और शिव दोनों इस कार्य में उनका सहयोग कर रहे थे। धीरे-धीरे वे तीनों चलते हुए गणेश के निष्प्राण शरीर के पास पहुँचे। चतुर्मुख ब्रह्मा ने मंत्रोच्चारण करते हुए उस गजमुख को बालक गणेश की ग्रीवा में जोड़ दिया। जैसे कोई विद्युत् का प्रकाश सर्वत्र कौंध जाए, जैसे तेज हवा के स्पर्श से वीणा के तार निनादित हो उठें वैसे ही बालक गणेश ने अपनी छोटी-छोटी आँखें खोलीं। ब्रह्मा, विष्णु और महेश इन त्रिदेवों की कृपा से गणेश जीवित हो गए थे। अब वहाँ न रक्त का कोई चिह्न शेष था न किसी दुख का। सब ओर हर्ष-ही-हर्ष व्याप्त था। शिव के गण भाँति-भाँति के वाद्य बजा रहे थे, सब ओर आनन्द एक नाद की तरह गूँज रहा था। माता पार्वती की आँखों से स्नेहाश्रु छलक रहे थे। तुन्दिल और हृष्ट-पुष्ट गणेश की दिव्य शरीर-कान्ति के ऊपर आज रक्तवर्णी गजमुख ने गणेश को 'गजानन' बना दिया था। माता ने मानसरोवर के स्वच्छ पवित्र जल से उनका अभिषेक किया। वे चाहती थीं कि उनका गजानन सभी देवताओं में श्रेष्ठ हो, अग्रदेवता हो, प्रथम पूज्य हो, गणाध्यक्ष हो, विनायक हो, सर्वशक्तिमान हो। त्रिदेवों ने एक स्वर से इसका समर्थन किया और गजानन ने अपने चारों हाथों से अपनी सूँड़ उछालकर कहा :

'उत्तम! माता! देखो मेरा स्वरूप। अब तुम्हें वन में जाने की आवश्यकता नहीं होगी, मैं ही तुम्हारे आगे-पीछे घूमूँगा, सबका रक्षक बनूँगा। मुझे आप सब आशीष दें, आपके आशीर्वाद के अमृत ने ही मुझे जीवन-दान दिया है। सभी देवताओं ने 'स्वस्ति' कहा। शिव और पार्वती ने दौड़कर गणेश को अपनी भुजाओं में भर लिया। उनकी सम्मिलित शक्तियाँ गणेश के शरीर और मन में एक-साथ प्रवेश कर रही थीं।

6

पार्वती बार-बार अपने गजमुख पुत्र वक्रतुण्ड को अपलक निहार रही थीं। विष्णु प्रयत्नपूर्वक उत्तर दिशा से एक नवजात गजशिशु का शिरोभाग काटकर ले आए और शिव के समक्ष ब्रह्मा के द्वारा उसे गणेश के कटे हुए धड़ पर मंत्रोच्चार सहित जोड़ दिया गया। उस समय दैवी और ईश्वरीय आभा से कैलास का समस्त क्षेत्र जगमगा रहा था। माता पार्वती के मंडन-द्रव्यों से रचा गया वह कीर्तिशाली शरीर सहसा जी उठा। गणेश ने अपनी आँखें खोलीं, उसके मुख से उच्चरित 'माता' शब्द ने पार्वती को आन्दोलित कर दिया। स्नेह की पराकाष्ठा उनके भीतर एक भावाकुल मूर्च्छा का संचार कर रही थी, उन्होंने दौड़कर बालक गणेश को गोद में उठाया। उनके वक्ष से दूध की धार बह रही थी, शरीर प्रेमाकुलित था, भावातिरेक से उनकी उँगलियाँ थरथरा रही थीं। गणपति को वे अत्यन्त आतुर-भाव से दुग्धपान कराने लगीं। ऐसा प्रतीत हो रहा था कि लम्बोदर गणपति भी मानो कई जन्मों के भूखे हों। वे तृषित-भाव से माता का दुग्धपान कर रहे थे। दुग्ध-रस से उनका मुखमंडल भींग रहा था। माता पार्वती ने अपनी गोद में वक्रतुण्ड के विश्वमोहन रूप का दर्शन किया। रक्तिम वर्ण का गजमुख धारे गणेश अत्यन्त शोभा पा रहे थे, केवल शक्तिशाली गजमुख अलग से शोभा पा रहा था। वे दूध पीते समय माता का मुखमंडल निहारे जा रहे थे, स्नेह और करुणा से उनकी दोनों छोटी-छोटी आँखों में अश्रु-बिन्दु झिलमिला रहे थे। पार्वती ने वक्रतुण्ड के दृढ़ और प्रशस्त भाल प्रदेश को हल्के-हल्के अपने कोमल करों से सहलाया तो गणेश की आँखें अर्ध निमीलित हो गईं। कुछ देर दूध पीने के बाद परम तृप्त होकर गणेश माता की गोद में बैठ गए। पार्वती ने गंगाजल से उनका अभिषेक किया।

उनके समस्त शरीर को धोकर हरिद्रा हल्दी के लेप से वासित कर रक्तचन्दन से उनके कपाल पर त्रिपुंड लगाया। तब तक गणेश के लिए स्वर्ण नीलम जटित चमचमाता मुकुट आ गया था, उसे उन्होंने मस्तक पर सुशोभित किया। उनके छोटे-छोटे शूर्पकर्ण दोलायित हो रहे थे। उनमें उन्होंने अति प्रीति-भाव से कुंडल पहनाया, उनकी सूँड़ पर चन्दनों का रेखांकन किया। उनका वात्सल्य भाव कभी चुम्बन, कभी अंक भरने, कभी अपलक देखने और कभी क्रीड़ा-भाव में प्रकट हो रहा था। तब तक अपने-अपने आसनों पर ब्रह्मा, विष्णु, शिव, देवराज इन्द्र आदि प्रमुख देवतागण मौन भाव से माता और पुत्र की स्नेह-लीला के साक्षी थे। शिव मन-ही-मन अपनी उग्रता और अधीरता पर लज्जित हो रहे थे। अत्यन्त दुखी-भाव से उन्होंने अपना त्रिशूल एक कोने में रख दिया था। जिस त्रिशूल से अत्यन्त क्रोधावेश में उन्होंने प्रिय पुत्र गणेश का सिर काट डाला था उसे वे अभी देखना भी नहीं चाह रहे थे। शनि देवता ने भी उसी समय अपनी वक्र दृष्टि से गणपति के शिरश्छेदन में सहायता की थी तो वे भी सिर झुकाए शान्त-भाव से बैठे थे। वे विचार कर रहे थे कि उनकी गति तो मन्द है पर विचार इतने क्षिप्र क्यों कर हो गए कि उन्होंने एक बालक के बाल वय का भी तनिक विचार नहीं किया? उस समय कैलास के उस कक्ष में एक-साथ पश्चात्ताप, आनन्द, वात्सल्य, आश्चर्य, विस्मय, कौतूहल का मिश्रित भाव व्याप्त था। सबका दुख धीरे-धीरे एक मधुर प्रसन्नता में परिवर्तित होता जा रहा था।

पार्वती का मन अभी भी अतृप्त था। उन्होंने सुपक्व कदली फलों, आम्रफल आदि ऋतु फलों के साथ-साथ अनेकानेक स्वर्ण थालों में मधुर मोदकों को लाने का आदेश दिया। गणेश दुग्ध पीकर तृप्त हो गए थे पर सामने सुपक्व सुमधुर रंगमय फलों और मिष्टान्न मोदकों से परिपूरित थालों को देखकर वे अपने को रोक नहीं सके और देखते-देखते उन्होंने अपनी सूँड़ लम्बी कर ली और क्षणमात्र में वह सारी भक्ष्य सामग्री अपने उदरस्थ कर ली। फिर तृप्तिपूर्वक डकार लेकर उन्होंने आनन्दातिरेक से अपनी सूँड़ ऊपर उठाई और उसे गोल-गोल लपेट कर हर्षातिरेक से नृत्य करने लगे। पार्वती की प्रसन्नता का पार नहीं था। वे भाँति-भाँति के रत्नों, मांगलिक द्रव्यों और तृप्तिदायक मिष्टान्नों और भोज्य पदार्थों को समस्त गणों में बाँटने लगीं। उन्होंने सभी देवताओं, ब्राह्मणों और ऋषियों को भी सन्तुष्ट किया।

विष्णु ने अपनी प्रिया लक्ष्मी के साथ श्रेष्ठतम उपहारों के साथ प्रसन्न-नयन गणपति की पूजा की और कहा :

"हे देवोत्तम! तुम्हारी प्रथम पूजा मैंने की है अतः वत्स! तुम सर्व पूज्य और प्रथम पूज्य होओगे।"

उन्होंने गणपति के गले में लाल फूलों की वनमाला पहनाई और ब्रह्मज्ञान देते हुए सम्पूर्ण सिद्धियाँ प्रदान कीं। उन्होंने षोडशोपचार पूजन कर उन्हें अनेक नामों से पुकारा। विष्णु भावातिरेक में पुकार रहे थे : विघ्नेश, गणेश, हेरम्ब, गजानन, लम्बोदर, एकदन्त, शूर्पकर्ण, विनायक...। उस समय वहाँ उपस्थित देवराज ने अपने नन्दन वन की अम्लान पारिजात माला प्रदान की। स्वर्ग लोक के वैद्य अश्विनी कुमारों ने अनेक प्रकार के धूप, दीप, चन्दन और रसमय मोदकों से उनका सम्मान किया। तरह-तरह के फलों का वहाँ अम्बार लग गया जिसमें सुपक्व बिल्व फल, अनार, कटहल, खजूर, जामुन, आम, केला, नारियल आदि प्रमुख थे। साथ ही सैकड़ों स्वर्णपात्रों में सुगन्धित मोदकों का भंडार सुसज्जित था। विष्णु भाव-मुद्रा में उनकी स्तुति करते अघा नहीं रहे थे। वे बराबर कह रहे थे :

"'गणपति' आप सर्वेश्वर हैं, अविनाशी नित्य, निर्लेप, सर्वसाक्षी, सिद्धरात, धर्मस्वरूप, अग्रपूज्य और सर्वपूज्य हैं।"

माता पार्वती ने हर्षोल्लास में अपने दिव्य स्वरूप का स्मरण किया और सिंहवाहिनी भगवती के रूप में प्रकट हो गईं। उन्होंने कहा :

"तू मेरा पुत्र है। तुम्हें बड़ा कष्ट उठाना पड़ा पर अब तू कृतकृत्य हो गया है। अब और अभी से सभी देवताओं द्वारा तेरी अग्रपूजा होती रहेगी और तू संसार के लिए विघ्नेश और कल्याणकारी सिद्ध होगा।"

माता ने यह कहकर अनेक दिव्य वस्त्राभूषण गणपति को प्रदान किये। उन्होंने आशीर्वाद देते हुए कहा :

"मेरे आलिंगन से मेरे माथे पर का सिन्दूर तुम्हारे मुख पर शोभित हो रहा है तो संसारवासी सिन्दूर से तुम्हारी पूजा करेंगे, पुष्प, चन्दन, दूर्वा, सुगन्ध, नैवेद्य, आरती और ताम्बूल से की गई तुम्हारी पूजा सभी सिद्धियों को प्रदान करने में समर्थ होगी।"

उस समय त्रिदेवों ने मिलकर गणेश को 'सर्वाध्यक्ष' नाम से पुकारा और अग्रपूजा का आशीर्वाद प्रदान किया और कहा :

"गणनाथ! भाद्रपद मास के कृष्णपक्ष की चतुर्थी तिथि को शुभ चन्द्रोदय के समय तेरा जन्म हुआ है, माता पार्वती के सुन्दर चित्त से रात्रि के प्रथम प्रहर में तेरा आविर्भाव हुआ है, वह तिथि सदैव सर्वसिद्धि प्रदाता होगी।"

कुछ ही दिनों बाद वक्रतुण्ड पूर्व की भाँति अपनी माता की आज्ञा के पालन में लग गए। वे माता के अन्त:कक्ष के बाहर द्वार पर विधि-निषेध के पालन में तत्पर हो गए। एक दिन परशुराम अपने कन्धे पर शिव-प्रदत्त भयानक परशु सम्हाले वहाँ प्रकट हुए। वे पृथ्वी के समस्त क्षत्रिय राजाओं का विनाश कर लौट रहे थे।

अभी भी उनकी भुजाएँ फड़क रही थीं, मुखमंडल क्रोध और उत्तेजना से आरक्त था। उनकी गुरु गम्भीर धीर गति से पृथ्वी में आलोड़न और कम्पन हो रहा था। उनके परशु की रक्त से सनी हुई धार अभी भी पूर्णत: सूखी नहीं थी और अभिमानी क्षत्रिय राजाओं का रक्त उसकी नोक पर जम-सा गया था। जैसे सूर्य किरणों के प्रखर ताप से किसी नदी की उपधारा सूख जाने पर कीचड़ शेष रह जाता है, वैसे ही उनका दिव्य परशु समस्त बीती हुई घटनाओं का साक्षी दे रहा था। उस शेष रक्त-बंध में बचा हुआ क्रोध, मृत राजाओं का अहंकार और मद तथा राज्य-लिप्सा के शेष चिह्न स्पष्ट दिखाई दे रहे थे। आज शिव और पार्वती एकान्त में विश्राम कर रहे थे। गणाध्यक्ष द्वार पर सन्नद्ध और सावधान बैठे थे। भगवद्स्वरूप एक अति तेजस्वी तप:पूत कुठारघाती प्रलम्ब पुरुष को सामने पाकर गणाध्यक्ष उठ खड़े हुए। उन्होंने यथोचित अभिवादन कर आगन्तुक का परिचय जानना चाहा।

परशुराम ने अपना परिचय पूछनेवाले बालक पर दृष्टि डाली। वह बालक स्वरूप से अद्भुत था। उसका धड़ मनुष्याकृति का था पर उसकी चार भुजाएँ थीं, मुख के स्थान पर गजमुख शोभा पा रहा था। उसके बड़े-बड़े शूर्पकर्ण फड़फड़ा रहे थे, उसमें लगे हुए मौक्तिक कुंडल भी साथ-साथ डोल रहे थे। माथे पर स्वर्ण मुकुट दीपित था। उसकी छोटी-छोटी आँखें मन के भीतर तक प्रविष्ट हो रही थीं। उस बालक ने अपने स्वरूप से परशुराम को मोहित अवश्य किया पर महान् शक्तिशाली परशुराम का ओजस्वी रूप क्षणमात्र में अपने पौरुष और वीर-भाव से भर गया। परशुराम ने उदग्र भाषा में तटस्थ होकर कहा :

"बालक! मेरे प्रभु शिव को सूचना दो कि उनका भक्त परशुराम उनके दर्शनों के लिए द्वार पर समुपस्थित है।"

"भगवन! आप हमारे इस कैलास प्रदेश के पूज्य अतिथि हैं। पर इस समय परम पिता शिव और माता पार्वती दिन के अपराह्ण भाग में विश्राम कर रहे हैं। हम उनके एकान्त में बाधक नहीं बन सकते। अत: इस समय आप दर्शन के अधिकारी नहीं हैं।"

"किन्तु बालक! तुम मुझे अर्थात् महान् शिवभक्त साक्षात् शिवरूप, परशुराम को नहीं जानते, मुझे रोकने का सामर्थ्य विश्व में किसी को नहीं है। मैं सर्वजेता हूँ। तुम मेरी कीर्ति से अपरिचित हो। मैंने इक्कीस बार पृथ्वी के क्षत्रियों का संहार किया है और अपनी कठोर प्रतिज्ञा पूरी की है। मेरा फरसा वार्ता करने की बाट नहीं जोहता, यह आक्रामक है, रक्तपायी, रक्तपिपासु, युद्धप्रिय और विजयी मनोवृत्ति वाला संहारक है। भगवान् शिव और माता पार्वती मेरे लिए पिता और माता स्वरूप हैं। वे एकान्त में रहें या बाहर रहें, पुत्र कभी भी माता-पिता के दर्शनों का अधिकारी है।"

"किन्तु प्रभो! मैं मर्यादा से बँधा हूँ। माता की आज्ञा है कि बिना उनके आदेश या सहमति के किसी भी व्यक्ति को भीतर प्रवेश करने की अनुमति नहीं दी जाए। ऐसी स्थिति में आप मेरे समक्ष धर्म-संकट उपस्थित नहीं करें।"

"पर तुम हो कौन? मूढ़ बालक! तुम मुझे नहीं जानते, नहीं पहचानते इसलिए मूढ़तावश ऐसी युक्ति दे रहे हो। तुम्हारा परिचय क्या है?"

"प्रभो ! मैं गणेश हूँ। माता पार्वती का लाड़ला हूँ और उन्हीं के आदेश से मैं द्वार का रक्षक बनकर खड़ा हूँ।"

"तो तुम हठी भी हो। फिर भी तुम्हारी बातों को अनसुना कर मैं भीतर अन्त:कक्ष में प्रवेश करना चाहूँगा।"

"पर, प्रभो! बिना युद्ध किये, बिना मुझे पराजित किये आप अन्त:पुर में अनधिकार प्रवेश नहीं पा सकते। माता की आज्ञा का पालन मैं हर स्थिति में करने के लिए बाध्य हूँ। यदि आपने ऐसा कोई प्रयास किया और सीमा का उल्लंघन करना चाहा तो यह गणाध्यक्ष आपको रोक लेगा।"

"देखता हूँ, तुम हठी! तार्किक और अहंकारी भी हो। मैं तुम्हारे लघु वयस का ध्यान करके तुम पर दया कर रहा हूँ। मैं परशुराम एक बालक से युद्ध करूँ यह मुझे शोभा नहीं देगा। पर अब तुमने सीमा का उल्लंघन किया तो मेरा यह भयानक परशु तुम्हारा संहार कर देगा।"

"देव ! आप अविचारित क्रोध से रोषाविष्ट हैं। परशु मेरे हाथ में भी विराज रहा है पर बात-बात पर अस्त्र-शस्त्र का संचालन वीर की वीरता का परिचायक नहीं होता! कोई भी युद्ध तभी होता है जब हमारी विवेक-शक्ति लुप्त हो जाती है। अत: आप अपनी विवेक-बुद्धि से काम लें और हठ छोड़कर अभी लौट जाएँ या माता-पिता के जागरण की प्रतीक्षा करें।"

"मूर्ख बालक! अब तुम्हारे इस दुस्साहस का दंड मुझे देना ही पड़ेगा। तुमने मेरी क्रोधाग्नि को प्रदीप्त कर दिया है। मुझे तो प्रतीत होता है कि तुम मुझे युद्ध के लिए उत्तेजित कर रहे हो तो लो, प्रभु शिव द्वारा प्रदत्त अपने परशु से मैं तुम्हारा सर्वनाश करता हूँ।"

यह कहकर परशुराम ने अपने विशाल परशु को दोनों हाथों में उठाया, वह दिव्य परशु मंत्र-सिद्ध होकर सूर्य की दाहक किरणों की तरह अग्नि-वर्ण का होकर दीप्त हो उठा।

गणपति ने जब देखा कि परशुराम शस्त्र सन्धान कर रहे हैं और वे परशु का आघात अवश्य करेंगे तो गणपति ने भी अपनी सूँड़ को प्रलम्ब कर लिया और बड़ी

तीव्रता से परशुराम को उसमें लपेटकर ऊपर उठाया और उछाल कर समस्त ब्रह्मांड में नचाते हुए भू: भुव: स्व: जन: तप: सत्य आदि समस्त लोकों को होकर वैकुंठ के दर्शन कराए और पुन: उन्हें कैलास पर लाकर खड़ा कर दिया। राधा और कृष्ण के दर्शन करवाकर उन्होंने परशुराम के भ्रूण हत्या आदि समस्त पापों को भी नष्ट करवा दिया।

गणपति ने देखा यह परशु तो पिता महादेव द्वारा प्रदत्त है, इसका समुचित समादर करना ही पड़ेगा, अत: उन्होंने परशुराम के चलाए मंत्रविद्ध परशु के तीव्र आघात को अपने बायें दाँत पर झेल लिया। धरती और आकाश को प्रकम्पित करता हुआ भयानक स्वर करता गणपति का बायाँ दाँत टूटकर पृथ्वी पर आ गिरा। धरती प्रकम्पित हो गई। सम्पूर्ण कैलास जैसे उस आघात और एक दाँत की चोट से कराह उठा। उस अचानक स्वर को सुनकर शिव और पार्वती तथा समस्त वीरभद्र आदि गण द्वार के पास आ गए। पार्वती ने वक्रतुण्ड के रक्ताक्त मुख को देखा। उनका एक विशाल दन्त रक्त से लथपथ भूमि पर गिरा पड़ा था। वे तीव्र स्वर में चीत्कार कर उठीं। पुत्र की यह पीड़ा उनके लिए असह्य थी। वे जानती थीं कि परशुराम शिव के भक्त और पुत्र तुल्य हैं। अत: अपना दुख और क्षोभ व्यक्त करती हुईं वे अपने पिता हिमालय की निवास भूमि में जाने के लिए उद्यत हो गईं। उनकी आँखों से अविराम अश्रु बह रहे थे। वे परशुराम को दग्ध कर देनेवाली दृष्टि से देख रही थीं। परशुराम हाथ जोड़े उनके और शिव के समक्ष अपराधी मुद्रा में मौन खड़े थे।

गणपति ने अपने उस टूटे एक दन्त को अपने हाथ में धारण कर लिया, तभी से वे 'एकदन्त' कहलाए : 'एकदंताय विद्महे, वक्रतुण्डाय धीमहि, तन्नो दंती प्रचोदयात्॥' उस समय विष्णु आदि देवों ने गणपति को शान्त करने के लिए अनेक दिव्य नामों से स्तुति की जिनमें एकदन्त, वक्रतुण्ड, गजवक्त्र, गुहाग्रज, लम्बोदर, विघ्ननायक, शूर्पकर्ण, हेरम्ब, गणेश मुख्य थे।

सबके साथ परशुराम ने भी सर्वविघ्नहर गणपति को प्रणाम कर अपनी भूल के लिए क्षमा-याचना की और विनम्र भाव से लौट गए।

7

कुछ ही दिनों के अनन्तर मध्याह्न काल होते-होते कैलास का सम्पूर्ण क्षेत्र महान् देव-शक्तियों का साक्षी बन गया। शिव के स्मरण मात्र से ब्रह्मा और विष्णु अपनी-अपनी महाशक्तियों के साथ पधारे। ब्रह्मा के साथ सावित्री सात्विक-भाव का सृजन कर रही थीं, विष्णु की महालक्ष्मी राजस के ऐश्वर्य-भाव से समलंकृत थीं, देवराज इन्द्र महारानी शची के साथ पधार चुके थे। हनुमान भी रामधुन गाते हुए आकाश मार्ग से उतर चुके थे। देवर्षि की उँगलियाँ इस पवित्र अवसर पर वीणा के तारों पर फिर रही थीं और उनसे अमृतवर्षी संगीत की लहरियाँ निकल रही थीं। सभी देवता अपने-अपने आसनों पर विराजित हो गए थे।

शिव ने अपने स्वरूप से अभिन्न ब्रह्मा और विष्णु का स्तवन करते हुए मधुर स्वरों में कुछ कहना चाहा। तब तक सहस्रों की संख्या में उनके गण, गणाधिप एकत्र हो चुके थे। महत्-तत्त्वों की उपस्थिति मात्र से सबका क्लेश मिट गया था, दुख-भार से हल्के होकर सब अपूर्व जिजीविषा का अनुभव कर रहे थे। शिव बोले :

"आज हमारे प्रिय पुत्र वक्रतुण्ड गणपति का जन्मोत्सव सृष्टि के सोपान चक्र का प्रतीक मात्र है। वे तो अनादि हैं, ब्रह्म हैं। उनके कौतुक से यह चराचर स्पन्दित हो रहा है। वे सर्वपूज्य हैं, अग्रपूज्य हैं। हमें ज्ञात है कि हमारे कनिष्ठ पुत्र देव-सेनापति कुमार कार्तिकेय हमारे सुब्रह्मण्यम स्वामी महान् वीर देव-जाति के संरक्षक हैं तो हमारे गणपति पृथ्वी की मनुष्य-जाति एवं समस्त पशु-पक्षी, कीट-पतंग, दृश्य-अदृश्य, सभी जीवों के स्वामी हैं। हमारे गणपति पृथ्वी के स्थूलतम रूप हैं। तंत्रशास्त्र में पृथ्वी को 'गणपति' कहा गया है। यह प्राण-तत्त्व ही गणपति है।

यह पृथ्वी पदार्थ विद्या है, इसी अभिन्नता के कारण गणपति का 'गं' बीज महत्त्वशाली है। वेदों की दृष्टि में इस पृथ्वी का प्रभाव और आकर्षण इतना है कि देव-लोक को भी शास्त्रों ने 'गन्धलोक' कहा है। समस्त देवता गन्ध से ही तो तृप्त होते हैं। सभी ग्राह्य पदार्थ उनके लिए आघ्रेय हैं। योग की दृष्टि से हमारे विष्णु सहस्रार में स्थित हैं तो गणपति मूलाधार में अवस्थित हैं। हमारा मूलाधार चक्र ही गणपति हैं, इसे 'मूलग्रन्थि' भी कहा गया है और यही 'ब्रह्मग्रन्थि' है। मैं पदार्थ में गतिरूप में संचरित होता हूँ और ब्रह्मा की भाँति गणपति प्रतिष्ठा-भाव से उसमें विराजते हैं, उसमें विष्णु 'आगति-भाव' से रहते हैं। एक ही तत्त्व तीनों में प्रतिभासित है। गणपति का स्वरूप अनन्त है, उनमें विविधता है। उनके हर नाम का एक प्रभाव और इतिहास है। वे एक-दूसरे के पर्याय नहीं हैं। ब्रह्मा, विष्णु, कार्तिकेय सब अपनी विशिष्टताओं के साथ अलग-अलग नाम और रूपों में प्रकट होते हैं। इनमें कुमार कार्तिकेय कृत्तिका नक्षत्र में अग्नितारा कार्तिकेय हैं, पार्थिव उषा की अग्नि 'कुमार' रूप है, संवत्सर अग्नि एवं अध्यात्म में अहंकार की अग्नि दोनों 'षण्मुख' या 'षडानन' हैं। हमारे गणपति भी एकदन्त, लम्बोदर, गजानन, विघ्नराज, विनायक आदि अनेक नाम, रूप-गुणों से जाने जाते हैं। शास्त्र कहते हैं कि इनमें पूषा-प्राण एकदन्त हैं, पार्थिव ईश-प्राण 'गजानन' हैं, अन्तरिक्ष से सम्बद्ध प्राण लम्बोदर हैं, मरुत प्राण गणपति और आकाश प्राण विनायक हैं। गणपति भी विविध कहे गए हैं जैसे बाल गणपति, शक्ति गणपति, सिद्ध गणपति, उच्छिष्ट गणपति, विद्या गणपति, हेरम्ब गणपति, महा गणपति, ढुंढि गणपति, सिंह गणपति आदि। हमारे गणपति केवल 'गजानन' नहीं, 'सिंहानन' भी हैं। हमारे सिंहपति के दायें हाथों में वीणा, कल्पलता, चन्द्र और वरदायिनी मुद्रा होती है और वाम हस्तों में कमल, रत्नकलश, सुभग धान्य मंजरी और अभयदान की मुद्रा होती है, उनके सिंह-सदृश मुख पर भी उनका तुण्ड सुशोभित रहता है, वे गौर वर्ण के दीप्तिमान मंगलमय कल्याणकारी गणपति के रूप में अवतरित होते हैं। उनके मुख की कान्ति रंग भेद से मोहन, मारण, वशीकरण आदि में कल्याणकारी होती है। उनका लाल-वर्ण आकर्षण का, हरित-वर्ण धन प्राप्ति का और शुक्ल-वर्ण मोक्ष प्रदाता माना गया है। मूलतः पाश, अंकुश, परशु, मोदक, कमलपुष्प और अभय-मुद्रा उनके स्वरूप का परिचय देती है। पृथ्वी के महाकवियों ने उन्हें शब्द ब्रह्मरूप 'ओम्' का व्यक्त रूप माना है, उनका उदर, उनका शुंड, अर्द्धचन्द्र, एकदन्त, अनुस्वार-रूप मोदक उनके स्वरूप को व्यक्त करते हैं, माना गया है कि 'स्वस्तिक' में गणपति के चारों हाथ बिम्बित होते हैं। इसे 'चतुर्भुज ओंकार' भी कहा गया है। यह ओंकार ब्रह्म नाद तत्त्व के भीतर वर्णों का भी द्योतक है जिसे

तंत्रशास्त्र बावन मातृकाओं के रूप में वर्णन करता है। ये बावन मातृकाएँ गणेश के विविध रूपों का निर्धारण करती हैं।

"यह विस्तृत अन्तरिक्ष ही हमारे गणपति का लम्बा उदर है। उनके त्रिनेत्र में सूर्य, चन्द्र और अग्नि का वास है। यही अग्नि उनके स्वरूप को सिन्दूर शोभित रक्तवर्णी बनाती है। वे रक्त कान्ति, रक्त वस्त्र और रक्त अंगराग से सुशोभित होते हैं, यह उनके आग्नेय रूप का सूचक है। इनके नाभिकेन्द्र का सर्प खगोल का वृत्त है, उनके शुंड दंड में विजौरा नींबू पार्थिव परमाणुओं को समेटे रहता है। उनका मस्तक द्वितीया के बालचन्द्र से उद्भासित है और गजवदन होने के कारण उनकी कनपटियाँ झरते हुए मद-प्रवाह से भीगी हुई हैं, वे इस कारण प्रमत्त और हसित मुख वाले हैं, उनकी वक्रतुण्डता यह बताती है कि मदमस्त हाथी कुत्तों के भौंकने पर ध्यान नहीं देता, वह दुष्ट व्यक्तियों की कुचेष्टाओं को अनदेखा करता है इसलिए उनका वक्रतुण्ड रूप ही उन्हें विशिष्ट भी बना देता है।"

शिव इतना कहकर कुछ काल के लिए मौन हुए। उस क्षणभर के विश्राम-काल में गणों ने भाँति-भाँति के वाद्य बजाने आरम्भ कर दिये, उनका नृत्य चलने लगा। सब सोमपान से प्रमत्त, भांग-धतूरे के रस से तृप्त भाँति-भाँति की मुद्राएँ बनाकर हर्ष और आनन्द की अभिव्यक्ति कर रहे थे। पिशाचिनियाँ और चुड़ैलें सुन्दर वेश धारण कर मनमोहक मुद्राओं में नाच रही थीं। उस समय वहाँ न कटुता थी, न क्रोध, न उपालम्भ। वे सब भक्ति की गंगा में मानो डुबकियाँ लगा रहे थे। देवर्षि नारद ने भी उस विश्राम-काल में गणपति के अथर्वशीर्ष का पाठ किया। उनका दिव्य स्वर गूँज रहा था : 'ॐ नमस्ते गणपतये त्वमेव प्रत्यक्षं तत्त्वमसि। त्वमेव केवलं कर्तासि। त्वमेव केवलं धर्तासि। त्वमेव केवलं हर्तासि। त्वमेव सर्वं खल्विंद ब्रह्मासि। त्वं साक्षात् आत्मासि नित्यं।'

क्षणिक विश्राम के बाद विष्णु ने इस विराट् गण-सभा को सम्बोधित किया : "ब्रह्मांड के सभी देवतत्त्व एक-दूसरे के पूरक हैं, सहयोगी हैं। देव तत्त्वों से तात्पर्य है उच्च तत्त्वों का सम्मिलन। बिखरी हुई शक्तियों के एकत्र होने का नाम है देवत्त्व। यही संघ शक्ति है। जैसे किसी शरीर या स्वरूप में अनेक रूपों, पदार्थों, तत्त्वों और विविध भागों का यथास्थान उचित सम्मिश्रण होता है, वैसे ही शरीर और रूप की रचना का यही रहस्य है। वह अनेक तत्त्वों का समवाय है, इसलिए उसमें अनेक गुणों और भावों की सृष्टि होती है।"

"प्रभु शिव और भगवती पार्वती के विवाह के सम्पन्न होने के बाद देवता उनके पुत्र कुमार-सम्भव के होने की प्रतीक्षा कर रहे थे। उनकी आकुलता का कारण था

दैत्यराज तारकासुर का दिनोंदिन बढ़ता अत्याचार और शिव के भावी पुत्र द्वारा उसके संहार की योजना। उसी बीच, सन्तान की कामना से भगवती पार्वती ने पुण्यक व्रत का समारम्भ किया था। उन्हें शिव ने ही माघ मास के शुक्ल पक्ष की त्रयोदशी के दिन से इसके समारम्भ की प्रेरणा दी। विविध गन्ध-पूरित पुष्पों, तुलसीदलों से पूजन हुआ। ब्रह्मा के पुत्र सनत्कुमार इसके पुरोहित बने। यह व्रतानुष्ठान अद्भुत था जिसमें सभी देवी-देवता उपस्थित हुए। धन-धान्य, स्वर्णरत्न-भार सहित मुक्ता मणि एवं स्वादिष्ट सुमिष्ट पदार्थों का अम्बार लग गया था। उस समय सम्पूर्ण कैलास शोभा से भर गया था। हर मार्ग पर चन्दन का छिड़काव, सर्वत्र आम्र एवं बिल्वपत्रों के सजे हुए वन्दनवार, दूर्वा, धान्य, पत्र और पुष्पों की राशि देखते ही बनती थी। उस महान् व्रत की पूर्णता पर उन्हें मुझसे वर मिला कि 'श्रीकृष्ण के रूप में उनकी गोद में मैं ही अवतरित होऊँगा और दैववश उसी क्रम में भगवती क्रीड़ावश अपने अंगराग और उबटन, हरिद्रा के लेप से एक मनुष्याकृति का अलग से निर्माण कर रही थीं। क्रीड़ापूर्वक ही उस दिव्य मानवाकृति में उन्होंने प्राण फूँक दिये और इस प्रकार मैं कृष्ण रूप में गजानन बनकर उनके अंक में पुत्र रूप में शोभित हुआ। हमारे गणपति में मेरी अर्थात् श्रीकृष्ण की छवि है। वक्रतुण्ड भी लीला माधव हैं, संगीत विशारद और नृत्य विशारद हैं। कृष्ण के रूप में वे ऌ की आकृति में टेढ़े होकर विराजते हैं। वे अनोखे हैं, रसिक हैं, मधुर हैं, उनका स्वरूप, गुण सब कुछ मधुर है। वे गणपति ही कृष्ण हैं, उनका माधुर्य रस सब ओर प्रसरित हो रहा है :

'अधरं मधुरं, वदनं मधुरं, मधुराधिपते रखिलंमधुरम्।'

यह सुनते ही जय-जयकार की तुमुल ध्वनि से बहुत देर तक कैलास गूँजता रहा।

8

गणपति का चंचल मन आज क्रीड़ा करने के लिए आतुर था। वे वन-क्षेत्र की समतल पट्टिका में अपने प्रिय वाहन मूषकराज के साथ कभी दौड़ लगाते, दूर तक भागते जाते और यदि मूषकराज उनसे आगे होने का प्रयत्न करते तो उनकी लम्बी पूँछ पकड़कर वे पीछे खींच लेते और जीतते-जीतते मूषकराज सदैव पराजित हो जाते। एक बार उनके मूषक ने सहसा दौड़ बन्द की और दुखी मन से मुँह बनाकर किनारे बैठ गया। गणपति ने साश्चर्य पूछा :

"क्या हुआ? खेलते क्यों नहीं? इतनी-सी दौड़ में थककर बीच मार्ग में बैठ गए? उठो-उठो, तुम जैसे महान् मूषक का यों बिना लड़े पराजय स्वीकार कर लेना किसी प्रकार भी उचित नहीं कहा जाएगा।"

मूषकराज ने कहा :

"देव! आप तो लीलामय हैं। आपकी लीला आप ही जानें। मुझे तो जैसा आदेश देते हैं, मैं अबोध प्राणी की तरह बिना कोई प्रश्न उठाए दौड़ पड़ता हूँ। आपकी इच्छा से मैं संचालित होता हूँ, आपकी शक्ति ही मेरी गति है, आपका भाव ही मेरा स्वरूप बन जाता है। मेरा स्व तो आपका ही स्वरूप बन जाता है। पर क्रीड़ा क्षेत्र में जीव हो या ब्रह्म, सब बराबर होते हैं। आपकी यह विराट् सृष्टि भी तो क्रीड़ा ही है। क्षणभर का मायाजाल! आप ही उसे तानते हैं, आप ही समेटते हैं। मैं उसमें कहाँ आड़े आता हूँ? मैं हूँ ही कौन? एक तुच्छ चूहा, क्षुद्र मूषक जो पृथ्वी के भीतर के गहरे अन्धकार को अपना विवर, अपना बिल, अपनी गुफा मानकर अन्तःतपस्वी की तरह पड़ा रहता है। आपने ही उसे तर्क-शक्ति दी है जिससे वह भव-बन्धनों को

छिन्न-भिन्न कर डालने की शक्ति रखता है। अपने एकदन्त स्वामी की कृपा उस पर ऐसी बरसती रहती है कि उसके शरीर में उसके दन्त ही सबसे मुख्य और प्रभावशाली हैं। अत: प्रभो! जब आप जीव के साथ खेलें तो कुछ देर के लिए आपको भी जीव तो बनना ही पड़ेगा तभी क्रीड़ा भी न्यायोचित होगी।"

"मेरे प्रिय संसर्गी मूषकराज! तुमसे तो मेरा अंग-अंगी सम्बन्ध बन गया है। देखो, मेरे स्वरूप की भाँति मेरे कई वाहन हैं और रहे हैं। जब मैं विनायक रूप में होता हूँ और अनेक मुखों और भुजाओं से शोभित होता हूँ तो सिंह मेरा वाहन होता है। यह सिंह मेरी माता भवानी के ही सिंह का अंशभूत है। बल जब बाहर दृश्य और प्रकट होता है तो वह सिंहत्व मुद्रा में प्रकट होता है। किसी सामान्य पशु में और सिंह में एक बड़ा मौलिक अन्तर है। सामान्य पशु का पुच्छ भाग, उसकी पूँछ नीचे झूलती रहती है पर सिंह की पीछे तनी हुई पूँछ उसकी आक्रमण-मुद्रा और उसके वीरोचित दर्प का प्रदर्शन करती दिखाई देती है। सिंह के अयाल, तनी हुई ग्रीवा, साहस से चमकती हुई आँखें और तना हुआ भयानक रूप उसे सामान्य पशुओं से अलग श्रेणी प्रदान करते हैं। जहाँ असुर हैं, आचरणहीनता और सामाजिक मर्यादा का ह्रास है, वहाँ सिंहत्व चाहिए। मेरी इच्छा मात्र से वह सिंह वाहन-रूप मुझे प्राप्त हो जाता है।

"प्रिय मूषक! मेरा दूसरा रूप मयूरेश या मयूरेश्वर का है, वह कम रोचक नहीं है। मोर मेरा प्रिय वाहन रहा है और उस पर आसीन होकर मैंने अनेक युद्धों में अनेक क्रूर कर्मा राक्षसों का संहार किया है और गणेश के रूप में मैं पूजित हुआ हूँ और अन्तत: मैंने अपना वह प्रिय मयूर अपने प्रिय भ्राता षडानन कार्तिकेय को सादर सौंप दिया था।

"अब रही बात क्रीड़ा प्रसंग में तुम्हारी पूँछ उमेठने या खींचकर रोकने की तो उसका भी कारण है। किसी की भी गति अव्याहत नहीं होती, गति में अनुशासन भी आवश्यक है। देखो प्रिय मूषक! गजराज के प्रचंड मस्तक से जब मद-जल प्रस्त्रवित होता है और वह अपनी गति में प्रमत्त होता है तो महावत उसे अंकुश से रोककर वशवर्ती बनाता है। तुम मेरे हाथ में भी अस्त्र के रूप में अंकुश देख रहे हो। सृष्टि के कार्य-व्यापार सुचारु रूप से सम्पादित हों, इसके लिए गति-नियमन आवश्यक है। यही मेरे विघ्नराज के स्वरूप का संकेत भी करता है। मेरा यह अंकुश प्रमत्तता को शालीनता में बदल देता है, उच्छृंखलता को अनुशासन सिखाता है। ऐसा नहीं हो तो सारा संसार स्वेच्छाचारी, निरंकुश और पथभ्रष्ट हो जा सकता है। तुम्हारी पूँछ ही तुम्हारी लगाम है, यही सोचकर मैंने तुम्हारी उत्तेजना को शमित किया, अप्रतिहत गति को प्रतिहत किया, एक प्रकार से तुम्हें औचित्य की शिक्षा दी।"

"देवाधिदेव! मैं ठहरा एक क्षुद्र वाहन और अन्य सिंह, मयूर आदि वाहनों के वीरतापूर्ण कृत्यों को सुनकर मेरी सुप्त उत्कंठा जाग गई है। मैं आपके उन पूर्व वाहनों के सम्बन्ध में विस्तार से जानना चाहता हूँ। आपके अवतार अनन्त हैं, आपका स्वरूप दुर्ज्ञेय है, मैं आपके सदा निकट, आपके पद-तल में लुंठित-समर्पित बिना आपके बताए बिना स्वयं कैसे जान सकता हूँ? अपने महिमामय स्वामी की गुणकीर्ति का श्रवण कर मेरे भीतर आनन्द और उल्लास का जो अपरिसीम वेग उमड़ेगा, भला उसकी थाह कौन ले सकता है? आपके शब्द मेरे भीतर मेरे प्राणों में अमृत का संचार करेंगे और यह लघुतम प्राणी अपने विराट् स्वामी के स्वरूप का भाव-विमुग्ध अनुभव कर सकेगा।"

कहते-कहते मूषकराज प्रणत-मुद्रा में दोनों हाथ जोड़कर खड़े हो गए, भावावेग से उनकी आँखों से आनन्दाश्रु झर रहे थे। गणपति ने अपने पृथ्वी तक फैले अपने उत्तरीय के कोर से मूषकराज के अश्रु-पोंछे, उन्हें थपथपाया। मूषकराज का स्वरूप बड़ा हो गया। वे एकटक गणपति की कृपा-दृष्टि के लिए निर्निमेष भाव से उन्हें निहार रहे थे। गणपति ने उनके सुडौल मुख को दोनों हाथों से स्पर्श कर अपनी गोद में सटा लिया। यह परम प्रीति का स्निग्ध क्षण था जब मूषकराज की आँखों से अश्रु-प्रवाह बार-बार हो रहा था और गणपति बार-बार अपने उत्तरीय से उसे पोंछकर मूषकराज के शरीर को अपने करतल से सहला रहे थे।

कुछ क्षण बाद जब मूषकराज प्रकृतिस्थ हुए तो गणपति ने उन्हें अपने अन्य स्वरूपों में से कुछ का संकेत कर उसकी जिज्ञासा का शमन करने का यत्न किया।

मूषक ने प्रार्थना की मुद्रा में गणपति को देखा। गणपति उसका तात्पर्य समझ गए, बोले, "अभी तुम्हारे मन में बाल-सुलभ जिज्ञासाएँ मचल रही हैं, क्या तुम कुछ और पूछना चाहते हो?

मूषक बोला, "देव! आपके स्वरूप को जानने के पूर्व मैं आपके बालस्वरूप की एक झाँकी लेना चाहता हूँ। मुझे आपने बहुत विलम्ब से अपने चरणों में शरण दी है इसलिए आपके शिशु रूप की जो लीलाएँ गाई गई हैं उनका मैं श्रवण करना चाहता हूँ। देव! मूषक के भी कान उसके स्वरूप की तुलना में बड़े होते हैं। आप तो साक्षात् 'गजकर्ण' ही हैं, सम्भव है इसीलिए आपने मुझे चुना हो। मैंने सुना है कि कर्ण ही बाह्य जगत् के भीतर आने का प्रवेश-द्वार है जो अपनी नाना ध्वनियों, रागों और वर्णों से हृद्देश तक अपनी पहुँच बना लेता है। इस कर्ण की आकृति की तुलना गर्भस्थ शिशु से भी की गई है, इसे हृदय की आकृति का भी बताया गया है, कई तो इसे ओंकार के नाद रूप का भी प्रतिनिधि मानते हैं।"

“मूषकराज! अब तो तुम ज्ञानियों की भाँति विचार करने लगे हो। तुम्हारे मन में प्रश्न भी उठने लगे हैं। मन जब तक प्रश्नाकुल होता है तभी तक वह शिशुमन होता है। जानने की इच्छा से लबालब भरी उत्सुकता ही उसके स्वभाव का रूप लेती है। प्रश्नों का समाधान ही उसकी सच्ची तृप्ति होती है। ‘कुछ और, कुछ और’ ही उसकी इच्छा होती है, यही अतृप्ति उसे ज्ञानी बनने का मार्ग सुझाती है।”

अभी वार्ता का यह प्रसंग चल ही रहा था कि वीणा की झंकार का मधुर स्वर मूषकराज और गणपति दोनों के कानों से टकराया। गणपति प्रसन्न स्वर में बोले, “यह तो देवर्षि नारद की वीणा का मधुर स्वर है।”

मूषक बोला, “देव! मैं जब भी नारद बाबा की वीणा का स्वर सुनता हूँ, मेरे कान तृप्त और सार्थक हो जाते हैं। आपके पदतालों की नृत्य लहरियों के पीछे अनुसरण करते हुए मुझे भी संगीत से अथाह प्रेम हो गया है।”

तब तक देवर्षि नारद का वहाँ पदार्पण हो गया था। देवर्षि ने प्रणिपात होकर गणपति को नमस्कार किया और गणपति ने भी उठकर सप्रेम उनकी अभ्यर्थना करते हुए उचित आसन प्रदान किया। नारद को लगा कि उनके आने के पूर्व कोई महत्त्वपूर्ण संवाद चल रहा था क्योंकि सामने ही मूषकराज बद्ध परिकर हो, भावमग्न हाथ जोड़े मानो अपने प्रश्नों के उत्तर की बाट जोह रहे थे।

देवर्षि के कहने पर मूषकराज ने पुनः अपना प्रश्न दोहराया और अपने स्वामी की बाल-लीला और उनके विषय में प्रचलित लोक-कथाओं, परिचर्चाओं और किंवदन्तियों को जानने की इच्छा प्रकट की तो देवर्षि ने कहना प्रारम्भ किया :

“मूषकराज! सेवक और स्वामी का सम्बन्ध तो प्रगाढ़ होना चाहिए : यह सम्बन्ध चरणतल से हृदय तल तक का होता है। स्वामी जब सेवक को अपने समान बना लेता है तभी उसका स्वामित्व सार्थक और सिद्ध होता है। देखो मूषकपति, विष्णु के पार्षद विष्णु-स्वरूप ही होते हैं, शिव के पार्षद चाहे वे वीरभद्र हों या सामान्य प्रेत या पिशाच सब शिवमूर्ति, सब शिव-स्वरूप ही होते हैं। इसलिए तुम भी गणपति के अब अंश हो गए हो, अभेद हो, अभिन्न हो। यह अभिन्नता ही सेवक और स्वामी दोनों को महान् बनाती है क्योंकि स्वामी झुककर महान् होता है और सेवक उठकर यह मर्यादा पाता है। हमारे प्रिय गणपति अभेद-भाव के ईश्वर-स्वरूप हैं, वे भेद-बुद्धि नहीं रखते। समान दृष्टि ही देवत्व को महिमा प्रदान करती है। पहले तुम यह जान लो कि हमारे गणपति अग्रपूज्य हैं, सर्वपूज्य हैं। किसी भी मांगलिक कार्य में विघ्न-निवारण के लिए इनका पूजन-स्मरण होता है। संसार के नाटक-चक्र में ये नान्दी पाठ की भाँति मंगलाचरण हैं। यह मंगलाचरण भी तीन प्रकार का कहा गया है :

नमस्कारात्मक, आशीर्वादात्मक और वस्तुनिर्देशात्मक। इन तीन रूपों से संसार का नाट्य-व्यापार भी क्रियाशील होता है। पृथ्वी के भक्तों ने अपने-अपने काव्य ग्रन्थों में गणपति की विविध बाल-लीलाओं का वर्णन किया है जिससे एकाधिक संवाद-चित्रों से मैं तुम्हें परिचित कराता हूँ :

गणेश : पिता श्री! आप विरागी होकर भी अनुरागी दिखते हैं?

शिव : पुत्र! इसलिए कि मैं महेश्वर, सर्व-समर्थ, सर्वैश्वर्यशाली : कर्तुम्, अकर्तुम् अन्यथा-कर्तुं की शक्ति जो मुझमें है।

गणेश : किन्तु आप कामारि, कालजयी, कामना-रहित भी तो कहे जाते हैं।

शिव : ठीक है, मैं सर्वकामद-भक्तों की सभी कामनाओं को पूर्ण करनेवाला जो हूँ।

गणेश : पिता श्री! आप शास्त्रों के आधार और अस्त्रधारी भी हैं? ऐसी विषमता क्यों?

शिव : पुत्र! इसीलिए कि मैं विरूपाक्ष-विषम नेत्र हूँ। मेरी दृष्टि ही निराली है।

गणेश : पर आप मूर्तिमान् (भस्मधारी) जो हैं?

शिव : किन्तु साथ ही विभूति (विशेष ऐश्वर्यधारी) भी तो हूँ।

गणेश : पिता श्री! आप पशुपति (केवल पशुओं के स्वामी या पशु पालक भी तो कहे जाते हैं)

शिव : किन्तु मैं जो भी होऊँ, मेरा पुत्र तो गणपति और महान् प्रथम पूज्य तो है?

कवि मंजुल की उक्ति है : इन *सीता परिणयम्* ग्रन्थ के संवाद-चित्रों पर पिता-पुत्र (शिव और गणेश) की परस्पर उक्ति-प्रत्युक्ति मेरे लिए मंगलमय हो।

9

महामुनि नारद ने कहा : "प्रभो गणपति। मैंने अनेक बार अपने पिता ब्रह्मा से जिज्ञासा और प्रश्न करते हुए आपके क्रीड़ा-रूप का परिचय प्राप्त किया है। मेरे पिता ब्रह्मा की एक बड़ी विशेषता यह है कि वे स्रष्टा भी हैं और द्रष्टा भी। वे सृष्टि की रचना बड़े मनोयोग से करते हैं। इस ताने-बाने को रचते समय वे एक-एक तन्तु का ध्यान रखते हैं क्योंकि सृष्टि एक विज्ञान-व्यवस्था है। उसमें जो भी है व्यवस्थित और नियमित है। उस रचना में स्वरूप है, इच्छा है, ज्ञान है और क्रिया है, सभी प्राणियों को क्रियाशील रखनेवाला एक भोक्ता मन है। यह मन सोद्देश्य या निरुद्देश्य कोई-न-कोई कार्य करता रहता है, गतिमयता के कारण ही इस मनोलोक का महत्त्व है। दर्शनों में इसे ही महत् या बुद्धि कहा गया है। इसी तत्त्व से अहंकार की उत्पत्ति होती है। फिर अहंकार से मनस की उत्पत्ति होती है। यह सूक्ष्म किन्तु शक्तिशाली अंग इन्द्रिय के रूप में जाना गया है। यही बुद्धि को वस्तुओं के सम्बन्ध में प्राप्त किये गए ज्ञान की सूचना देता है। बुद्धि से जो विचार उत्पन्न होते हैं उन्हें वह कर्मेन्द्रियों द्वारा पूरा करता है। वैशेषिक दर्शन के अनुसार नव द्रव्यों में मनस नवाँ द्रव्य है। इसी से ज्ञानेन्द्रियाँ आत्मा से जुड़ती हैं। ब्रह्मा की सृष्टि सचमुच अद्‌भुत है। यह परमात्मा की त्रिगुणमयी माया का प्रकाश है। ये त्रिगुण भाव ही ब्रह्मा, विष्णु और महेश के तीन रूपों में प्रकट होते हैं। इन्हीं से सात्विक अहंकार, राजस अहंकार और तामस अहंकार प्रकट हुए। सात्विक से मन, राजस से दस इन्द्रियाँ और तामस अहंकार से पंचभूत और पंचगुण उत्पन्न हुए। प्रकृति आदि चौबीस तत्त्वों से ब्रह्मांड विनिर्मित हुआ। जैसे गर्भ के जल में शिशु विश्राम करता है वैसे ही परमात्मा ने एक

अंश से ब्रह्मांड में प्रवेशकर गर्भोदक संज्ञा वाले जल की सृष्टि की। उस जल में परमात्मा योगनिद्रा से स्थित हुए और अन्ततः उसमें से अपने अंश से ब्रह्म होकर सबकी सृष्टि की, विष्णु रूप में नाना अवतार धारण किये जगत् का पालन किया और कल्पान्त में रुद्र रूप से जगत् का संहार भी किया।

"वास्तव में यह सृष्टि विराट् पुरुष का विग्रह ही है। ब्रह्मांडों की भी कई कोटियाँ गिनाई गई हैं : जैसे समुद्रजल में अगणित मछलियाँ और बुलबुले उठते-गिरते रहते हैं वैसे ही विराट् ब्रह्मांड का स्वरूप निरन्तर परिवर्तित होता रहता है।

"सच पूछो तो संसार परमात्मा का *क्रीडनक* है, खेल, माया, लीला-नाट्य है। जैसे मकड़ी बिना किसी प्रयोजन के ही अपना तन्तुजाल रचती है सिकोड़ती है; जैसे पृथ्वी पर अकारण दूर्वा, औषधि और वृक्ष उत्पन्न होते हैं; जैसे मानव-शरीर में रोम उत्पन्न होते हैं, वैसे ही ज्योतिर्मय ब्रह्मा से विश्व आविर्भूत होता है। जन्म और मृत्यु के रूप में हम इसके विकास का अवलोकन करते रहते हैं।

"मेरे पिता श्री ब्रह्मा ने मुझे आपके और भ्राता स्कन्द के क्रीड़ा-रूपों का परिचय कराया है। यदा-कदा मैंने स्वयं भी माता पार्वती के स्नेह-भाव को मुकुलित होते देखा है। आपमें और स्कन्द स्वामी के साथ भाग-दौड़ और निरन्तर विजयी होने की महत्त्वाकांक्षा के दर्शन किये हैं।"

गणपति ने हँसते हुए प्रश्न किया, "हे देवर्षि! तो आपने हम दोनों भ्राताओं में क्या देखा, क्या पाया? आपसे यह पूछना इसलिए सुखद है कि स्वयं अपने गुणों या अवगुणों को जाना तो जा सकता है पर उसकी युक्तियुक्तता का परीक्षण नहीं किया जा सकता। हम दोनों भ्राता तो मूलतः बालरूप में ही अधिक महान्, पूर्ण माने गए हैं। जन्म के सातवें दिन कुमार ने तारक जैसे भयानक असुर का विनाश किया था। यद्यपि ये सात दिन देव-वर्ष की गणना के अनुसार है जो पृथ्वी के नियमों से भिन्न है, पृथ्वीवासी इसे शीघ्र नहीं समझ सकते। चेतना तो गर्भस्थ शिशु में भी होती है पर वह उस चेतना का लाभ नहीं उठा पाता, वह केवल जीवन धारण करने में सहायक होती है। तो आज ही मेरे और कुमार के लीला-वैचित्र्य को बताएँ क्योंकि हमारे मूषकराज उछल-उछलकर अपनी प्रसन्नता व्यक्त कर रहे हैं और जिज्ञासा भी प्रकट कर रहे हैं।"

नारद बोले, "प्रभो! आपके प्रिय वाहन मूषकराज को इस पृथ्वी वसुन्धरा ने आपको प्रदान किया था। आप ब्रह्मपुराण में 'आखुरथ' कहे गए हैं। आखु का अर्थ है मूषक। इसी शब्द का प्रयोग पद्मपुराण में हुआ है। षडानन कार्तिकेय शिव के भौतिक रेतस् तत्त्व से उत्पन्न हुए हैं और आप माता पार्वती के मनःसंकल्प से आविर्भूत हुए हैं। यही कारण है कि स्कन्द और गणपति की तनातनी में गणपति अपने

आध्यात्मिक तत्त्व के कारण भौतिकता को सदैव पराजित करना चाहते हैं। स्कन्द में पुरुषार्थ प्रबल है तो गणपति में आत्मबल की प्रधानता है।

"आपके भ्राता कुमार षडानन और स्कन्द कहे जाते हैं। स्कन्द का अर्थ है उछलकर चलनेवाला या दैत्यों का शोषण करनेवाला। उनके प्रादुर्भाव का उद्देश्य ही था देव-सेना का नेतृत्व और संसार को पीड़ित करने वाले असुरराज तारक का वध। स्कन्द के एक अथवा छह शिर हैं और बारह हाथ। इस रूप में वे विराट् और शत्रु संहारक सिद्ध होते हैं। उनका वस्त्र रक्त-वर्ण का है, हाथों में धनुष-वाण, खड्ग, शक्ति, वज्र, परशु आदि अस्त्र-शस्त्र हैं। उनके हाथ की शक्ति अमोघ है जो शत्रु का वध करके पुनः वापस लौट आती है। वाहन मयूर और ध्वज-चिह्न मुर्गा है। अग्नि द्वारा प्रदत्त यह ध्वज प्रलयाग्नि के समान लाल है जो उनके रथ के ऊपर ज्वलनशील और वेगमय रूप में लहराता रहता है।

"मूषकराज के सम्बन्ध में कथा प्रचलित है : ये पहले गजमुख दैत्य थे, भगवान् गणपति से युद्ध में पराजित होकर ये उनके चरण सेवक बन गए। हमारे गणपति अकारण वध नहीं चाहते, हृदय-परिवर्तन चाहते हैं। आपके मूषक रूप की स्तुति भगवान् व्यास ने पद्मपुराण में की है और आपको गणनायक कहा है। तो ऐसा प्रतीत होता है कि कुमार कार्तिकेय देव-सेना के नायक देवनायक हैं और आप गणपति शिव गणों के, सताए गए दुखी शापयुक्त जीवों और मनुष्यों के नायक हैं। आपका वाहन यह मूषक वृहदारण्यक उपनिषद में अन्तर्यामी ब्रह्म का प्रतीक माना गया है जो बड़ी सरलता से भीतर पैठने की कला जानता है। परमात्मा भी इसी प्रकार जीवों के अन्तरतम में प्रविष्ट रहता है पर मोह, अविद्या और अज्ञानवश प्राणी उसका अनुभव नहीं कर पाते। यह मूषकराज विश्लेषक है, वस्तुओं को कुतरने की कला जानता है। यह मीमांसक बुद्धि का प्रतीक है।

"गणपति! आपके लीलावपु में आपकी सूँड़ की बड़ी महिमा है। आप बड़ी सरलता से इसे विराट् कर लेते हैं और खेल-खेल में ऊँची-से-ऊँची वस्तु को तीव्रता से लपककर षडानन को परास्त कर देते हैं। आपकी इस क्रीड़ा की इच्छा को मैं नमस्कार करता हूँ।"

देवर्षि की विनत मुद्रा की भाँति मूषकराज भी गणपति के चरणों में झुक गए, उनकी लम्बी पूँछ गणपति के चरणों से सटी हुई थी जैसे वे बताना चाह रहे थे कि 'मेरे पास भी प्रलम्ब पूँछ है और मैं इस आधार पर ही आपकी सेवा का उत्तराधिकारी हूँ।' गणपति ने देवर्षि को प्रणतिभाव से नमस्कार किया और मूषकराज की रोमाकुलित पीठ को वे हल्के-से थपथपाने लगे।

10

सभी कैलासवासी गणपति की जन्मतिथि चतुर्थी तिथि की प्रतीक्षा कर रहे थे। ब्राह्ममुहूर्त में ही उनके भीतर दैवी भावों का स्फुरण हो रहा था। भूत, प्रेत, पिशाच आदि गणों का चित्त आज शान्त था, उन्हें अपने मन और शरीर में एक अपूर्व परिवर्तन का अनुभव हो रहा था। नन्दी अपना स्वर्ण-दंड लिए अति-प्रात: कैलास की व्यवस्था का निरीक्षण करने निकले थे। मार्ग में उन्हें विकृत योनि वाले सन्तप्त प्राणियों का यह दल दिखाई दिया। उन्हें भाँपते देर नहीं लगी कि उनके मन में विकलता और उत्सुकता का भाव जगा हुआ है। वे रुक गए। उन्होंने प्रश्नसूचक दृष्टि से प्रेत-पिशाचों की एकत्र मंडली की ओर देखा। पिशाचों के एक प्रतिनिधि कपालमोचक ने आगे बढ़कर कहा :

"हे नन्दीश्वर! हम सब द्वन्द्व में पड़े हैं। हमारा यह कैलास क्षेत्र हमें निर्द्वन्द्व, अनासक्त और मुक्त रखता है। हम नियत समय तक अपनी इस कष्टप्रद योनि के दुख भोगकर इस शिव-धाम में अन्तत: मोक्ष पा लेते हैं। मोक्ष ही हमारा लक्ष्य, हमारा साध्य और उपचार है। उचित समय की प्रतीक्षा ही हमारा सम्बल है। पर इस धाम में कुछ ऐसे दिव्य महान् अवसर आते हैं जब हमें दिव्य देवों, ब्रह्मा, विष्णु और साक्षात् शिव के दर्शनों का सौभाग्य मिलता है। उस समय हम सभी दैहिक, दैविक और भौतिक पीड़ाओं से मुक्त होते हैं। पर ऐसी घटनाएँ हमें झकझोर देती हैं। हमारी रक्त-पिपासा ज्ञान-पिपासा में बदल जाती है और आक्रामकता भक्ति तथा शरणागति का रूप ले लेती है। हमारा मूल स्वभाव कुछ और है और हम सहसा कुछ और हो जाते हैं। हमें ज्ञान भी विचलित करता है और भक्ति भी।

महान् और दिव्य तत्त्वों की समीपता से हमें अपूर्व शान्ति मिलती है पर हम शरीर और मन की पीड़ा से पूर्णत: मुक्त नहीं होनेवाला सुख चाहते हैं। हमारे मन में एक प्रश्न यह भी उठता है कि जब हमारे पूर्व जीवन के कृत्यों का दोष निवारण हो जाएगा, हमें मोक्ष मिल जाएगा तो क्या हम भगवान् शिव, गणपति, कुमार और माता पार्वती के स्नेहांचल से दूर हो जाएँगे? क्या हमारे सुकृत्य हमारे इस दर्शन और सामीप्य सुख को हमसे छीन लेंगे? इससे तो अच्छा है हम इसी योनि में पड़े रहें। हम पिशाच, भूत-प्रेत और बैताल ही रहें, हम न देवता होना चाहते हैं, न मनुष्य। यहाँ से निकलकर हम स्वर्ग-सुख नहीं भोगना चाहते। हम तो अपने प्रभु की चरण-धूलि में बार-बार लोटना चाहते हैं, हमारा तप्त हृदय तभी शान्त होता है। हमें उचित मार्ग सुझाइए प्रभु नन्दीश्वर। आप प्रभु के सबसे समीप रहते हैं, हमारी पुकार उन तक पहुँचाइए। हम दुखी आर्तजनों की पीड़ा आपके स्नेह और आशीर्वाद का स्पर्श चाहती है।"

कहते-कहते कपालमोचक विह्वल हो गया, उसके रुदन का वेग अचानक बढ़ गया। नन्दीश्वर ने आगे बढ़कर उसे अपने अंक में भर लिया और कहा :

"देखो कपालमोचक! तुम्हारी यही विह्वलता तुम्हारी भक्ति का पहला लक्षण है। तुम्हारे अश्रु ही पाद्य, अर्घ्य, आचमनीय और स्नान-जल की तरह पवित्र होकर प्रभु के चरणों को पखार रहे हैं। यह विकलता भक्ति के क्षेत्र में पावन हो जाती है पर ज्ञान के क्षेत्र में यह बुद्धि को उदग्र और उत्तेजित कर देती है। मुझे ज्ञात है, आज हमारे प्रभु गणपति का जन्मदिन है। समस्त कैलासवासियों में अपार उत्साह हिलोरें ले रहा है। आनन्द-भाव से सभी प्रमत्त हैं। तुम लोग भी चैतन्य होकर सम्पूर्ण कैलास को सजाओ, वन-फूलों से भाँति-भाँति की रंग-रचना करो। समस्त ब्रह्मांड तो जान ले कि जिन्हें हम क्षुद्र, हीन, घृणित और पापिष्ठ समझते हैं उनके भीतर भी एक सजीव हृदय है। उनके भीतर भी पूर्वजन्मार्जित संस्कार हैं, प्रेम, माधुर्य-भाव, संगीत और कला है। हमारे गणेश और प्रभु शिव दोनों नृत्य-संगीत विशारद हैं। तुम्हें भी नाचना, गाना, संगीतमय होना है। देखो, बाँसों के वनों में हवा के टकराने से मधुर वंशी का स्वर-नाद गूँज रहा है। कोकिला का आलाप सब कहीं माधुर्य घोल रहा है। आज भागीरथी भी अपने कल-कल नाद से जाग्रत है। तुम सब प्रकृति का संगीत सुनो तो तुम्हें अपने भीतर का संगीत भी सुनाई देगा। यहाँ तक कि तुम अपनी धमनियों में दौड़ते रक्त-प्रवाह की आहट भी सुन सकोगे। हमारे गणपति के विराट् शूर्पकर्ण यही तो शिक्षा दे रहे हैं कि 'सुनो-सुनो' यह समस्त प्रकृति, ये पंचमहाभूत तुमसे निरन्तर वार्तालाप कर रहे हैं, इनका स्वर अनसुना न हो जाए।"

नन्दीश्वर के मौन होते ही शिव-गणों में अद्‌भुत उत्साह छा गया। वे भावावेश में नृत्य करने लगे। उनके मुख से भाँति-भाँति की शब्द-तरंगों वाली भाषा उच्चरित हो रही थी। क्षणभर का आनन्द उनमें अपार जीवनी-शक्ति का सृजन कर रहा था।

अपनी गुहा में ध्यानस्थ रहनेवाले शिव को अपने प्रिय पुत्र गणेश का जन्मदिन स्मरण था। वे भी ब्राह्म मुहूर्त में गंगाजल से अवगाहित होकर बैठ गए थे। भगवती पार्वती उनके लिए आज रेशमी वस्त्र लेकर आई थीं। शिव ने उन्हें आदर देते हुए उनका पीताम्बर स्वीकार कर अपने शरीर पर के पड़े गजचर्म के ऊपर डाल लिया। माता पार्वती ने भी अपूर्व शृंगार किया था। जब मेघों का दल सूर्य को ढँक लेता और ईषत् अन्धकार व्याप्त हो जाता तो उनका मुखमंडल चन्द्रमा की स्निग्ध किरणों से दमक उठता। सर्वत्र एक शीतल कान्ति छा जाती और जैसे ही मेघ-दल छँटते उनका प्रभा-भास्वर मुख तप्त सूर्य की तरह चमक उठता। देखनेवालों की आँखें चौंधिया जातीं। कुमार कार्तिकेय के छहों मुख पर आज स्मिति का भाव था। उनकी विशेषता थी कि वे अपने छहों मुखों से छह प्रकार के भाव और रस प्रकट कर सकते थे। यही वैविध्य उनका वैशिष्ट्य भी था। उनके व्यक्तित्व में ओज और ताप का मिश्रण था। उनकी तेजस्विता में उग्रता और दाहकता का मेल था। वे उस प्रपानक की भाँति थे जिसमें भाँति-भाँति के पेय पदार्थ विविध स्वादों से संयुक्त होते हैं। किन्तु आज उनकी भी अद्‌भुत छटा थी। उनके प्रिय भ्राता, प्रिय अग्रज गणेश का जन्मदिन मनाया जा रहा था। आज उनके छहों मुखों पर आनन्द और हर्ष का ही भात था, छहों मुख एक समान मुस्कुरा रहे थे। वे अपने क्रीड़ा-संगी गणपति की लीलाओं का स्मरण कर भीतर-भीतर पुलकित और आनन्दित हो रहे थे। उन्होंने दृष्टि भरकर गणपति की ओर निहारा। उन्हें स्मरण आया, गणपति का वक्रतुण्ड भी उनके साथ एक प्रतिस्पर्द्धी खिलाड़ी की तरह क्रीड़ा करता रहा है। कभी उस वक्रतुण्ड ने इन्हें धकियाया है, गुदगुदाया है, कभी उन पर अकस्मात् सूँड़ से भरकर जल-वर्षा कर उन्हें भिगो दिया है तो उन्हें यह भी याद आया कि वे वक्रतुण्ड के शुंड को पकड़कर अचानक झूलने का प्रयत्न करते थे तो वक्रतुण्ड की सूँड़ देखते-देखते अत्यन्त पृथुल और बड़ी हो जाती थी। इसी सूँड़ पर चढ़कर कुमार गणेश की पीठ पर सवार हो जाते थे और गणेश भी खेल-खेल में सहसा पलटकर कुमार को अपने शरीर के विशाल भार से दबा देते। उनके विकट महोदर के नीचे दबे कुमार के मुख से आर्तनाद का स्वर फूट पड़ता। यह सब सोचकर कुमार बार-बार मुस्कुरा रहे थे। गणपति ज्ञानी और विज्ञानी थे। उन्हें कुमार कार्तिकेय के मन की बात को समझने में विलम्ब न लगा। वे बार-बार अपनी सूँड़ से कुमार को विचलित करने लगे। माता पार्वती से यह रोक-टोक वाली क्रीड़ा छिपी न रह सकी।

उन्होंने अत्यन्त स्नेह से पुचकार कहा : 'प्रिय पुत्र गणेश! तुम मेरे पार्श्व में बैठो और कुमार अपने पिता के पार्श्व में विराजमान हों तो शोभा और बढ़ जाएगी। कुमार और गणेश दोनों ने माता की आज्ञा का पालन किया पर गणेश को माता द्वारा दी गई आसन-परिवर्तन की व्यवस्था का रहस्य और कारण समझ में आ गया था।'

गणेश अतुलनीय कान्ति से जगमग कर रहे थे। रूप में जब गुणों का सम्मिश्रण होता है तो दृश्य-वस्तु का आकर्षण शतगुणित हो जाता है। उनके तुण्ड की वक्रता उनकी एकाग्रता का परिचय दे रही थी। यों तो हल्की-हल्की उनकी सूँड़ हिलती रहती है। वह सदैव कर्म-प्रेरित होती है पर वक्र होने या ऊपर की ओर उठने पर वह अपनी एकाग्रता का परिचय देती है। बीच-बीच में वक्रतुण्ड अपनी ध्यानस्थ मुद्रा का भी परिचय दे रहे थे। उनका स्वरूप प्रकाशमय था, उस पर आँखें नहीं ठहर पा रही थीं। वे माता के पार्श्व में अपने आसन पर विराजमान थे। उनके मस्तक पर दीर्घ आकार का स्वर्ण, हीरक, नीलम और पन्नों की कान्ति को विच्छुरित करता रत्न-जटित मुकुट शोभायमान था। कपाल दिव्य त्रिपुंड से वलयित था और विराट् शूर्पकर्ण से मौक्तिक की तीन लड़ियों वाला कर्ण-कुंडल झिलमिला रहा था। उनके एकदन्त पर भी स्वर्णवलय का शृंगार हुआ था और लम्बी सूँड़ पर कमल-पुष्पों के पराग मलने के कारण पीताभ रंग दमक रहा था, वह सूँड़ बायीं ओर मुड़ी हुई थी। सुन्दर ग्रीवा में मणि, मोती, हीरक के अनेक दीर्घहार झूल रहे थे जो नीचे नाभि केन्द्र तक पहुँच रहे थे। ऐसा प्रतीत हो रहा था मानो मध्यमा से परा-केन्द्र तक योगसूत्र बँधा हुआ हो। गणपति चतुर्भुज रूप में विद्यमान थे। उनके एक हाथ में अंकुश था, दूसरे में अक्षमाला थी, तीसरे में मोदक और चौथे में पुष्प लिए वर-मुद्रा थी। उनके कटिबन्ध में दीर्घ और प्रशस्त स्वर्ण-हार बँधा था। पीत-वर्ण की धोती शरीर से लिपटी थी। उसकी किनारी भी स्वर्णाभा से दिप रही थी। पाँव में स्वर्ण-किंकिणियाँ मधुर स्वर में झनझना रही थीं। वरमुद्रा वाले हाथ के पास ही स्वर्ण कमंडल गंगाजल से आपूरित था। आसन की वेदिका रक्त-वर्ण के कोमल रेशमी वस्त्र से लिपटी थी। चरण प्रान्त के नीचे उनका प्रिय विशाल मूषक हाथ जोड़े स्तवन की मुद्रा में आसीन था। सामने कई-कई थालों में भरे हुए मोदक मिष्टान्नों का अम्बार लगा था, वहीं नाना फलों से भरे हुए पात्र भी सजाकर रखे गए थे। गणपति की रूप-कान्ति में उनका विशाल उदरभाग अद्भुत शोभा बिखेर रहा था। लगता था जैसे उनका विस्तृत महोदर समस्त भूमंडल की तरह हो जिस पर गणपति आसीन हों!

11

एक दिन पुनः नारद के एक अन्य प्रश्न के उत्तर में पिता ब्रह्मा ने गम्भीरतापूर्वक समझाया :

"पुत्र! देव-तत्त्व और परमात्म-तत्त्व में अन्तर होता है। मनुष्य, देवता और परमात्मा तीनों में इच्छा-भाव सक्रिय होता है। मनुष्य तो इच्छाओं का पुंज ही होता है। उसमें निरन्तर सार्थक, निरर्थक इच्छाएँ समुद्र-तरंगों की तरह उठती-गिरती रहती हैं। उसमें मानसिकता अधिक होती है, क्रियमाणता कम। उसके शरीर की रक्तवाहिनी शिराओं के कम्पन और उद्वेग से भी उसकी इच्छाएँ स्वतःस्फूर्त होती रहती हैं। जीव-जगत् की तरह इच्छा का भी एक जगत् बनता-बिगड़ता रहता है। देव-लोक के वासी देव-गण की इच्छाएँ कल्पतरु की छाया में तत्क्षण पूरी हो जाती हैं। देवता अपनी त्वरित इच्छापूर्ति के कारण इच्छाओं के हानि-लाभ या आनन्द का अनुभव भी नहीं कर पाते। उन्हें अप्राप्त भी सहज प्राप्य हो जाता है। जब इच्छापूर्ति के लिए कोई प्रयत्न या संघर्ष नहीं करना पड़ता है तो वह इच्छा एक निष्क्रिय इच्छा बन जाती है। ब्रह्म या परमात्मा भी कामना करता है पर उसकी कामना उसके चिन्तन, शुभ-अशुभ फलाफल का भी निर्धारण करती है इसलिए उसकी इच्छा संकल्प-प्रधान होती है। इसी संकल्प से ही वह सृष्टि को धारण भी करता है, रचता भी है, पोषण भी करता है और एक निश्चित बिन्दु पर उसका संहार भी करता है। अतः परमात्मा को भी भिन्न-भिन्न भूमिकाओं में प्रकट होना पड़ता है, उसके विविध अवतारों का भी सम्भवतः यही रहस्य है। उस स्थिति में पृथ्वी के जीवन, जरा या मरण के नियम पूरी तरह लागू नहीं होते। अवतार लेने की दशा में परमात्मा पूरी तरह मनुष्य होता है पर अपने मूल रूप में वह जड़-जगत् से ऊपर उठा होता है।

"यही कारण है कि जन्म लेने के साथ ही मात्र कुछ दिनों बाद ही गणेश और स्कन्द को तारक-वध करने के लिए युद्ध के लिए सुसज्जित होना पड़ा।"

नारद तारक-वध की दुर्दम गाथा को पुनः अपने पिता के मुख से सुनना चाहते थे अतः ब्रह्मा को देव-जाति के महान् शत्रु तारकासुर की कथा कहनी पड़ी :

"तारकासुर को असुर-जाति के अत्यन्त प्रचंड योद्धा और महावीर के रूप में स्वीकार किया गया है। उसके अत्याचारों से त्रस्त समस्त देव-जाति और सृष्टि को कई नये नियम आविष्कृत करने पड़े, कई नये उपक्रम करने पड़े। वह एक तपस्वी महावीर था जिसके कारण अपनी प्राणवल्लभा पत्नी सती के वियोग में भटकते वैरागी बने शिव को पुनः पार्वती का पाणिग्रहण करना पड़ा और वरदान की योजना के अनुसार कुमार कार्तिकेय के जन्म को सम्भव करना पड़ा, क्योंकि बालक स्कन्द के हाथों ही तारक का वध हो सकता था। प्रायः उसी समय माता पार्वती के हाथों एक क्रीड़ा-शिशु के रूप में गणेश का भी आविर्भाव हो गया। शिव और पार्वती के तेजोमय विग्रह के प्रताप से ये दो महान् शक्तियाँ शत्रु-दलन के लिए आविर्भूत हो चुकी थीं। तारक जैसे असामान्य वीर ने ऐसी परिस्थितियाँ उत्पन्न कर दीं कि परमात्मा की दिव्य शक्तियों को भी उसके वध के लिए एक महासंग्राम की भूमिका रचनी पड़ी।"

नारद की उत्सुकता बढ़ गई थी। वे तारक के विषय में विस्तार से जानने के लिए व्यग्र हो उठे। ब्रह्मा ने पुनः कहा :

"देव, दानव, मनुष्य या सामान्य जीवों की रचना का कर्म तो मेरे द्वारा ही नियत हैं पर रचना के क्षणों में उसके परिणाम का विचार नहीं होता। जैसे माता अपने ही गर्भस्थ शिशु का अवलोकन नहीं कर पाती वैसे ही मैं ब्रह्मा भी रचना के क्रिया-वेग से विवश होता हूँ। इसी प्रकार वरदान देना भी मेरी विवशता है। वह भी एक नियमानुकूल आचरण है। जो तपस्वी है वह अपने कठिन तप का पुरस्कार पाने का अधिकारी होता है। मुझे तटस्थ-भाव से किसी क्रिया का उचित परिणाम भी निर्धारित करना पड़ता है। तो वज्रांग दैत्य और वरांगी का पुत्र यह तारक हुआ जिसके जन्म लेते ही पृथ्वी पर एक अज्ञात भय छा गया, अमंगल और अपशकुन के चिह्न दृष्टिगत होने लगे। वज्रांग और वरांगी के कठोर तप के प्रभाववश मेरे वर से तारकासुर का जन्म हुआ। वह तारक महान् दैत्यराज हिरण्याक्ष और नमुचि के संयुक्त बल का भी परिणाम माना गया। अपार बलशाली तारक को सबने अपना अधिपति स्वीकार करना आरम्भ किया। कुरंग, महिष आदि असुरों ने भी उसकी सत्ता और महत्ता के सामने घुटने टेक दिये। तारक को प्रतीत हुआ कि देव-जाति को पराजित और पूर्णतः बलहीन करने का एकमात्र मार्ग है तप। और तप है उदग्र कर्म। वह वन में पाशुपत दीक्षा लेकर कठोर तप करने लगा।

प्रतिदिन अपने ही शरीर का मांस काटकर अग्निकुंड में आहुति देते हुए निर्मांस हो गया। अन्ततः मुझे ही उसके समक्ष प्रकट होना पड़ा। जैसा कि हर असुर देवताओं को पराजित करने और अमर होने की इच्छा करता है, तारक ने भी वही किया। पर जो जन्म लेता है मृत्यु उसकी अनिवार्यता है। इस कारण उसने दुर्लभ संयोग चाहा कि सात दिनों के बालक के हाथों ही वह वध्य होगा, अन्य कोई उसे पराजित नहीं कर सकता। मैंने ही उसकी बुद्धि को भ्रान्त करते हुए कहा कि 'जिससे तुम्हें कुछ भय नहीं है, उससे अपनी मृत्यु का वर माँग लो। उसी का परिणाम था कि तारक ने सात दिन के शिशु से अपनी मृत्यु-कामना की थी। वर पाकर तारकासुर और भी उन्मत्त, उद्दंड और उच्छृंखल हो गया। दैत्यगुरु शुक्राचार्य ने शोणितपुर में उसे त्रैलोक्य के अधिपति पद पर अभिषिक्त कर दिया।

मदोन्मत्त तारक का अत्याचार पराकाष्ठा पर था। उस समय इन्द्रादि देवताओं ने मुझसे अपनी व्यथा-कथा कही, नाना स्तोत्रों से मेरी प्रार्थना की। मैंने उनसे कहा :

"देवताओ! आप इस समय कुहरे से ढँके हुए तारों के समान क्षीण दिखाई दे रहे हैं। देवराज इन्द्र का वज्र आज अपनी चमक खोकर कुंठित दिखाई दे रहा है। कुबेर शक्तिहीन और यमराज तेजहीन लग रहे हैं, बारहों आदित्य तापहीन हैं। जैसे ऊँचाई की ओर बहनेवाले जल का प्रवाह धीमा हो जाता है वैसे ही उनचास मरुत मन्द प्रतीत हो रहे हैं, ग्यारह रुद्र अपनी हुंकार जैसे भूल गए हैं। मैंने देवराज इन्द्र से पूछा, 'आज मेरे समीप आपके आगमन का रहस्य क्या है?'

"इन्द्र ने कहा, 'देव! आप सर्वज्ञ हैं। आपके ही वरदान के कारण तारकासुर धूमकेतु की तरह अचानक उदित हो गया, उससे पूरी पृथ्वी सन्त्रस्त है। पवन उससे भयभीत होकर धीमे बहता है कि कहीं उसकी पुष्पवाटिका के फूल न झर जाएँ। मैं स्वयं कल्पवृक्ष से सुन्दर रत्नों की याचना कर उसकी सेवा में अर्पित करता रहता हूँ। उस राक्षस ने नन्दन वन का विध्वंस कर दिया है, उसने स्वर्गंगा के स्वर्ण-कमल उजाड़ दिये हैं। जैसे महाज्वर में कोई भी औषधि निष्प्रभ हो जाती है वैसे ही तारकासुर के आघातों और आक्रमणों का कोई उत्तर हमारे पास नहीं है।'

मैंने कहा, 'तारकासुर का विनाश शिव के पुत्र द्वारा ही सम्भव होगा, वही उसके वध का कारण होगा।' मेरे उत्तर से देवताओं की चिन्ता कुछ कम हुई। पर तारकासुर यहीं तक नहीं रुका, उसने स्वर्ग पर आक्रमण की ठानी।

"उसके दैत्य सेनापति ग्रसन ने युद्ध की भेरी बजाकर दैत्यों को एकत्र किया। जम्भ, कुजम्भ, महिष, कुंजर, कालनेमि, जम्भक आदि राक्षसों के सैन्य-दल के साथ उसने स्वर्ग पर आक्रमण कर दिया। उस समय भी देव-दानव का भयानक युद्ध हुआ।

तारकासुर के तीक्ष्ण वाणों ने इन्द्र, अग्नि, वायु आदि देवों के अस्त्र-शस्त्र काट दिये। देवताओं के सारे अस्त्र-शस्त्र निष्प्रभावी सिद्ध हुए और देवता पराभूत हो गए, स्वर्ग का राज्य उनसे छिन गया।

"नारद! शिव और पार्वती का विवाह और कुमार कार्तिकेय का जन्म तारकासुर के विनाश की ही भूमिका थी। तारक-वध के लिए देवताओं द्वारा प्रेरित किये जाने पर कार्तिकेय और तारकासुर का युद्ध आरम्भ हुआ। शिवगण वीरभद्र के साथ भयानक युद्ध करता हुआ तारकासुर अपनी सहस्त्रों भुजाओं के मायावी रूप में सिंहारूढ़ होकर शिव-गणों का नाश करने लगा। उसने जब सात दिन के दिव्य बालक कुमार को देखा तो उसने घोषणा कर दी कि वह अकेला ही उससे युद्ध करके विजयी होगा। तारकासुर ने सात दिन के बालक पर तो विचार किया पर वह भूल गया कि देवताओं की कालावधि और मनुष्य, असुर या पशु की कालावधि में अन्तर होता है। महान् देव शक्तियों का एक दिन पृथ्वी के अनेक दिनों के समकक्ष होता है। अतः कुमार नवजात अबोध शिशु नहीं रह गए थे। वे दिव्य, पराक्रमी, पूर्ण शक्ति-सम्पन्न महारथी हो चुके थे। इसी विलक्षणता के कारण सम्भवतः उन्हें असुरों के विनाश और देव-जाति के संरक्षण का उत्तरदायित्व सौंपा गया था।

"रणभेरी बज रही थी। असुरवाहिनी क्रोधोन्मत्त होकर उद्दाम वेग से टूट पड़ने के लिए आतुर थी और इधर देवतागण आत्मरक्षा की मनःस्थिति में थे। उनके भीतर का भय बाहर साफ-साफ झलक रहा था। उन्मत्तताहीन युद्ध केवल क्रिया-भर होता है पर असुर-जाति जीतने की भावना से ललकारती हुई लड़ रही थी। यह युद्ध असहनशीलता और क्रोध का मानो भयंकर विस्फोट था। उसमें विचार की जगह अविवेक था, खंडित बुद्धि का रोष, प्रतिकार की दारुण भावना, विपक्षी को मथ देने का क्रूर मनोभाव ही मुख्य था। प्रिय-अप्रिय की निर्णयात्मिका बुद्धि वहाँ विघटित हो गई थी, रह गई थी स्वर्ग-सुख भोगते रहने की अविराम लालसा और भोगेच्छा। तारकासुर ने अपने तप के प्रभाव से स्वर्ग को जीतकर देवताओं को पददलित कर स्वर्ग से निष्कासित कर दिया था पर आज कुमार कार्तिकेय के नेतृत्व में देवशक्ति संघटित होकर एकत्र हो गई थी। शिव का दहकता तेज मूर्तिमान कार्तिकेय के रूप में युद्ध-भूमि में आ खड़ा हुआ था। गणपति भी वीरभद्र आदि सभी गणों के साथ दानवों के प्रकम्पित करने वाले भावों का दृढ़ता से उत्तर देने के लिए सन्नद्ध थे। रणभेरी के साथ-साथ उस समय अनेक युद्ध-वाद्य दुन्दुभि, झर्झरी, मृदंग आदि तीव्र स्वरों में बज रहे थे। मृत्यु का हाहाकार भी संगीत और वाद्य के स्वरों में मुखरित हो रहा था। यह महायुद्ध कायरों के लिए भयंकर और वीरों के लिए चुनौती की तरह खड़ा था।

देव और दानवों की सेना चारणों के उत्तेजक स्तुति-गान से गूँज रही थी। जैसे पर्वतों से टकराती हुई हवा भयंकर नाद करती हुई वन-वृक्षों की शाखाओं को तोड़ती-मरोड़ती वेग से चलती है वैसे ही तारकासुर का भयावना अट्टहास देव-जाति के मन को चूर्ण कर रहा था। दैत्यराज तारक के वाणों से देवगण विमर्दित और नागपाश से विमूर्च्छित हो रहे थे पर स्कन्द के दृष्टिमात्र से वे सारे मायावी बन्धन छिन्न-भिन्न हो गए। उस समय दोनों पक्षों के महाभट योद्धा भिड़कर अपना बल-प्रदर्शन कर रहे थे। दितिपुत्र तारक इन्द्र के साथ, संह्लाद नामक दैत्य अग्नि के साथ, यमराज दम्भ के साथ वरुण बल के साथ तो सुबीर वायु के साथ एवं अन्य प्रतियोगी अपने योग्य वीरों के साथ युद्ध लड़ रहे थे। यह द्वन्द्व-युद्ध जैसे शौर्य, पराक्रम, प्रपंच, माया और प्राणान्तक आक्रमणों से भरा हुआ था। प्रतिस्पर्द्धा और पराक्रम दोनों का अभूतपूर्व प्रदर्शन पुराकाल में घटित देवासुर संग्राम का ही स्मरण दिला रहा था। पूरा रणक्षेत्र घायलों की चीख-पुकार, दारुण हाहाकार और मृतकों की प्रवाहित रक्तधार से लथपथ हो रहा था। तारकासुर के दुर्दम वेगमय आक्रमण को इन्द्र नहीं झेल सके और वे ऐरावत हाथी से गिरकर मूर्च्छित हो गए। यह घटना भयकारक थी जिससे कई लोकपाल और देवगण यत्र-तत्र पलायन करने लगे। जैसे भीषण दावानल से वनों के वृक्ष धू-धूकर जलते और धराशायी हो जाते हैं वैसे ही तारकासुर के दुर्दम आक्रमण के वेग को देवताओं का समूह झेलने में असमर्थ सिद्ध हो रहा था।

"इस कठिन समय में गणपति विराट् रूप में रणभूमि में अवतरित हुए। उनके समक्ष तारकासुर अपनी दस हजार प्रलम्ब भुजाओं में अस्त्र-शस्त्र धारे सिंह पर बैठा भयंकर गर्जना कर रहा था। गणपति का वाहन मूषक भी विराट् आकृति धारण कर चुका था। वक्रतुण्ड ने अपने फरसे के आघात से तारकासुर के वाहन सिंह को आहत कर दिया। तारक ने तुरन्त अपनी माया से एक विशाल रथ का सृजन कर लिया जो अत्यन्त विस्तृत था, जिसके चक्र के चारों ओर नुकीले धारदार आरे लगे हुए थे जो रथ के चलते समय बड़ी तेजी से नाचते हुए देवों को गाजर-मूली की तरह काटते चल रहे थे। गणेश ने तत्क्षण अपनी गदा का स्मरण किया और उसके वेगमय आघात से वह विशाल रथ क्षण मात्र में चूर्ण-विचूर्ण हो गया।

"गणेश को ज्ञात था कि तारकासुर स्कन्द स्वामी के अतिरिक्त दूसरे किसी से भी अवध्य है। पर युद्ध तो युद्ध होता है। उसमें अपनी गति और उन्मत्तता होती है। सब कुछ जानकर भी उसमें किसी विचार का अवकाश नहीं होता। गणेश ने अपने भ्राता स्कन्द को विश्राम देने के लिए तारकासुर को लक्षित कर कहा :

'असुरराज! मुझे ज्ञात है कि तुम दुर्दान्त हो, दूसरों के लिए अवध्य हो पर अस्त्र-शस्त्रों की चोट से सांघातिक आक्रमण होते हैं तो वे शरीर को तो कष्ट पहुँचाएँगे ही। तुम मर नहीं सकते पर क्षत-विक्षत तो हो सकते हो। हम तुम्हें समाप्त नहीं कर सकते पर तुम्हारी शक्ति और वेग पर तो अंकुश लगा सकते हैं। सम्पूर्ण सृष्टि को तुम्हारी मृत्यु की प्रतीक्षा है। इसके पूर्व हम-तुम जीवन-मृत्यु का खेल तो खेल ही सकते हैं। तुम्हारी क्रीड़ा-मृत्यु की कल्पना करके मुझे भी सुख मिल रहा है।'

'निरीह बालक! मैं जानता हूँ तुम गणेश हो। गुहाग्रज हो, कुमार कार्तिकेय के अग्रज! वैसे तुम दोनों में काल का बहुत बड़ा अन्तर नहीं है। अब मेरे हाथों तुम दोनों का विनाश होना है। तुम्हें काल-कवलित देखकर मुझे भी अपार आनन्द मिलेगा। काल की भूख तुम दोनों लघु बालकों के पिंड शरीरों से भला क्योंकर मिटेगी?'

'मूर्ख तारक! तुम नहीं जानते कि हमारे पूज्य पिता शिव ही महाकाल हैं। त्र्यम्बक हैं। उनका तीसरा नेत्र जब खुलता है तो वही प्रलय का द्वार बन जाता है। काल की भूख तुम-जैसे सहस्त्रबाहु भयानक राक्षस को भोग्य बनाकर तो अवश्य ही मिटेगी।'

'गुहाग्रज! तो युद्ध के लिए प्रस्तुत हो जाओ। व्यर्थ के वितंडावाद से क्या लाभ? बड़बोलापन वीरता का पर्याय नहीं होता।' यह कहकर तारक ने गणेश पर वाणों की झड़ी लगा दी।

"वक्रतुण्ड पहले से सावधान थे। उन्होंने भी धनुष-वाण धारण कर रखा था। उन्होंने अपने एक ही तीर से उसके समस्त तीरों को छिन्न-भिन्न कर दिया। तारक ने तीन वाण चलाकर गणेश के मूषकराज को घायल कर दिया तो गणेश पैदल पाँव ही उतरकर युद्ध करने लगे। उन्होंने अपने फरसे का तीव्र प्रहार असुर पर किया। तारक ने झुककर प्राण बचाने की चेष्टा की पर इस क्रम में उसके मस्तक का मुकुट कटकर गिर पड़ा।

"यह देख क्रोधोन्मत्त होकर असुर ने गणपति पर अपनी शक्ति का सन्धान करना चाहा। तभी कुमार कार्तिकेय को स्मरण हुआ कि यह असुरराज अपने वरदान के फलस्वरूप दूसरे किसी के लिए भी अवध्य होगा। उसका वध तो कुमार के हाथों ही पूर्व निश्चित है। यह ध्यान में आते ही कुमार ने भ्राता गणेश पर चलाई गई तारक की शक्ति को बड़ी शीघ्रता से निष्फल कर दिया। और, कार्तिकेय ने पहले तो तीक्ष्ण त्राणों से तारक को बेधकर अपने नागपाश में बाँध लिया और शक्ति का प्रयोग किया। वह शक्ति सीधे तारकासुर के हृदय में प्रविष्ट हो गई। तारकासुर भयंकर आर्तनाद करता हुआ मृत होकर भूमि पर गिर पड़ा। सहसा एक बड़े अन्याय और अत्याचार का अन्त देखकर देव-सेना के हर्ष का पारावार नहीं था। राक्षसत्व का अन्त होते ही सर्वत्र एक सुखकारक शान्ति छा गई, देवगण प्रसन्न-पुलकित थे और शेष असुर-वाहिनी पाताल में त्राण पाने के लिए प्राण बचाकर भाग खड़ी हुई थी।"

12

पुण्यात्मा गणाधिप शान्त-भाव से सुखासन में बैठे थे। उन्होंने आँखें बन्द कर ली थीं। उनके शूर्पकर्ण भी स्थिर हो गए थे। उनकी विनत दृष्टि प्रस्तर खंडों पर टिकी थी। उनके दीर्घ मौन को लक्षित कर माता पार्वती ने कहा :

"प्रिय पुत्र वक्रतुण्ड! मुझे तुम्हारा मन किंचित् विचलित क्यों लग रहा है? तुम तो विचलित को अविचलित करने की शक्ति रखते हो, तभी तो तुम्हें ब्रह्मणस्पति वृहस्पति और वाचस्पति कहा गया है। तीनों वेद 'गणानां त्वां गणपति' मंत्र का उच्चारण करते हैं। तुम्हारा गजाकार स्थूल और गणवक्त्र महान् शक्ति का द्योतक है। उसी ने तो सम्पूर्ण जगत् को धारण कर रखा है। तुमसे ओंकार उत्पन्न होता है। तुम केवल तुम जगत् के कर्ता हो। फिर तुम्हारा यह मौन मुझे तुम्हारे अन्तर-मन के द्वन्द्व की सूचना दे रहा है।"

"मातः! पुत्र के मनोभाव माता से तो छिपे रह ही नहीं सकते। माता का वात्सल्य से भरा हृदय जब उमड़ता है तो कहीं कोई न अर्गला रहती है, न कहीं कोई गोपन भाव रह जाता है। वत्सलता मुक्त रूप से प्रकट होने की शक्ति रखती है। आपने उचित कहा है कि मेरे मन में कुछ प्रश्न बार-बार मुझे उन्मथित और व्यग्र करते हैं। उनका सम्बन्ध मेरे व्यक्तिगत जीवन से नहीं है क्योंकि चिन्ता केवल स्व की नहीं, पर की भी होती है। उसका रूप दोमुखी है। मेरे मन में यह प्रश्न क्यों उठता रहता है कि सभी देवता, सभी देवियों के हाथ में अस्त्र-शस्त्रों का जैसे समूह है। अनेक हाथों में से कोई एक हाथ वर-मुद्रा में भले हो या कमल या कोई अन्य पुष्प सुशोभित हो लेकिन हाथों में चक्र, गदा, परशु, वज्र, त्रिशूल जैसे अनेकानेक दिव्यास्त्र शोभा पाते हैं।

क्या देवत्व अस्त्र-शस्त्रों से सुसज्जित सेना के रूप में ही सार्थक होता है? देवियाँ कभी दो हाथों में, कभी चार, कभी आठ, कभी दस तो कभी अठारह हाथों में अस्त्र-शस्त्र धारण किये निरन्तर युद्ध के मनोभाव में ही क्यों दर्शन देती हैं? मैं तो केवल मनुष्य को ही सम्पूर्ण सृष्टि में निहत्था, विवश, शक्तिहीन और किसी भी दैवी प्रभाव से वंचित देखता हूँ। तो क्या मनुष्य-जाति वंचित जाति है? इस युद्ध की भावना ने सुर और असुर दो भ्राताओं को केवल उकसाया, लड़ाया और आहत किया है। देव-जाति और असुर-जाति का यह हतभाग्य है कि वे अदिति और दिति के पुत्र होकर भी निरन्तर एक-दूसरे को पराजित करने का प्रयत्न करते हैं। उनके व्यवहार में छल है, क्रिया में विद्वेष। आप त्रिदेव : ब्रह्मा, विष्णु और मेरे पिता महेश, इन्हें वरदान भी देते हैं और उनके संहार का उपाय भी बताते हैं। रही मनुष्य-जाति, तो वह कठोर तप के बाद कभी आप सबसे दृढ़ चरणानुराग और अखंड भक्ति चाहती है तो कभी मोक्ष की कामना करती है। और यह मनुष्य कितना दयनीय, क्षीण तन्तुओं का बना हुआ जाल है? देवताओं का एक दिन और मनुष्य के सौ वर्ष की आयु, और उधर देवता अजर, अमर और अखंड। उधर मनुष्य है जो जीवेम शरदः शतम्, पश्येम शरदः शतम् और श्रृणुयान्नि शरदः शतम् के मंत्र दुहराकर सन्तुष्ट हो जाता है कि हम सौ शरद तक जिएँ, सौ शरद देखें और सौ शरद तक सुनने की शक्ति पाएँ।

सृष्टि की यह असमानता ही मेरे द्वन्द्व का कारण है। मातः! मनुष्य को देखो! वह सीमित साधनों से ही अपनी सारी इच्छाएँ पूरी करने का प्रयत्न करता है। श्रम है मनुष्य का आभूषण। उसके स्वेद-बिन्दु बहुमूल्य मोतियों से भी मूल्यवान हैं। मनुष्य ही सृष्टि के परिचालन का पहिया है और उसी पर जीवन जीने का अपरिमित भार है, मोह-माया का तना हुआ ऐसा जाल है जिसमें उलझकर वह स्थिर नहीं बैठ पाता। वह भागता-दौड़ता, गिरता-पड़ता अपनी आवश्यक-अनावश्यक इच्छाओं की पूर्ति के लिए उग्र-से-उग्र कर्म करने के लिए बाध्य होता है। क्या यह बाध्यता उसकी मानसिक पराधीनता नहीं है?"

"है पुत्र! अवश्य है! पर यह जाति-धर्म की सीमाएँ हैं। मनुष्य की यही असहायता उसका वैशिष्ट्य भी है। उसके पास न कोई यांत्रिक शक्ति है, न स्वरूप-परिवर्तन की क्षमता है, न अदृश्य होने की शक्ति, न आकाश मार्ग में देवताओं की तरह विचरने की क्षमता। उसके पास कल्पवृक्ष भी नहीं है कि वह अपनी हर आवश्यकता की पूर्ति क्षणमात्र में पूरी कर ले। उसे तो एक तृण की प्राप्ति के लिए भी प्रयत्न करना पड़ता है। पृथ्वी में क्रिया-संघर्ष की प्रधानता है। वहाँ वस्तु या सुखों की प्राप्ति स्वयं ही करनी पड़ती है। देखो, एक छोटी-सी चिड़िया अपने बच्चों को पालने और उन्हें

सुरक्षित रखने के लिए भाग-भागकर उड़-उड़कर तिनका-तिनका चुनती है। वह सारे साधन एकत्र करती है जिससे उसका घोंसला किसी सुरक्षित स्थान पर बन सके, उसके अंडों को फोड़कर नन्हे शिशु बाहर निकल सकें। सृष्टि का आरम्भ ही इस अंड-विज्ञान से हुआ है। इस कवच से बाहर निकलकर ही संसार को देखा और समझा जा सकता है।

"तुम्हारी दूसरी जिज्ञासा अस्त्र-शस्त्र धारण करने के विषय में भी है। बल की सार्थकता परिरक्षण में है। जो सबल है, उन्हें निर्बलों की रक्षा में सदा सन्नद्ध रहना पड़ता है। विकास और विनाश ये दोनों युद्ध के परिणामों से प्रकट होते हैं। संसार को देखो पुत्र, अत्यन्त जड़-पदार्थों में परिवर्तन या तो कम होता है या धीमा होता है। पर चेतन वस्तुएँ अपना स्वरूप और आकार बदलती रहती हैं। जो आज है वह कल नहीं रहता। जिसे हम मानव-जाति की मृत्यु समझते हैं वह भी विकास की अन्तिम सीढ़ी ही है। हमारे अस्त्र-शस्त्र दैविक शक्तियों के समुच्चय भर हैं। मेरे दुर्गा रूप का निर्माण ही सम्पूर्ण देव-जाति की एकत्र शक्ति का प्राकट्य है। मैं संघनित शक्ति हूँ। मेरे अस्त्र-शस्त्र भी मेरे नहीं है, वे देव-जाति की आर्तता, असुरक्षा की भावना और पीड़ा के वाहक हैं। मेरे स्वरूप-निर्माण के बाद सबने मुझे दिव्यास्त्रों से समलंकृत किया। जिसके पास जो कुछ था उसने वही सब दिया। इसीलिए त्रिलोक की पीड़ा पीड़ा नहीं रह जाती : वह सहानुभूति, संवेदना और उपचार चाहती है। युद्ध भी एक उपचार ही है वत्स! सृष्टि को नया करने, भारहीन करने का अभिनव उपक्रम! युद्ध है एक गति, एक आघात, शक्ति की टकराहट और द्वन्द्व का भाव! देखो पुत्र, द्वन्द्व से सृष्टि का निर्माण और द्वन्द्व से ही उसका विनाश होता है। द्वन्द्व का प्रीति-भाव सृष्टि की रचना करता है और द्वन्द्व का घृणा-भाव सृष्टि को नष्ट-भ्रष्ट कर देता है। राक्षस-तत्त्व दुर्भावना-तत्त्व है। जैसे मन के भीतर घृणा, दुर्भाव, द्वेष और विरोध की भावनाएँ अनेक रूपों में निरन्तर प्रकट होती रहती हैं उसी प्रकार युद्ध-भूमि में राक्षसों की संख्या भी सहस्त्रों, लक्षों और कोटियों में गिनी गई है। क्रोध और अहंकार मन के राक्षस हैं। वही युद्ध के लिए प्रेरित करते हैं। वे बुद्धि का नाश कर विचारों को जड़ और खोखला कर देते हैं। इसलिए युद्ध में मृत्यु के पहले मानो विचार और मस्तिष्क की मृत्यु होती है।

"हमारे एक हाथ में शास्त्र और दूसरे हाथ में शस्त्र होना ही चाहिए। शास्त्र है ज्ञान और शस्त्र है प्रतिकार की इच्छा। विरोध जताने का भाव हमारे मानसिक विकास का प्रथम चरण होता है इसलिए मृत्यु, विनाश या नकारात्मकता भी सहसा उपेक्षणीय नहीं है। जो सच्चे चिन्तक हैं वे सच्चे आराधक की भाँति होते हैं।

उनकी दृष्टि में जितना जीवन का महत्त्व है उससे कम मृत्यु का नहीं। कभी-कभी युद्ध या संघर्ष से हृदय-परिवर्तन भी होता है और दुष्ट व्यक्ति अपनी दुष्टता को किसी केंचुल या आवरण की तरह उतार फेंकता है। हाँ, मैं यह स्वीकार करती हूँ कि मनुष्य-जाति इन सब जातियों से विलक्षण और श्रेष्ठ है। उसमें भी कई कोटियाँ हैं। एक वर्ग राजाओं-सम्राटों का होता है जो शासक होते हैं, सुख भोगने के अधिकारी होते हैं, वे भौतिकता की चरम उपलब्धि करते हैं। तो दूसरी ओर ऋषिगण होते हैं जो अपनी तत्परता और अपने शुभ कर्मों से त्याग की शिक्षा देते हैं और सहज रूप से परमात्म-तत्त्व को पा लेते हैं। बड़े-बड़े सम्राट् भी वानप्रस्थ या संन्यास लेकर अपना राज-पाट, सुख-वैभव त्यागकर वन में तपस्या के लिए प्रस्थान कर जाते हैं, वे भोगने का भी सुख लेते हैं और त्यागने का भी।

"बस इनके मध्य में गृहस्थ धर्म का पालन करनेवाली प्रजा बचती है जिनमें निम्न-वर्ग और मध्य-वर्ग के मनुष्य होते हैं जो अन्न, खाद्य और पानीय की समस्याओं से जूझती है। किसी मकड़ी की तरह जो स्वयं जाला बुनती, उसमें उलझती और उससे मुक्त होने का प्रयत्न भी करती दिखाई देती है। यह मनुष्य सचमुच आकर्षक है। उसमें सब कुछ दे डालने की शक्ति है तो भरपूर स्वार्थपरता भी। एक ओर वह सर्वस्व देना भी जानता है और दूसरे का सर्वस्व ग्रहण करने में भी उसे देर नहीं लगती। वह विरोधाभासों का अपूर्व मिश्रण है। हमारे भोलेनाथ तो इसी मनुष्य-जाति की मर्मवेदना से व्यथित-स्पन्दित होते रहते हैं। वे भक्तों की भीड़ में कभी दबते, कभी उबरते, कभी उनके जल-दान से तो उनके अविरल अश्रुओं से स्नात होते रहते हैं। उनका बम-बम स्वर भी ओंकार का ही मानवीय उच्चार प्रतीत होता है।"

"मात:! मेरे मन को बड़ी शान्ति मिली। भ्राता कार्तिकेय देव-सेनापति हैं, वे देवताओं की चिन्ता करते हैं। मैं मनुष्य की चिन्ता करूँगा। दुख-दारिद्र्य के पंक में लथपथ अशक्त मनुष्य ही मेरा लक्ष्य है। मैं उसे शक्ति दूँगा। अनेक रूपों में मैं उसका दुख-निवारण करूँगा। दुख-मुक्ति ही मनुष्यता की सबसे बड़ी सेवा होगी।"

"तुम अपनी प्रकृति के अनुसार उचित ही सोच रहे हो वक्रतुण्ड! यह संसार ही तुम्हारी कर्मभूमि है, तुम्हारे इस नाट्य के सहयोगी, सखा और नर्तक मनुष्य ही हैं। शास्त्रों ने स्पष्ट शब्दों में घोषणा कर दी है कि कलिकाल में चंडी और तुम्हारा विनायक रूप ही कल्याणप्रद होगा। तुम विनायक हो, तुम्हारा मूलाधार पृथ्वी-तत्त्व है। पृथ्वी की दूब, उसके शमीपत्र और मोदक ही तुम्हें आनन्द प्रदान करेंगे। दूर्वा का अर्थ है 'जीव'। जैसे जीवन पाप और पुण्य के प्रभाव से अनेक जन्म लेता है वैसे ही दूर्वा भी अनेक जड़ों से जन्म लेती है। तुम्हारा आनन्द-भाव ही मोदक है।

आटे के कवच में गुड़-पाक को रखना 'पूर्णम' कहलाता है। यही तो तंत्रशास्त्र में 'मातृका' तत्त्व है। श्री विद्या की उपासना में भी तुम्हारे महागणपति रूप की पूजा होती है। गणेश! तुम प्रणवाकृति हो! प्रणव का 'अ' तुम्हारा चरण प्रदेश है, 'उ' तुम्हारे महोदर का संकेत करता है और 'म'कार तुम्हारे गजमुख का! यही ऊँकार तुममें सतत गुंजित हो रहा है। तुम एकाक्षर ब्रह्म हो पुत्र! तुम बनोगे मनुष्य त्राता, उसके रक्षक, उसके पिता, उसके सखा, उसके जीवन के क्रीड़ा सहचर! समस्त ब्रह्मांड के साथ-साथ यह पृथ्वी भी तुम्हारी वास-भूमि, तुम्हारी क्रीड़ा-भूमि होगी पुत्र! मेरा आशीर्वाद है तुम्हें।"

13

बदरिकाश्रम के समीपवर्ती घने वनों में घूमते हुए तपस्वी धर्मध्वज अपनी पत्नी माधवी के साथ सूखी हुई लकड़ियाँ एकत्र कर रहे थे और जल-प्रपात से माधवी आश्रम के कार्यों के सम्पादन के लिए मृत्तिका पात्र में जल भर रही थी। उनके पास ही उनकी नवयौवना पुत्री तुलसी नाना क्रीड़ाओं से उनका मनोरंजन कर रही थी। माधवी ने तुलसी की चपलता को रोकने के लिए उसकी ओर देखा। उस दृष्टि में ईषत् क्रोध और ताड़ना का भाव था। माधवी की भौंहें कुंचित हो गई थीं, माथे पर बल पड़ गया था। वह तीखे स्वरों में तुलसी को रोकना चाहती थी पर वह वैसा कर नहीं सकी। उसने भरी-पूरी दृष्टि से अपनी पुत्री को निहारा। तुलसी एक देव-बाला की तरह अपने अप्रतिम सौन्दर्य से चमक रही थी। ऐसा लग रहा था जैसे हवन वेदिका में अग्नि की नीली-पीली-लाल लपटें धधक रही हों और उनमें तनिक भी दाहकता नहीं हो। एक अद्‌भुत शीतलता, सौम्यता और मधुरता हो। ऐसी आग जिसे दोनों हाथों से स्पर्श करने की इच्छा उत्पन्न हो जाए। उसकी श्यामल केश-राशि हवा में इधर-उधर धूम-रेखा की तरह उड़ रही थी, मुख पर रक्त-कमलों की लालिमा फैली थी और भागती-दौड़ती तुलसी ऐसी प्रतीत हो रही थी मानो हवा में कोई कोमल वृक्ष अवश होकर डोल रहा हो। उसका हिलता-डुलता हरित-वर्णी अंचल उसे सजीव वृक्ष की तरह शोभाशाली बना रहा था।

धर्मध्वज अपनी सुन्दर पुत्री को अपलक निहार रहे थे। वे जन्मजात तपस्वी वृत्ति के थे। वन ही उनकी वास-भूमि थी। वृक्ष ही उनके सहोदर और सखा की तरह स्नेह सिक्त थे। दुग्धवती गौओं का संग ही उनका परिवार था, वृक्षों के फल ही भोज्य थे

और उनमें खिलनेवाले फूल ही उनकी पूजा सामग्री थे। प्रपात का झरता हुआ जल ही उनके लिए पाद्य, अर्घ्य, आचमन और स्नान था। ऋषि गृत्समद की निर्दिष्ट वैदिक विधि से वे कपास से अपने लिए आवश्यक वस्त्र बना लेते। पत्नी कपास से सूत निकालती और धर्मध्वज लज्जा निवारण हेतु उपयोग के अनुसार अपने लिए उससे मोटा-महीन वस्त्र बुन लेते थे। वे विविध पुष्पों से रंग बनाना भी सीख गए थे। एक दिन माधवी ने पूछ ही दिया :

"आर्य! हम लोग वन में वर्षों से तपस्वी जीवन जी रहे हैं किन्तु क्या हम वही नहीं कर रहे जो पृथ्वी के सामान्य गृहस्थ जन करते हैं। हमारा भोग, हमारी क्रीड़ा-वृत्ति, अन्न-खाद्य की व्यवस्था, भूख के निवारण का प्रयत्न, गो-सेवा, फलाहार, मातृत्व, वात्सल्य सब तो वैसा ही है जैसा सामान्य गृहस्थों का आचरण होता है, फिर इसमें नूतनता क्या है? क्या पृथ्वी के समाज में रहते हुए इस तापस वृत्ति का निर्वाह नहीं किया जा सकता? सांसारिक लोक-जीवन में जीने के लिए जितने प्रयत्न करने पड़ते हैं प्राय: उतना ही या कहीं-कहीं उससे अधिक प्रयत्न वन में नहीं करना पड़ता? यहाँ जीवन जीने की चेष्टा संसार के सामाजिक और लौकिक जीवन से अधिक कष्टपूर्ण और कठिन नहीं है? फिर तप के लिए वन ही क्यों ? क्या संसार में एकान्त नहीं मिल सकता? एकान्त तो मनोलोक है। हम जब चाहें अन्तर्मुख होकर अपने भीतर चित्त की दुर्गम गुहा में जाकर समाधिस्थ हो सकते हैं? फिर वन ही क्यों? जंगली पशुओं की चिग्घाड़, दहाड़ से प्रकम्पित वातावरण में ध्यान लगाने का दुस्साहस क्यों?"

ऋषि धर्मध्वज चलते-चलते पत्नी की प्रश्नावली सुनते जा रहे थे। अपने आश्रम में उन्होंने लकड़ी का गट्ठर उतारकर रखा और श्वास को संयमित करने के लिए पृथ्वी पर बिछे आसन पर बैठ गए, बोले :

"माधवी! तुमने तो अपने प्रश्नों की एक श्रृंखला ही उपस्थित कर दी। अवश्य, ये प्रश्न तुम्हारे भीतर के वैचारिक झंझावातों से उत्पन्न हुए हैं। वन्य जीवन सदैव एक चुनौती रहा है। बड़े-बड़े सम्राट् अपने जीवन के तीसरे खंड में वनों की ओर रुख करते थे और वानप्रस्थी कहलाते थे। हमने तो अपने आरम्भिक जीवन से ही तपश्चर्या को स्वेच्छा से चुना है। इसी समानवृत्ति के कारण हम जुड़ सके हैं। हमने सांसारिक वासना को एक लक्ष्य और ऊँचाई प्रदान की। भोग भी हमारे लिए धर्म का साधन बना। हमने क्या किया, हमने सभी इन्द्रियों को भोजन दिया। तुम सब तृप्ति का अनुभव करो। दस हों या ग्यारह वे इन्द्रियाँ कभी तृप्त नहीं होंगी। हमने इन्हें जाना-पहचाना और सदैव इनसे ऊपर उठने का प्रयत्न किया। हमने आत्मा की खोज की। आत्मा की सीढ़ी पर चढ़कर ही परमात्म-तत्त्व का अनुभव हो सकता है :

इस सत्य का हमने साक्षात्कार किया। संसार में भोग और तृप्ति ही मुख्य विषय होते हैं, हमने उन्हें गौण बना दिया। सीमित साधनों से असीमित सुख पाना ही हमारा उद्देश्य बना। हम एकान्त में नहीं आए हैं। हम तो विपुल वैभव वाले वन-क्षेत्र के साथी और सहचर हैं। हम भी मानो चलते-फिरते वृक्ष हैं। हम जब प्रसन्न होते हैं तो लगता है हम पुष्पित हो रहे हैं। हम जब संसार के लिए करुणापूर्ण भाव से सोचते हैं तो लगता है हम किसी फलित शाखा की तरह विनम्र होकर दूसरों की बुभुक्षा मिटाना चाहते हैं। एकान्त तो मनोलोक ही होता है। इस एकान्त को ही तुम विष्णु का क्षीर सागर, शिव का कैलास या कृष्ण का गोलोक समझो। माधवी! यह विराट् प्रकृति ही हमारा समाज है, विश्व है। यहाँ हम अकेले नहीं हैं।"

माधवी ने सन्तुष्ट दृष्टि से देखा। तब तक वह अरणि-मन्थन से अग्नि उत्पन्न कर कुछ पेय और भोग्य सामग्री की व्यवस्था करने में लग गई थी। तब तक तुलसी भी वहाँ आ गई। उसने बड़ी स्फूर्ति के साथ माता का सहयोग किया।

आश्रम के समीप वृक्षावलियों की एक दीर्घ श्रेणी थी। उनमें आम्र, कदम्ब, बेर, जामुन, कदली वृक्षों की अनेक श्रेणियाँ थीं। वहाँ वानरों का एक दल भी उन वृक्षों पर निवास करता था। प्राय: पचास बन्दरों का समूह वहाँ रहता था जिसका प्रधान एक लम्बा-चौड़ा तगड़ा वानर था। देखते ही पता चल जाता था यही सबका स्वामी है। वह अपने वृहत् परिवार के साथ वहाँ कुछ वर्षों से रह रहा था। धर्मध्वज उसे प्रेम से 'दलपति' कहकर पुकारते थे। जब भी वे हवन करते उस समय अपने पूरे परिवार के साथ उत्पाती बन्दरों का वह समूह शान्त-भाव सें वहाँ बैठ जाता। जब तक यज्ञ चलता रहता तब तक सभी शान्ति से बैठते। कभी कुछ बच्चे हाथापाई करना भी चाहते तो दलपति के दाँत किटकिटाते ही सभी हाथ-पाँव समेटकर आज्ञाकारी शिशु की तरह बैठ जाते। दलपति वानर विशाल आकृति का था। उसे प्रेम से कभी-कभी धर्मध्वज 'छोटे हनुमान' कहते तो विनम्रता से सिर भूमि से सटा देता। यह लीला तुलसी के लिए कौतुक का विषय होती। वे सब तुलसी की आज्ञा मानते। तुलसी जब माता से कहती कि आश्रम में फल कहाँ हैं? सब समाप्त हो गए क्या?" यह सुनते ही वानर दल में खलबली मच जाती। दलपति का आदेश पाते ही अलग-अलग फलदार वृक्षों पर बन्दरों का दल दौड़कर चढ़ जाता, उनमें एक होड़ मच जाती और देखते-देखते आश्रम की बाह्य भूमि पर सैकड़ों फलों का अम्बार लग जाता। धर्मध्वज चीखते, 'बस-बस! बहुत हो गया। रुक जाओ। फलों को नष्ट मत करो।' सुनते ही आदेश पालन होता। सभी वानर रुक जाते। धर्मध्वज इन फलों में से कुछ फल उन्हें भी बाँटते। बन्दर किलकारियाँ भरते ऊँचे पेड़ों पर चढ़कर भागते हुए अदृश्य हो जाते।

समय को बीतना था, वह बीता। कुछ समय और बीता। तुलसी युवा हो गई। उसके अंगों में मार्दव आ गया, रूप दिनानुदिन निखर रहा था, अंग सजीले हो गए थे और आँखों में लज्जा की लालिमा घुलने लगी थी। वह स्वयं जल की परछाई में अपना प्रतिबिम्ब देखती, अपने उद्दाम होते यौवन को अपलक निहारती, मुग्ध होती, कभी लज्जित तो कभी हर्षित होती। वह यह नहीं सोच पाती कि उसके शरीर में इतनी विविधता क्यों है? उसके कपोल इतने कोमल, इतने लालिमामय क्यों हैं तो उसका वक्ष इतना कठोर क्यों है? उसका सम्पूर्ण शरीर माखन की तरह ऋजु और कोमल है तो यह हरदम छिपाकर रखनेवाला वक्ष गुह्य क्यों रहता है? माता भी तो अंचल धारण करती हैं तो क्या ऋजुता छिपाने की वस्तु है? उसके शरीर के जघन आदि भी कदली-स्तम्भ की तरह अत्यन्त कोमल सुचिक्कण हैं तो क्या दिखानेवाली वस्तु कठोर है और छिपानेवाली वस्तु कोमल। जब माता माधवी ने थोड़ा-थोड़ा धीरे-धीरे समझाया तो उसे ज्ञात हुआ कि अब वह पर्वत से उतरने वाली छोटी कुल्या नहीं, एक सवेग निर्झरिणी बन गई है : धारासार प्रवाहित निर्झरिणी वेगमयी, स्फूर्तिमयी, यौवन-मद से वासित, सौन्दर्य के रंग से भावित, आनन्द से ओत-प्रोत, माधुर्य से रंजित हो गई है।

एक दिन बदरी क्षेत्र में घूमते हुए वह कुछ दूर निकल आई। उसे जंगली पशुओं का कोई भय नहीं था। सभी उसके सखा थे, सभी सहचर साथी थे। वह हरिणी की तरह कुलाँचे भरती चली जा रही थी कि उसने एक अतिसुन्दर स्वस्थ नवयुवा को एक प्रस्तर खंड पर ध्यानमग्न हो तप करते देखा। उसका स्वरूप विलक्षण था। शरीर मनुष्य का और सिर हाथी का! वह नवयुवा गजानन उसे पहली दृष्टि में ही भा गया। क्या अद्भुत में इतना आकर्षण होता है? क्या हम उनकी ओर अधिक आकृष्ट होते हैं जो हमसे कुछ भिन्न होते हैं? क्या भिन्नता ही पुरुष और नारी के पारस्परिक आकर्षण का रहस्य है? तुलसी को पता नहीं चला कि कब काम का एक बीज उसके उर्वर चित्त में गड़ गया। वातावरण भी अनुकूल था। वसन्त ने वृक्षों को हरीतिमा से भर दिया था। उसमें लाल पल्लव झाँकने लगे थे। कोमल पल्लव अपनी नन्ही-नन्ही रक्तिम हथेलियों से जैसे आमंत्रण देने लगे थे। उस पर चतुर्दिक् कोयल की कूक, गन्धवाही पवन का मधुर भार। तुलसी ने प्रीति-स्निग्ध दृष्टि से उस नवयुवा तपस्वी गणेश को जी भर देखा। गणेश ने ध्यान-मुद्रा के लिए इस एकान्त स्थल को चुना था। पिता शिव और माता पार्वती ने ही प्रेरित किया था कि 'जगत् में लीन होने के पूर्व आत्मलीन होने की कला सीखनी चाहिए। बाहर का ब्रह्मांड देखने के साथ-साथ आन्तरिक ब्रह्मांड का भी दर्शन आवश्यक है। इसके लिए समाधि-चित्त होना होगा।' गणेश ने माता-पिता की आज्ञा शिरोधार्य कर बदरी क्षेत्र को साधन-स्थल के रूप में चुन लिया।

तुलसी अपनी सारी चंचलता भूल गई और वह दबे पाँव गणेश के निकट पहुँच गई। गणेश वहाँ अनन्त रूप-राशि बिखेर रहे थे। उनके माथे पर स्वर्ण-मुकुट था। उनके चारों हाथों में से उनके दो हाथों में उनके प्रमुख अस्त्र विद्यमान थे। तीसरे हाथ में रक्त-कमल सुशोभित था और चौथा अभय वर-मुद्रा में स्थिर था। कन्धे पर पड़ा पीताम्बर हवा में हिल रहा था। उसके किनारे के स्वर्ण-घुँघरू अत्यन्त धीमे स्वरों में कम्पित होकर झनक रहे थे। एक संगीतमय, नादमय अन्तर-यात्रा के वे साक्षी थे। वे बता रहे थे कि जब बाहर का चित्त भीतर की ओर उन्मुख होता है तो वह ओंकार के नाद से गुंजित होता है। उसमें स्वर-व्यंजन सभी एकाकार हो जाते हैं। एकत्व ही उस समाधि का वास्तविक स्वरूप होता है। सभी वृत्तियाँ एक बिन्दु पर समवेत भाव से अवस्थित हो जाती हैं। गणेश इसी आनन्द-मुद्रा में तल्लीन थे। उनका एकदन्त सूर्य किरणों में चमक रहा था। तुलसी ने देखा और उसकी आँखें साश्चर्य फैल गईं : उस सुपुरुष के नाभिकेन्द्र से लिपटा नाग फण फैलाए बैठा था, उसके दोनों बाहुओं पर स्वर्णिम बाजूबन्द के इर्द-गिर्द भी दो सर्पों की हल्की फुफकार वायुमंडल में तैर रही थी। वे अंगरक्षकों की भाँति सजग थे। गणेश के हस्तिमुख पर लम्बा झूलता हुआ शुंड मनोरम चिकना और लालिमायुक्त था। तुलसी का कौतूहल बढ़ता जा रहा था, साथ ही उसमें कामदशा का भी जागरण हो रहा था। वह उस सुन्दर युवा को छूना चाहती थी, उसे पाने की भी.एक अव्यक्त लालसा उसके मन में जाग रही थी। उसने पत्तों के दोने में जल भरकर बड़े कौतूहल से गणपति के मस्तक पर डाला और प्रेमासक्त मन से उसने अपनी तर्जनी उँगली से उनके सिर को छूते हुए हिला दिया। ऐसा बार-बार करते ही गणेश का ध्यान भंग हो गया। उनकी अभी-अभी लगी समाधि टूट गई। वे खिन्न तो हुए पर क्रोध न करके उन्होंने उस अपरूप लावण्यमयी युवती का परिचय पूछा :

"देखो सुन्दरी! इतना तो मैं समझ रहा हूँ कि तुम वन्य कन्या हो। निश्चय ही, तुम अवर्णनीय सौन्दर्य की स्वामिनी हो। अपनी ही रूप-कान्ति से अभिभूत अपने ही सौन्दर्य से शोभित तुम किसी नृत्यरत वनदेवी की तरह विचर रही हो। तुमने सहज उत्सुकता से मेरा ध्यान भंग किया। पर ऐसा क्यों किया? मैं तुम्हारा परिचय और यहाँ आने का प्रयोजन जानना चाहता हूँ।"

"देव! जिस प्रकार आप मेरे विषय में जानने को समुत्सुक हैं, उसी प्रकार मैं भी आपके विषय में अधिक-से-अधिक जानने के लिए विकल हूँ। आप कौन हैं? आप कहाँ से आए हैं? बदरी क्षेत्र के इस विकट वन में एक तपस्वी की मुद्रा में आपका विलक्षण वेश और आपकी हृदयावर्जक रूप-कान्ति ने मेरे मन को जैसे मथकर रख दिया है। मैं आपे में नहीं हूँ। मेरा नाम तुलसी है और मैं इसी क्षेत्र के आश्रम के

तपस्वी ऋषि धर्मध्वज और माता माधवी की पुत्री हूँ। मेरा जन्म इसी बदरी क्षेत्र में हुआ है और इन्हीं वन-वृक्षों के बीच मैं लालित, पालित, पोषित और बड़ी हुई हूँ। पर मैं आपका भी परिचय जानने के लिए व्यग्र हूँ।"

"आर्ये! तुम्हारी सुन्दरता और चपलता दोनों युगपत रूप से जुड़े रहनेवाले गुण हैं। मेरा नाम गणेश है। मैं माता पार्वती और प्रभु शिव का पुत्र हूँ। माता-पिता के आदेश से मैं आत्मसुख के लिए तल्लीनता का आनन्द पाने के लिए तपस्वी-भाव से यहाँ ध्यानस्थ था पर तुम्हारे आचरण से मेरे ध्यान में बाधा पहुँची।"

"देव! मैं अपने आचरण के लिए क्षमा चाहती हूँ। आपको देखकर मैं स्वयं को रोक नहीं सकी। आपके दुर्निवार आकर्षण ने मुझे वैसा करने पर विवश कर दिया। मैं अपने ही चित्त से पराजित हो गई। मनुष्य दूसरों से लड़कर विजय प्राप्त कर सकता है पर अपने मन से लड़ना कठिनतम कार्य है। आपकी विलक्षण रूपराशि, आपके यौवन-मद तरंग ने मुझे अपने वश में कर लिया है। यह केवल मोह नहीं है, शुद्ध प्रीति है। आप मुझे अंगीकार करें, मुझे अर्द्धांगिनी बना लें, स्वीकार करें प्रभो! तभी मेरा ताप तप्त हृदय शान्त होगा, तभी मेरा निरंकुश मन स्थिर हो सकेगा। मैं आपसे विवाह करने की प्रार्थना कर रही हूँ।"

गणेश कुछ क्षण स्तब्ध-भाव से बैठे रहे फिर बोले :

"देवि! जिसे तुम प्रीति कह रही हो वह तुम्हारे अनियंत्रित यौवन-भाव का उन्माद मात्र है। वह आकर्षण का दुर्वेग है जो उन्मत्त नदी की तरह तटबन्धों को तोड़ देता है, गाँव-के-गाँव डूब जाते हैं। वह प्रलय-जल की भाँति विनाशकारी बन जाता है। प्रीति तो बहती हुई नदी की प्रसन्न धार है। यह नदी सींचती है, अवगाहन करना सिखाती है, डुबाना और नष्ट करना नहीं जानती। तुम अपने उद्वेग को कम करो, इससे ही तुम्हारी चित्त-शुद्धि होगी। विवाह जीवन की बहुत बड़ी एक मूल्यवान घटना है। इसे राह चलते और अचानक उपलब्धि मानना भ्रम है, भूल है और परिणाम में अनर्थ का कारण है। तुम अपने योग्य किसी अन्य वरेण्य को अपना वर चुन लो, मैं स्वयं को तुम्हारे योग्य नहीं समझता।"

गणेश के नकारात्मक उत्तर से तुलसी अत्यन्त खिन्न और उग्र हो गई। उसके अभूतपूर्व सौन्दर्य और उन्मद यौवन का ऐसा अपमान हो! उसने क्रुद्ध होकर गणेश को शाप दे दिया :

"तुम्हारी पत्नी बुद्धि, ऋद्धि या श्री की स्वामिनी होगी पर उसकी प्राप्ति की इच्छा सभी जन करेंगे अतः एक स्थान पर वह स्थिर नहीं रह पाएगी। उसका साध्वी रूप बाधित होता रहेगा।"

गणेश ने भी प्रतिशाप दिया कि :

"तुम्हारा सौन्दर्य ही तुम्हारा शत्रु होगा, तुम असुर से व्याही जाओगी और कालान्तर में वृक्ष बन जाओगी।"

गणेश के शाप से तुलसी विचलित हो गई, वह सीधे गणेश के चरणों में गिर पड़ी :

"भूल हो गई मुझसे। मैंने आपके साथ उन्माद-ग्रस्त व्यक्ति की तरह व्यवहार किया। मुझे कथमपि ऐसा नहीं करना चाहिए था। मुझे क्षमा करें।"

कहती हुई तुलसी कातर भाव से बिलखने लगी। अन्ततः गणेश दयान्वित हुए। बोले :

"तुलसी ! तुम असाधारण हो और असाधारण रहोगी। तुम 'विष्णुप्रिया' बनकर उनके हृदय पर आसीन होगी। तुम्हें जाति-स्मरता प्राप्त होगी : तुम्हें पूर्व जन्म का सदैव स्मरण रहेगा। तुम वृक्ष बनोगी। विश्वपायनी, विष्णुप्रिया, वृन्दा, वृन्दावनी कहलाओगी। तुम्हारे केश तुलसी वृक्ष होंगे और तुम्हारा शरीर नदी बनेगा जिसे लोग 'गंडकी' नाम से जानेंगे और उसमें विष्णु शिला-रूप में शालिग्राम बनकर पूजित होंगे और सादर तुम्हें अपने शिर पर धारण करेंगे। अन्ततः विष्णु लक्ष्मी, सरस्वती और गंगा के साथ तुम भी उनकी प्रिया बनोगी। किन्तु यह स्मरण रखना, तुम कभी मेरे द्वारा ग्राह्य नहीं होगी।"

इतना कहकर गणेश शान्त बैठे रह गए। तुलसी ने उनके चरण छुए और अपने आश्रम लौट गई पर गणपति भविष्य के गर्भ में छिपी घटनाओं को सूत्रबद्ध कर रहे थे। विधाता की इच्छा से यही तुलसी दम्भ नामक असुर के पुत्र शंखचूड़ से विवाहित हुई। शंखचूड़ भी कृष्ण-सखा शापित सुदामा का अवतार ही था। वह जब अपनी इन्द्रियों का दमन करके पुष्कर के तट पर तपस्या कर रहा था तब उस समय ब्रह्मा ने प्रसन्न होकर उसे बदरी क्षेत्र जाकर तुलसी से विवाह करने का आदेश दिया। शंखचूड़ ने तुलसी को बताया कि न तो वह कामासक्त है और न वह तुलसी को कामासक्त मानता है। उसने अपने पूर्वजन्म के कृष्ण-सखा सुदामा होने की चर्चा की। तुलसी ने प्रसन्न होकर उसको पति रूप में स्वीकार किया। ब्रह्मा भी जानते थे कि दानव शंखचूड़ पुरुषों में रत्न है तो तुलसी भी स्त्रियों में रत्न है। इन दोनों का सम्बन्ध विदग्धा का विदग्ध के साथ मिलन है।

आगे चलकर इसी शंखचूड़ ने देवताओं का राज छीन लिया तो देव-दानव युद्ध में उसे पराजित करना इसलिए असम्भव था कि उसकी पत्नी तुलसी अत्यन्त शीलपरायणा और पतिव्रता थी। अन्ततः विष्णु द्वारा छलपूर्वक शील भंग किये जाने के बाद ही शंखचूड़ शिव के हाथों मारा जा सका। उधर तुलसी ने अपने शील भंग के

बाद विष्णु को पहचान कर शापित किया और निर्दय रूप के कारण उन्हें शिलाखंड बनने का शाप दे दिया और विष्णु शालिग्राम के रूप में पूजित हुए।

गणपति इस समस्त जीवन-चक्र और भावी चक्र को देखकर देव-लोक और मनुष्य-लोक के शाप और वरदान के विषय में विचार करने लगे। उन्हें क्रोधी ऋषि के रूप में प्रसिद्ध दुर्वासा की भी याद आई। वे सोचने लगे :

'क्रोध से मुक्त न तो त्रिदेव ब्रह्मा, विष्णु और महेश हैं, न सम्पूर्ण देव-जाति और न मनुष्य-जाति। तो क्या शाप और वरदान ही सृष्टि चक्र के दो पहिए हैं। लोग जब प्रसन्न होते हैं तो एक प्रच्छन्न वरदान का-सुखद समय का अनुभव करते हैं और जब दुखी होते हैं, विलाप करते या कातर होते हैं तो समय के शाप का अनुभव करते हैं। देवासुर संग्राम के मूल में भी ब्रह्मा, विष्णु और शिव द्वारा वरदान देने की प्रवृत्ति ही है। तप करो और सब पा लो। यह तप कठोर कर्म होना चाहिए, न कि आँख मूँदकर देव-कथाओं के सहस्त्र-सहस्त्र वर्षों तक कष्ट सहना। निराहार रहना या पत्र-भक्षण कर रहना, निर्जल-निराहार उपवास वास्तविक तप नहीं है। तप को तो केवल ध्यान-योग मानना चाहिए, अपने भीतर नियन्ता को खोजने-छानने की प्रवृत्ति होनी चाहिए। उसका भूख-प्यास से क्या सम्बन्ध है? हाँ, भोजन की शुद्धता अवश्य हो। उसमें सात्विकता हो। दुग्धाहार और फलाहार हो ताकि चित्तवृत्तियाँ चंचल न हों, मन राजस एवं तामस वृत्तियों का शिकार न हो जाए। संसार इतना प्रदर्शनप्रिय है कि वह शरीर का विचार अधिक करता है, मन का विचार नहीं करता। यह मन वशवर्ती होगा, सधेगा तभी तो सच्चा तप सार्थक होगा। इसके लिए शरीर को भूखा रखने, निराहार रहने की क्या आवश्यकता है?'

यह सोचकर गणपति प्रभु ने अपने प्रिय पीत-वर्णी मोदकों के अगणित थालों का ध्यान किया और अपने लम्बोदर रूप को तृप्त करने के लिए मोदकों और फलों का उन्मुक्त-भाव से सेवन करने लगे।

14

अपराह्ण का समय हो रहा था। कैलास क्षेत्र में नीरव शान्ति थी। कभी-कभी पक्षियों का कूजन उस स्थान को मुखरित कर देता था। वनों के वृक्ष हवा में धीमे-धीमे कम्पित होकर मानो कह रहे थे : 'सुनो और देखो, हम अकेले नहीं हैं, आकाश तक उठे हुए हमारे सिरों पर मेघों का वितान तना हुआ है, मेघ-छत्र हम पर छाया दे रहे हैं।' यहाँ भगवती पार्वती के शासित प्रदेश में सिंहों की दहाड़ भी कभी-कभी प्रार्थनामूलक स्वर की तरह उठती है। यहाँ के मदमत्त बनैले हाथियों के मस्तक से चूता हुआ मद-जल मेघ-दलों को चुनौती देता जान पड़ता है। उन्हें गर्व है कि उनके स्वामी गणेश यहाँ विराजते हैं, महागणपति उनकी भाषा समझते हैं। उन्हें अपनी प्रमत्तता पर बड़ा गर्व-गुमान है, वे चलते-चलते देवदारु के वृक्षों को धकिया भी देते हैं। पर जब उन्हें यह स्मरण आता है कि माता पार्वती ने इन देवदारु के वृक्षों को अपने पुत्रों की तरह पाला है, जलधार से सींचा है तो लौटकर वे उन वृक्षों को अपने शुंडों में लपेटकर गाढ़ आलिंगन कर जैसे क्षमा भी माँग लेते हैं। वनों के मोर भी कम गर्वीले नहीं है। उनके ही वंशधर का मयूर स्वामी कुमार कार्तिकेय की सेवा में सदा सजग, उड़ने को आतुर रहता है। मेघ-दल आए नहीं कि उसके सभी नीलद्युति वाले चमकीले पंख झरझरा कर खुल जाते हैं। माता पार्वती की चुटकियों की ताल सुनते ही वह मोहक मुद्राओं में नाच उठता है। कैलास के ये सभी पार्श्ववर्ती वन भिन्न-भिन्न मुद्राओं में नित्य रूप बदल-बदल कर मोहते हैं। माता पार्वती के हाथों के कंगन के टकराने से जो मधुर स्वर निकलता है वह उन्हें थिरकने पर बाध्य कर देता है। जिस पर्वत से गंगा का जल गोमुख के रूप में प्रवाहित होता है वहाँ हिम से

ढँकी चोटियों के नीचे की पर्वत-शिलाएँ कस्तूरी मृगों के सन्निकर्ष से सदा सुगन्धित रहती हैं। उस वन में शरभ जाति के हिरण अपनी नुकीली सीगों को परस्पर टकराते, उलझाते और खेल-खेल में संघर्षप्रिय होते हैं। वहाँ कैलास की कुमुद-जैसी उज्ज्वल चोटियाँ सदा दुग्ध धवलित दिखाई देती हैं।

आज वहीं क्रीड़ा-शैल पर शिव अपनी प्रिया पार्वती के साथ घूमते हुए प्रकृति का यह विहंगम रूप निहार रहे थे। माता-पार्वती कभी किसी वृक्ष के पत्तों को स्नेह से छू लेतीं, किसी फूल को पुचकार लेतीं, कभी किसी हरिण के छौने को अपने आँचल से पोंछ देतीं तो वह और उसकी माता की आँखों का कृतज्ञता का भाव कभी विस्मरण की वस्तु नहीं रह जाता।

क्रीड़ा-शैल पर विचरण करते हुए शिव ने पार्वती के हाथ को अपने हाथ में लेना चाहा तो पहले उन्होंने अपने हाथों में लिपटे सर्प को वहाँ से जाने की आज्ञा दी। सदा गले में लिपटा रहनेवाला सर्प भी सरककर अपने स्थान पर चला गया। अब शिव ने अपने दाहिने हाथ से पार्वती का बायाँ हाथ थामा, एक कोमल संवेदना के स्पर्श से पार्वती का सारा शरीर प्रकम्पित हो गया। शिव उत्साहित लग रहे थे। उन्होंने कहा :

"देवि! हमारा यह क्रीड़ा-शैल का क्षेत्र वसन्त आते ही वृक्षों के पुराने जीर्ण-शीर्ण पत्तों के झरने से भर जाता है, हमारे गण इन्हें निरन्तर स्वच्छ करते रहते हैं। प्रकृति भी शिशु की तरह होती है, वह एक ही स्वरूप में नहीं रहती, नित्य प्रति उसमें परिवर्तन होता रहता है। यही नूतनता तो उसकी सुन्दरता का रहस्य है। हमारे सहस्त्रों गण हम सबों की सेवा में सदैव तत्पर रहते हैं पर उन्हें वन-सम्पदा की भी सुरक्षा करनी चाहिए। वे एक-एक वृक्ष और लता का ध्यान रखें, पर्वतों की पगडंडियों को स्वच्छ रखें, उनके काँटे चुनें, उन्हें निष्कंटक और निरापद बनाएँ। दिन में उनकी शक्तियाँ निस्तेज हो जाती हैं तो रात्रि में ही समवेत क्रीड़ा के बहाने वे वनों के दुर्गम मार्ग को सुगम बनाएँ। किसी पशु-पक्षी को भी कष्ट न होने पाए। सुख और सुगमता पर सबका अधिकार होना चाहिए।"

वार्ता करते-करते क्रीड़ा-शैल से उतरकर शिव-शिवा अपने कैलास के मुक्त क्षेत्र में आ गए थे। उनको आते देखकर नन्दी ठुमकते हुए तीव्रता से पहुँचकर नमस्कार की मुद्रा में बैठ गए। शिव ने कहा :

"परम प्रिय वृषभराज नन्दी! आज हमने क्रीड़ा-शैल की यात्रा का सुख लिया। हमने पाया कि समूचा वन-क्षेत्र वसन्तागम के कारण वृक्ष के झरे हुए पत्तों, दूबों, सूखे फूलों से अँटा पड़ा है। उनकी स्वच्छता आवश्यक है। वन केवल सम्पदा नहीं हैं, वे श्री सुख, सौभाग्य की भूमि और तपस्थली भी हैं। उनका सतत आदर और प्रोक्षण होते रहना चाहिए।"

यह कहते हुए शिव और शिवा अपने-अपने आसनों पर बैठ गए। उसी समय नवयुवा गणेश और महावीर कार्तिकेय दूर से उन्हें आते दिखे। दोनों के मुख वन-धूलि और पराग-धूलि से भरे थे। पुष्प-रेणुओं के संसर्ग से वन की धूल भी गुलाल की तरह रंगमय हो उठी थी। उनके पीछे गणों का एक समूह बाँस की बनी हुई बड़ी-बड़ी टोकरियों में फलों का बोझ उठाए आ रहा था। शिव ने सस्मित आश्चर्य से पूछा :

"यह सब क्या है? कहाँ से आए इतने फल?"

कुमार शीघ्रता से बोल पड़े : "पिता श्री! गणपति को जब भूख असह्य हो जाती है तो वे चतुरतापूर्वक मुझे वन में क्रीड़ा के लिए आमंत्रित करते हैं और लक्ष्य साधने की क्रीड़ा के बहाने वृक्षों की शिखर पंक्तियों में लगे आम्र, जामुन आदि फलों को तोड़ने के अभ्यास की चुनौती रखी जाती है। मैं इसे बल-प्रदर्शन और लक्ष्य-वेध के कौशल का खेल मानता हूँ और वाण चला-चलाकर वृक्षों के शिखरों और गझिन पत्तियों में छिपे फलों को तोड़ गिराने में लग जाता हूँ और गणपति आराम से बैठकर उन्हें चखते और बताते रहते हैं कि कौन फल मीठे हैं, कौन फल खट्टे। जब पर्याप्त फल टूटकर नीचे आ गिरते हैं तो मैं झगड़ता हूँ कि भैया! तुमने तो कोई लक्ष्य नहीं साधा, बिना परिश्रम किये फलों का भोग लगा रहे हो तो बड़ी सरलता से अपनी सूँड़ को वे इतना लम्बा कर लेते हैं, वह आकार में चौगुनी-सौगुनी-सी हो जाती है और उसमें बचे-खुचे सारे मीठे फल समेटकर उदरस्थ कर जाते हैं। उन्हें सूँड़ का अतिरिक्त लाभ आप लोगों ने दिया है, इसी का दुरुपयोग वे करते हैं।"

गणेश ने सिर झुकाकर कहा, "मातः! शुंड ही तो मेरे हाथ हैं। मैं प्रकृत्या इनका उपयोग करता हूँ और यह असली श्रम होता है अन्यथा मैं भी वाण-विद्या में सिद्धहस्त हूँ। मेरे हाथों का चक्र कहीं भी पहुँचकर फलों को वृक्ष से तोड़कर ला सकता है, यह काम मेरी शक्ति भी कर सकती है। यदि वृक्ष का कुछ नहीं बिगड़े और मेरी क्षुधा-तृप्ति हो जाए, इसमें बुरा क्या है? वन वृक्ष मेरे मित्र हैं। वे समस्त हाथियों के समुदाय के सखा हैं। जब भी हाथियों की विशाल देह खुजलाती है तो इन वृक्षों से ही उन्हें रगड़कर शान्ति पाते हैं। वृक्षों के पत्ते और फल ही उनके आहार होते हैं। तो यह स्वभाव मेरे मन में सहज रूप से बना रहता है।"

शिव ने हस्तक्षेप करते हुए कहा, "पुत्र! गणेश और स्कन्द! तुम दोनों ही हमारे अत्यन्त प्रिय हो। चलो तुम दोनों से हम आवश्यक वार्ता करना चाहते हैं।"

गणेश और स्कन्द दोनों गम्भीर हो गए। उस समय वहाँ माता-पिता के साथ वे एकान्त में बैठे थे। शिव ने अवसर देखकर कहा :

"पुत्र! तुम दोनों नवयुवा हो। शक्ति-सम्पन्न एवं दिव्य ईश्वरीय शक्ति से युक्त हो। हमारी इच्छा है कि तुम दोनों का विवाह सम्पन्न हो जाए। इसमें तुम्हारी रुचि-अरुचि के सम्बन्ध में तो हम जानना ही चाहेंगे, तुम अपना परामर्श देते हुए अपनी बात कह सकते हो।"

गणेश ने कहा : "पित:! मैं कोमल मन वाला शान्त हृदय का व्यक्ति हूँ। मेरी दृष्टि में विवाह भी जीवन का एक आवश्यक अध्याय है। व्यक्ति वहाँ अपने स्वजनों से भिन्न एक नारी हृदय को अपनाने, अपना बनाने की कला सीखता है। विवाह दो भिन्न तत्त्वों का मेल भर नहीं बल्कि अभिन्नता है। दूसरे को अपने समान बना लेने और स्वयं के दूसरे के समान हो जाने की कला है। वहाँ भेद-बुद्धि नहीं रहती। अभेद-भाव ही विवाह की चरम परिणति है। पत्नी भी बड़े दायित्व लेकर पति-गृह में प्रवेश करती है। उसकी मुद्रा अनेक रूपों में प्रकट होती है। वह अभिभावक भी है, सेविका भी, सखा और मित्र भी है तो परामर्शदात्री भी। वह पति को पूर्ण बनाती है, इसी में उसकी सार्थकता है। एक प्रजापति कुम्भकार की तरह वह सनी हुई गीली मिट्टी को अपने हाथों की मीठी धपकी से एक सुललित आकार देती है, एक नये जीवन-घट का निर्माण करती है। स्वयं पुरुष तो बदलता ही है, उसकी आनेवाली सन्तति का भी बीजारोपण हो जाता है।"

"तुम तो देखते-देखते ज्ञानवृद्धों की तरह बातें करने लगे हो। तुम्हारा बालपन अभी से इतनी परिपक्व बुद्धि रखता है, यह तो मैं नहीं जानता था।" शिव ने कहते हुए पार्वती की ओर मुस्कुराते हुए दृष्टिपात किया।

पार्वती बोली, "आप ठीक समझ रहे हैं प्रभो! हमारा गणपति युवा ही नहीं हो रहा है, उसे जीवन-जगत् का पूर्ण ज्ञान और अनुभव है।

इसके बाद शिव अपने प्रिय पुत्र स्कन्द की ओर मुड़े। षडानन स्कन्द अभी माता-पिता के पास अपने छह मुख वाले मूल रूप में उपस्थित थे। शिव ने सहज मुस्कान से पूछा : "मेरे सुन्दर स्कन्द! तुम भी नवयुवा हो गए हो। तुमने तो शिशुरूप में ही दैवी कृपा से घोर अत्याचारी तारकासुर का संहार कर दिया था। तुम्हारी शक्ति का लोहा तो सारा ब्रह्मांड मानता है। तुममें अमित तेज है, महान् बल-पौरुष है, समय पर उचित निर्णय लेने और विजयी होने की कला है। तुम अपने विचार व्यक्त कर सकते हो।"

"पित:! मेरी माता पार्वती भी यहाँ समुपस्थित हैं। वे मेरे हृदय के मनोभावों से पूर्णतया परिचित हैं। मेरी रचना में मेरी इच्छा का महत्त्व कहाँ था प्रभु? मैं भी देवताओं की कार्य-सिद्धि के लिए आमंत्रित किया गया। आपके तेज, अग्नि की लीला, गंगामाता का सहेजना, फिर सरकंडों के वन में गंगा की उत्ताल तरंगों द्वारा फेंक दिया जाना,

फिर छह माता कृत्तिकाओं द्वारा पोषण और अन्ततः अपनी माता पार्वती के अंक में आना और आते ही तारक असुर से युद्ध के लिए दैवी संग्राम में झोंक दिया जाना ही तो मेरी नियति है। सच पूछिए तो जन्म लेते ही मेरा विवाह देव-सेना से हो गया और किसी स्त्री के पति के बदले देव-सेना का सेनापति बना दिया गया। पर सत्य वचन तो यही है कि मैं विवाह करना अवश्य चाहूँगा। मैंने तो मन-ही-मन अपनी प्रिया को चुना है, वह एक प्रजापति की ही पुत्री है।"

माता पार्वती ने मध्य में हस्तक्षेप करते हुए कहा, "कम-से-कम इतना तो बता दो कि उसका नाम क्या है?"

"मातः! समय आने पर मैं उसका पूरा परिचय आपको दूँगा। मैं भले ही कनिष्ठ कहा जाता हूँ पर मैं भ्राता गणेश से किसी भी रूप में कम या हीन नहीं हूँ अतः मेरा विवाह पहले होना चाहिए। मैंने जन्म लेते ही महान् वीरता का प्रदर्शन किया है अतः यह पुरस्कार तो मुझे मिलना ही चाहिए।"

शिव बोले, "तुम दोनों मेरे प्रिय पुत्र हो। मेरे साथ तुम्हारा अंग और अंगी का सम्बन्ध है। तुम दोनों नवयुवा हो और 'पहले मेरा विवाह हो तो पहले मेरा विवाह हो' के बाल-हठ से भरे हुए हो : तुम्हारा यह हठ बड़ा सात्विक है। वह यह बता रहा है कि तुम्हारे भीतर बालक के ही पवित्र संस्कार हैं अतः चलो हम तीनों पिता-पुत्र एक क्रीड़ा करते हैं। तुम दोनों को मैं एक प्रतियोगिता दूँगा : उसमें जो उत्तीर्ण और विजयी होगा, उसी का विवाह पहले होगा। निश्चय ही, कालान्तर में दूसरे पुत्र का भी विवाह तो सुनिश्चित होगा ही। कल प्रातःकाल हम लोग यहीं मिलेंगे और तुम्हें मेरे द्वारा दी गई क्रीड़ा को पूर्ण करना है।" कहकर शिव मौन हो गए। दोनों भ्राताओं ने एक-दूसरे को देखा और सिर हिलाकर अपनी स्वीकृति दी।

15

रात्रि बेला में गणपति और स्कन्द तो गहरी निद्रा में निमग्न रहे पर दोनों के वाहन मूषकराज और मयूर की आँखों में लेशमात्र भी नींद नहीं थी। वे दोनों ब्राह्ममुहूर्त में ही जग गए थे। भवन से बाहर निकलते ही मयूर की दृष्टि मूषकराज पर पड़ी। वे भी कैलास की स्वच्छ हवा में प्राणायाम की मुद्रा में वायु-पान कर रहे थे। मयूर को देखते ही मूषक ने शरीर को बायें-दायें घुमाया और हल्का-फुल्का व्यायाम करना आरम्भ कर दिया। मयूर ने भी देखा-देखी में अपनी गरदन मटकाई और अपने नीलहरित पंखों को खोल दिया और वहाँ सुन्दर ललित रंगों का छत्र-सा तन गया। मयूर ने नृत्य-मुद्रा में अपने लचीले शरीर और पंखों को जी भर नचाया। कुछ ही क्षण बाद वह बोला :

"मूषकराज! जब तक मेरे स्वामी जागकर अपनी आँखें खोलेंगे, तब तक क्यों न मैं उड़कर मानसरोवर तक जाऊँ और पवित्र जल में एक-दो डुबकी लगाकर लौट आऊँ? तुम चाहो तो मेरी पीठ पर आसीन हो जाओ, हम दोनों स्नानादि से निवृत्त होकर स्वामी की सेवा में प्रस्तुत हो जाएँगे।"

मूषक ने कहा, "पर मेरे स्वामी वक्रतुण्ड गणपति अत्यन्त प्रबुद्ध और जाग्रत रहते हैं। कहीं उन्होंने मुझे पुकार दिया तो? आज प्रतियोगिता का दिन है और मैं चाहता हूँ कि वे प्रसन्नवदन रहें। मैं भी सेवा-परायण रहूँ और मुझसे किसी प्रकार की भूल नहीं हो।"

"देखो मूषकराज! तुम नहीं जानते पहले मैं स्वामी गणपति का ही वाहन था। उस युग में वे मयूरेश्वर के नाम से विख्यात थे। भिन्न-भिन्न युगों में उनके भिन्न-भिन्न अवतार हुए हैं और मैं सबका साक्षी हूँ। मयूरेश्वर गणपति ने प्रसन्न होकर मुझे अपने प्रिय भ्राता स्कन्द को दे दिया था। तबसे मैं स्वामी कार्तिकेय की सेवा में हूँ।"

"अरे, अति सुन्दर! तो हम दोनों परस्पर इतने सम्बद्ध हैं, यह मैं नहीं जानता था। तुम्हारी इच्छा है तो तुम्हारे साथ मानसरोवर में डुबकी लगाने का लोभ अब मेरे लिए संवरण करना कठिन है।" कहकर मूषकराज ने एक छलाँग में मयूर के स्कन्ध पर सवारी कस ली और मयूर बड़ी तीव्रता से मानसरोवर के लिए चल पड़ा। कुछ ही क्षण में दोनों मानस के तट पर थे। अभी ब्राह्ममुहूर्त का हल्का अन्धकार छाया हुआ था। मानसरोवर के जल पर कुहासा जमा था। कुछ दृश्य था, कुछ अदृश्य था। मूषक ने कहा :

"भ्राता मयूर! यह मानसरोवर मुझे मानस तीर्थ लगता है। मैं जानता हूँ यह पवित्रता की कसौटी है। जब महान् पुण्य उदित होते हैं तो इसमें निमज्जन का सुख मिलता है।"

मयूर उड़-उड़कर जल में छपाक् की ध्वनि के साथ अपने पंखों को धो रहा था। उसके छितराए हुए पंख जल में भींगकर एक-दूसरे से सटे हुए-से प्रतीत हो रहे थे। मूषक ने इसी भाव से जब उसकी ओर प्रश्नवाचक दृष्टि से देखा तो मयूर ने कहा, "चिन्ता मत करो। सूर्य की उष्ण किरणों का स्पर्श पाते ही ये हरे-भरे और रंगमय हो जाएँगे।"

मूषक बोला, "मित्र मयूर! तुम्हारा सौन्दर्य चित्ताकर्षक है, ठीक सूर्य किरणों की तरह, इस दृश्यमान प्रकृति की तरह। इसी रंगमयता से तो प्रकृति इतनी सजीव लगती है।"

"तो तुम्हें एक बात बताऊँ! माता पार्वती का स्नेह-पात्र मैं भी हूँ। वे जब भी मेरा स्पर्श करती हैं, उन्हें प्रतीत होता है कि प्रभु स्कन्द मेरे शरीर पर विराजमान हैं। उस समय मैं असीम धन्यता का अनुभव करता हूँ। यही नहीं, मेरे मयूर-पंख जब मेरी नृत्य-मुद्रा से झरकर गिरते हैं तो माता अपने पुत्र स्कन्द के प्रीति-भाव से उन पंखों को अपने कानों में सजा लेती हैं। मेरे कंठ और पंखों में चित्रित नील रंग ऐसा लगता है जैसे माता पार्वती ने अपने गले में नीलम का चमचमाता हार पहन लिया हो। कभी-कभी तो वे चकित-भाव से नीलकंठ भगवान् शिव को और मेरे नील वर्ण को आश्चर्य-मुद्रा में भाव-विभोर होकर निहारने लगती हैं।"

"सचमुच तुम भाग्यशाली हो मयूर! हमारा कैलास अद्भुत लोक है। वह देव-लोक भी है, मनुष्य-लोक भी। सताए हुए, प्रायश्चित्त की अग्नि में तपते हुए विविध भूत, प्रेत, पिशाच की योनियों के गणों का लोक है तो सिंह, नन्दीश्वर जैसे पशु-श्रेणी का भी लोक है और मयूर के रूप में तुम पक्षियों के वर्ग का प्रतिनिधित्व करते हो। स्वयं भगवान् गणपति ने हस्तिवर्ग को महिमा दी है और लघुकाय छोटे जीव के रूप में मुझे भी स्वीकार कर मेरा उद्धार किया है। भगवान् वक्रतुण्ड अद्भुत हैं, उदार हैं, अपार हैं। वे स्वयं हाथी के मुखवाले और अपने वाहन के रूप में उन्होंने

मुझ जैसे क्षुण प्राणी को महिमा दे दी है। इसलिए हमारा कैलास समूचे सृष्टि-प्रपंच का उदाहरण है, दिव्य और अपूर्व है।"

सूर्योदय के पूर्व ही नहा-धोकर मयूर और मूषक अपने-अपने स्थान पर पहुँच गए थे। गणपति जैसे ही द्वार खोलकर बाहर आए उन्होंने सूर्य किरणों में मूषक को दिव्य रूप में देखा। बोले :

"मुझे प्रतीत हो रहा है तुम मयूर के साथ मानसरोवर में विहार कर आए हो। तुमने ठीक किया है। पता नहीं, पिता श्री कौन-सी प्रतियोगिता रखें, कहाँ दौड़-भाग करनी पड़े, कहाँ यात्रा करनी पड़ जाए। कुछ ज्ञात नहीं। जब कोई कर्म अज्ञात होता है तो उसमें उत्सुकता और रोचकता दोनों बढ़ जाती है। देखो, मूषकराज! विवाह के लिए भी पात्रता की आवश्यकता होती है। जीवन के नियम कम कठोर नहीं होते। अनुकूलता, स्वीकृति, ग्रहण और निर्वाह ये विवाहित जीवन के सोपान हैं। इसके लिए तैयारी तो करनी ही पड़ती है।"

मूषक ने हाथ जोड़कर कहा, "प्रभो! भ्राता मयूर के साथ जब मैं मानसरोवर से स्नानादि कृत्य पूरे कर लौटा तो हम दोनों कैलास की महिमा के सम्बन्ध में सोच रहे थे और अपने भाग्य को सराह रहे थे।"

"देखा मूषकराज! कैलास हिमवन्त का सर्वाधिक पवित्र शिखर है। इसकी आकृति विराट् शिवलिंग-जैसी ही है। ऐसा प्रतीत होता है कि यह शिखरों के षोडशदल कमल के मध्य स्थित है। कुछ दूरी पर पवित्र मानसरोवर है। 'क' अर्थात् जल में जिसका लसन अथवा लास्य हो, वह कैलास है। दूसरे, यह केलियों का समूह कैल अर्थात् कैल के साथ निवास कैलास है। यह शिव-पार्वती का निवास-स्थल है और उनके गण इधर-उधर किलोल करते आनन्द मनाते रहते हैं। सुमेरु पर्वत के दक्षिण पश्चिम भाग में इसकी अवस्थिति मानी गई है। जो कैलास तुम देख रहे हो वह पृथ्वी-लोक का कैलास है। पर इसका एक आध्यात्मिक लोक भी है जहाँ तक बड़ी साधना के बाद योगीगण पहुँच पाते हैं। वास्तव में किसी भी वस्तु में भौतिक और आध्यात्मिक रूप के दर्शन किये जा सकते हैं। तुम सब प्रभु शिव के आसन के आसपास पहुँचो, मैं भी यथाशीघ्र वहाँ उपस्थित रहूँगा।"

शिव का सभा-मंडप आज अद्भुत रीति से चमक रहा था। स्फटिक से निर्मित कैलास और दीप्तिमान था। रंग-बिरंगी मणियों की पच्चीकारी से वह द्युतिमान लग रहा था। रत्नजटित सभा-मंडप में शिव-पार्वती आकर विराजित हो गए थे। वहाँ अनुशासन और व्यवस्था की देख-रेख नन्दी कर रहे थे, उनके हाथों में चमकीला स्वर्ण- दंड सुशोभित था। वहाँ अत्यन्त विशिष्ट और चुने हुए विश्वस्त गण ही विद्यमान थे।

मंडप के उच्चासन पर शिव का सर्पों से लिपटा जटाजूट वासुकि आदि महान् सर्पों के फणों की मणियों की किरणों से उद्भासित सुमेरु पर्वत के शिखर की भाँति दिखाई दे रहा था। इस जटाजूट के अगले भाग में बसी हुई गंगा अपने उच्छल वेग से श्वेत मेघों की तरह फेनराशि उड़ा-उड़ाकर शिव के वामांग में विराजित पार्वती से विनोद करती प्रतीत हो रही थी। पर पार्वती पर उसका कोई प्रभाव नहीं पड़ रहा था, वे मन्द-मन्द मुस्कुरा रही थीं। पर्वत के निम्न भाग में टकराती हुई नदी के रोर से पर्वतों के शिखर प्रभावित नहीं होते। शिव के मस्तक पर प्रलयाग्नि की तरह चमकता, कामदेव को भस्मसात् करनेवाला तीसरा नेत्र अपनी सम्पूर्ण दीप्ति से चमक रहा था। उनके कानों में अनमोल रत्नजटित दो कुंडल झिलमिला रहे थे जो मानो सूर्य और चन्द्रमा का तेज हर रहे थे। चिताभस्म से लेपित अपनी उज्ज्वल देह पर गजचर्म ओढ़े हुए शिव ऐसे लग रहे थे जैसे बादलों से घिरा विशाल हिमालय हो। वे पार्वती के साथ मणियों की जगमगाहट बिखेरने वाले सिंहासन पर आसीन थे, उनके पाँवों के नीचे स्वर्ण पाद-पीठ सुशोभित था।

तभी उनके दोनों प्रिय पुत्र, गणपति और स्कन्द ने आकर उन्हें प्रणाम किया। उन्होंने अत्यन्त स्नेह से दोनों पुत्रों को खींचकर अपनी गोद में बिठा लिया। स्नेहातिरेक से उनकी आँखें सजल हो रही थीं और उनके तीसरे नेत्र से भी अत्यन्त ताप-तप्त अश्रु-जल छलक रहा था। उन्होंने भरपूर दृष्टि से गणपति को देखा जो पार्वती का अत्यन्त लाड़ला और परम आज्ञाकारी था तथा भ्रम और भूल से उसका सिर उन्हीं के नुकीले त्रिशूल तथा शनि के दृष्टि-प्रकोप से एक झटके से कट गया था। दुख और पीड़ा के उस हाहाकार के बीच विष्णु द्वारा लाए गए गजमुख को जोड़कर गणपति को नया रूप प्राप्त हुआ था। वह एक अलौकिक और विलक्षण क्षण था। इसी प्रकार जन्म के बाद ही कार्तिकेय के दिव्य रूप को उन्होंने देवताओं की रक्षा के लिए महान् राक्षस तारकासुर के वध के लिए सैन्य वेश में देखा था और सोचा था कि देवता भी कितने विवश होते हैं। जो महान् और उच्चासन पर आसीन देवपुरुष होते हैं, वे खुलकर अपनी भावनाओं का प्रदर्शन भी तो नहीं कर सकते। उनका सब कुछ नपा-तुला और संयमित रहता है। प्रीति हो या घृणा उसे व्यक्त करने के लिए उनके पास कुछ ही चुने हुए शब्द होते हैं।

विशिष्ट पारिवारिक और प्रियजनों से घिरा हुआ वह सभा-मंडप भर गया था। सामान्य गणों की विराट् संख्या उसमें आमंत्रित नहीं की गई थी। यह एक पारिवारिक आयोजन भर था।

सबको यथास्थान उपस्थित देखकर शिव ने मन्द स्थिति से कहना आरम्भ किया :

"प्रिय पुत्र गणपति वक्रतुण्ड और स्कन्द! तुम दोनों ही हमारे हृदय का सार-सर्वस्व हो। तुम दोनों नवयुवा हो, उत्साही, क्रीड़ा-प्रेमी और महाबलशाली हो। मैं तुम दोनों की अपार शक्ति से सुपरिचित हूँ। माता-पिता को अपने पुत्र के हाव-भाव और इच्छा को समझने में त्रुटि नहीं होती। स्कन्द और गणेश दोनों में अपार प्रीति भी है और अपार प्रतियोगिता का भाव भी। वस्तुतः तुम दोनों स्नेह के आधिक्य में यही चाहते हो कि माता-पिता का हृदय जीत लें। तुम दोनों प्रतियोगिता से अधिक माता-पिता का हृदय जीतना चाहते हो तो हम भी उस क्रीड़ा में तुम्हारे सहयोगी बन रहे हैं। तो, प्रतियोगिता यह है कि कल प्रातःकाल से प्रतियोगिता का मुहूर्त्त आरम्भ होगा। जो भी समस्त पृथ्वी, सम्पूर्ण भूमंडल की परिक्रमा करके सबसे पहले आ जाएगा, उसी का विवाह उसकी इच्छित कन्या से पहले होगा। जो परास्त होगा उसकी बारी बाद में आएगी। तो तुम दोनों सन्नद्ध हो जाओ और स्वयं को इसके लिए तैयार कर लो।"

यह सुनते ही सर्वत्र उत्साह की एक लहर दौड़ गई। समस्त भूमंडल की परिक्रमा अर्थात् पृथ्वी की प्रदक्षिणा। पृथ्वी ही तो है स्नेह और प्रीति का आश्रय-स्थल। देवताओं ने मनुष्य से ही भक्ति, प्रीति और रुदन की शिक्षा ली है। जो पृथ्वी को जान जाएगा वही प्रीति में पारंगत होगा। मनुष्य उस कृपाण की तरह होता है जिसे पृथ्वी के अथाह दुख-दर्द तीखी धार दे देते हैं। पृथ्वी का दुख ही तो सहिष्णुता सिखाता है। देवताओं के असहनशील क्रोध की वह अर्गला है।

वक्रतुण्ड मन-ही-मन विचार-विनिमय कर रहे थे। यह सृष्टि भी अद्‌भुत जैव प्रक्रिया है। संसार का चक्र और कुचक्र तीन बातों पर ही तो चल रहा है : कठोर तपस्या, वरदान और शाप। देव-लोक और मनुष्य-लोकों की पूरी कथा मुख्यतः तीन बिन्दुओं पर टिकी दिखाई देती है। कठोर तप करके ब्रह्मा, विष्णु और महेश को रिझाकर अजेय होने का वर पाना है। पर पूर्ण अमरत्व तो कभी मिलता नहीं, कोई-न-कोई कमी रह ही जाती है, एक छोटा-सा छिद्र मृत्यु का कारण बन ही जाता है। यही खेल तो सत्ययुग से अब तक चला आ रहा है। सत्कर्म हमें शिखर पर बैठाता है और दुष्कर्म अपने घातक परिणाम से हमें पीसकर चकनाचूर कर देता है। पर परिणाम जानने पर भी पाप की मात्रा तो कम नहीं होती। पाप अपनी प्रक्रिया में क्षणिक सुखदायी होता है और इसी सुख को देव-जाति या मनुष्य-जाति भ्रमवश आनन्द समझ लेती है। तो क्या सचमुच यह सृष्टि एक भ्रम ही है, छलना मात्र, एक बौद्धिक विडम्बना, एक असत्य के ज्ञात कुपरिणामों का पोषण मात्र? क्या यही विसंगति सृष्टि-प्रक्रिया है? गणपति की चैतन्य धारा अभी और चलती पर सभा-समाप्ति का चिह्न दिखने लगा था।

किन्तु शिव और माता पार्वती के पाद-पद्मों में विनत-भाव से हाथ जोड़े स्कन्द आँखें मूँदें ध्यानस्थ बैठे थे। उनके मन में चिन्तन चल रहा था :

"जन्म से लेकर आज तक मेरे जीवन में युद्ध का भाव ही प्रबल रहा है। जीतना ही मेरा लक्ष्य और साध्य रहा है। मैं अब तक अपराजेय रहा हूँ। मेरे भीतर जो असीम शक्तियाँ निहित हैं, क्या उन्हें मेरे पिता देवाधिदेव शिव नहीं जानते? और यदि जानते हैं तो फिर इस लीला-भाव का रहस्य क्या है? मेरे भ्राता गणपति मेरे भी प्रिय हैं। माता-पिता की आज्ञा यों ही हमारे लिए सदैव शिरोधार्य रही है, फिर आज विवाह-जैसे निर्णय पर दो प्रिय भ्राताओं के बीच हार-जीत की मनोवृत्ति को उभारना कहाँ तक उचित है? यदि यह क्रीड़ा मात्र है तो ठीक है पर इसका परिणाम किसी नाटक के फलागम की भाँति नहीं होगा, वह तो दारुण सत्य होगा जिसमें एक की विजय और दूसरे की पराजय होगी। नाट्य की क्रीड़ा का परिणाम दुख नहीं देता, वह भी क्रीड़ा का एक अंग होता है। पर क्रीड़ा का परिणाम तो यथार्थ है, सुख और दुख का वाचक है। विवाह से भूमंडल का भला क्या सम्बन्ध है? क्या पिता श्री चाहते हैं हम मनुष्य-लोक से परिचित हों, मनुष्य-जाति से गृहस्थ-जीवन की शिक्षा लें। केवल देव-लोक के युद्ध-भाव में न जीकर प्रीति-भाव में पगें। कुछ हँसें, कुछ रोएँ, पुलकित हों। अगर ऐसा है तो यह क्रीड़ा निश्चय ही ज्ञानवर्धक होगी।"

उन्होंने देखा तब तक शिव समाधि में डूब गए थे। उनकी आँखें बन्द हो गई थीं और वे जीवन-जगत् से ऊपर उठकर आत्मलीन हो गए थे। माता पार्वती एकटक उन्हें ही निहार रही थीं। गणेश भी वहाँ से जा चुके थे। उस निविड़ एकान्त में कार्तिकेय सरककर माता के चरणों में बैठ गए। माता ने उनके छहों मुखों का चुम्बन लिया, स्नेहाशीष दी और कहा, "पुत्र! विवाह तो तुम दोनों का होना है। पहले और बाद में का कोई अर्थ नहीं होता। मुख्य बात है रुचि और पूर्व प्रीति या राग। तुम अपनी प्रियता से मुझे अवगत अवश्य कराना। क्या किसी विशेष कन्या में तुम्हारी रुचि रही है? अपनी माता से तुम स्पष्ट वार्ता कर ही सकते हो।"

"मातः! मेरा संयोग या कुसंयोग तो यह रहा है कि जन्म के बाद ही मुझे देव-सेना का सेनापति बना दिया गया और यह मान लिया गया कि देव-सेनापति का अर्थ है देव-सेना नामक कन्या का पति। जबकि वास्तव में मुझे युद्ध-प्रिय होने की शिक्षा मिली। हाँ, एक बार देवताओं के साथ संवाद करते समय एक प्रजापति को मैंने अपनी अत्यन्त सुन्दर पुत्री के साथ देखा था जो उसे 'पुष्टि' नाम से सम्बोधित कर रहे थे। मुझे पुष्टि हर प्रकार से योग्य लगी, मेरे मन में उसके प्रति आकर्षण का भाव भी जगा।

मैं इस प्रतियोगिता में विजयी होकर पुष्टि से ही विवाह करना चाहूँगा। आपके पूछने पर मैंने अपने मन की बात बता दी है।"

"पुत्र! मुझे प्रतियोगिता के परिणाम की चिन्ता नहीं है पर अब यह चिन्ता तो करनी पड़ेगी कि पुष्टि कौन है? किस प्रजापति की पुत्री है, यह जानना अब मेरे लिए आवश्यक हो गया है। प्रतियोगिता पूर्ण होते ही मैं पूरे त्रिलोक को छानकर उसे ढूँढ़ लाऊँगी और तुम्हारा विवाह कराऊँगी। तुम्हारे हृदय में प्रीति और आकर्षण का भाव जगा है, इस समाचार से मैं अत्यन्त प्रसन्न और पुलकित हूँ। जाओ पुत्र! कर्म-क्षेत्र की तैयारी करो।" पार्वती ने स्कन्द को स्नेहपूर्वक आशीष देकर विदा दी।

16

अगले दिन प्रातः सूर्योदय के पूर्व से ही कैलास में बड़ी गहमागहमी आरम्भ हो गई थी। जो जहाँ था चकित, विस्फारित, उत्तेजित और आह्लादित दिखाई दे रहा था। किसी एक गण ने एक प्रमुख गण भृंगी से पूछा :

"विवाह पहले हो या बाद में इससे बहुत अन्तर तो नहीं पड़ता। विवाह इच्छानुसार मनोभिलषित कन्या के साथ हो, मुख्य बात तो यही है। फिर ऐसी टेढ़ी शर्त, यह भागाभागी-भूमंडल की परिक्रमा-जैसा दुस्तर कार्य क्यों? क्या यह आवश्यक है? क्या यह भी कोई वैदिक विधान है?"

भृंगी ने समझाते हुए कहा, "भाई! देवताओं की बातें देवता जानें। शिव-लोक तो आनन्द-लोक है। कैलास में कोई भी क्रिया निरर्थक नहीं होती। कार्य के पीछे छिपा कोई-न-कोई निहित उद्देश्य अवश्य होता है। भगवान् शिव आदर्श पिता हैं। उन्हें पूरा अधिकार है कि वे अपने पुत्रों के बल, संस्कार और आत्मिक शक्ति की परीक्षा लें। फिर भूमंडल की परिक्रमा सरल नहीं, दुःसाध्य कार्य है जिसे पूर्ण करने में पर्याप्त समय चाहिए। इसे पूरा करते-करते दोनों पुत्र और युवा, और भी अनुभवी हो जाएँगे। हमें यह तो ज्ञात है कि हमारे गणेश लीलामय हैं, वे शीघ्र विवाह के इच्छुक हैं, पर स्कन्द भैया के विषय में कुछ ज्ञात नहीं है। उनकी सैनिक-मुद्रा हमारे भीतर अनुशासन और भय उत्पन्न कर देती है। हम तो उतना ही जानते हैं जितना वे स्वयं या हमारे नन्दीश्वर हमें संकेत करते हैं।

प्रातःकाल के निश्चित समय पर शिव-पार्वती के आसनस्थ हो जाने के बाद गणपति और स्कन्द भी आए। सबके समक्ष माता पार्वती ने दोनों पुत्रों को तिलक लगाकर विजयी और कृतकार्य होने का आशीर्वाद दिया।

पिता का आदेश पाते ही कुमार कार्तिकेय ने अपना अस्त्र-शस्त्र सँभाला और प्रसन्नमना अपने वाहन मयूर पर विराजमान हो गए। उनके प्रिय वाहन मयूर ने अपनी पाँखें खोल रखी थीं और उस रंगमय छत्र के आगे बैठे स्कन्द अपूर्व शोभाशाली लग रहे थे। कुमार ने एक बार पुन: मुड़कर सबको प्रणाम किया और उनका संकेत पाते ही उनका दिव्य मयूर एक दीर्घ और सुदूर यात्रा के लिए उनको लेकर आकाश से उड़ चला। कुछ देर तक कुमार के वाहन मयूर की नील छवि दूर तक आकाश में चमकती दिखाई दी, फिर वह उसके अनन्त विस्तार में खो गई।

अब गणेश की बारी थी। मयूर की देखा-देखी गणपति का मूषकराज तैयार खड़ा था। आज उसकी आकृति विशाल थी और उसका स्वरूप भी शृंगार-चर्चित था। उसके कानों में भी स्वर्ण कुंडल झलक रहे थे, पाँवों में अत्यन्त छोटी-छोटी स्वर्ण-किंकिणियाँ रुनझुन स्वर कर रही थीं। उसकी पीठ पर लाल रंग का एक मसृण वेष्टन आसन की तरह बिछा था जिसकी किनारी पीले रंग की थी। उसके नीचे कपास का बना एक मोटा गद्दा मूषकराज के शरीर से दृढ़ता से रज्जुबन्धन में बँधा था जिस पर गणपति विराजमान होकर यात्रा पर चलते थे तो उनके तुंदिल शरीर को तनिक भी कष्ट न होता। माता पार्वती ने अपनी सखियों जया और विजया को मूषकराज की सज्जा का विशेष भार दिया था।

कुमार कार्तिकेय के यात्रा पर निकल जाने के बाद शिव ने प्रश्नसूचक दृष्टि से गणपति की ओर देखा जिसका स्पष्ट आशय था कि गणपति यात्रा में विलम्ब क्यों कर रहे है? प्रतियोगिता में समय का भी तो महत्त्व होता है, अभी तो एक-एक क्षण मूल्यवान है।

गणपति बोले, "पित:! मैं जब आपके सान्निध्य में अर्थात् महाकाल के समीप होता हूँ तो मुझे काल की चिन्ता नहीं होती। एक छोटा किन्तु अत्यावश्यक कार्य शेष रह गया है जो किंचित् गोपनीय भी है। अत: आप दोनों भवन के अन्त:कक्ष में चलने की कृपा करें, यही मेरी प्रार्थना है। शिव और शिवा दोनों को आश्चर्य तो हुआ पर वे गणपति की बात नहीं टाल सके। उन्होंने समझा, क्या पता सम्भवत: यह भी किसी क्रीड़ा का ही अंग हो।" वे दोनों सस्मितवदन अपने भवन के अन्त:पुर में आकर बोले, "हाँ तो पुत्र! अब कहो। हम तुम्हारी इच्छा के अनुसार अन्त:कक्ष में आ गए।"

गणपति ने पूर्व में ही जया और विजया से निवेदन कर कुछ आयोजन और व्यवस्था का अनुरोध किया था। वहाँ उस विराट् कक्ष के मध्य भाग में ऊँची वेदी पर दो सुसज्जित आसन बैठने के लिए रखे हुए थे। पूजा के उपकरणों के साथ-साथ दीपमालिका की सारी व्यवस्था थी। गणपति ने माता-पिता से हाथ जोड़कर प्रार्थना की कि कृपया इन आसनों पर आप विराजमान हों।

शिव को लग रहा था कि गणेश उनकी पूजा-अर्चा और उनके आशीर्वाद की इच्छा रख रहे हैं तो वे प्रसन्नतापूर्वक पार्वती के साथ आसन पर बैठ गए। गणेश ने उस एकान्त कक्ष में पहले तो माता-पिता की चरण-वन्दना की, वे भाव-स्निग्ध हो रहे थे। माता-पिता के पाँव पलोटते समय उनकी आँखों से अश्रुधार बह रही थी। शिव ने उनके मस्तक पर हाथ फेरा और धीमे से पीठ थपथपा कर उन्हें चैतन्य किया। फिर गणपति ने विधिपूर्वक मंत्रों का उच्चारण करते हुए षोडशोपचार पूजा की। पाद्य, अर्घ्य, आचमन और स्नान जल, पुष्प, पुष्पमाला, विल्वपत्र, धूप, दीप, नैवेद्य, ऋतुफल आदि अर्पित कर उनकी आरती उतारी। आरती के बाद श्रद्धा-भक्ति के साथ सात बार माता-पिता की प्रदक्षिणा पूरी की। साष्टांग दंडवत कर उनका आशीर्वाद लिया और सबके अन्त में वे बाँसुरी वादन करने लगे। दिशाएँ स्तब्ध-भाव से उनका वंशी वादन सुन रही थीं। शिव को लगा यह गणपति ही तो है मेरा आराध्य मेरा कृष्ण! कितने रूप हैं इसके, अकथ कहानी है इसकी। शिव और शिवा मंत्रमुग्ध हो गणपति का वंशीवादन सुनते रहे। यह आनन्द और उछाह का अद्‌भुत प्रवाह था जो स्वरों के रूप में निनादित हो रहा था। शिव सोचने लगे, 'यह मेरा गणपति साक्षात् ओंकार है, नाद ब्रह्म है।' वे आनन्द के सागर में गोते लगा रहे थे।

गणपति ने करबद्ध होकर कहा, "प्रभो ! आपके आदेशानुसार मैंने आज और अभी भूमंडल की परिक्रमा पूरी कर ली है। माता-पिता ही सृष्टि-स्वरूप हैं, ब्रह्मांड के प्रतिरूप हैं। इनकी प्रदक्षिणा से सृष्टि-प्रदक्षिणा का ही फल मिलता है। मैं आपका तुन्दिल महोदर पुत्र गणेश कहाँ भागता फिरता? बाहर न जाकर मैंने अपने भीतर की यात्रा ही करनी चाही, आपको अपने भीतर देखना ही मेरे लिए समूचे ब्रह्मांड को देखना है।"

शिव और शिवा दोनों पुलकित गात्र हो रहे थे। शिव बोले, "पुत्र! तुमने अपनी बुद्धि से वेद-विहित आचरण किया है। सम्पूर्ण भूमंडल की प्रदक्षिणा एक भौतिक क्रिया है पर माता-पिता की प्रदक्षिणा आध्यात्मिक क्रिया है। तुम सफल रहे वक्रतुण्ड! यह प्रतियोगिता तुमने जीत ली। इसलिए तुम्हारी इच्छा का ही आदर पहले होगा, तुम्हारा ही विवाह पहले होगा। तुम्हारी बुद्धि अपार है, पूज्य है। तुम्हारी दिव्यता और बौद्धिक शक्ति को मैं स्वीकार करता हूँ।"

वक्रतुण्ड ने हर्षित और भाव-विह्वल होकर माता-पिता के चरणों में श्रद्धापूर्वक सिर झुका लिया।

17

कैलास में जब भी वसन्त की उन्मत्त वायु का संचार होता है तो वन-वृक्षों की मेखला की टकराहट से भाँति-भाँति का स्वर-निनाद गुंजित होने लगता है। कभी कीचक वनों से खेलती हुई हवा बाँसुरी की तान की तरह उठती है तो कभी महाकाय वृक्षों के पीत पत्र उड़ते हुए समूचे वन-प्रान्तर में एक हिलकोर पैदा करते हैं। पीले पके पत्तों से भूमि पट जाती है, एक दिव्य आकर्षण से कैलास की कान्ति और भी निखर उठती है। ऐसे ही समय बहुत दूर से वायु पर तैरता वीणा का मधुर संगीत सुनाई देने लगा। यह झंकार बता रही थी कि देवर्षि नारद का शुभागमन हो रहा है और वे बहुत दूर नहीं, कहीं पास में ही हैं। जैसे-जैसे वीणा का मधुर स्वर समीप आता गया, देवर्षि भी आते दिखाई पड़े। सबसे पहले नन्दी ने उन्हें देखा, प्रसन्न और पुलकित होकर उन्होंने उनकी अभ्यर्थना की। नन्दी ने श्रद्धापूर्वक सोचा हमारे देवर्षि नारद ही तो हैं पृथ्वी और आकाश के मध्य एक गतिमान सेतु, देवता और मनुष्य के बीच की कोमल कड़ी। देवर्षि पृथ्वी और आकाश के बीच एक स्वर्ण-स्तम्भ की तरह दिप रहे थे। उनका 'नारायण' उच्चारण क्रमशः तीव्र होता जा रहा था। शिव और पार्वती अपने ज्येष्ठ पुत्र वक्रतुण्ड के साथ वार्ता-क्रीड़ा में लीन थे। वक्रतुण्ड अपने आसन से खड़े हो गए। उनके नमस्कार का उत्तर नारद ने प्रणिपात भाव से किया फिर वे शिव और शिवा के चरणों में साष्टांग लेट गए। शिव ने उन्हें अपने हाथों से ऊपर उठाया तो देवर्षि पुलकित गात्र प्रणाम की मुद्रा में खड़े हो गए। उनका हर्ष उनकी आँखों में समा नहीं रहा था। उनकी आँखें आनन्दाश्रु से छलक आईं। बोले :

"प्रभु! अब ज्ञात होता है कि जीव दुख झेलने का अभ्यासी होता है पर सुख नहीं सम्हाल सकता। आपका स्पर्श मुझमें एक-साथ करुणा, कोमलता, रोमांच और आनन्द-भाव के साथ असह्य वेदना का अनुभव करा रहा है।"

"वेदना क्यों नारद! तुम तो मेरे प्रिय पात्र हो तुम्हें कष्ट भला क्यों कर होगा?"

"देवाधिदेव! मैं तो यात्री हूँ, कभी यहाँ तो कभी वहाँ! मुझे निरन्तर किसी परिव्राजक की तरह परिभ्रमण करते रहना है। गति मेरे स्वभाव का अंग है पर आपके समीप आते ही मैं स्थिर हो जाता हूँ। स्थाणु होना और स्थाणु बना देना तो आपकी विशेषता है। समस्त चंचलता स्थिरता में परिणत हो जाती है। एक अन्तर्लीन गुहावेश्म में स्थापित धर्म का स्मरण होता है, वस्तु का सत्व और सृष्टि का तत्त्वज्ञान हो जाता है। कुछ क्षणों के लिए मैं अपने आत्म में अधिष्ठित होकर दिव्य अध्यात्म का अनुभव करने लगता हूँ।"

शिव ने मन्दस्मिति से नारद की ओर देखा और सहज भाव से पूछा :

"देव-जाति, मनुष्य-जाति, असुर और नाग-लोक के जीव सुरक्षित तो हैं?"

"हाँ देव! सर्वत्र अभी शान्ति व्याप्त है। मैं एक मधुर और रंजक समाचार पाकर उत्फुल्ल हो रहा हूँ। वह है, प्रजापति विश्वरूप का कैलास आने का कार्यक्रम।"

महादेव और पार्वती ने प्रश्नसूचक दृष्टि से नारद की ओर देखा। नारद कहते रहे, "प्रभो! जबसे आपके मन में गणाध्यक्ष वक्रतुण्ड के विवाह की इच्छा जगी है तभी से भीतर-भीतर देव-लोक आन्दोलित है। इसमें अभी सबसे अग्रणी प्रजापति विश्वरूप हैं। उनकी दो सुन्दर गुणवती, सात्विक भाव-सम्पन्न पुत्रियाँ सिद्धि और बुद्धि सभी कलाओं और दिव्य शक्तियों से पूर्ण हैं। वे आज ही अपनी दोनों कोमलांगी और सर्वगुण-सम्पन्न पुत्रियों के साथ माता पार्वती और आपके दर्शन करना चाहते हैं। प्रजापति विश्वरूप ने तारक और कुमार कार्तिकेय के रोमांचक युद्ध में वक्रतुण्ड की भी वीरता का अवलोकन किया है और वे इनकी दिव्यता, वीरता और विलक्षण शक्तियों से अत्यन्त प्रभावित हैं। मैं तो केवल पूर्व सूचना देनेवाला आपका सेवक मात्र हूँ और स्वयं को गजानन का मित्र समझने की अनधिकार चेष्टा भी कर रहा हूँ।"

वक्रतुण्ड ने सस्मित हास्य से मानो इसका अनुमोदन किया। माता पार्वती के आदेश से क्षणमात्र में देवर्षि के समक्ष गणपति के प्रिय मोदक और जिनमें गणपति के प्रिय आम्र फल भी थे, रख दिये गए। नारद ने एक मोदक उठाया और कहा :

"यह तृप्तिदायक मोदक पृथ्वी के आकार की तरह है। यह मुझे भी प्रिय है, क्योंकि यह हमारे वक्रतुण्ड का महिमामय प्रसाद जो है। यह मोदक जब हमारे पूज्य गणपति के हाथों में होता है तो मुझे लगता है हमारे प्रभु ने मोदक को नहीं समूची पृथ्वी को अपने हाथों में अत्यन्त प्रीति से उठा रखा है। इसे पाकर मैं तृप्त और धन्य हुआ।"

उस समय सूर्य मध्याह्न काल में चल रहे थे। किरणों का पीताभ और उज्ज्वल वर्ण सब ओर प्रसरित था। ऊपर से हिम-खंड ज्योतिर्मय हो रहे थे। समीपस्थ वृक्षों के खिले हुए रक्तवर्णी पुष्पों से मिलकर सूर्य किरणें वक्रतण्ड के मुख पर चन्दन के लेप की तरह सुशोभित हो रही थीं। वातावरण और भी दिव्य और तेजोमय होता जा रहा था।

उसी समय आकाश-मार्ग से प्रजापति विश्वरूप अपनी दोनों पुत्रियों सिद्धि और बुद्धि के साथ आते दिखाई दिये। स्वच्छ आकाश से सिद्धि और बुद्धि कुन्द-पुष्प की उजली मालाओं की तरह धीरे-धीरे उतर रही थीं। पार्वती ने उठकर सिद्धि और बुद्धि को आलिंगित किया और सामने पड़े पर्वत-खंड पर बिछे हरिण के कोमल चर्म का आसन प्रदान किया। सिद्धि और बुद्धि की दिव्य प्रभा और सर्वांग-सुन्दर रूप से गणपति की आँखें चौंधिया गईं :

'अहा! रूप भी क्या एक-साथ इतना शीतल और मारक हो सकता है? सचमुच उसमें क्षणभर में मारने और जीवित करने की कितनी अद्‌भुत क्षमता है।'

गणपति यह सोच ही रहे थे कि सिद्धि और बुद्धि ने उन्हें देखा। वे गणपति को देखतीं और लज्जा-भाव से दृष्टि झुका लेतीं। बुद्धि कुछ अधिक साहसी और प्रगल्भ थी, उसने अपनी बहन सिद्धि को हल्के टहोके से चैतन्य किया। गणपति की शोभा तो निराली थी। उनके मस्तक के मध्यभाग में भाँति-भाँति के रंगों का ताना-बाना रचा हुआ था। उसके चारों ओर स्वर्ण-किंकिणियाँ धीमे स्वरों में झनक रही थीं। उनके शुंड पर भी विविध रंगों की कलाकृति विद्यमान थी। उन्होंने रक्त-वस्त्र धारण किया था जिसकी पीत-रंगी बड़ी किनारी अलग शोभा पा रही थी। उनका पीत-रंग का रेशमी उत्तरीय हवा में उनके मन की तरह दोलायमान था। ऐश्वर्यशाली गणपति शोभा-सिन्धु लग रहे थे। उनके हाथ, गले, छाती, चरण और शूर्पकर्णों में भी स्वर्ण-वलय चमक रहे थे। बीच-बीच में गुँथी हुई हीरक पन्ने और नीलम की कान्ति इन्द्रधनुषी सौन्दर्य की सृष्टि कर रही थी। गणपति विलक्षण, सरल, मधुर और नितान्त कोमल किसी दक्षिण नायक की भाँति प्रतीत हो रहे थे। उनके गजमस्तक पर चमकता हुआ दृढ़ मुकुट जैसे रंगमय सौन्दर्य की सृष्टि कर रहा था। ऐसा प्रतीत होता था जैसे अभी-अभी समुद्र-मन्थन के बाद ऐरावत का उदय हुआ हो। वह तेज एक-साथ सिद्धि और बुद्धि के हृदय में तीव्र आकर्षण और दृढ़ प्रीति का संचार कर रहा था।

माता पार्वती ने मन-ही-मन दिव्य-भाव से सिद्धि और बुद्धि को अपने प्रिय गणेश के लिए अंगीकार कर लिया। शिव शान्त पर प्रसन्न लग रहे थे। सभी उनकी इस प्रसन्न आशीर्वाद-मुद्रा से परिचित थे।

गणपति ने ध्यानपूर्वक सिद्धि को देखा। वह अपने तेज से अत्यन्त महिमामयी लग रही थी। उसमें अष्टसिद्धियाँ : अणिमा, महिमा, लघिमा, गरिमा, प्राप्ति, प्राकाम्य, ईशित्व, वशित्व, गरिमा तो थी ही; दूसरे, इसके अतिरिक्त दस प्रच्छन्न सिद्धियाँ भी समाहित थीं जिनमें सर्वज्ञाता, दूर श्रवण, परकाय प्रदेश, वाक्सिद्धि आदि प्रमुख थीं। सिद्धि सात्विक तेज से जगमगा रही थीं। अब गणपति की दृष्टि बुद्धि पर जा टिकी। उन्हें बुद्धि प्रकृति के महत्-तत्त्व के रूप में दिखाई पड़ी। इसमें बुद्धि, अहंकार और मनस् तीनों तत्त्व सम्मिलित थे। इसी महत् का तो मनोविकास बुद्धि है। वह चैतन्य आत्मा के गुण की तरह प्रतिभासित हो रही थी। उसकी आँखों में तेज, दृढ़ निश्चय और निर्धारण करने की क्षमता स्पष्ट झलक रही थी।

वक्रतुण्ड ने सोचा, 'सचमुच सत्व गुण की प्रधानता से ही तो इसका उदय सम्भव हो पाता है और यह धर्म, ज्ञान, वैराग्य और ऐश्वर्य से युक्त हो जाती है। स्मृति और संस्कार इसके स्वरूप के निर्णायक हैं। इसकी पवित्रता से ही तो जीवन को पूर्णता प्रदान की जा सकती है।'

अब वक्रतुण्ड का मन द्वन्द्वाकुल होने लगा। इन दोनों कन्याओं में कौन श्रेष्ठ है? कौन मेरे सर्वथा उपयुक्त है? मुझे किसका वरण करना चाहिए? वे अपने अन्तर्द्वन्द्व से विचलित चित्त हो रहे थे। पार्वती माता थीं, वे गणपति की हर इच्छा को समझ रही थीं पर इसका अन्तिम निर्णय वे गणपति से ही सुनना चाहती थीं।

वक्रतुण्ड ने अपनी चेतना को एकाग्र किया और अपनी दिव्यरूपता से समस्या के समाधान के लिए विचार करने लगे तो उन्होंने देखा कि 'सिद्धि तो परम फल, परम चैतन्य, परम परिपूर्णता है पर बुद्धि है क्रियाशीलता, नदी के जल प्रवाह की तरह उच्छल गतिमय, वेगवान और निरन्तर प्राणवान। उन्हें प्रतीत हुआ यही तो पुष्टि मेरी प्राणधायिका शक्ति का एक पुष्ट प्रबल पक्ष है। सिद्धि भी मेरे योग्य है और बुद्धि भी इसलिए योग्य है कि उसमें पुष्टि का भाव है। मेरी प्रिया होने के बाद माता भुवनेश्वरी की जब-जब पूजा होगी, यह पुष्टि ईशान कोण में मेरे साथ पूजनीय भाव से विराजित होगी। उनका सिन्दूर-वर्ण और मेरा सिन्दूर के समान रक्तवर्ण समतुल्य शोभाशाली होगा। मैं देख रहा हूँ कि वे उद्दाम मद से विभ्रमित, हाथों में लाल कमल लिए मुझसे सदैव कामलुलिता दिगम्बर रूप में आश्लिष्ट रहना चाहेंगी। मैं विघ्नेश्वर हूँ तो वे भी विघ्नेश मातृका के रूप में पूजित होंगी। मेरे विनायक रूप के साथ वे सदैव जुड़ी रहेंगी।'

अब गणेश के मन में कोई द्वन्द्व नहीं था। पार्वती समझ गईं कि गणपति सिद्धि और बुद्धि दोनों को पसन्द कर रहे हैं और दोनों का पाणिग्रहण करना चाहते हैं।

उन्होंने कहा, "प्रजापते! मुझे अनुभव हो रहा है कि हमारे प्रिय वक्रतुण्ड, जो महाबलशाली दिव्य और हमारे दैवी अंश के धारक हैं, को सिद्धि और बुद्धि दोनों प्रिय हैं। अब मैं प्रिय पुत्री सिद्धि और बुद्धि से स्पष्ट जानना चाहती हूँ कि क्या वे हमारे प्रिय वक्रतुण्ड गणपति को पति-रूप में स्वीकार करना चाहती हैं? किसी दैवी कारण से हमारे इस प्रिय अंश के सिर कट जाने से इसे गजमुख प्रदान किया गया था। भगवान् विष्णु, पितामह ब्रह्मा और स्वयं महादेव ने उन्हें जीवन दिया। वे सभी देवताओं और मनुष्यों की अग्रपूजा के अधिकारी बने। उनमें समस्त ईश्वरीय शक्तियों का वास है। वे विराट् हैं, महान् हैं, दिव्य हैं तो एक बालक की भाँति निश्छल क्रीड़ा शिशु भी हैं। वे वीर हैं, योद्धा हैं, नियंत्रक हैं तो साथ ही करुणामय हैं। वे प्रीतिभाव से आपूरित घट की तरह हैं जिन्हें अपने गणों की अपार चिन्ता रहती है। मेरे गणपति को पाकर कोई भी कन्या अपने सौभाग्य पर गर्व कर सकती है। इसलिए मैं स्पष्टत: सिद्धि और बुद्धि से उनके मुख से स्वीकारोक्ति सुनना चाहती हूँ।"

सिद्धि और बुद्धि ने प्राय: एक ही समय, एक-साथ ही वक्रतुण्ड की ओर देखा। उस दृष्टि में अंगीकार करने की लालसा थी, कुछ अद्‌भुत पाने का औत्सुक्य झलक रहा था। गणपति ने अपनी सूँड़ प्रसन्नता से हिलाई और उसे थोड़ा ऊपर उठा लिया। उनका शोभाशाली एक दन्त दिव्य रूप में चमक रहा था जैसे किसी शिशु का सुन्दर मुख उसके टूटे दाँत वाली मुस्कान से और भी सुन्दर हो जाता है। सिद्धि और बुद्धि ने उठकर माता पार्वती और प्रभु शिव को नमन किया और गणपति की ओर ऐसे देखा जैसे यहाँ से वहाँ तक दृष्टि का वंदनवार तन गया हो।

18

इधर तीव्रता के साथ स्कन्द पृथ्वी-प्रदक्षिणा की शर्त पूरी करने के लिए अपने वाहन पर उड़ चले थे। कुमार कार्तिकेय वीर और योद्धा होने के साथ-साथ कठिन कर्मों की चुनौती को स्वीकार करने का साहस रखते थे। जो समस्त पृथ्वी की प्रदक्षिणा करके सबसे पहले लौटेगा, पहले उसी का विवाह होगा : देवाधिदेव पिता शिव की इस आज्ञा को सुनते ही वे माता सहित उन्हें प्रणाम कर बिना एक क्षण नष्ट किये अपने वाहन मयूर पर आसीन हो गए। एक बार उन्होंने पुनः माता-पिता को नमन कर आज्ञा ली और अनन्त आकाश में उड़ चले।

कार्तिकेय ने सोचा, 'यह कैसी अद्भुत शर्त है? समस्त पृथ्वी की प्रदक्षिणा का विवाह से भला क्या सम्बन्ध हो सकता है? क्या तीव्रता या धैर्य का बल या अन्य कुछ? क्या पिता श्री लोक-दर्शन कराना चाहते हैं? क्या देवत्व तब तक सार्थक नहीं होता जब तक वह मनुष्यत्व से पूर्णतः सुपरिचित न हो जाए? क्या मनुष्य-जगत् से भी देवों को सीखने की आवयकता है? या यह मेरी बाल-बुद्धि मात्र है कि मैं विवाह-जैसे सामान्य कार्य के लिए बिना आगा-पीछा सोचे अपने मयूर पर सवारी कसकर चल पड़ा। सचमुच यह बाल-बुद्धि नहीं तो और क्या है? महाप्रचंड असुरराज तारकासुर का वध करनेवाला मैं स्कन्द अपनी गरिमा भूल गया? तीक्ष्ण बुद्धि और तीक्ष्ण बाणों का धारक मैं स्कन्द यह भूल गया कि विवाह क्रीड़ा या प्रतियोगिता का विषय नहीं है!

'भ्राता गणेश संगीत और नृत्य के आचार्य हैं, प्रेमी हृदय हैं। एक वीर और प्रखर योद्धा होकर भी युद्ध-प्रिय नहीं हैं। मैं स्वयं निर्भयमति का प्राणी हूँ। सचमुच मुझे युद्ध प्रिय है। जिसने जन्म के साथ आँखें खोलते ही भयानक देवासुर संग्राम के दर्शन किये हों,

वह 'युद्धं देहि, युद्धं देहि' की पुकार कर बैठे तो आश्चर्य ही क्या? किन्तु यहाँ बात प्रतियोगिता की हो गई। यह किसी स्वयंवर की प्रतियोगिता नहीं थी जिसमें चारण या प्रतिहारी सम्राटों का गुण-वर्णन करते अघाते नहीं हैं, न यह कोई कठिन लक्ष्य-वेध था, न शारीरिक या मानसिक शक्ति का प्रदर्शन? फिर इतनी शीघ्रता और तीव्रता के साथ मेरे द्वारा इस प्रतियोगिता को स्वीकार कर लेना क्या हास्यास्पद नहीं था? फिर यह भी तो प्रश्न है यदि किसी एक कन्या की प्राप्ति के लिए दो प्रत्याशी सामने खड़े हो जाएँ तो वहाँ वीरता या कौशल की प्रतियोगिता या उसका शक्ति-परीक्षण किया जा सकता है? पर हमारा यह पृथ्वी-पर्यटन तो बिना किसी लक्ष्य के धनुष पर वाण चढ़ाना और व्यर्थ ही निशाना साधने-जैसा उपक्रम है।'

मयूर अनन्त आकाश में तीव्र गति से उड़ा जा रहा था। सामने खड़े बड़े-बड़े समुन्नत पहाड़ हरित वृक्षावलियों से लदे थे। उनके मध्य से घोर गर्जन करता हुआ झरने का जल प्रवाहित होकर नीचे तलहटी में गिर रहा था। सौन्दर्य, नाद और गति का वह अद्‌भुत मिश्रण था। सूर्य की किरणें उस प्रपात की धारा से टकराकर अनेक इन्द्रधनुषों की सृष्टि कर रही थी। कुमार ने सोचा :

'धनुष तो मेरे हाथ में भी है पर ये सुन्दर-सजीले इन्द्रधनुष पर शोभा के ही बाण छूटते हैं जो सीधे मर्म तक उतर जाते हैं। तो क्या सौन्दर्य में इतनी शक्ति होती है? तभी तो स्त्री-सौन्दर्य सृष्टि के सभी सुन्दर और सारवान पदार्थों का एकत्र समुच्चय है। अन्तर इतना ही है कि प्रकृति का सौन्दर्य बिखरा हुआ है पर नारी-शरीर में वह एकत्र होकर प्राणवान हो उठता है।'

कुमार को स्मरण आया : 'एक दिन देव-सभा में अनेक प्रजापति आए थे। तारकासुर के वध के बाद उस देव-सभा में अनेक प्रजापति सपरिवार आनन्दोत्सव में भाग लेने लिए पधारे थे। वहाँ एक प्रजापति की पुत्री थी पुष्टि जिसका गाया हुआ गीत अभी भी उनके कानों में गूँज रहा था। वह दिव्य थी, अपूर्व लावण्यमयी थी, उसकी सहज मुग्ध करनेवाली दृष्टि अविस्मरणीय थी। उसने सोचा था देवर्षि नारद से कहकर वह अपनी प्रिय और इच्छित सुन्दर बाला के विषय में सब कुछ जान लेगा। केवल माता पार्वती को उसने पुष्टि नाम का संकेत किया था। माता हर्षोल्लास से भर गई थीं। वे इस बात से भी प्रसन्न हुई थीं कि उनके योद्धा पुत्र के मन में भी कोमल-भाव प्रसुप्त हैं। पर इस सम्बन्ध में विचार करने का तो समय ही नहीं मिला। और पिता के समक्ष भ्राता गणेश की देखा-देखी 'पहले मेरा विवाह होना चाहिए तो पहले मेरा', इस हठ के कारण यह अनावश्यक प्रतियोगिता का बीज-वपन हो गया।

और कुमार ने इस यात्रा को पिता की आज्ञा और कर्तव्य-पालन के रूप में ग्रहण किया। गणपति ज्येष्ठराज भ्राता हैं, पहले उनका विवाह होता भी है तो यह अयुक्तिसंगत नहीं है पर खेल के भी कुछ नियम होते हैं। अत: उन नियमों का पालन तो मुझे करना ही होगा।'

मयूर मोहक गति से उड़ान भर रहा था। वह मेघ-दल से ऊपर उठकर वेग से चल रहा था। मेघ-दलों पर दृष्टि पड़ते ही उसके नील मेदुर कान्तिवाले पंख झरझराकर खुल जाते और पीठ पर बैठे स्कन्द के पीछे वे रंगमय छत्रक की तरह फैल जाते तब कुमार के शरीर की शोभा सौगुनी बढ़ जाती। ऐसा प्रतीत हो रहा था जैसे नील मरकत के आवरण में कुमार का मुखमंडल उज्ज्वल मोती की तरह दमक रहा हो।

कुमार ने अनुभव किया कि ऋतु में परिवर्तन के चिह्न दृष्टिगोचर हो रहे हैं। मन्द शीतल वायु बहने लग गई थी और नीला आकाश काले मेघों से घिरता जा रहा था। उस समय मयूर विन्ध्याचल की पर्वत श्रेणियों के ऊपर उड़ रहा था। मयूर ने जैसे ही कुमार की ओर अपांग दृष्टि से देखा, कुमार सब समझ गए। बोले :

"मयूरराज! मेघ-दल का उमड़ना देखकर तुम नृत्य-चंचल हो रहे हो। तो चलो इसी पर्वत पर क्षण-भर विश्राम करते हैं और तुम भी जी-भर नाच लो।"

स्वामी की आज्ञा के समक्ष नतमस्तक होकर मयूर ने उस पर्वत पर नृत्य करना आरम्भ किया। उसके सभी पंख खुल गए थे। वे बार-बार लचक रहे थे। कभी आगे मुड़ते, कभी पीछे जाते, कभी तनते और बीच-बीच में उनके मयूर-पंख घरघराहटों और टकराहटों से झर भी रहे थे। वे मयूर-पंख नील मेघों से मानो स्पर्धा कर रहे थे। विन्ध्याचल की पहाड़ियाँ रंगमय हो रही थीं। कुमार भावावेश में नृत्य करते मयूर को मुग्ध-भाव से अपलक देखते रहे। प्रकृति में भी आकर्षण का अद्भुत ताना-बाना है, लय और झंकार है, आकर्षण के महीन तन्तु हैं, जो एक-दूसरे को बाँधे रहते हैं। प्रेम और आकर्षण की यह क्रिया कितनी रोचक और विस्मय से भरी है! स्त्री भी प्रकृति की तरह ही पुरुष को पूर्णता की ओर ले जाती है। सम्भव है, पिता श्री ने प्रकृति के माध्यम से स्त्री-पुरुष के मधुर सम्बन्धों की शिक्षा देने के लिए ऐसा विधान किया हो?

वर्षा का वेग रुक गया था। उसके जल से धुलकर पृथ्वी स्वच्छ हो गई थी। वृक्ष और भी हरे हो गए थे। अभी भी उनके नुकीले पत्तों की कोर पर वर्षा की कुछ जल बूँदें अटकी हुई थीं जो मोती के छोटे-छोटे दानों की तरह चमक रही थीं।

कुमार अपने वाहन पर आ विराजे। यात्रा पुन: आरम्भ हो गई थी। उनका मयूर पृथ्वी के समीप से उड़ रहा था। जहाँ तक दृष्टि जाती अपार वन-सम्पदा, वृक्षों की सघन पंक्तियाँ, चिड़ियों का कलरव, गर्जना करते व्याघ्र तो नुकीली सींगों वाले

विविध वर्ण के हरिण भी दौड़ लगा रहे थे : मुख में हरी घास भरी हुई थी, वे उसे चबाते चल रहे थे। आगे अनेक ग्रामकों का क्रम था। नाना व्यापारों में कर्मरत मनुष्य दिखाई दिये। कुछ ही आगे बढ़ने पर नगर-श्रेणियाँ थीं। बड़ा विशाल राजमहल भी दिखा पर कुछ ही आगे बढ़ने पर छोटी-छोटी झोपड़ियों में अधनंगे प्राणी के रूप में निर्धन मनुष्य दिखाई दिये। उनके छोटे-छोटे बच्चे भूख से कातर बिलबिला रहे थे। वहाँ निर्धनता का साम्राज्य था। बीमार हड्डी के ढाँचे बने मनुष्य घूम रहे थे। कुमार सोच रहे थे, 'यह तो बड़ा अन्तर दिख रहा है। देवता और मनुष्य में इतनी बड़ी खाई है। पृथ्वी पर वृक्ष-ही-वृक्ष हैं पर वहाँ कोई सारी इच्छाएँ पूरी करनेवाला कल्पवृक्ष नहीं है। यह तो देव-लोक की सम्पत्ति है जो मनुष्य का कल्पना-लोक है। देवता न बूढ़े होते हैं, न मरते हैं। वह अजर हैं, अमर हैं। वे एक समान यथावत् रहते हैं पर यह मनुष्य-लोक तो पल-पल बदल रहा है।' कुमार ने गंगा के किनारे जलती हुई असंख्य चिताएँ देखीं, 'तो इसीलिए इसे मृत्यु-लोक कहा जाता है। यह पृथ्वी भी अपूर्व शक्तियों का स्रोत है। इसका अर्थ है भूमि विस्तीर्णता ही इसकी विशेषता है। पिता श्री ने बताया था कि यह विराट् पृथ्वी देवी के रूप में पूजित है। वेदों में आकाश के साथ 'द्यावा पृथिवी' के रूप में प्रयोग हुआ है। यह पृथ्वी समुद्र की मेखला धारण करती है। ब्राह्मण ग्रन्थों में पृथ्वी को 'सृष्टि ज्येष्ठ' और 'प्रथम सृष्टि' कहा गया है। अथर्ववेद में 'पृथ्वी सूक्त' के रूप में इसकी महनीयता का विचार हुआ है। इसमें पृथ्वी माता है और मनुष्य को उसका पुत्र कहा गया है। इसे गो के रूप में देखा गया है, यह ऋतु और सत्य की साक्षी मानी गई है।'

कुमार पृथ्वी की प्रदक्षिणा तो कर रहे थे पर उनका मन भी चिन्ताकुलित था। वे इस प्रतियोगिता के कारण और परिणाम के विचार में अभी भी उलझे थे।

'क्या पिता श्री ने यह चाहा कि मेरा लौकिक अनुभव और भी समृद्ध हो। मैं देवलोक तक ही पिंजर-बद्ध नहीं रहूँ। विविधता और बहुरूपता तो पृथ्वी में ही है। यह मनुष्य-जाति ही है जो जन्म से लेकर मृत्युपर्यन्त अनेकानेक संस्कारों से अनुभव सिद्ध होती है, जीवन जीने की ऊर्जा प्राप्त करती है, विविध सम्बन्धों का निर्वाह करती है। जीवन के सबसे कम समय में, अल्पायु में, पूरे सृष्टि-प्रपंच का अनुभव करती है। निश्चय ही, यह मनुष्य-जाति श्रेष्ठ है। कुमार के मन में पृथ्वी और पृथ्वीवासियों के प्रति श्रद्धा का भाव उमड़ आया। वे अनेक नगरों, पहाड़ों, ग्रामों और विविध देशों के विविध वर्णवाले मनुष्यों और जीवों को साक्षात् देखते चल रहे थे। आर्यावर्त्त के वनों में तपस्यारत ऋषियों को देखकर उनके मन में श्रद्धा उपजी। उन्होंने प्रीतिपूर्वक पृथ्वी को प्रणाम किया और बड़ी तीव्रता से अपनी यात्रा में अग्रसर हो गए।

19

शिव आज प्रसन्न मुद्रा में बैठे थे। उनके मुख का आनन्द-भाव एक शीतल और सौम्य वातावरण की सृष्टि कर रहा था। पवन अनुकूल संचरण कर रहा था। भाँति-भाँति के पुष्पों की गन्ध हवा की तरंगों पर सुदूर तक पहुँच रही थी। बीच-बीच में मलयानिल की सुगन्ध उसे और भी मादक बना रही थी। उसी समय नारद जी अपने पिता ब्रह्मा से मिलकर प्रजापति विश्वरूप के साथ कैलास पर शिव की सेवा में पहुँच गए। शिव की चरण-वन्दना कर विश्वरूप ने अपना स्थान ग्रहण किया। तब तक सूचना पाते ही पार्वती का भी आगमन हुआ।

विश्वरूप ने करबद्ध मुद्रा में विनयपूर्वक पूछा :

"देवाधिदेव! मैं परमप्रिय गणाधिपति के विवाह के प्रसंग में यहाँ उपस्थित हुआ हूँ। मेरी दोनों विनयशीला पुत्रियों सिद्धि और बुद्धि को आप सबने देखा है। हमारे गणपति के शील, सौन्दर्य और तेज से हमारी पुत्रियाँ भी अत्यन्त प्रभावित हैं। इनके विवाह के सम्बन्ध में मेरी प्रार्थना स्वीकार कर मेरा मार्गदर्शन करने की कृपा करें।"

शिव और पार्वती ने एक-दूसरे को मन्द-स्मिति के साथ निहारा। पार्वती बोलीं :

"प्रजापते! आप की पुत्रियाँ गुणवती और शीलवती हैं। हम बड़ी प्रसन्नता से अपने पुत्र गणेश के लिए उन्हें अंगीकार कर रहे हैं। अभी-अभी हमने निश्चय किया है कि गणपति का विवाह अब हो ही जाना चाहिए। हमारे गणपति आपके जामाता होने के सर्वथा सुयोग्य और उपयुक्त हैं।"

यह सुनते ही देवर्षि भी प्रसन्न हो गए और उनके हाथ से सहसा वीणा के तार छू गए और एक मीठी झंकार निकल गई। उनका आह्लाद इसी रूप में व्यक्त हुआ। प्रजापति विश्वरूप ने झुककर शिव और पार्वती के चरणों में शीश झुका दिया :

“देव! मैं कृतकृत्य हुआ। अतीव आनन्द के वेग को मैं सम्हाल नहीं पा रहा हूँ” कहते हुए उनकी आँखें भर आईं।

देवर्षि ने कहा :

“देवाधिदेव! अब जब सारा शुभ संकल्प पूरा हो जा रहा है तो यह भी बताएँ कि वैवाहिक शुभ-कार्य कब और कैसे सम्पन्न होंगे? आपका आदेश हमारे लिए सदैव शिरोधार्य है।”

शिव बोले, “विवाह का मंगल-कार्य एक वृहत् अनुष्ठान होता है जिसमें दैविक, सामाजिक एवं लौकिक प्रक्रियाएँ होती हैं। आमंत्रित प्रियजन होते हैं, बाराती होते हैं, वर-पक्ष और वधू-पक्ष का सम्मिलन होता है। मेरे विवाह में वधू-पक्ष हिमवन्त हिमालय थे। समीप होने के कारण सहस्रों गणों का स्नेहोपचार करने में उन्हें असुविधा नहीं हुई थी पर प्रजापति विश्वरूप दूरस्थ निवासी हैं। वहाँ तक देवताओं का जाना सुगम है पर मेरे आश्रित ये सहस्रों गण वहाँ नहीं जा सकेंगे। उनकी मायावी शक्तियाँ रात्रिकाल में जागरित होती है। वे भले ही तुच्छ हैं पर मेरे लिए स्नेह-पात्र हैं। उनके निश्छल आनन्द की चिन्ता मुझे सदैव रहती है अत: क्यों न वधू-पक्ष कैलास क्षेत्र में आकर विवाह का समायोजन करे। हमारी ओर से सारी सुविधा उपलब्ध रहेगी। कैलास के ही विस्तृत क्षेत्र में यह मंगल विधान हो तो यह नूतन प्रयोग भी होगा और सुविधाजनक भी।”

प्रजापति विश्वरूप हाथ जोड़कर माता पार्वती और शिव के समक्ष खड़े हो गए। बोले :

“प्रभो! आपका हर आदेश हमारे लिए सदा शिरोधार्य है पर विवाह एक सामाजिक मंगल विधान भी तो है। हम चाहते हैं कि हम अपने सम्पूर्ण समाज के साथ आपके साथ आए सभी बारातियों का पत्र-पुष्पं से स्वागत करें, श्रद्धापूर्वक उनके चरण धोएँ। वे जो भी हैं, जितने भी हैं, सबकी चरण-धूलि हमारे पारियात्र प्रदेश के गिरि पर्वतों पर पड़े। हमारे समस्त नगरवासी पलकें बिछाकर उनका स्वागत और सम्मान करेंगे। बस हमें इतनी सेवा का सुअवसर प्रदान कर हमें कृतार्थ करें और मेरी प्रार्थना को स्वीकार करें।”

शिव प्रजापति विश्वरूप की विनम्र प्रार्थना से पसीज गए :

“ ‘एवमस्तु’ विश्वरूप! आप वधुओं के पिता हैं और हम दोनों माता-पिता की मर्म-वेदना और कोमल भावनाओं को समझते हैं और उनका आदर करते हुए आपके ही नगर में बारात लेकर आना चाहेंगे। अत: आप जाएँ और वहीं सिद्धि तथा बुद्धि के साथ गणेश के विवाह का मंगल आयोजन करें।” यह सुनकर विश्वरूप सन्तुष्ट और कृतार्थ लौटे।

कैलास से लौटते सभा-प्रजापति विश्वरूप के आनन्द का पार नहीं था। उनकी कैलास-यात्रा सब प्रकार से सार्थक और सन्तुष्टि प्रदान करनेवाली सिद्ध हुई थी। उन्होंने मन-ही-मन बार-बार प्रभु शिव और भगवती पार्वती को प्रणाम किया। महादेव के पुत्र अग्रपूज्य वक्रतुण्ड गणपति से उनकी दोनों कन्याओं सिद्धि और बुद्धि का परिणय और शुभ पाणिग्रहण संस्कार अब सुनिश्चित हो गया था। प्रजा के पति होने के कारण उन पर अपने क्षेत्र के जीवों का दायित्व था। प्रजापति तो ब्रह्मा थे ही, विष्णु भी प्रजापति थे। जीव या प्रजा की रचना और पालन का उन पर भार था। विराट् ब्रह्मांड को कई भागों में सुविधा के लिए बाँट दिया गया था। जन्म लेने वाला हर जीव प्रजा की कोटि में था। उनमें मनुष्य-जाति, देव, किन्नर, गन्धर्व, यक्ष, असुर, नाग आदि के साथ अंडज, उद्भिज आदि अनेक कोटियों के जीव थे। कीट, पतंग से लेकर पशु-पक्षी और अन्य वन्य जीवों, पशुओं की कोटियाँ भी उनमें परिगणित थीं। जो भी जीव अन्न, खाद्य और पानीय पर जीवित था, वह विभिन्न प्रजापतियों के शासन और रक्षण-क्षेत्र के अन्तर्गत था। कश्यप, विश्वरूप आदि सभी प्रजापति थे। विश्वरूप ने बड़े प्रयत्न से अपनी दोनों सर्वांग सुन्दर कन्याओं सिद्धि और बुद्धि का संस्कारपूर्वक पालन-पोषण किया था। देव-जाति के होकर भी विश्वरूप मानवीय करुणा और विनय भाव से आपूरित थे। हिमालय की पर्वत श्रेणियों के समीप ही पारियात्र के आगे उनका नगर था। वह पर्वत श्रेणियों से घिरा और विस्तृत वन खंडों से युक्त था। वहाँ पंक्तिबद्ध वृक्षों की सहस्रावलियाँ सुरक्षित रूप में फल-फूल रही थीं। पशु-पक्षी सब निर्भय भाव से विचरते थे। उनका वन्यक्षेत्र एक विशाल आश्रम की तरह ही प्रतीत होता था। उनके नगर की विशेषता थी कि वहाँ बहुविध वन्य जातियों के साथ-साथ देव-जाति, नागवंशी जाति और मनुष्य-जाति के ऋषियों और तपस्वियों का भी वास था। स्थान-स्थान पर यज्ञशालाएँ थीं, तपस्वियों का भी वास था। स्थान-स्थान पर यज्ञशालाएँ, बहुयज्ञ वेदिकाएँ, आश्रम पुंज, सवत्सा गौवें और वैदिक शिक्षा की व्यवस्था थी। ये ऋषि हिमालय के पारियात्र पर्वत की छाया में निरन्तर ब्रह्मलीन रहते थे। असुरों का उपद्रव नहीं हो, इसके लिए विश्वरूप सतत सचेष्ट थे। जैसे ही नगरवासियों और वन्यवासियों को ज्ञात हुआ कि सिद्धि और बुद्धि का शुभ विवाह-संस्कार भगवान् शिव के ज्येष्ठ पुत्र वक्रतुण्ड गणपति के साथ सुनिश्चित हो गया है, सब हर्षातिरेक से नाच उठे। पर्वतवासियों का आनन्दोत्सव नृत्य-गीत के समष्टिभाव में ही प्रकट होता है। वहाँ की हवा में वन-वृक्ष भी भुजा उठा-उठाकर नाचते हैं, उनका अंगक्षेप देखते ही बनता है। पर्वतों से फूटे हुए झरने ताल-लय में अपनी प्रवहमानता बनाए रखते हैं। वृक्षों के पत्तों पर मेघों की जलबूँदें मृदंग की थाप की तरह ढुलकती हैं।

सब ओर एक अभिनव कौतूहल-भरा उन्माद छा जाता है। पारियात्र के ही समीप गन्धमादन पर्वत अपनी पर्वत-श्रेणियों के रंगमंय वितान तानकर प्रकृति को एक सुगन्धमय उत्तरीय से आवृत कर देता है। इसी गन्धमादन ने शिव को भी सती और पार्वती दोनों के प्रति समय-समय पर आकर्षण का भाव जगाया था। अब वही क्षेत्र वक्रतुण्ड का भी लीलाक्षेत्र बनने जा रहा था।

प्रजापति विश्वरूप ने समस्त प्रजावृन्द को आदेश दिया कि सिद्धि और बुद्धि केवल मेरी कन्याएँ नहीं हैं। वे हमारी समस्त प्रजा की भी पुत्रियाँ हैं। अब विवाह का दिन सन्निकट आ गया है। वैवाहिक तिथि तक सम्पूर्ण नगर को श्री और शोभा से सुसज्जित किया जाए : सर्वत्र विल्वपत्रों के वंदनवार टाँगे जाएँ, बड़े-बड़े विशाल तोरण द्वार सजाए जाएँ, उन पर विविध सुगन्धित पुष्पहार समलंकृत हों, उनके साथ-साथ रुद्राक्ष की बड़ी-बड़ी पृथुल मालाएँ रहें। बारात के मार्ग में स्थान-स्थान पर जल, खाद्य-सामग्री और भाँति-भाँति के फलों का भंडार लगाया जाए। बराती नाचते-गाते, खाते-पीते आएँ। मार्ग में उचित स्थानों में सोमरस के पेय की भी समुचित व्यवस्था की जाए। भगवान् भोलेनाथ के पुत्र गणपति के विवाह का मंगल आयोजन है, इसमें किसी भी प्रकार की कोई त्रुटि न रहने पाए। बारात में ब्रह्मा, विष्णु, शिव एवं समस्त महत्शक्तियाँ होंगी। स्वर्ग के अधिपति देवराज इन्द्र, अग्नि, वरुण, मरुत आदि देव होंगे। समस्त देवकुल, ऋषिकुल और सप्तर्षि मंडल का ऋषि समुदाय होगा। देवताओं के प्रिय वाहन भी होंगे : उनमें नन्दीश्वर, देवी का वाहन सिंह, दुल्हे के वाहन मूषकराज, गरुड़, हंस, ऐरावत, उच्चैःश्रवा, उलूक, मकर आदि अनेक पशु-पक्षियों की श्रेणियाँ होंगी, उनके सत्कार की उचित व्यवस्था हो। सबसे महत्त्वपूर्ण यह भी है कि प्रभु शिव और दुल्हे गणपति के सभी गण : वीरभद्र से लेकर समस्त भूत, प्रेत, पिशाच, डाकिनियाँ, शाकिनियाँ, चुड़ैलें आदि के साथ-साथ प्रमत्त-भाव से लहराते हुए अपनी चाल में चलते नाना प्रकार के विषधर नाग और विशाल भयावने सर्प होंगे जो शिव जी और गणपति के प्रियपात्र हैं, उनका भी विशेष ध्यान रखना है। उनके लिए दुग्ध और जल की अतिरिक्त व्यवस्था होगी, भाँति-भाँति के सुमधुर वाद्य होंगे जिनपर झूमते लहराते सब नृत्यशील होकर पधारेंगे। भूत-प्रेत पिशाच स्वभावतः उन्मत, कर्कश, असहनशील स्वेच्छाचारी, निरंकुश जीव हैं, उनकी इच्छा के अनुसार उनका सत्कार करना है। वे चाहे जितना भी जैसे भी चाहें नाचे-गाएँ, भ्रू-विलास, अंग-संचालन करें और चीखें-चिल्लाएँ, डरावने स्वरों में नाद करें, चिग्घाड़ें, सिंहनाद कर दहाड़ें, उलूक-ध्वनि करें, कोई भी पशु-भाषा बोलें उनका कथमपि अनादर नहीं होना चाहिए। वे हमारे पूज्य वक्रतुण्ड के लाड़ले हैं। वे तिरछे हैं, लीक तोड़ देनेवाले

उद्दंड और प्रचंड सेनानायक भी हैं, उन्हें सिर-आँखों पर रखकर उचित सम्मान देना है। विवाह के इस मंगल मुहूर्त का एक दिन उनकी परम स्वतंत्रता का दिन है। गणपति और प्रभु शिव ऐसे निष्पेषित और दलित प्राणियों को प्यार करते हैं, हमें भी उन्हें सम्मान देना है। उनकी हर इच्छा हमारे लिए एक आज्ञा है जिसे हमें हर अवस्था में मधुर-भाव से शिरोधार्य और स्वीकार करना है। और ऐसा ही हुआ।

कैलास से बारात के प्रस्थान करने के पूर्व नन्दीश्वर ने अपने अनुशासन का स्वर्ण-दंड घुमाया, प्रमुख गण वीरभद्र ने अपना त्रिशूल नचाते हुए सभी गणों को अनुशासन में बारात-यात्रा पर चलने का आदेश सुनाया। सबको नूतन स्वच्छ वस्त्र प्रदान किये गए। सबने इच्छानुसार सुन्दर स्वरूप भी धारण कर लिया। शृंगार और सज्जा में कोई कोर-कसर नहीं छोड़ी पर ठीक बारात-प्रस्थान के पूर्व सोमरस के कई-कई घट गटक जाने के बाद वे सारे सहस्त्रों गण उन्मत्त हो उठे। उनके बाह्य सज्जित रूप के पीछे उनका वास्तविक रक्तपायी भयानक स्वरूप बीच-बीच में प्रकट होकर वातावरण को भयानक बना देता। वे प्रमुदित-भाव से चले। वे नाच रहे थे, वीभत्स भावों का प्रदर्शन भी कर रहे थे। नन्दीश्वर के स्वर्ण दंड के अनुशासन की याद आते ही वे सभ्य बन जाते, उनका रौरव नृत्य थम जाता पर क्षण मात्र में फिर उन्मत्त हो जाते जैसे समुद्र की एक तरंग-राशि के जाने के तुरन्त बाद दूसरी तरंग-माला उसे आच्छन्न कर देती है। महाप्रभु शिव ने नन्दी की विकलता का अनुभव कर कहा :

"नन्दीश्वर! जाने दो! आज वे मुक्ति का अनुभव कर रहे हैं, उच्छृंखल हो रहे हैं, गाल बजा रहे हैं, उन्मद नृत्य कर रहे हैं, उन्हें जो जी में आए करने दो। मुझे यह उन्माद भी प्रिय है। यह भी प्रेम और भक्ति का ही एक आवेश है जो अपने निकृष्ट रूप में अपने प्रिय गणेश के लिए प्रकट हो रहा है।"

नन्दीश्वर ने उनकी आज्ञा मान ली। वीरभद्र ने भी अपना अंकुश हटा लिया। सभी गण अपनी मनमानी करते प्रजापति विश्वरूप के नगर में विवाह-स्थल पर पहुँच गए। वहाँ की भव्यता और दिव्यता देखकर उनकी उच्छृंखलता अचानक एक शिष्टता में बदल गई और वे सभ्य प्रजा की तरह निर्दिष्ट स्थान पर जाकर चुपचाप बैठ गए। यह देख वक्रतुण्ड सहसा हँस पड़े : "सभी सभ्य हो गए, वे सहज मानवोचित क्रियाएँ कर रहे हैं। अच्छी संगति सचमुच सबको बदल देती है।"

20

आज वक्रतुण्ड की शोभा निराली थी। आज माता पार्वती ने उनका विशेष श्रृंगार किया था। उनके रेशमी वस्त्रों का पीताभ रंग, उनकी रक्तिम देहकान्ति से और भी जगमगा रहा था। उनके उपवस्त्र में किनारे-किनारे रजत और स्वर्ण की रुनझुन महीन किंकिणियाँ हवा के स्पर्श से धीमे-धीमे झनझना रही थीं। उनके नाभिकेन्द्र से सर्वदा लिपटा रहनेवाला सर्प दूर बैठकर निर्निमेष भाव से इस पावन दृश्य का अवलोकन कर रहा था। यही दशा उनके बाहुओं से सदा लिपटे सर्पों की थी। वे अपनी विशालता भूल गए थे। वे भीड़ से अलग संगीत की लय पर अपने फनों को हल्के नचा रहे थे।

वक्रतुण्ड का सुसज्जित रूप आकर्षण का केन्द्र था। उनके शरीर पर नीचे पीली सुकोमल रेशमी धोती बँधी हुई थी। पीले रंग का ही सुन्दर उत्तरीय उनके कन्धे पर था जो बायें हाथ का आधार पाकर नीचे तक झूल रहा था और जिसके नीचे नीले रंग की किनारी सज रही थी, जिस पर हाथ से निर्मित सुन्दर फूलों के चित्र शोभा पा रहे थे। उनके तुण्ड पर कई रंगों की चित्रकारी की गई थी तथा बीच-बीच में नीलम और मरकत मणियों के गोल-गोल आभूषण उसे द्युतिमान कर रहे थे। कई सोपानों में निर्मित उनका मुकुट स्वर्ण-कान्ति से जगमगा रहा था, उसके मध्य में अनेक मणियों के बीच नीलम की नील-कान्ति शोभायमान थी। पार्वती ने अपने हाथों से गणपति के दोनों हाथों में एक चौड़ी स्वर्ण-पट्टिका बाँधी जिसकी मणि कुट्टिम झालरें हवा के स्पर्श मात्र से झनझनाने लगती थीं। गणपति के लम्बे-चौड़े दीर्घ शूर्प कर्ण में गोल-गोल कुंडल हीरक-कान्ति को सार्थक कर रहे थे। उनके गले में कई लड़ियों

वाला हार झूल रहा था जिसके मध्य में टंकित मणियों से आँखें चौंधियाँ उठती थीं। जैसे सुन्दर सुपक्व सुगन्धित आम्रफल को देखकर लोग उसकी मंजरी को भूल जाते हैं वैसे ही गणपति की शोभा को देखकर लोग पूर्वकाल में दूल्हा बने शिव को भूल गए। गणपति के वाहन मूषकराज ने आप अपनी आकृति बड़ी कर ली थी, उनके विशाल शरीर पर नीले रंग का गद्‌देदार आसन बिछा हुआ था जो नीचे तक झूल रहा था। उस आसन को दृढ़ता के साथ मूषकराज की गरदन और पृष्ठभाग से बाँधकर स्थिर कर दिया गया था।

विवाह के लिए स्वर्ण-मंडप निर्मित किया गया था जिनके बीच में तीन उच्चासन रखे गए थे। मध्य में विवाह-वेदिकाएँ सुसज्जित थीं जिन पर सिद्धि और बुद्धि को आकर आसीन होना था। उसी समय मंगल वाद्यों और गीतों के सुमधुर स्वर के बीच अनेक सखियों के साथ सिद्धि और बुद्धि का प्रवेश हुआ। जैसे नैश अन्धकार में उदित होते हुए चन्द्रमा का प्रकाश मनोरम लगता है वैसे ही प्रजापति विश्वरूप के महल का अन्त:प्रदेश दो-दो चन्द्रमाओं के प्रकाश से ज्योतिर्मय हो उठा। जैसे कलाकार के सधे हुए हाथों की तूलिका के रंग भरने से चित्र खिल उठता है या सूर्य किरणों के स्पर्श से कमल का पुष्प उत्फुल्ल हो जाता है वैसे ही नवयौवन के भार से सिद्धि और बुद्धि का शरीर शोभाशाली हो रहा था। उनका सांगोपांग सौन्दर्य लुभावना हो रहा था, उनकी भुजाएँ शिरीष पुष्पों से भी कोमल थीं, उनके कंठ में मोतियों की मालाएँ झूल रही थीं। जैसे लाल-लाल कोंपलों में कोई श्वेत पुष्प शोभा पाता है वैसे ही उनके रक्तिम अधरों पर श्वेतवर्णी मन्द मुस्कान शोभा पा रही थी : अभी वह मुस्कान स्वच्छ मूँगे के बीच मोतियों की तरह जड़ी लग रही थी। उनकी बड़ी-बड़ी आँखों वाली चितवन ऐसी प्रतीत होती थी जैसे आँधी में हिलते हुए नीले कमल प्रकम्पित हो रहे हों। वक्रतुण्ड ने तिरछी दृष्टि से अपने दोनों पार्श्व में बैठी सिद्धि और बुद्धि की ओर देखा जिनके वैवाहिक वस्त्रों की लालिमा में उनकी लज्जा की लालिमा भी मिल गई थी और वह लालिमा स्नेह की तरह प्रगाढ़ होती जा रही थी। तीनों एक-दूसरे को कनखियों से देख रहे थे और एक-दूसरे को देखकर लज्जा से आँखें भी नीची कर लेते थे। उनका लज्जा-भाव से भरा संकोच वहाँ गीत गाती स्त्रियों के स्वरों में भावोद्रेक से कम्पन पैदा कर दे रहा था।

समस्त वैवाहिक कार्य दिन में ही होने थे अत: सारे गण भी पूर्णत: सुसज्जित होकर पहुँच रहे थे : मार्ग में आते समय कोई नृत्य कर रहा था तो कोई भाँति-भाँति की भंगिमाएँ बनाकर क्रीड़ा कर रहा था। सब इच्छानुसार वेश धारणकर सुसभ्य बनने का प्रयत्न कर रहे थे।

विवाह के लिए निर्मित स्वर्ण मंडप के मध्य में गणपति को बैठाया गया। अपने हंस-वाहन पर ब्रह्मा, गरुड़ पर विष्णु और ऐरावत पर इन्द्र पधार चुके थे। अन्य देवी-देवताओं के पधारने से विवाह-मंडप सबके आकर्षण का केन्द्र बना हुआ था। गन्धर्व और किन्नर अपने-अपने वाद्य बजाते हुए सुमधुर कंठों से मंगलगीत गा रहे थे। विवाह-मंडप में स्वयं ब्रह्मा आकर बैठ गए थे, देवर्षि नारद ने भी अपना स्थान ग्रहण कर लिया था। देवाधिदेव महादेव यह सब देखकर पुलकित हो रहे थे, बस उन्हें और पार्वती को एक ही दुख सता रहा था कि गणपति का विवाह इतनी शीघ्रता में सम्पन्न हो रहा था कि उसमें चाहकर भी कुमार कार्तिकेय सम्मिलित नहीं हो सकते थे। कुमार अपने मयूर पर पिता की आज्ञापूर्ति के लिए पृथ्वी की परिक्रमा पर निकल गए थे और गणपति ने मातृ-पितृ भक्ति और सेवा से ही उनका हृदय जीत लिया था और प्रतियोगिता में विजयी हो गए थे। कुमार के लौटकर आने का समय भी सुनिश्चित नहीं था अत: गणपति के विवाह को स्थगित करने या दीर्घ प्रतीक्षा का अवकाश नहीं था। शिव मन-ही-मन निश्चिन्त थे कि यात्रा से लौटकर ही कुमार कार्तिकेय का भी विवाह-संस्कार यथाशीघ्र कर दिया जाएगा। माता पार्वती भी मन-ही-मन प्रमुदित थी कि कम-से-कम त्रिलोक में कुमार किसी प्रजापति की पुत्री पुष्टि को मन-ही-मन पसन्द कर चुका है। तब विवाह सहज और निर्बाध रूप से सम्पन्न हो जाएगा।

विवाह की वेदी पर प्रजापति विश्वरूप ने अपनी पत्नी के साथ सिद्धि और बुद्धि का जब कन्यादान किया तो उनकी उँगलियाँ कम्पित हो रही थीं, शरीर शिथिल हो रहा था। वे एक-साथ दोनों पुत्रियों का दान कर रहे थे। तेजस्वी पुरोहितों ने घी आदि सामग्रियों से हवन करके अग्नि को साक्षी बनाकर वर गणेश और सिद्धि-बुद्धि दोनों वधुओं का गठबन्धन कर दिया। जैसे आम्रवृक्ष अपनी पत्तियों के साथ अशोक के लता प्रवाल की लाल पत्तियों से मिलकर सुन्दर लगता है वैसे ही गणपति ने उन्हें अपने दो हाथों में ग्रहण किया। गणपति का रोमांच छिपाए नहीं छिप रहा था और सिद्धि तथा बुद्धि के हाथों के स्वेद भी उनकी दशा को दर्शा रहे थे। गणपति अपनी दोनों आँखों से दोनों ओर निहारते किंचित् लज्जित भी हो रहे थे। यह देख शिव और पार्वती का हृदय भी जुड़ा रहा था। हवन की अग्नि के फेरे देकर सिद्धि और बुद्धि ने पुरोहितों के आदेश से अग्नि में धान की खीलें डाली। घृत, शमी पत्र और धान की खीलों की सुगन्ध से भरा धुआँ सिद्धि और बुद्धि के कपोलों को लाल कर रहा था। उस समय ऐसा प्रतीत हो रहा था मानो सिद्धि और बुद्धि ने नील कमलों का कर्णफूल धारण कर लिया हो। उस अग्नि के धुएँ से दोनों के गालों पर अंजन-मिश्रित अश्रु निकल आए, कानों के कर्णफूल मुरझा गए और कपोल सहसा लाल हो गए।

विवाह के बाद तीनों जब स्वर्ण सिंहासन पर विराजमान हुए तो स्त्रियों ने मंगलवचन कहे, उनके कंठों के मधुर गीत आकाश मार्ग में किन्नरियों के द्वारा गाए जाते हुए गीतों की स्वर लहरियों से टकराकर वातावरण को और मधुर बना रहे थे। महाबाहु गणपति का मन आज वश में नहीं था। वे शान्त-भाव से बैठे दीख रहे थे पर बीच-बीच में उनकी सूँड़ प्रलम्बित होकर कभी सिद्धि तो कभी बुद्धि को छेड़ती गुदगुदाती चल रही थी। इस प्रकार अचानक सिद्धि और बुद्धि कभी उन्मुक्त हास्य कर बैठतीं तो स्त्रियों को घोर आश्चर्य होता कि वे दोनों ऐसा क्यों कर रही हैं? पर वक्रतुण्ड की लीला को न तो कोई देख पा रहा था, न समझ पा रहा था।

विवाह-यज्ञ के बाद वर और वधू को ऊँचे आसनों पर बिठाया गया। माता पार्वती एवं अन्य सुहागिन स्त्रियों ने भाँति-भाँति के शुभ मंगलाचरण किये। तभी गणपति के पार्श्व में बैठी दोनों प्रियाओं ने पार्वती के चरणों का स्पर्श किया। गणपति ने कहा, "मातः! ये तुम्हारी ज्येष्ठ वधू सिद्धि है और दूसरी कनिष्ठा वधू बुद्धि है। बुद्धि को ही पुष्टि भी कहते हैं।"

पार्वती सहसा चौंक गईं। उनके हाथों का थाल गिरते-गिरते बचा। वे बोलीं, "पुत्र! क्या कहा? फिर से कहो। इसका नाम बुद्धि ही है न?"

"हाँ मातः! बुद्धि का दूसरा नाम 'पुष्टि' भी प्रसिद्ध है पर मैं इन्हें बुद्धि कहकर ही आदर देता हूँ।"

पार्वती ने मुस्कुराकर प्रसन्नता तो व्यक्त की पर वे थर्राकर समीप पड़े आसन पर जैसे लुढ़क-सी गईं। उनके भीतर एक ही शब्द गूँज रहा था : 'पुष्टि! पुष्टि!' आह! इसी पुष्टि को कुमार कार्तिकेय पत्नी रूप में प्राप्त करना चाहता था। यह तो बड़ा विभ्रम उत्पन्न हो गया। यात्रा से लौटकर मैं उसे क्या कहूँगी, कैसे कहूँगी? क्या वह इस आघात को सह सकेगा? जो युद्ध के अस्त्र-शस्त्र के आघात सरलता से झेल सकता है वह प्रीति से फेंकी गई आम्रमंजरियों का भी आघात नहीं सह सकता। यह तो बड़ा भारी अनर्थ हो गया। पार्वती का चित्त अचानक दुखी और विह्वल हो गया। वे जोरों से चीत्कार करना चाहती थीं पर भीतर का हाहाकार बाहर आते-आते रुक जाता था : 'यह शुभ मुहूर्त था, विवाह के मंगल क्षणों में यह कैसा उद्‌घाटन हो गया? कुमार 'पुष्टि' को पसन्द कर चुका था और हम माता-पिता उससे उचित रीति से पूछ तक नहीं सके। हमने उसे सदा बालक ही समझा। हम यह न सोच सके कि वह भी युवा हो रहा है, उसके भीतर भी कोमल भावनाएँ तरंगित हो सकती हैं। हमने सदैव उसे वीर वेश में युद्ध प्रिय योद्धा के रूप में ही देखना चाहा, हम उसका हृदय नहीं देख सके और हमसे भूल हो गई।'

पार्वती का मन उनके वश में नहीं था। कातर भाव से वे शिव के समीप पहुँचीं। धीरे-धीरे सभी अतिथि विदा हो रहे थे। कुछ ही देर बाद गणपति अपनी दोनों पत्नियों के साथ अपने कक्ष में चले गए। तब तक सन्ध्या हो रही थी। देवर्षि ने भी विदा माँगी और जब शिव अकेले हो गए तो पार्वती उनके समीप बैठ गईं। शिव ने पूछा, "आप इतनी मौन क्यों हैं? आज तो हर्ष का दिन है।"

यह सुनते ही पार्वती के मन का रुदन-वेग एकबारगी फट पड़ा। जैसे गिरि कन्दरा को तोड़कर निर्झर का वेग बह निकलता है, पार्वती सिसक-सिसक कर रो पड़ीं। शिव ने विचलित होकर पूछा :

"अरे, इन सुखद क्षणों में आप पीड़ित हो रही हैं? क्या हुआ शीघ्र बताएँ?"

पार्वती ने कहा, "कुछ अनर्थ तो घटित हो ही गया प्रभो! गणेश की पत्नी बुद्धि ही पुष्टि है और उससे ही हमारा स्कन्द विवाह करना चाहता था। उसने उसे देव-सभा में देखा था, पसन्द किया था पर संकोचवश कुछ न कह सका। उसने केवल मुझसे पुष्टि का नाम लेकर अपने आकर्षण की चर्चा की थी और उसी से विवाह करने की इच्छा प्रकट भी की थी।

शिव स्तम्भित होकर शान्त बैठे रहे। अपने चित्त को स्थिर कर बोले, "प्रिये! यह प्रीति-तत्त्व ही मनुष्य-तत्त्व है। यही दुख का कारण है पर यह दुख सभी दुखों से अधिक-से-अधिक प्रिय भी होता है। यह जो कुछ भी हुआ, अनजाने में हुआ। कुमार ने सब कुछ स्पष्ट बता दिया होता तो इतनी भ्रान्ति नहीं होती। पर यह भी सत्य है कि जब प्रजापति विश्वरूप प्रथम बार अपनी दोनों पुत्रियों को लेकर हमारे पास आए थे तो हमारे गणपति ने तुरत सिद्धि और बुद्धि दोनों को पसन्द कर लिया था और उनसे विवाह करने की इच्छा भी प्रकट कर दी थी। हम कोई पूर्व पीठिका नहीं जानते थे इसलिए हमने भी सहर्ष स्वीकृति और अनुमति दे दी। विधाता का लेख ऐसा ही होता है। उसकी शक्ति 'अघटन घटना पटीयसी' के रूप में प्रख्यात है। उसके आगे भला किसकी चली है? हम सब उसके आगे विवश हो जाते हैं। अब तो कुमार के लौटने पर ही कोई समाधान निकल सकेगा। हम त्रिलोक को छान देंगे, हमारे तेजस्वी पुत्र स्कन्द के लिए कोई-न-कोई अपूर्व देव-कन्या अवश्य मिलेगी। हमें तब तक शान्त-भाव से स्कन्द के लौटने की प्रतीक्षा करनी चाहिए।"

पार्वती को भी लगा कि अब प्रतीक्षा करने के सिवा कोई चारा नहीं था और समय ही इसका उपचार कर सकता था।

इधर बाहर-बाहर आनन्द और उछाह से भरा हुआ काल क्षेप हो रहा था। प्रजापति विश्वरूप के महल में चार दिन बिताकर जब वक्रतुण्ड अपनी नववधू प्रियतमाओं के साथ कैलास पहुँचे तो माता पार्वती ने उनकी आरती उतारी, कई पर्वतीय लौकिक कृत्य किये। गणपति को यह देखकर अनुभव हो रहा था कि यह भी मनुष्य-जाति की महिमा है। देवताओं के पास शास्त्र है तो मनुष्य के पास है लोक का आदर्श। यह लोक सचमुच मधुर और रसमय है। विवाह का ऐसा सुख देवता भला क्या जानें, यह तो मनुष्य से ही सीखा जा सकता है। मैं मनुष्य के लिए हूँ और मनुष्य-जाति मेरे लिए है, यह धारणा वक्रतुण्ड के मन में आज और भी दृढ़ हो गई थी।

21

मध्याह्न काल में पर्याप्त मोदक और फलों का आहार लेकर गणपति ने अपने महोदर पर हाथ फेरा, उनके मुख पर तृप्ति का भाव स्पष्ट झलक रहा था। उन्होंने एक बड़ी जम्हाई ली, उनका मुख आधा से अधिक खुल गया। उनका वाहन मूषकराज अचानक जोरों से चीख उठा। गणपति ने शीघ्रता से पूछा, "क्या हुआ आखुराज? मेरे प्रिय मूषक! तुम चीख क्यों पड़े?"

"देव! मैं आपकी सेवा में हूँ, आपके सदैव निकटवर्ती हूँ, किन्तु फिर भी आपको जान नहीं पाया। अभी आपने जम्हाई ली और आपका मुख खुला तो मैंने उसमें सूर्य, चन्द्र, तारे, नीलवर्णी आकाश में विचरते मेघदल देखे, सूर्य अस्ताचल पर डूब रहा था और चन्द्रोदय हो रहा था। यहाँ मध्याह्न काल है। सूर्य का प्रकाश अपने प्रकर्ष पर है और आप में विराट् सृष्टि छिपी हुई है। मैं आपसे ज्ञान प्राप्त करने का अभिलाषी हूँ।"

"मूषकराज! जीवन का बहुत कुछ अज्ञात, अज्ञेय और रहस्यमय है। इसी रहस्यमयता के कारण जीवन प्रिय भी लगता है। हम ईश्वरीय विभूतियों के प्रतिनिधि हैं। समस्त दिव्य शक्तियाँ एक-दूसरे का सहयोग करती हैं। सृष्टि-विद्या इसी पारस्परिक सहयोग से गतिशील होती है। तुमने जो भी देखा, उसे तुम अपनी बन्द आँखों से भी देख सकते हो। ध्यान एक ऐसी विधि है जिससे देखे हुए को पुनः प्रत्यक्ष किया जा सकता है।"

"प्रभो! मुझे ऐसा प्रतीत हो रहा है कि सम्भवतः आप विश्राम के इच्छुक हैं।" अभी मूषकराज की बात पूरी भी नहीं हुई थी कि सुदूर वीणा वादन का स्वर सुनाई देने लगा। वक्रतुण्ड उत्साहित होकर स्थिर बैठ गए। उन्होंने पद्मासन लगा लिया।

कुछ ही क्षणों में नारद प्रत्यक्ष हुए। उन्होंने दोनों हाथ जोड़कर वक्रतुण्ड के आगे सिर झुकाया, बोले :

"मैं या तो पूर्वाह्न में आता हूँ या अपराह्ण में पर आज पृथ्वी की यात्रा से लौटते समय आपसे मिलने की इच्छा उत्पन्न हो गई। प्रभो गणाधीश! आप मुझसे सदैव पृथ्वी की मानव-जाति के विषय में जिज्ञासा करते रहते हैं तो पृथ्वी पर जाने के बाद मुझे आपका ही स्मरण हो आता है।"

"आपने उत्तम कार्य किया, यह मेरे मनोनुकूल हुआ। मेरे मन में सर्वाधिक जिज्ञासाएँ पृथ्वी के विषय में ही उठती रहती हैं। क्या मेरी इन जिज्ञासाओं का आप समाधान करेंगे?"

"क्यों नहीं गणाधीश? मुझपर आपका पूरा अधिकार है।"

"तो बताइए देवर्षि! पृथ्वी के भ्रमण से आपका आशय क्या है? भूमि, पर्वत, सागर, नदी, मनुष्य या अन्य जीव या पदार्थ?"

"हे वक्रतुण्ड! पृथ्वी में सर्वाधिक महिमा आर्यावर्त की है। आर्यावर्त 'पुण्यभूमि' के रूप में प्रसिद्ध है। पूर्व में समुद्र, पश्चिम में समुद्र और उत्तर-दक्षिण में हिमालय और विंध्याचल के मध्य का प्रदेश आर्यावर्त के रूप में प्रसिद्ध है। वहाँ मुख्यतः आर्य जाति बसती है, वैसे इसमें द्रविड़, किरात, भील आदि जातियों के भी वर्ग-उपवर्ग हैं। अत्यन्त प्राचीन काल से वहाँ सनातन हिन्दू धर्म को आदर प्राप्त है। वहाँ की जीवन-शैली भी व्यवस्थित और वैज्ञानिक है। इस जाति की जीवन-शैली के दो आधार हैं : वर्ण और आश्रम। वर्ण का आधार है मनुष्य की मूल प्रकृति और प्रवृत्ति जिनसे अपने जीने योग्य कर्मों का चयन करता और उनका सम्पादन करता है। आश्रम का आधार संस्कृति है, उसमें व्यक्तिगत जीवन का संस्कार होता है। जन्म से मनुष्य अनगढ़ होता है पर संस्कार से ही वह प्रबुद्ध मनुष्य बनता है। इस मानव-जीवन के चार विकास-क्रम हैं : बाल्यावस्था, युवावस्था, प्रौढ़ावस्था और वृद्धावस्था। प्रायः सौ वर्षों की सीमित आयु में इसी के आधार पर चार आश्रमों की कल्पना की गई है : ब्रह्मचर्य, गार्हस्थ्य, वानप्रस्थ और संन्यास। इन्हीं आधारों पर चार पुरुषार्थ भी माने गए हैं : धर्म, अर्थ, काम और मोक्ष। आश्रमों का यह श्रम ही मनुष्य का पुरुषार्थ है जो उसकी हर क्रिया में झलकता है। वस्तुतः सब कुछ पाने की इच्छा पुरुषार्थ है और सब कुछ को छोड़ देने का साहस मोक्ष है। इसी पाने और छोड़ने की कला मनुष्य-जीवन को महान् बनाती है।"

"देवर्षि! आपने तो बड़ी अच्छी और ऊँची बातें बताईं। ये गुण तो देवताओं में भी दुर्लभ हैं। अब मैं विचार कर रहा हूँ कि क्योंकि परमात्मा पृथ्वी पर नाना अवतार

ग्रहण करता है, पृथ्वी की रक्षा करता है और अन्ततः अपनी समस्त माया समेटकर अपने मूल रूप में स्थित हो जाता है। मुनिवर! मैं मनुष्यों के बीच जाना चाहता हूँ, उनके हाथों में झूलना और खेलना चाहता हूँ। उनका दुख देवताओं के कल्पित दुख से बड़ा है। देवता अपने पद और अधिकार के लिए चिन्तित रहते हैं, उनके एकमात्र शत्रु हैं असुर या राक्षस पर मैं देख रहा हूँ कि मनुष्य-जाति कई तापों से, त्रितापों से ग्रस्त है : दैहिक, दैविक और भौतिक तापों से वह सदा सन्त्रस्त रहती है। पत्नी, पुत्र, माता, पिता और कुटुम्बी जनों के साथ-साथ उसे शत्रु और मित्रों की भी चिन्ता करनी पड़ती है। सृष्टि का सर्वाधिक चिन्तित और पीड़ित प्राणी तो मुझे मनुष्य ही दिखाई पड़ता है जिसे अपनी छोटी-से-छोटी इच्छा की पूर्ति के लिए प्रयत्न और कभी-कभी तो घोर श्रम करना पड़ता है। एक मुट्ठी चावल या दो रोटियों के लिए वहाँ जीवन कितना संघर्षपूर्ण है! आदमी से भूख सहन नहीं होती और उसके आँगन में कोई कल्पवृक्ष नहीं है। जो माँगा वह तुरत मिल गया, यह सम्भवतः पृथ्वी का सिद्धान्त नहीं है, यह तो देव-जाति का ही विलास है। इसीलिए देव-जाति विलासी, अकर्मण्य और पराश्रित प्रतीत होती है।"

"प्रिय गणाध्यक्ष, आपकी दिव्य दृष्टि से कुछ भी छिपा हुआ नहीं है। मुझे प्रसन्नता है कि पृथ्वी की पीड़ा से केवल मैं ही विचलित नहीं होता, आप इसे अनुभव कर पीड़ित हो रहे हैं। यह आप की महाकरुणा का बोध करा रही है। कोई कुछ दे या न दे, मनुष्य के अश्रु पोंछ दे, यह भी उसके लिए परम तृप्ति का विषय है।"

"देवर्षि! आज मैं आपसे पृथ्वी का महापुराण पढ़ रहा हूँ। मुझे तो सृष्टि का सर्वोत्तम और रोचक प्राणी मनुष्य ही लग रहा है। उसे तो सब कुछ चाहिए : भोग, योग, तप, प्रेम, करुणा, स्वार्थ, परमार्थ, दान-प्रदान, भक्ति-नीति, प्रीति-घृणा वह तो सबका अद्भुत रस-मिश्रण है। किसी एक स्वाद या रूप में उसकी व्याख्या नहीं की जा सकती। मैंने भी कृतयुग, त्रेता और द्वापर में अवतार लिए हैं पर केवल राक्षसों के संहार से मनुष्य-जीवन के दुख कम नहीं हो जाते। दुख की आवाजाही तो लगी रहती है। एक दुख मिटा नहीं कि दूसरा प्रस्तुत हो जाता है। चक्र की तरह सुख-दुख पाने का मनुष्य इतना अभ्यस्त हो गया है कि जब वह पूर्णतः सुखी भी होता है तो भविष्य में मिलनेवाले दुख की कल्पना से भयभीत हो जाता है। संसार के बड़े-बड़े विश्वयुद्ध, बड़ी-बड़ी महामारियाँ उसे विचलित और नष्ट करती रहती हैं। मैं देख रहा हूँ कि मनुष्य में कल्पना करने की अद्भुत क्षमता है इसलिए वह दुखी होने में भी आनन्द का अनुभव करता है। मुनिश्रेष्ठ नारद! दुख सहने की यही इच्छा सम्भवतः उसे तपश्चर्या के लिए प्रेरित करती है। तप को उपनिषदों ने उग्र कर्म कहा है।

सबने तप:सिद्धि से ही अपनी इच्छाएँ पूरी की हैं किन्तु इस तप का दुरुपयोग भी तो हुआ है। देवता या मनुष्य सहस्र वर्षों तक तप की ज्वाला में क्यों जलें? वे सत्कर्म क्यों नहीं करते, समाज की सेवा क्यों नहीं करते? वे परमात्मा या समस्त जीव के लिए अश्रु बहा सकते हैं तो प्रीति-भाव से मनुष्य के लिए क्यों नहीं रोते? क्यों फैल रहा है युद्ध, उन्माद, क्यों बढ़ रही है एक दूसरे से घृणा। मैं अपनी दिव्य दृष्टि से जिस मानव-जगत् को देख रहा हूँ, वह तो अत्यन्त भयावह, कुटिल, प्रपंची और पीड़ाकर है। मैं इस मानव-जगत् को एक स्वच्छ और सुधरे हुए रूप में देखना चाहता हूँ। मेरा यह गणतंत्र मानव-समाज में भी विकसित हो जिसमें प्रत्येक गण का प्रत्येक मनुष्य का आदर हो, न कोई छोटा हो, न बड़ा। सब समान स्नेह और अधिकार के पात्र हों।"

"महागणपति! मैं आपकी महिमा समझ रहा हूँ। आनेवाला भविष्यत्काल ऐसा ही होगा। आपकी कृपा से ही गणन-कला और गुणन-कला का ज्ञान विश्व को प्राप्त हुआ है। आपसे सृष्टि को समूह का ज्ञान प्राप्त हुआ है, वह समूह जो जगत् के लिए कल्याणकारी और उपयोगी है। समूह तो सेना में भी होता है पर वह विध्वंस और अराजकता लाता है। पर गण आनन्द और कल्याण दोनों विधा का उपयोग करना जानते हैं।

नारद बोले जा रहे थे, "सम्पूर्ण मानव-जाति जानती है कि वैदिक ऋषि गृत्समद, जिन्हें शौनक भी कहा जाता है, ने आपका गणपति मंत्र 'ॐ गणानां त्वा गणपति ग्वं हवामहे। निधीनां त्वा निधिपति ग्वं हवामहे। प्रियाणां त्वा प्रियपति ग्वं हवामहे। वसोमम आहम् जानि गर्भधम् मात्वम् जासि गर्भधम्' अनुभव किया था। उन्होंने आपकी कृपा से ही गणना और गुणन-कला सीखी अर्थात् गिनो भी और गुनो भी। यह गुणन-कला एक से अनेक होने की कला है। एक से सौ, सहस्र, लाख और करोड़ तक पहुँचने की कला है। इसी कला ने मनुष्य-जाति का कल्याण किया है। वेदों का पुरुष सूक्त भी परमात्मा को सहस्र सिर, सहस्र हाथ वाले विश्वरूप में देखता है। गृत्समद ने इन्द्र पर भी मंत्र रचा और कहा, 'इन्द्र तू अनेक घोड़ों पर आ, दो चार, दस और सौ घोड़ों पर आ।' यह उसकी गुणन-कला का ही प्रभाव था।"

"मुनिश्रेष्ठ! हमने सृष्टि को संयमित और नियंत्रित करने की कला सिखाई है। विद्या और बुद्धि का मेल ही व्यावहारिक ज्ञान का आधार है।"

दोपहर का पूरा समय देवर्षि नारद और गणपति के वार्तालाप में निकल गया था। मनुष्य-जाति की चर्चा से गणपति का मन अभी भी तृप्त नहीं हुआ था। इन्हें इतना तो अनुभव हो गया था कि मानव-जाति अपने सीमित जीवन-काल में ही अनन्त अनुभवों का फल पा लेती है। इसी बीच पार्वती और पिता शिव गण-सभा के अपने दिव्य आसनों पर आकर आसीन हो गए थे।

देवर्षि नारद के साथ गणपति बड़ी शीघ्रता से चलकर पिता के समीप पहुँचे। प्रणामादि के पश्चात् वे वहीं बैठ गए। शिव ने उन पर स्नेहदृष्टि डाली और कहा :

"वत्स! तुम इस समय अत्यन्त प्रश्नाकुल दिखाई दे रहे हो। अवश्य देवर्षि नारद की मर्त्य-लोक की सूचनाओं से तुम्हारा हृदय चंचल हो रहा है। मुझे भी तो बताओ कि हमारे गणपति, हमारे वक्रतुण्ड की चिन्ता का कारण क्या है?"

"पूज्य पिता श्री ! हमारा कैलास मर्त्यलोक में होकर भी मर्त्य-लोक से ऊपर एक आध्यात्मिक मनोमय लोक की भाँति है। वह मात्र हिमाच्छादित पर्वत खंड मात्र नहीं, आपकी दिव्य वासभूमि है। हम जब असंख्य गणों को देखते हैं, उनके प्रायश्चित्त को, उनकी पीड़ा को देखते हैं तो हमें मनुष्य-जीवन का ज्ञान अवश्य होता है। मेरे मन में कुछ प्रश्न निरन्तर उठते रहते हैं, उनके समाधान के लिए ही मुझे कभी-कभी विकलता का अनुभव होता है।"

"पूछो पुत्र! मुक्त भाव से पूछो। तुम दूसरों की चिन्ता से चिन्तित और व्यथा से विचलित होते हो, यही तो दैवी-भाव है।"

"पिता श्री! जब भी मैं सृष्टि की विकास-प्रक्रिया को देखता हूँ तो समस्त सृष्टि के निवासियों के मन में अतिरिक्त पाने की इच्छा ही बलवती दिखाई पड़ती है। जो प्राप्त है, वह अपर्याप्त प्रतीत होता है। कुछ-और-कुछ और पाने की लालसा देव, दानव, मनुष्य में सदैव क्यों उठती रहती है? देवताओं को स्वर्ग मिला, भोगों की प्राप्ति हुई, दैवी शक्तियाँ भी मिलीं, अजरता और अमरता का वरदान मिला पर वे अतृप्त के अतृप्त हैं। इसी प्रकार दानव सबसे अधिक इच्छा-लोलुप, तृष्णाकुल हैं, वे अपने जीवन से असन्तुष्ट होकर घोर तप करते हैं। चूँकि उनमें अपार दैत्य-शक्ति है, असुर-भाव की प्रचंडता और सहनशीलता है तो वर्षों-वर्षों तक आपको और ब्रह्मा को अपने कठोर तप और संयम से रिझाते हैं और उनके वरदानों का मूल विषय होता है, अवध्य होना, अमरता पाना। यद्यपि उन्हें अमरता नहीं मिल सकती पर भाँति-भाँति के उपायों से वे अपने वध को दुरूह और दुष्कर बनाने का प्रयत्न करते हैं। अब तक तो यही देखा गया है कि वर देने की सर्वाधिक प्रवृत्ति आपमें और चतुरानन ब्रह्मा में अधिक है; विष्णु से वर पाने के सभी अधिकारी भी नहीं होते और वे प्राय: वैकुंठवासी विष्णु को ही अपना शत्रु मान लेते हैं। सब कुछ जानते हुए ही दानवी प्रवृत्ति को उकसाने का कार्य चतुरानन ब्रह्मा और आपके ही द्वारा क्यों होता है? क्या सृष्टि के कार्य बिना वरदान और शाप के नहीं चल सकते? देवताओं और असुरों में यह वैर-विरोध सनातन काल से है और इसको बढ़ावा देने में आप दोनों प्रभुओं का योगदान क्यों है?"

"पुत्र! हम नियमों के अधीन हैं। जो तप या श्रम करेगा उसे फल की प्राप्ति अवश्य होगी। इसमें देव या असुर या मनुष्य के भेद का प्रश्न ही नहीं उठता है। तुम एक विशेष बात पर विचार करो! सबसे अधिक ऋषि-महात्मा मनुष्य-जाति की देन हैं। देवताओं की 'सुधर्मा' सभा में तो देवगुरु वृहस्पति और असुरों के यहाँ गुरु शुक्राचार्य जैसे महान् ऋषियों की महिमा है पर मनुष्य-जाति में : भूलोक पर ऋषियों और ऋषिकाओं की एक वृहत् परम्परा मिलती है। ऋषियों के सप्तर्षि मंडल हैं। उनके अतिरिक्त ब्रह्मर्षि वशिष्ठ, विश्वामित्र, अगस्त्य, अत्रि, भारद्वाज आदि अनेकानेक ऋषियों का समुदाय है। यही नहीं भक्तों, सन्तों, योगियों की विशाल परम्परा है और यह परम्परा कभी भी छिन्न नहीं होती। हमारे वरदानों से राक्षस वर्ग उत्तेजित और अपार बलशाली होकर अन्याय करता जाता है और अन्त में विनाश को ही प्राप्त होता है। इनमें कहीं-न-कहीं पद पाने की लालसा और श्रेष्ठ बनने की महत्त्वाकांक्षा है। यह आकांक्षा मनुष्य में भी होती है। सब इसी महत्त्वाकांक्षा के मारे हुए हैं और इसीलिए सृष्टि के क्रिया-व्यापार में युद्ध भी सभ्यता के विकास और ह्रास का मापदंड बन जाता है। पहले भी युद्ध हुए है, आगे भी होंगे, धरती का भार इसी तरह हल्का भी होता रहेगा। सबसे आनन्द की बात यह है कि हम देवों ने तो अधिक-से-अधिक वरदान देने का कार्य किया है पर शाप देने का कार्य अधिकतर तो ऋषियों ने ही किया है जिसमें दुर्वासा आदि महर्षि अग्रगण्य हैं। तुम शाप को एक प्रकार का प्रायश्चित्त-विधान ही समझो। यह भी दोषमुक्त करने का साधन ही बना है। अत: इसे सृष्टि की विकास-क्रिया का एक अंग ही मानो।"

आज वक्रतुण्ड के मुख पर सन्तुष्टि के भाव थे और देवर्षि नारद भी देववाणी से तृप्त होकर लौटे।

22

दिन का दूसरा प्रहर चल रहा था। कैलास पर अद्‌भुत शान्ति विराज रही थी। मध्याह्न का सूर्य भी समीप, अत्यत समीप किसी अग्निकुंड की तरह तप रहा था। हिम-कणों की कठोरता कम हो गई थी और वे धीरे-धीरे तरल हो रहे थे। वायु की गति मन्द थी और पुष्प-परागों के धूलिकणों के सुगन्ध-भार से वह भी मानो सीधे पाँव नहीं चलकर भारवाही हो गई थी। ऐसे निद्रालस वातावरण में वक्रतुण्ड ने अत्यन्त प्रीति-स्निग्ध दृष्टि से अपनी दोनों प्रियतमाओं, सिद्धि और बुद्धि की ओर देखा। उस दृष्टि में माधुर्य के साथ करुणा का मिश्रण था, अपार आनन्द, कभी न समाप्त होने वाला सुख वहाँ हिलोरें ले रहा था। उन्होंने अपने सुदृढ़ हाथों से दोनों को अत्यन्त आदर के साथ समेटकर अपने पार्श्व में बिठाया। कुछ देर वे उनके मुख-कमल को देखते रहे और फिर अपने शुंड से उन्होंने प्रीतिपूर्वक उनका मस्तक छुआ। दोनों पत्नियाँ स्नेह-पाश में बँधने के लिए उनके और समीप हो आईं। उनके दिव्य हाथों में नैवेद्य का थाल था, उसमें मनोहर पीतवर्णी मोदक और ऋतुफलों का अम्बार लगा था, आम्रफल और केले के साथ-साथ अन्य मधुर फल भी शोभा पा रहे थे। बुद्धि जिस भाग में बैठी थीं, वहीं गणपति का एकदन्त श्वेत वर्ण में चमक रहा था। उस दन्त भाग के मध्य में स्वर्णवलय मंडित था, उसकी गोल आकृति में धारियाँ बनी थीं और उनमें मरकत मणि की आभा दीप्तिमान हो रही थी। खेल-खेल में बुद्धि ने उस दन्त को प्रीति-भाव से छुआ, सहलाया और उसे अपने कपोलों से स्पर्श किया। गणपति मुग्ध-भाव से यह क्रीड़ा देख रहे थे, उन्हें रोमांच का अनुभव हो रहा था। इधर सिद्धि ने अपना मस्तक उनके मस्तक के गंडस्थल भाग से सटा लिया, उनके हाथ गणपति

की सूँड़ को धीरे से अपने कन्धे पर रखने का प्रयास कर रहे थे। गणपति ने बड़े स्नेह से उन्हें अपनी सूँड़ में लपेट लिया। उस समय ऐसा प्रतीत हो रहा था जैसे चन्द्रमा मेघ वलय में लिपटा हुआ हो। भगवती सिद्धि ने अपना कन्धा गणपति के शुण्ड पर टिका दिया, गणपति अपने हाथ से उन्हें मीठी थपकियाँ दे रहे थे।

अचानक बुद्धि ने अपनी बड़ी-बड़ी आँखें वक्रतुण्ड की ओर घुमाईं। उनकी दृष्टि स्नेह, जिज्ञासा और कौतूहल से भरी थी। वे बोल पड़ीं :

"प्राणेश! बुद्धि जब मन और प्राण से मिलती है तो वह प्रश्नाकुल हो जाती है। उस पर आपका लीला-विन्यास बहुत कुछ जानने को उत्कंठित कर देता है। वह कदली के पत्र की तरह कई तहों में लिपटे हुए अछूते प्रश्नों की भाँति मन में जग उठता है। मैं आपको जब भी जानने या समझने की चेष्टा करती हूँ आप दुर्ज्ञेय होते चले जाते हैं। जैसे पृथ्वी को खोदने पर मिट्टी, बालुका, पर्वत खंड आदि तत्त्व क्रमशः मिलते जाते हैं तब कहीं अतल तल में मधुर जल का अनवच्छिन्न सोता प्रकट होता है और तब कहीं जाकर प्यास बुझती है। मेरा मन पृथ्वी को इसीलिए आदर देता है कि पृथ्वी श्रम-भूमि है। निरन्तर अध्यवसाय ही उसका परिचय है, वहाँ किसी वस्तु को पाने के लिए तन और मन दोनों की एकता आवश्यक होती है। देव-जाति में अप्रकट तत्त्व इच्छा मात्र से प्रकट हो सकता है पर पाने का सुख तो पृथ्वी की मनुष्य-जाति को ही है। हमारा यह कैलास भी तो मानो पृथ्वी और आकाश के मध्य में अवस्थित है। यह अपार हिम-क्षेत्र एक ओर पृथ्वी-तत्त्व का प्रतिनिधि है तो दूसरी ओर इसका मनोलोक आध्यात्मिक और दैवी उच्चता का प्रतीक है। देव! हम लोग क्या प्रतीक हैं? प्रतिनिधि हैं या देव-जाति और मनुष्य-जाति के मध्य एक कड़ी हैं? हमें बताइए हम क्या हैं देवेश?"

गणपति ने अपनी दोनों आँखों से अपनी दोनों प्रियाओं को देखा और देर तक देखते रहे। बुद्धि ने चटुल-चपल होकर पूछ ही दिया, "हृदयेश्वर! आप कुछ बोल नहीं रहे, बस अपलक देखे जा रहे हैं? क्या कुछ जानना-समझना शेष रह गया है?"

"देवि! देखना ही तो ज्ञान का प्रथम चरण है। सामान्य जन तो चाहें वे देव हों, असुर हों या मनुष्य, देखने को एक क्रिया भर मानते हैं। दृष्टि से देखी गई चीज जब तक आत्मस्थ नहीं होती तब तक वह एक गतिमान दृश्य भर ही रहती है। देखने का अर्थ है : आत्मसात करना, जो हमें अन्तर्मुखी बना दे, आत्मलीन कर दे। बाहर की वस्तु भीतर तक पहुँच जाए तब देखना सार्थक होता है। पुरुष जब स्त्री को देखता है तो वह विहगावलोकन मात्र करता है, कुछ देखता है और बहुत कुछ नहीं देख पाता। जंगल में सिंह एक बार ही आँखें उठाता है और आसपास की समस्त वन-राजि को अपनी दृष्टि में समेट लेता है, इसी को सिंहावलोकन कहा गया है। यह सम्पूर्णता का अनुभव है।

शरीर, मन, प्राण सबमें स्वच्छन्द गति समान-भाव से एक-साथ करना ही वास्तविक दर्शन है। देखना कई योगों का आश्रय है। नाद योग, पिपीलिका योग, विहंगम योग, लय योग आदि के द्वारा भी इसका अनुभव होता है। सुनना भी कठिन कार्य है। हम दूसरों को सुनने का अभ्यास डालें। प्रकृति भी हमसे वार्तालाप करना चाहती है। वन-वृक्ष, चिड़ियों के चंचुपुट, अन्य पशु-पक्षी भी अपनी-अपनी भाषा में संवाद करते हैं। वृक्षों की सूखी हुई झरती पत्र-वलियाँ और नये निकलते पल्लवों का भी एक मौन-मृदु स्वर होता है। कई पुष्प भी मानो चटकारी देते हुए खिलते हैं। उन सबकी भाषा सुननी होती है। पुरुष और प्रकृति जब एकाकार होते हैं तभी सृष्टि मर्यादित रूप में प्रकट होती है। स्त्री भी इसीलिए दर्शनीय है कि वह समस्त ब्रह्मांड का मानो भूगोल है। स्त्री को जान लिया तो समझो ब्रह्मांड का रहस्य-भेदन हो गया। पुरुष है खोजी-अन्वेषणकर्त्ता : उसे जानना होता है कि स्त्री मात्र सौन्दर्य-रचना या लोभनीय आकर्षक वस्तु मात्र नहीं है, वह वस्तु-सत्ता नहीं, भाव-सत्ता है। तभी प्रेम परिपक्व भी होता है और चरितार्थ भी।"

बुद्धि ने तर्क किया, "आप उचित कह रहे हैं पर हैं तो दोनों भिन्न। दोनों अलग-अलग दो सत्ताओं के प्रतिनिधि हैं।"

"हाँ, हैं। पर यही द्वित्व तो सृष्टि के विकास का सहायक और प्रत्यायक है। यही द्वित्व ज्ञान को द्विकोटिक और दो-मुँहा बना देता है। यही द्वित्व मिलकर एकत्व की ओर भी ले जाता है। सृष्टि की विकास-प्रक्रिया में यही द्वित्व काम करता है। ज्ञानियों ने ऐसे विचार को 'दृष्टि सृष्टिवाद' भी कहा है। अद्वैत वेदान्ती का एक सिद्धान्त विवर्तवाद है, जिसके अनुसार ब्रह्म नित्य और वास्तविक सत्ता है तथा नाम-रूपात्मक जगत् उसका विवर्त है। इसी मत की स्पष्टता के लिए 'दृष्टि सृष्टिवाद' की चर्चा हुई है ज़ो बताता है कि माया नाम-रूप मन की वृत्ति है जिसकी सृष्टि मन ही करता है और मन ही देखता है। बुद्धि! तुम मेरी प्रिया हो, प्रेयसी हो, सृष्टिभूता महाशक्ति हो। यही स्थिति मेरी सिद्धि की भी है। तुम जब चैतन्य आत्मा का गुण बनती हो तो आध्यात्मिक शक्ति बन जाती हो। अहंकार, मन और इन्द्रियाँ सब तुम्हारे लिए सहायिका होती हैं। तुम आत्मा को जगाती हो जिसे कठोपनिषद 'उत्तिष्ठत जाग्रत प्राप्यवरान्निबोधत' अर्थात् उठो, जागो, लक्ष्य को पा लो का सन्देश देता है। तुम्हारे प्रताप से ही निश्चय और निर्धारण की शक्ति मिलती है, विशेषकर सिद्धि के सत्त्वगुण के प्रभाव से इसमें एक-साथ धर्म, ज्ञान, वैराग्य, ऐश्वर्य आदि उपलब्धियाँ होती हैं। पवित्रात्मा होकर ही बुद्धि का समुचित सन्धान किया जा सकता है। इसी प्रकार सिद्धि भी पराकाष्ठा मूलक अनुभूति है। संसार में सिद्धि विनायक व्रत द्वारा इस लोकार्पण की प्राप्ति होती है। अप्राप्त ही प्राप्त हो जाता है। शास्त्रों में द्वयता के साथ त्रयता की भी चर्चा हुई है तो मैं जब अपनी तुम दोनों प्रियाओं के साथ होता हूँ तो त्रयता भी सार्थक हो जाती है।

मैं जानता हूँ बुद्धि! तुममें अपार क्षमता है, तभी तो तुम्हें 'पुष्टि', 'ऋद्धि' आदि अनेक नामों से पुकारा गया है।"

अब सिद्धि की बारी थी। सिद्धि ने सहज भाव से पूछा :

"देवेश! कीट-पतंग से लेकर प्रबुद्ध सभी जीवों में बुद्धि अत्यल्प, अल्प या प्रखर भाव से होती ही है। समस्त जीव किसी-न-किसी रूप में बुद्धि के संकेत को समझ लेते हैं पर मैं सिद्धि तो सहज रूप में उपलब्ध नहीं होती? सहजता तो मेरी प्रिय बहन बुद्धि का गुण है पर सिद्धि असहज क्यों है? वह सबको तो प्राप्त होती भी नहीं?"

वक्रतुण्ड सस्मितवदन बोले, "प्रिये! यही तो चमत्कार है। देव-जाति की ऐसी ही शक्तियों को न समझ पाने और दुर्बोध्य होने के कारण चमत्कार कह दिया जाता है। सिद्धि प्राप्ति है, जिसके लिए प्रयत्न करना आवश्यक होता है। तपश्चर्या ही सिद्धि प्राप्ति का द्वार है। तप को इसीलिए उपनिषदों में उग्र कार्य के रूप में देखा गया है। बुद्धि ज्ञानवाचक शब्द है, सिद्धि कल्याणवाचक। अत: देवत्व की सार्थकता इसी सिद्धि की प्राप्ति और लोक कल्याण में है।"

वार्तालाप के इस दीर्घ क्रम में गणपति मोदक खाना भूल गए थे। अचानक जब ध्यान आया तो उन्होंने थाल की समस्त सामग्री को क्षणमात्र में उदरस्थ कर लिया। सिद्धि आम्र के रसवाही फल का छिलका स्नेहपूर्वक उतारकर खिलाती जा रही थी तो बुद्धि केले का फल अर्पित कर रही थीं।

गणेश ने चटुल हास्य-मुद्रा में कहा, "मैं वृकोदर हूँ, भोज्य पदार्थ जब मेरी रुचि के होते हैं तो मैं हस्ति-मुद्रा में आ जाता हूँ। मधुर मोदक मेरी वाणी को मधुर बना देते हैं। मैं प्राय: अपनी सूँड़ से मोदकों को उछाल-उछाल कर आनन्द और प्रमत्त भाव से खेलता हुआ खाता हूँ। यह मेरी मानुषी क्रीड़ा है।

"तुम दोनों मेरी हृदय सर्वस्व और शक्ति हो। मुझे मनुष्य की क्रीड़ा और पीड़ा दोनों में रुचि है। मनुष्य का रुदन और उसके मन का हाहाकार मुझे हिला देता है। मेरे पिता शिव तो आशुतोष ठहरे, वे भक्तों की किसी भी क्रिया से तुरत प्रसन्न हो जाते हैं। रहा मैं, तो मैं सदैव अपने हस्ति-रूप में वन के मत्त गयन्द के रूप में विचरता हूँ। जंगल मेरे आश्रय-स्थल हैं, वृक्ष और पर्वत मेरी क्रीड़ा के साथी हैं। मैं इनमें मस्तक से ढूँसा मारने का खेल खेलता हूँ, वही मेरी उत्खात केलि है। हाँ, जब पृथ्वी पर वन नहीं रहेंगे तो सम्भवत: मैं भी अप्राप्य हो जाऊँ! अत: जब तक पृथ्वी पर हरे-भरे वनों का आच्छादन रहेगा मैं भी सहज रहूँगा, सदैव रहूँगा, मनुष्य-जाति के बिलकुल समीप रहूँगा।"

कहकर वक्रतुण्ड ने अनुरागभरी दृष्टि सिद्धि और बुद्धि पर डाली और थोड़ी देर के लिए मौन होकर बैठ गए। उनकी दोनों आँखें बन्द थीं और वे किसी विचार में लीन हो गए थे।

23

वसन्त का आगम हो गया था। तरु-पल्लवों में सुकुमारता आने लगी थी। नये पुष्प-पत्रक वृक्षों की शाखाओं में रक्तिम आभा लिए फूट रहे थे। प्रकृति रंगमय हो रही थी। पवन की गति मन्द हो गई थी और सम्पूर्ण वातावरण में एक पुलक का संचार हो रहा था। युवा गणपति का उत्साह मन में समा नहीं पा रहा था, वह हवा के हिन्दोल पर जल-भरे घट की तरह छलक जा रहा था। गणपति के मस्तक पर मद की धारा प्रस्रवित हो रही थी, वह थी तो ज्ञानधारा पर प्रकट होते ही वह आनन्द-रस का बोध करा रही थी। गणपति ने अपनी दोनों पत्नियों को बड़े मोहक स्वर में पुकारा। सिद्धि और बुद्धि दोनों ने उनका संकेत समझ लिया। प्रात: होते ही वे दोनों सौन्दर्य-सज्जा पूरी कर चुकी थीं। वे एक दीप्त प्रकाश पुंज की तरह वक्रतुण्ड के समक्ष आ गईं। वक्रतुण्ड की दोनों छोटी आँखें सौंन्दर्य की इस चकाचौंध से विस्फारित हो गईं।

'आह! सौन्दर्य भी इतना वेधक हो सकता है। यह वेधन कितना सुखकारी है। केवल युद्ध या प्रतियोगिताओं में ही लक्ष्य-वेध नहीं होता। विधाता ने नारी के भ्रू-भंगों में अद्‌भुत गतिमयता और तरंगमालाओं का संचार किया है, बिना किसी नाद के भी अर्थ वहाँ मूर्तिमान हो जाता है। सिद्धि का सौन्दर्य अत्यन्त मधुर, अत्यन्त शीतल और प्रशान्त है, वहाँ सभी चंचल वृत्तियों का लय हो जाता है। वह कृष्ण के उड़ते हुए पीताम्बर-सी लयमयी है। वह है निवात-निष्कम्प, दीपशिखा। जैसे मुक्ति स्वयं सिद्धि-मुद्रा में समीप आकर समासीन हो गई हो। और मेरी प्रिया बुद्धि! वह समुद्र के तरंगित नाद की तरह उच्छल, गतिमय और भावप्रवण है। वह अन्तर्मन की थाह लेने में समर्थ है। उसका स्मरण और स्पर्श मेरे गंडस्थल से मदजल की तरह झरने लगता है।

मैं रोमाकुलित और कभी-कभी तो वाष्पाकुलित हो जाता हूँ। उसमें मृदुता है, माधुर्य है तो तीक्ष्णता और विद्युत् की भाँति एक सहसा आँखों को मूँद देनेवाली चमक भी है।'

वक्रतुण्ड की तन्द्रा भंग हुई। उन्होंने अत्यन्त प्रीति के साथ सिद्धि और बुद्धि को अपने दोनों अंकपाश में बाँधा और अपने वाहन मूषकराज के तब तक परिवर्तित विराट् रूप पर आसीन होकर मानसरोवर चले। सिद्धि और बुद्धि दोनों समझ गई थीं कि प्रभु पर वसन्त ने अपना समस्त संचित माधुर्य उड़ेल दिया है और वे आज मानसरोवर में जल-क्रीड़ा के लिए इच्छुक और समुत्सुक हैं।

क्षणमात्र में वक्रतुण्ड मानसरोवर के तट पर पहुँच गए। आज उनका स्वरूप चतुर्भुज ही था, उन्होंने अपने हाथों के पाश और अंकुश को तट पर रखा। उनके उत्तरीय की क्षुद्र घंटिकाएँ मधुर रव में झंकार कर रही थीं। उनके चरणों में कसी हुई स्वर्ण-किंकिणियाँ चलने की हलचल से बज रही थीं। शुभ्र दन्त पर रत्नजटित सुवर्ण कंकण सूर्य के प्रकाश में शतगुणित आभा से प्रदीप्त होकर झनझना रहे थे। उत्तरीय स्वच्छ हवा में अभी भी फड़फड़ा रहा था। गणपति ने पुन: अपने चारों हाथों से बड़े कोमल-भाव से अपनी दोनों प्रियाओं सिद्धि और बुद्धि को दो रक्त-कमल पुष्पों की तरह उठाया और स्नानार्थ जलधारा में प्रविष्ट हो गए। मानसरोवर के शीतल जल से दोनों प्रियाओं के मुख से मधुर सीत्कार का स्वर निकल रहा था, जल के छीटों से दोनों की आँखें रह-रहकर बन्द हुई जाती थीं। गणपति अपनी विशाल सूँड़ में जल भरते और अपनी पत्नियों को मानो चुम्बन-जल से नहला रहे थे। उनके हाथों के कोमल स्पर्श से सिद्धि और बुद्धि की अंग-कान्ति क्रमश: निखरती ही जा रही थी। वे दोनों हाथों से जल उलीचतीं, गणपति को भिंगोतीं और गणपति परम आनन्द मग्न अपनी आँखें बन्द कर लेते। कभी उनके उलीचे हुए जल को वे बड़ी तीव्रता से अपने शूर्प-कर्ण युगलों की फड़फड़ाहट से उल्टे उन्हीं की ओर वापस झोंक देते। उनके नाभि-प्रदेश में हर क्षण लिपटा रहनेवाला नाग मानसरोवर के तट पर उनके आयुधों के साथ क्रीड़ा कर रहा था।

कभी वह महासर्प मानसरोवर के जल में अपना पूरा शरीर डुबोता, कभी बाहर आता। वह किसी भी तरह अपने स्वामी गणपति के शरीर-स्पर्श का सुख पाने को उतावला था। जल-क्रीड़ा से बाहर आते ही गणपति ने साश्चर्य देखा उनके प्रियगण वस्त्र-अलंकार लिए खड़े उनका जयगान कर रहे थे। गणपति ने बाहर आते ही टोका :

"यह जयगान क्यों? क्या हम किसी युद्ध में विजयी होकर लौटे हैं? मुझमें-तुममें अन्तर कहाँ है? बस अनुशासन ही हमारे स्वरूप के अन्तर का परिचायक है। तुम सब मेरे साथी हो। जयगान नहीं स्नेह-सम्भाषण करो।"

पर गण नहीं माने। उन्होंने स्वामी का सहयोग किया। गणपत्नियाँ भगवती सिद्धि-बुद्धि को साथ लेकर आवास-भूमि की ओर चलीं।

इधर कुछ ही पल में गणपति की सज्जा पूरी हो गई थी। उन्होंने रक्त-वस्त्र, रक्तवर्णी उत्तरीय धारण किया। उनके थुल-थुल उदर पर उनका प्रिय नाग आकर इस प्रकार आवेष्टित हो गया जैसे कोई शिशु अपने पिता को पकड़ लेता है। गणपति ने उसका सिर हल्के नरम हाथों से थपथपाया, वह नाग और भी सिर गाड़कर उनकी नाभि से चिपक गया। गणपति के गले में सर्पमाला भी थी और सुवासित पुष्पमाला भी। दोनों प्रकार की मालाओं में मानो हर समय प्रतिस्पर्धा चलती रहती थी, इसके अतिरिक्त रत्नजटित कंठ-मालाएँ भी थीं। गणपति ऐश्वर्यशाली सम्राट् की भाँति दमक रहे थे। अब उनके एक हाथ में परशु, दूसरे में कमल, तीसरे में अंकुश और चौथे हाथ में मोदक आ गया था।

तब तक शिव और पार्वती भी पर्वत पट्टिका में लगे आसन पर विराजमान हो गए। गणेश का भी आसन लग गया था। स्कन्द अभी यात्रा से लौटे नहीं थे। सिद्धि और बुद्धि माता पार्वती के समीप उनके चरण-तल में बैठ गईं। पर वक्रतुण्ड की आज अद्‌भुत दशा थी। मस्तक के गंडस्थल से मदजल चू रहा था। आनन्द की प्रमत्तता से गणपति की आँखें और भी झुक गई थीं। यह स्पष्ट नहीं हो रहा था कि वे बन्द हैं या अधखुली हैं! अचानक गणपति ने कृष्ण-मुद्रा में बाँसुरी वादन आरम्भ किया। वे धीमे-धीमे झूम भी रहे थे और बाँसुरी भी बजा रहे थे। स्वर के प्रवाह में अग-जग डूबने-उतराने लगा, सबका मन जैसे यमुना के वेगवान जल में तरंगित होने लगा। देश और काल का अनुभव जैसे मिट गया। गणपति के युगल चरण हल्के-हल्के थिरकने लगे। गणपति नृत्य-मुद्रा में आ गए थे। उनके गणों ने मृदंग और झांझरियों के नाद से वातावरण को मुखरित कर दिया था। शिव और पार्वती देख रहे थे कि गणपति का कृष्णरूप धीरे-धीरे प्रकट हो रहा था। शिव ने कृष्ण को अपने आराध्य-भाव के रूप में प्रणाम किया।

नृत्य करते समय गणपति के चरणों के नूपुर रुनझुन की मधुर ध्वनि कर रहे थे। ताल और लय का अद्‌भुत कलात्मक मिश्रण हो रहा था। गणपति के बाजूबन्द की घंटियाँ निनादित हो रही थीं और उनके चरण विन्यास पर घुँघरू झनकार कर रहे थे। उनके नृत्य से सम्पूर्ण शिव-सभा अपूर्व शोभा से भर उठी थी। नृत्य की कोटियों में वे ललित और लास्य कोटि का नृत्य करते समय किसी नर्तक की भाँति भावमय लग रहे थे। माता पार्वती ने देखा : 'उनके प्रिय पुत्र गणेश अलंकार प्रिय हैं, वे आज स्वर्ण पिंगल वर्ण के भी लग रहे थे। तभी तो सृष्टिकर्ता ब्रह्मा ने गणेश के सर्वांग का मनोरम ध्यान किया है।

'श्रीगणेश का मुकुट मोतियों और रत्नों से जटित है, उनका शरीर रक्त-चन्दन से चर्चित है, मस्तक पर सिन्दूर शोभित है, कंठ में मौक्तिक माला झूल रही है, वक्ष:स्थल पर नाग यज्ञोपवीत की तरह लहरा रहा है। बाहुओं में रत्नजटित बाजूबन्द चमक रहा है और प्रभावान उँगलियों में मरकत मणि जटित अँगूठी चमक रही है। उदर की नाभि चारों ओर से सर्पों से वेष्टित है, कटि में रत्नजटित करधनी खनखना रही है। उनके रक्त-वस्त्रों के स्वर्णसूत्र अपूर्व आभा से चमचमा रहे हैं, भाल पर चन्द्रमा विराजित है, उनका सुन्दर एकदन्त रूप मोहक है और हाथों की कोमलता और शोभा तो देखते ही बनती है। वे किसी सौन्दर्य-विग्रह की तरह शोभा पा रहे हैं और आज नृत्य करते समय यह सौन्दर्य मानो आन्दोलित हो उठा है। हमारे गणपति विविध वदन हैं, नाना रूपों में प्रतिभासित हो रहे हैं। वे तपे हुए सोने की तरह वर्ण-स्फुरित आभा से प्रदीप्त हो उठे हैं। उनका वह्नि शुद्ध वसन अत्यन्त पवित्र है, जिसकी किनारी पीले रंग की रेशमी और सुचिक्कण है। जब मेरा गणपति हेमभूषणों और सुनहरे रंग के वस्त्रों से अलंकृत होकर प्रत्यक्ष होता है तो वह उदयकालीन सूर्य की तरह दीप्तिमान दीखता है। सूर्य, चन्द्र, वायु, लक्ष्मी, सावित्री और सरस्वती आदि ने उसे विविध अलंकार प्रदान कर उसे ज्योतिर्मय बना दिया है। उन अलंकारों की निर्माण-कला इतनी सूक्ष्म है कि उसके पतले और झीने स्वर्णतार हवा के झोंकों से देर-देर तक झनझनाते रहते हैं। वह मनोरम संगीत कर्ण-कुहरों में एक मीठी तान और अनुगूँज बनकर बड़ी देर तक गुंजायमान होता रहता है। मेरे पुत्र के चरणों में झनकते शोभाशाली नूपुरों और घुँघरुओं के क्या कहने? उस पैंजनी की झनकार सुनकर दिशाएँ प्रमत्त हो जाती हैं।

'मेरे गणेश के कटि प्रदेश की शोभा तो और भी निराली है। उसकी थलथलाती तोंद पर सर्प का पट्टा है। वह सर्प अपने फन फड़काता, फुँफकारता, जीभ लपलपाता, नाभि-कमल पर कुंडलित बैठकर मेरे पुत्र की मनोरम छवि निहारता रहता है। जिधर-जिधर मेरे गणेश की मोहिनी मूर्ति हिलती और झुकती है, वह सर्प भी उधर-उधर ही तरंगित होकर अपनी मुद्राएँ बदलता है।

'मेरे वक्रतुण्ड के हृदय-कमल पर रत्नजटित पदक शोभा पा रहा है। उनके वस्त्र-कोरकों पर छोटे-छोटे घुँघरुओं की रत्न झालरें झलकतीं और झनझनाती रहती हैं। ये क्षुद्र घंटिकाएँ मेरे गणपति को संगीतमय बनाती हैं। उनका कटि-सूत्र भी स्वर्ण-निर्मित है। इन आभूषणों की गतिमय पीताभ छाया से मेरे पुत्र गणपति की रूप-छाया में लाल और पीले रंगों की आवाजाही हो रही है।

वक्रतुण्ड अपने अहिवेष्टन से कभी प्रमुदित तो कभी पुलकित होते हैं। उनका लम्बोदर इन प्रिय सर्पों की शरणस्थली बन गया है। शिव विषपायी थे, गणेश विष क्रीड़क हैं।

यह विष ही तो प्रतीक है आघात, कष्ट और मूर्च्छना का! यदि इसे क्रीड़ा का विषय बना लिया जाए, यह लीला कौतुक बन जाए तो दुख फिर दुख नहीं रह जाता, वह भी आमोद की वस्तु बन जाता है। हमारे पुत्र गणेश लम्बोदर इसलिए भी कहे जाते हैं कि भ्राता स्कन्द को अवसर नहीं देना चाहते। तभी तो आशुतोष शिव ने कहा था, "विघ्नराज! तुम दूध बहुत पीते हो तभी तो तुम लम्बोदर हो।" गणेश का वक्ष स्थूल है, वृहत् है। उस पर सर्प के यज्ञोपवीत के साथ-साथ शुक्ल-वर्ण का यज्ञोपवीत भी शोभाशाली हो उठता है।

'माता सावित्री ने उन्हें कंठ-भूषण प्रदान किया था, सरस्वती ने अत्यन्त उज्ज्वल कान्ति वाला हार, ब्रह्मा ने मोतियों की माला दी, चन्द्रमा ने माणिक्य माला पहनाई। मेरे गणेश को मालाएँ प्रिय हैं। उनमें पुष्पमाल्य भी हैं जो अपनी दिव्य सुगन्ध का प्रसार करते रहते हैं। मुझे ज्ञात है, मेरे गणपति को स्वर्ग के नन्दनवन की पारिजात माला जितनी प्रिय है, उससे कथमपि कम पृथ्वी के मनुष्यों द्वारा अर्पित की गई रक्त-कमलों या अन्य सुगन्धित पुष्पों की माला नहीं। कभी वे कृष्ण-स्वरूप धारण करते हैं और गुंजा के फूलों की माला धारण करते हैं। उनके विशाल कर्णपटों में कुंडल की छवि दोलित हो रही है और उनके पैरों में रुंझा नामक एक प्रकार का आभूषण भी हिन्दोलित होता रहता है। उनकी माला के फूलों के रस पर भ्रमरों का दल पीछे-पीछे नाचता हुआ चल रहा है। देखो, मेरा पुत्र गणेश भी नृत्य कर रहा है और उसके साथ-साथ उसके अंग-उपांग के आभूषण, माल्य सब जैसे थिरक रहे हैं। यह पूरी प्रकृति चैतन्य भाव से ताल दे रही है। उन्होंने अपनी सूँड़ ऊपर उठा ली है, सूँड़ भी धीमे-धीमे नर्तमान है, उनमें मानो अभ्यर्थना का भाव है। वक्रतुण्ड को रत्नमयी मुद्रिका वायुदेव ने दी थी। उसकी मरकत मणि की लाल कान्ति सब ओर बिखर रही है, ऐसी बिखर रही है कि कोई समेटना चाहे भी तो हजार हाथों से भी उसे समेट न पाए। उनके हाथ की कलाई में वलय-कंकण बज रहे हैं, वे मानो सिखाते हैं कि टकराना भी संगीतमय होना चाहिए। वे कंकण क्षीरसागर से निकले दिव्य रत्नों से निर्मित हैं। वे माता महालक्ष्मी के प्रसाद से प्राप्त हुए हैं, यहाँ तक कि उनके बाहुभूषण केयूर और भुजबन्द भी उन्हीं से मिले हैं जिनकी रत्नकान्ति निरन्तर स्फुरित हो रही है।

'मेरे गणेश के लचीले और प्रलम्ब कान फड़फड़ा रहे हैं। वे झालरों की तरह झूलते हैं और उनके अनेक रंग चमक रहे हैं। उनका रत्नजटित मुकुट झिलमिला रहा है। उनके हिलते हुए कुंडलों के नीलम नील-कान्ति बिखेर रहे हैं और नीचे लगे स्वर्ण-पत्र मन को बाँधे ले रहे हैं। यह रंगों की चमक, आभूषणों की झमक, रत्न और

स्वर्ण की यह मिश्र कान्ति और भला कहाँ मिलेगी? पृथ्वी के सन्तों ने इसी रूप-छवि के गुण गाए हैं। सचमुच महासुख देनेवाला सुविचार ही उनका सरल शुंड-दंड है। मतभेदों का परिहार करनेवाला संवाद ही अखंडित और शुभ्र वर्णवाला दाँत है जो उनके हाथ में भी सुशोभित दिखता है। उनके सूक्ष्म नेत्र अवगाहन करना और मर्म तक पहुँचना जानते हैं और उनमें ज्ञान के तेज का स्फुरण समाहित है। ऐसा प्रतीत होता है कि ज्ञान-रूपी मकरन्द से ओतप्रोत दसों प्रमुख उपनिषद ही मधुर सुगन्ध से युक्त फूलों के मुकुट की भाँति उनके मस्तक पर विराजित हैं।

'गणेश की सूँड़ कमल की माला से अलंकृत और शोभित है। उनके नेत्र भी कमल के समान हैं, भाल देश पर भी कमलों की माला शोभा पा रही है। कभी-कभी तो वे अपनी सूँड़ में मोदक भरकर प्रमुदित भाव से गर्जन भी करते हैं। इस चिग्घाड़ में केवल विनोद होता है और होता है केवल रस। पुराणों ने उनकी विनती करते हुए उन्हें 'वक्रतुण्ड' कहा है। मायामय सुख मोहयुक्त है अत: वह 'वक्र' कहा जाता है। 'तुण्ड' शब्द ब्रह्म का वाचक है। उनके कंठ के नीचे का भाग मायायुक्त वक्र है और तुण्ड अर्थात् मस्तक ब्रह्म का वाचक है, इसी कारण तो वे 'वक्रतुण्ड' हैं। उनकी सूँड़ प्राय: बायीं ओर ही मुड़ी होती है तब वे 'इडम्बुरि विनायक' कहे जाते हैं और दक्षिण की ओर मुड़ी सूँड़ पृथ्वी की तमिल भाषा में 'वलम्बुरि' कही जाती है। मेरे गणपति 'लोचन त्रयभूषित' कहे गए हैं। यह तीसरा नेत्र या तो परमानन्द के गुह्य क्षणों में खुलता है या सृष्टि के प्रलय की विनाश-वेला में अपने पिता शिव का सहयोगी बनता है।'

इस प्रकार वक्रतुण्ड का नृत्य भी अथक था और किसी के नेत्र भी नहीं थक रहे थे। अन्त में माता पार्वती ने ही जब मोदक और फलों के नैवेद्य की थाली उठाकर उन्हें पुकारा तो गणपति को चैतन्य हुआ और वे बाल-सुलभ क्रीड़ा-मूर्ति बनकर भागते-दौड़ते मोदक के थाल की ओर लपके। उनका वाहन मूषकराज भी मोदक के रस-लोभ में उनका अनुसरण कर रहा था।

24

कैलास की ओर लौटते समय कुमार के मन में उत्साह, उत्कंठा और आवेग का भाव अपने चरम पर था। उन्हें पूरी पृथ्वी एक विराट् लोक की तरह लगी थी। उस पृथ्वी पर मनुष्य, पशु आदि अनेक जीवधारियों का अधिकार था। वहाँ बुद्धि थी, विवाद था। विरोध, वैमनस्य के साथ प्रेम की प्रगाढ़ता भी थी। सम्बन्धों का एक महाजाल तना हुआ था। कई-कई पीढ़ियों के अविस्मरणीय सम्बन्ध, उपकार, परोपकार की अद्भुत प्रवृत्ति थी। उन्हें मनुष्य-जाति आविष्कारक जाति लगी जिसने अपने उपयोग के लिए सभी आवश्यक वस्तुओं का स्वयं सृजन किया। यह जाति प्रजापति से कथमपि कम नहीं थी। उसने वृक्ष लगाए, वनों का संरक्षण किया, खेतों में एक बीज से अनेक शस्यों का सुख उठाया। वास्तव में एक से अनेक होना ही उन्हें इस मनुष्य-जाति की विशेषता लगी। उन्होंने मन-ही-मन अपने पिता के प्रति विनय-भाव प्रदर्शित किया :

"अच्छा हुआ! पिता ने उन्हें पृथ्वी की परिक्रमा का कार्य सौंपा। अगर ऐसा न होता तो मैं केवल स्वर्ग के देवों को ही सृष्टि का प्रतिनिधि समझता रहता। पर मनुष्य की वेदना अमरावती की सुखोपासना से भी बड़ी वस्तु है। तो क्या यह वेदना ही आत्मतत्त्व का उद्घाटन करने में सहायक है?"

मयूर बड़ी तीव्रता से उड़ा जा रहा था। धीरे-धीरे सागर का क्षेत्र पीछे छूट गया था और अब हिम पर्वत-मालाओं से लदी उत्तर दिशा समीप आती जा रही थी। हिमालय की उच्चावच हिमाच्छादित पर्वत श्रेणियाँ चमकने लगी थीं। जैसे-जैसे कैलास समीप आता जा रहा था, मन की उत्तेजना शरीर में भी स्फुरित हो रही थी।

जैसे ही स्वच्छ आकाश में सूर्य किरणों में चमकता हुआ नील कान्ति वाला मयूर दिखा, कैलासवासियों में हर्ष छा गया। अचानक कोलाहल और हलचल का भाव सम्पूर्ण वन क्षेत्र और गिरि प्रदेश में भर गया। आसपास से जहाँ-तहाँ कार्य में लगे गण भागे-भागे उस समतल स्थान की ओर भागे जहाँ कुमार का वाहन मयूर धीरे-धीरे भूमि पर उतर रहा था। यह एक शोभाशाली दृश्य था।

शिव और पार्वती अपने आसन पर बैठ चुके थे। धीरे-धीरे गण-समूह कुमार को नमस्कार कर अपने-अपने स्थान पर लौट गया। कुमार को वातावरण थोड़ा गम्भीर, मौन और अत्यधिक शान्त लग रहा था। उनके आने की सूचना से जो उत्साह झलकना चाहिए था, उसका वहाँ नितान्त अभाव लगा।

कुमार ने ही इस मौन को भंग करते हुए कहा :

"मातः! पूज्य पिता श्री! आपके आदेशानुसार मैं सम्पूर्ण पृथ्वी की परिक्रमा कर लौट आया। आपकी कृपा से ही मैं पृथ्वी को जान पाया। मैं अपूर्व अनुभवों से भरा हुआ लौटा हूँ। भ्राता गणेश कहाँ हैं? वे भी बुद्धिशाली और समर्थ हैं। मैं परिणाम जानने को उत्सुक हूँ। यद्यपि यह नितान्त क्रीड़ा है पर खेल का परिणाम भी सारी श्रान्ति हर लेता है। आप और माता कुछ अधिक मौन दिखाई दे रहे हैं। क्या मेरे वापस लौटने से आप प्रसन्न नहीं हुए? या किसी अन्य चिन्ता के कारण आपका चित्त विचलित है?"

पार्वती ने स्नेह-गद्गद होकर कुमार को अपनी गोद में खींच लिया :

"ऐसा मत सोचो पुत्र। कभी-कभी समय और नियति के चक्र के कारण अकारण समर्थ-से-समर्थ व्यक्ति भी असहाय और किंकर्तव्यविमूढ़ हो जाता है। स्नेह भी कम परीक्षा नहीं लेता। उसकी कसौटी पर खरा उतरना कभी-कभी अत्यन्त कठिन हो जाता है।"

"आप तो गुरु-गम्भीर बातें करने लगीं मातः। कृपया पहेलियाँ न बुझाएँ। स्पष्ट बताएँ। पता नहीं कैलास का सम्पूर्ण वायुमंडल ही भीतर-भीतर क्षुब्ध और घुटा-घुटा क्यों लग रहा है?"

अब शिव ने कोमल स्वरों में कहना आरम्भ किया : "परमप्रिय पुत्र कुमार! तुम्हारे यात्रा पर निकलने के बाद ही एक अभूतपूर्व घटना घटी। तुम्हारी तरह गणेश को प्रतियोगिता में भाग लेते हुए पृथ्वी की परिक्रमा करनी थी पर गणेश ने हमदोनों को अपने पूजन-कक्ष में आमंत्रित किया। हम आसनस्थ हुए। हमारी पूजा के बाद उसने सात बार हमदोनों की परिक्रमा की और कहा कि 'मैंने माता-पिता की श्रद्धापूर्वक सात बार प्रदक्षिणा कर ली और यह वैदिक एवं आध्यात्मिक दृष्टि से सात बार पृथ्वी की परिक्रमा के समान है।' हम उसके इस कथन को अस्वीकार न कर सके।

यह वेद-विहित, शास्त्रीय और आध्यात्मिक भाव था जिसका निरादर सम्भव नहीं था। गणेश के इस तर्क के समक्ष हम विवश हो गए। हमने उसे प्रतियोगिता में विजयी मानकर उसका विवाह भी कर दिया। प्रजापति विश्वरूप की दो पुत्रियों सिद्धि और बुद्धि से उसका विवाह हो गया। तुम तो एक बड़े अन्तराल पर लौटे हो, इस बीच गणेश को सिद्धि से एक पुत्र 'क्षेम' और बुद्धि से 'लाभ' नामक पुत्र भी प्राप्त हुआ है। पृथ्वी के काल-चक्र की दृष्टि से तुम कुछ वर्षों बाद लौट रहे हो।"

"पिता श्री! मान लिया कि मैं और भ्राता गणेश हम दोनों आपके पुत्र थे, बालक थे, अपरिपक्व थे पर आप तो देवाधिदेव हैं, अनादि ब्रह्म हैं। सृष्टि के नियामक संहारक देवता के रूप में आप सर्वपूजित हैं। आपने तो किंचित् धैर्य का प्रदर्शन किया होता। हम कुछ और बड़े, कुछ और परिपक्व हो जाते। विवाह तो कभी भी सम्भव हो सकता था।"

"पुत्र कुमार! कुछ दिनों पूर्व प्रजापति विश्वरूप अपनी दो पुत्रियों सिद्धि और बुद्धि के साथ पधारे थे। गणेश से उनका परिचय हुआ और गणेश के मन में दोनों के प्रति समान प्रीति-भाव उत्पन्न हो गया। वे उन दोनों से एक-साथ विवाह करने के इच्छुक हो गए। प्रजापति की दोनों पुत्रियों ने भी कोई विरोध नहीं किया तो हमें लगा कि सब कुछ मनोनुकूल और संगत है।"

"पिता श्री! आपने गणेश के मन की थाह तो पा ली पर आप मेरे हृदय को नहीं समझ सके। मुझसे भी तो पूछते कि तुम्हारी इच्छा, तुम्हारी रुचि क्या है? मैं भी जब एक बार देवराज इन्द्र की सुधर्मा सभा में गया था तो माता शची ने मेरा परिचय एक प्रजापति की पुत्री पुष्टि से कराया था। वह भी अपूर्व सुन्दरी और विद्या, बुद्धि और विनय से सम्पन्न थी। मेरे भावुक मन ने उसे स्वीकार कर लिया था। मैंने सोचा था कि यदि विवाह करूँगा तो पुष्टि से ही करूँगा अन्यथा अविवाहित रहना पसन्द करूँगा।" अभी कुमार की बात पूरी भी नहीं हुई थी कि पार्वती के मुँह से एक चीत्कार का स्वर निकल गया :

"नहीं पुत्र कुमार! ऐसा न कहो। पुष्टि अब तुम्हारी नहीं हो सकती, वही तो है गणपति की दूसरी पत्नी बुद्धि। बुद्धि का ही दूसरा नाम पुष्टि है और अब वह गणपति की भार्या है।"

जैसे आकाश फट जाए या कड़क कर कोई बिजली किसी वृक्ष पर अचानक गिरकर उसे धू-धूकर जला दे, जैसे अपने तीव्र कम्पन से पृथ्वी का हृदय दो फाँकों में विदीर्ण हो जाए वैसे ही कुमार का हृदय जैसे टूटकर बिखर गया। उनके मुख से एक ही शब्द सभी दिशाओं में गुँजाता हुआ निकला : 'क्या?' स्वयं शिव भी चकित और विस्फारित दृष्टि से यह सब देखने लगे। बोले :

"आह! यही दुर्दैव है। यही क्रूर दैवी विधान है। मुझे तो कुछ भी ज्ञात नहीं था पर देवि! आप यदि इस सत्य को जानती थीं कि पुष्टि ही बुद्धि है तो समय पर आपने इस बात का विचार क्यों नहीं किया? यदि आपको ज्ञात था कि कुमार पुष्टि के प्रति प्रियता का भाव रखता है तो कुछ तो संकेत आपको करना चाहिए था। इस भूल का तो अब कोई परिमार्जन भी सम्भव नहीं है।"

"नहीं-नहीं प्रभो! मुझे कुमार ने एक बार अवश्य संकेत कर पुष्टि से हुए परिचय की चर्चा की थी पर मुझे अन्त तक विवाह होने तक यह ज्ञात नहीं हुआ कि पुष्टि और बुद्धि दोनों एक ही हैं। बल्कि बुद्धि का एक तीसरा नाम भी है 'ऋद्धि'। इन्हीं नामों के कारण भी विभ्रम हुआ। विवाह के बाद कभी जब बातों-बातों में यह चर्चा चल पड़ी कि बुद्धि या ऋद्धि का दूसरा एक नाम पुष्टि भी है, मुझे इस दारुण सत्य की पीड़ा का आभास हुआ था। पर तब तक बहुत विलम्ब हो चुका था। मैं अपने प्रिय पुत्र कुमार के लिए कुछ न कर सकी। नियति के नाट्य को देखने के सिवा मेरे पास कोई दूसरा चारा भी नहीं था।"

स्कन्द की विकलता बढ़ गई थी। वे बोले :

"पर क्यों? क्यों ऐसा हुआ? इतनी तीव्रता, इतनी अधीरता, इतनी आकुलता एक ही पुत्र के लिए क्यों दिखाई गई? मैं भी तो आपका पुत्र, आपके स्नेह का अधिकारी, आपका प्रियपात्र था? फिर एकतरफा निर्णय क्यों लिया गया? मेरा जन्म सहसा कोई आकस्मिक घटना के रूप में घटित नहीं हुआ था, वह समस्त देवताओं द्वारा पूर्व नियोजित था। आपके तेज को माता न सह सकीं, अग्नि भी उसे सम्हाल नहीं सके, माता गंगा द्वारा उपदिष्ट 'गर्भ विमोचन' मंत्र की शक्ति से उन्होंने उस गर्भ को गंगा में डाल दिया। गंगा ने कई मासों तक उस गर्भ को धारण करने का प्रयास किया पर वे भी उसे सम्हाल न सकीं और वह गर्भ अर्थात् मैं देव-सेनापति स्कन्द शरवान अर्थात् सरकंडों के वन में डाल दिया गया। वहाँ छह कृत्तिकाओं ने ममत्ववश मुझे दूध पिलाकर पाला। छह कृत्तिकाओं के कारण मैं षडानन : छह मुख वाला हुआ। मेरा प्रश्न है कि जन्म के क्षण से ही मेरा सब कुछ विलक्षण और अद्भुत क्यों होता रहा? मैं छह सिर, बारह कान, बारह भुजा, एक स्कन्ध और एक देहवाला हो गया। गर्भकाल में आपके और माता पार्वती द्वारा स्कन्दित होने के कारण स्कन्द कहलाया। बाद में तपस्या के क्रम में गुहावासी होने के कारण मैं 'गुह' नाम से भी प्रसिद्ध हुआ। गंगा का पुत्र होने के कारण गांगेय, अग्निपुत्र होने के कारण 'अग्निमय' और तारकासुर का वध करने के कारण 'तारकान्तक' भी कहलाया। मुझ पर आप-जैसे दिव्य पिता-माता, अग्नि का, गंगा का, छह कृत्तिकाओं का पूरा अधिकार रहा पर मेरा अधिकार किसी पर नहीं था।

मैं अधिकार-च्युत, स्नेह-विरहित यहाँ से वहाँ, वहाँ से यहाँ भटकता रहा, बस भटकता ही रहा। मैं देवताओं की पीड़ा का उपचार बना। उनके स्वार्थ-साधन की पूर्ति का निमित्त बना, कुत्सित पापादि आचरण करनेवाले दानवों को मारने के लिए उद्यत होने के कारण ही मैं 'कुमार' कहा गया। मैं माता पार्वती के वात्सल्य का भाजन रहा, उनका दुग्धपान किया। मेरे और गणेश में दुग्धपान की भी प्रतियोगिता होती रही। गणेश बड़े उदरवाले थे, वे देर तक दूध पीना चाहते थे इसलिए भी उनसे मेरी खटपट होती रहती थी पर मैंने सदैव कहा था कि प्रत्येक कल्प में पार्वती विराजित होती हैं और मैं सृष्टि के समय माया द्वारा आबद्ध होकर उन्हीं से जन्म ग्रहण करता हूँ।

"पिता श्री! एक बार मेरी उग्र तपस्या से आपने प्रसन्न होकर मुझसे वर माँगने को कहा था तो मैंने यही वर माँगा था कि हर काल में जब भी मेरा जन्म हो तब आप दोनों ही पिता-माता रहें। पर आपके स्नेह में सम्भवत: पक्षपात का भी मिश्रण था इसलिए एक बार एक अपूर्व पाटल फल और एक बार दिव्य मोदक पर गणपति का अधिकार इसलिए हो गया कि उसने समस्त तीर्थों की प्रदक्षिणा के बदले आप दोनों की प्रदक्षिणा पूरी कर ली और मैं! मुझे देखिए, मैं आपकी आज्ञा का अनुवर्ती होकर समस्त तीर्थों का भ्रमण करता रहा। मैंने अक्षरश: आपकी आज्ञा मानी पर आपने हम दोनों भ्राताओं में एक अदृश्य प्रतियोगिता का भाव बनाए रखा। ऐसा क्यों हुआ, क्योंकर हुआ?"

"देखो पुत्र! स्नेह अनेक रूपों में प्रकट होता है। माता-पिता का भी स्नेह सहज और अकृत्रिम होता है। उसमें मुख्य क्रीड़ा का ही भाव होता है। पिता लीला-भाव से शिशु के समक्ष कभी अश्व तो कभी हाथी बनकर खेलता है तो इसका अर्थ यह नहीं होता कि वह वास्तव में हस्ति या अश्व है। यह तो आनन्द पाने की मौलिक विधियाँ हैं जिनका आविष्कार मनुष्य-जाति भी करती रहती है। एक निर्धन अति दरिद्र पिता भी अपने शिशु के सामने झुककर हाथी या घोड़ा बनने का नाट्य करके पुत्र को राजस सुख प्रदान करता है। वह इस बहाने पुत्र की दरिद्रता की भावना या उसकी हीनता-ग्रन्थि को मिटा देता है। वहाँ खेल भी उत्साह संचार करने का सबल माध्यम बन जाता है।"

"फिर भी पिता श्री! मेरा मन आहत है, अशान्त है। मैं सम्पूर्ण जीवन लांछित, उपेक्षित और अवमानना का पात्र बना रहा। आपने मेरे स्वाभिमान की चिन्ता नहीं की।"

यह कहते हुए कुमार की आँखें अश्रुओं से भर गईं।

"मैं देवताओं का सेनापति, युद्ध-विजेता होकर भी जीवन का युद्ध हार गया।"

जैसे तेज धूप में वर्षा हो जाए वैसे ही कुमार के क्रोध से प्रदीप्त मुख पर अश्रुओं का वर्षण हो रहा था। शिव और पार्वती ने उन्हें समझाने की बहुत चेष्टा की पर न उनके अश्रु रुके, न वे रुके। और कुमार कैलास त्यागकर चलने का उद्यत हो गए। माता-पिता के तर्क से वे सहमत नहीं हो पाए। उनकी दृष्टि में सम्पूर्ण पृथ्वी की परिक्रमा एक नियत धर्म था, उस कर्म का सुचारु रूप से पालन होना चाहिए था। कुमार के कठोर श्रम को आदर न देकर माता-पिता ने भाव-भरी भक्ति को महत्त्व दिया, यही उनके लिए पीड़ा की बात थी। क्रोधाग्नि में जलते हुए कुमार ने माता-पिता को प्रणाम कर अपनी हठधर्मिता का परिचय दिया और वे कैलास कों छोड़कर क्रौंच पर्वत पर चले गए। उनके स्नेहवश शिव मल्लिकार्जुन लिंग के रूप में उनके समीपस्थ स्थापित हुए पर कुमार कभी वापस नहीं लौटे। इससे यह तो सिद्ध हुआ कि चरम आनन्द और चरम दुख के क्षणों में देव-जाति या मनुष्य-जाति या अन्य जातियों के भाव अभिन्न होते हैं।

25

देवर्षि नारद का जिज्ञासु मन सदैव परिपूर्ण ज्ञान का इच्छुक था, वे सत्य का साक्षात्कार करके ही सन्तुष्ट हो पाते थे। जब भी उनके मन में सृष्टि विषयक कोई चिन्ता या पृच्छा होती, वे अपने पिता के समीप पहुँच जाते। कमलासन पर विराजमान अर्द्धनिमीलित नयनों से ब्रह्मा ईश-चिन्तन में लीन होते तो नारद भक्ति-भाव से धैर्यपूर्वक पिता के ध्यान के टूटने की प्रतीक्षा करते। ब्रह्मा का सृष्टि-विधान भी बड़ा अद्‌भुत था। केवल सृष्टि-रचना या जीव-रचना से संसार का मनोरथ सिद्ध नहीं होना था। इस मायिक जगत् में जीव की संरचना करना, उसका शरीर, मन और आत्मा की संयुक्ति करना और उसके आगामी क्रिया-कलापों का परिणाम निर्धारित करना भी उनकी ही कार्य-सीमा में था। इसी से वे दैव या नियति के रूप में भी जाने जाते थे। पौराणिक श्रेष्ठ त्रिदेवों में उनकी प्रथम गणना होती थी इसलिए विश्व के वे आद्य स्रष्टा, प्रजापति, पितामह, हिरण्यगर्भ, चतुर्मुख आदि नामों से जाने गए। वे वैदिक प्रजापति थे। माना गया कि क्षीर सागर में शेषशायी विष्णु के नाभिकमल से ब्रह्मा की स्वयं उत्पति हुई, इस कारण वे 'स्वयंभू' कहे गए। घोर तपस्या के कारण उन्होंने ब्रह्मांड की सृष्टि की थी।

सावित्री इनकी पत्नी, सरस्वती उनकी रचना और हंस इनका वाहन बना। उन्हें ज्ञानस्वरूप परमेश्वर, अज, महान् और सम्पूर्ण जीवन-जगत् का जन्मदाता माना गया। वे कार्य, कारण, चल, अचल सबके कर्ता हुए। इनसे ही कला और विद्या का प्रादुर्भाव हुआ। उन्हें त्रिगुणात्मिका माया नहीं व्यापती। वे हिरण्यगर्भ हैं और सारा ब्रह्मांड उनसे ही आविर्भूत हुआ है। भौतिक जगत् में जैसे परिवार में वृद्ध पिता प्राय: उपेक्षणीय हो जाते हैं वैसे ही पुराणों और पुराण-कथाओं में ब्रह्मा का महत्त्व गौण होता गया। केवल कुछ पुराणों में ही ब्रह्मा की पूजामूर्ति के निर्धारण का वर्णन किया गया।

इन्हीं ब्रह्मा के मानस पुत्र थे नारद। अथर्ववेद, ब्राह्मण ग्रन्थों, संहिताओं और उपनिषदों में नारद की चर्चा अनेकशः हुई। 'नारद भक्ति सूत्र' और 'नारद स्मृति' इनके द्वारा रचित ग्रन्थ थे।

ऐसे परिव्राजक और नारायण नाम के प्रेमी नारद ब्रह्मा के जागरण की प्रतीक्षा कर रहे थे। उनका चपल मन बार-बार सोच रहा था कि हमारे तीन श्रेष्ठ त्रिदेव हैं जिनमें विष्णु शेष शय्या पर निद्रामग्न रहते हैं। पिता ब्रह्मा भी अपने कमलासन पर विष्णु की देखा-देखी ध्यान-मग्न होकर सृष्टि-चिन्ता में लीन हो जाते हैं। तीसरे महादेव जब-न-तब गहरी समाधि में चले जाते हैं। यह शयन, विश्राम-सी समाधि क्या अन्तरतम की यात्रा है? क्या वे अन्तःस्थित ब्रह्मांड के दर्शन करते रहते हैं? जब वे स्वयं ईश्वर हैं तब किसी महाशक्ति के विषय में भला क्या सोचते होंगे? नारद ने विचार किया :

'मेरी बुद्धि तो यही कहती है कि महाशक्ति सम्पन्न त्रिदेव एक तो अपनी प्रिया से प्रेरित होने की धारणा करते हैं और दूसरे वे संसार की चिन्ता भी करते हैं। विश्व का लेखा-जोखा, निर्माण, पालन-पोषण और संहार उसके सन्तुलन के लिए तो आवश्यक है ही!'

अभी नारद का मनस-चिन्तन चल ही रहा था कि ब्रह्मा का गुरु-गम्भीर स्वर गूँजा : "पुत्र नारद! कैसे हो, कब आए? आज कौन-से नये प्रश्न तुम्हारे मन में उठ खड़े हुए हैं?" कहते हुए ब्रह्मा हँस पड़े।

नारद ने लज्जित भाव से संकोच-मुद्रा में कहा :

"पिता श्री! मैं यत्र-तत्र-सर्वत्र भटकता रहता हूँ। मनुष्य, पशु-पक्षी, कीट-पतंग, लता-वृक्ष, पर्वत, देव-जाति, असुर-जाति, नाग-जाति आदि तक आपकी कृपा से मेरी अनाहत गति है। सर्वत्र मैं एक चीत्कार और हाहाकार ही सुनता हूँ। क्यों आपने विश्व के अमृत-घट को परिपूर्ण करके उसमें विष की कुछ बूँदें भी टपका दी हैं जिससे संसारवासी अन्त तक यह निर्णय नहीं कर पाते कि वे हँसे या रोएँ? यह संसार सुखमय है या दुखमय? आपने हर सुख के पीछे एक गुप्त और अप्रकट दुख छिपा रखा है। यही सत्य चित्त को कभी-कभी उद्वेलित कर देता है!"

"पुत्र नारद! तुम ज्ञानी हो, विचार करने पर सत्य तुम्हारे समक्ष प्रत्यक्ष हो जाएगा। किसी भी जीवन की सत्ता किसी एक धारा में नहीं हो सकती। जीवन बहुमुखी है, विराट् है। वह स्वयं अपनी समस्याएँ भी गढ़ता है और उसके समाधान का प्रयत्न भी करता है। मैं जीवन में परिस्थितियों का सृजन करता हूँ और जीव उनके कारण स्वयं सुखी या दुखी होने का उपाय ढूँढ़ लेता है। यह सम्पूर्ण सृष्टि-शास्त्र बड़ा अनोखा है।

यह सत्य सहसा उद्घाटित नहीं होता। तुम बार-बार प्रयत्न करोगे तभी ब्रह्मांड के रहस्य का भेद कर पाओगे।"

नारद ने भक्तिपूर्वक अपनी प्रणति निवेदित की और कहा, "पिता श्री! आज मैं एक महत्त्वपूर्ण जिज्ञासा लेकर आया था। मैं प्रभु शिव और शिवा के पुत्र वक्रतुण्ड के स्वरूप का किंचित् परिचय आपसे प्राप्त करना चाहता हूँ, साथ ही उनके वैदिक रूप का तथा प्रसाधनों, अस्त्र-शस्त्रों आदि के विषय में जानना चाहता हूँ। उनके विलक्षण स्वरूप में बड़ा आकर्षण है। वही आकर्षण मुझे बार-बार कैलास तक ले जाता है। उस लीलामय की चर्चा से मुझे सच्चा सुख मिलता है। कृपया मुझे यह तत्त्वज्ञान निर्दिष्ट करें!"

ब्रह्मा के मन में वात्सल्य भाव जाग्रत होने लगा। वे बोले :

"पुत्र नारद! गणपति आदिदेव हैं, उनका स्वरूप अचिंत्य और अव्यक्त है। वे देवपूज्य और मंगलात्मा, शान्तात्मा हैं। अथर्वशीर्ष में तो उन्हें 'प्रत्यक्ष ब्रह्मा' कहा गया है। श्रुति कहती है : 'ॐ नमस्ते, गणपतये त्वमेव केवलं कर्तासि, त्वमेव केवलं धर्तासि, त्वमेव केवलं हर्तासि, त्वमेव सर्वं खल्विदं ब्रह्मासि।' उनके स्वरूप पर विचार करते हुए कहा गया है : 'त्वं प्रत्यक्षं ब्रह्मासि। सर्वं जगदिदं त्वत्तो जायते। सर्वं जगदिदं त्वत्तस्तिष्ठति। सर्वं जगदिदं त्वयि लयमेष्यति। सर्वं जगदिदं त्वयि प्रत्येति। ...त्वं गुणत्रयातीतः।'

"गणपति के शरीर के रक्त-वस्त्र के सामने सांध्यकालीन सूर्य की रक्तवर्णी छवि भी प्रभावहीन हो जाती है। उनका झिलमिलाता कटि-सूत्र अपनी चमक से सुमेरु पर्वत की शोभा को भी कान्तिहीन कर देता है। उनके मस्तक पर शोभित मुकुट अनेक सूर्यों की ज्योति को भी प्रभाहीन बना देता है। उनका एकदन्त स्वरूप अद्वितीयता का आभास देता है।

"प्रियपुत्र नारद! गणपति एकदन्त हैं, चतुर्भुज हैं। उनके चारों हाथों में पाश, अंकुश, अभय और वरद-मुद्रा है। वे मूषक चिह्न की ध्वजा वाले, लघुता को आदर और महत्ता देनेवाले परमेश्वर हैं। वे लम्बोदर, रक्त-वस्त्र धारी और सूप जैसे बड़े-बड़े कानों वाले सर्वथा विलक्षण, वास्तव में सृष्टि से पहले से आविर्भूत प्रकृति और पुरुष से परे हैं। उनका लोक-नाट्य अद्भुत और लीला-विलास अति मनोरम है।

"पुराणों ने उनके महाकाय दिव्य स्वरूप की बारम्बार वन्दना की है। हमारे गणपति कामरूपधर देव हैं। चित्र विचित्र रत्नों से मंडित हैं। उनका शरीर विविध रत्नों से समलंकृत है। वे विघ्नहर्ता और सदा मंगलमय हैं। वे गणपति, तरुण गणपति, लक्ष्मी गणपति, महागणपति उच्छिष्ट गणपति, हेरम्ब गणपति, प्रसन्न गणपति, हरिद्रा गणपति आदि अनेक रूपों में अभिव्यक्त होते हैं। कहीं वे चतुर्भुज हैं, कहीं द्विभुज, कहीं षोडश भुज, कभी अष्टभुज तो कभी षड्भुज हैं। कहीं उनका शरीर उदित सूर्य

की तरह रक्तिम-वर्ण का है तो कहीं वे शारदी चन्द्र के समान श्वेत-वर्ण वाले हैं, कहीं वे स्वर्ण पिंगल हैं। हेरम्ब गणपति के रूप में वे सिंह पर आसीन पंचमुख वाले भी दृष्टिगत होते हैं। उनका सब कुछ मणिमय, दिव्य और शोभामय है। उनकी रत्नजटित करधनी, स्वर्ण-सूत्रों से प्रभामय रक्त वस्त्र, भाल पर चमकता चन्द्रमा, सुन्दर एकदन्त और शोभाशाली हाथ मन को मोह लेते हैं। उनकी किंकिणियों के रणन से गुंजित चरण चित्त को चुरा लेते हैं। वे शब्द ब्रह्म अशेष हैं और उनकी सुवेशमूर्ति कल्याणमय है।"

नारद ने पुनः प्रश्न किया : "पितृदेव! गणपति देव में सौन्दर्य और शील का अद्‌भुत समन्वय है पर जब वे उच्छिष्ट गणपति, विघ्नेश्वर विनायक या हेरम्ब गणपति के रूप में आविर्भूत होते हैं तो वे तेजस् के मूर्तिमान रूप होते हैं : भीषण योद्धा, आक्रामक, शस्त्र संघात से उतावले वीर पुरुष, असुर संहारक बन जाते हैं। पितः, मुझे क्यों बारम्बार अनुभव होता है कि हमारे गणपति पृथ्वी के रक्षक हैं, पृथ्वी के परम आत्मीय, मनुष्य-जाति के माता-पिता, सखा सब कुछ हैं। उनका मूषक तो मानो पृथ्वी की कुक्षि में निवास करनेवाला भूमिज प्राणी ही है। वह पृथ्वी के गर्भ में ही समाया रहता है, सौ-सौ द्वारों का विवर बनाकर रहता है। यह मूषक उन्हें वसुन्धरा पृथ्वी ने ही प्रदान किया है। मूषक को 'आखु' कहते हैं तो वे 'आखुवाहन' है। इसी प्रकार गणपति भी मुझे पृथ्वी में अन्तर्लीन दिखाई देते हैं। वे मनुष्यों के लिए करुणामय और कल्याणकारी हैं। सचमुच देवता यदि मनुष्य के लिए करुणामय नहीं हुए तो उनकी सार्थकता ही क्या है? वक्रतुण्ड सब प्रकार से हीन, दलित और निःस्व मानव-जाति के उद्धारक हैं। वे उनके विषम समय को अनुकूल बनाते हैं, दुखों का निवारण करते हैं और शुभ कार्यों में सदैव सहायक होते हैं।"

"तुम उचित कह रहे हो नारद! देव सत्ता एक प्रकार से मातृ-पितृ सत्ता है जिसका लक्ष्य है क्षणभंगुर मनुष्य-जाति के प्रति करुणा का भाव रखना। ब्रह्म केवल जीव-जगत् से क्रीड़ा ही नहीं करता वह उसके प्रत्येक कार्य का सहायक अंग भी होता है। शक्ति को सहेज-सँभाल कर रखने की क्रिया ही देवत्व है। उचित समय पर उचित अस्त्र-शस्त्रों का सन्धान ही व्यावहारिक होता है। देवता के आगे शास्त्र रहना चाहिए, पीछे शस्त्र : 'अग्रतः सकलं शास्त्रं पृष्ठतः सशरं धनुः।' वस्तु का उचित उपयोग क्रिया को फलवान बना देता है।"

नारद श्रद्धा भाव से ब्रह्मा के मुख से निसृत शब्दामृत का पान कर रहे थे। बोले, "सचमुच गणपति की लीला बहुरंगी भी है और दुर्बोध्य भी। भक्त जब स्वरूप और गुण दोनों का संश्लेषण कर उनका अनुभव करता है तभी उसका रसानुभव भी कर पाता है।"

"देखो नारद! अनन्तता गणेश का वास्तविक परिचय है। वैसे तो वे अनन्त श्रुति और नेत्रों वाले हैं पर व्यासादि आचार्यों ने उन्हें पुराणों में 'चारुकर्ण विभूषितं', दो कानों वाला कहा है। हमारे गणनायक के मस्तक पर बाल-चन्द्रमा विराजित है। सूर्य ने उन्हें मणि कुंडल दिया था, कुबेर ने किरीट, वरुण ने रत्नच्छत्र। अनन्त शीर्ष वाले गणेश सचमुच अद्वितीय हैं। माता भवानी ने उन्हें त्रिशूल प्रदान किया था जो सत्व, रज और तम गुणों का संघात है। उनके हाथ में अक्षमाला भी सुशोभित बताई गई है जो उनकी ध्यान तत्परता और एकाग्रता को सूचित करती है। विघ्न-निवारण के लिए वे शक्ति का भी प्रयोग करते हैं।

"उनका त्रिनेत्र, उनकी सिन्दूरी आभा, हाथ में मोदक फलागम का द्योतक है। उनके दाहिने हाथ में उनका टूटा हुआ दन्त भी वर्णित है। यहाँ तक कहा गया है कि व्यासदेव द्वारा महाभारत लिखने का लेखन-कार्य उन्होंने अपने दन्ताग्र से ही किया था, यह दन्त-भाग ही लेखिनी के रूप में प्रयुक्त हुआ। इसकी एक रोचक कथा है नारद! महर्षि व्यास ने बड़े प्रयत्नों से गणेश को मनाया कि वे उनके द्वारा महाभारत के रूप में व्यक्त होने वाली भारती का लेखन-कार्य करें। द्वैपायन व्यास की दिव्य निर्झर धार-सी प्रवहमान वाणी को अंकित करने की सामर्थ्य गणेश के अतिरिक्त और भला किसमें थी? गणेश ने महाभारत का लेखन-कार्य तो स्वीकार कर लिया पर एक शर्त रखी कि 'आप अनवरत अनवरुद्ध बोलते जाएँगे और मैं लगातार लिखता जाऊँगा। इसमें तनिक भी व्यवधान पड़ा या आपकी वाणी क्षण-भर भी कुंठित हुई तो मैं यह लेखन-कार्य तत्क्षण रोक दूँगा।' इस कठिन स्थिति का समाधान व्यास के भी पास था। व्यास ने कहा, 'तो मेरी भी एक विनम्र शर्त है। आप जो भी शब्द या वाक्य लिखें उसे समझते हुए ही लेखन-कार्य में अग्रसर हों।' गणेश ने हामी भर दी। कहते हैं, गणेश के तीव्र गति-प्रवाह को रोकने के लिए व्यास देव पद्य में कभी-कभी ऐसा विदग्ध कथन रख देते थे जिसे समझने में गणेश को भी थोड़ा समय लगता और तब तक व्यास देव आगे की कथा की भूमिका रच डालते।

गणेश की दो पत्नियाँ सिद्धि और बुद्धि हैं। यही बुद्धि पुष्टि और ऋद्धि नाम से भी पत्नी के रूप में वर्णित हुई हैं। गणेश की दोनों पत्नियों को ऋद्धि और सिद्धि कहा गया है। ऋद्धि ही बुद्धि है, यह धन और ऐश्वर्य दात्री हैं। सिद्धि सात्विकता की प्रतीक है। ऋद्धि से उन्हें 'लाभ' नाम का पुत्र और सिद्धि से 'क्षेम' नामक पुत्र है। यह क्षेम कल्याणवाचक है। अर्थात् ऐश्वर्य मिले तो वह साधुता दे, परोपकार करने की शक्ति दे, हमारा कल्याण करे। इस प्रकार गणपति सृष्टि के लिए सदैव कल्याणकारी और महिमाशाली हैं।"

तृप्तमना देवर्षि ने सन्तुष्ट चित्त से प्रणाम निवेदित कर पिता से विदा ली।

26

धीरे-धीरे सहज-भाव से आत्मलीन योगी शिव की जैसे ही समाधि टूटी उनके दोनों नयन किसी बन्द पत्रक के सम्पुट दल की तरह खुले। उनमें शीतलता का भाव था, एक निर्विकार आनन्द-भाव उनमें प्रवाहित हो रहा था। उनके मुख पर ईषत् मुस्कान थी। शिव अपनी समाधि के गुहा-कक्ष से जैसे ही बाहर निकले, उन्हें देखते ही चारों ओर एक तुमुल कोलाहल मच गया। उनके गणों में उत्तेजना फैल गई, उनके दर्शन के लिए एक भीड़ जुट गई। माता पार्वती को पूर्व से ही यह अनुभव हो रहा था कि अब शिव समाधि से बाहर आएँगे। वे क्षण मात्र में पूजा का थाल लिए अपनी सखियों के साथ उपस्थित हो गईं। शिव ने अपने मस्तक पर विराजित गंगधार में स्नान किया। पार्वती द्वारा प्रदत्त पाद्य, अर्घ्य, आचमन और स्नान के अभिमंत्रित जल का भी सुख मिला। उनके जटाजूट और शरीर का प्रोक्षण हुआ। व्याघ्र-चर्म से आवेष्टित त्रिपुंड चर्चित मुख महाकाश में दूसरे सूर्य की तरह चमकने लगा। पार्वती ने फल अर्पित किये। पार्वती को ज्ञात था कि शिव की समाधि के टूटने की सूचना पर वक्रतुण्ड भागे चले आ रहे होंगे तो उनके लिए मोदक का थाल लाना वे नहीं भूली थीं। चमकते हुए स्वर्ण-पात्र में पीतवर्णी मोदकों का अम्बार लगा था। शिव और शिवा दोनों ने देखा : महाकाय गणपति यथासम्भव तीव्रता से उधर ही चले आ रहे हैं। उनके पीछे-पीछे उनका मूषक भी उछलता-कूदता चला आ रहा था।

वक्रतुण्ड ने माता-पिता को साष्टांग दंडवत किया। शिव ने मधुर स्वरों में पूछा :

"मेरे प्रिय वक्रतुण्ड! कैसे हो? बुद्धि के तीव्र प्रवाह में तुम्हारा मनोमन्थन तो चल ही रहा होगा? बुद्धि जब जाग्रत होती है तो प्रश्न भी उठाती है। तुम्हारी मुख-मुद्रा बता रही है, तुम कुछ दिनों से द्वन्द्व में पड़े हो। विचार तुम्हारा बल भी है और परिचय भी। तुममें निर्णयात्मिका बुद्धि है। तुम सोच-विचार कर चलते हो, तुममें करणीय अकरणीय का ज्ञान है। ऐसा कोई प्रश्न नहीं जिसका समाधान तुम्हारे पास नहीं हो। फिर भी कोई भी वस्तु या घटना हमारी चिन्ता-धारा को उद्वेलित कर देती है। साधारण व्यक्ति किसी प्रश्न या उलझन के आते ही चिन्ताग्रस्त हो जाता है पर ज्ञानी अपने चिन्तन-प्रवाह में सत्य को पाना चाहता है।"

वक्रतुण्ड ने नमस्कार की मुद्रा में कहा, "पित:! मैं अपनी बुद्धि और अपने विवेक के अन्त:संघर्ष से कभी-कभी उद्वेलित हो जाता हूँ। मेरी बुद्धि में त्वरा है, विवेक में स्थिरता। दोनों की भिन्न शक्तियों का मैं अनुभव करता हूँ। पुत्र जब भी माता और पिता के समक्ष खड़ा होता है वह निरा बालक ही होता है, उत्कंठाओं और जिज्ञासाओं से भरा बालक! जिसके पिता त्रिभुवन-पति हों और माता त्रिभुवन-मोहिनी तो फिर सारे प्रश्न मिट जाते हैं, जिज्ञासाएँ स्वत: शान्त हो जाती हैं। ऐसा सुयोग जब भी मिलता है, समस्त सृष्टि के रहस्य खुल जाते हैं, ग्रन्थियाँ टूट जाती हैं। यह रहस्यमय जगत् मुझे भी प्रिय लग रहा है। ऋग्वेद के पुरुषसूक्त के प्रथम मंत्र के अनुसार पुरुष इस जगत् में व्याप्त है। कहते हैं, जब जगत् उत्पन्न नहीं हुआ था तब भी ईश्वर के सामर्थ्य में यह कारण रूप से वर्तमान था। ईश्वरीय इच्छा से ही यह उत्पन्न होकर नाम रूपों में व्यक्त हो रहा है। कहीं यह जगत् मायिक, मिथ्या तो कहीं सत, जड़ और पराधीन है। जगत् का जब आविर्भाव होता है तब यह कार्य रूप में स्थित रहता है और जब आपके तीसरे नेत्र के प्रभाव से इसका तिरोभाव होता है तो यह कारण रूप में स्थित होता है। क्या यह जगत् केवल आपकी क्रीड़ा है, आपका लीला-विलास है? अकेले तो कोई क्रीड़ा कर नहीं सकता तो क्या इसी कारण आपने जगत् में असंख्य जीवों, मनुष्यों की रचना की? केवल परमात्मा के मनोरंजन के लिए यह अखिल लोक पीड़ा पा रहा है, द्वन्द्व और युद्ध-प्रिय हो गया है? पित:! आप जब समाधि में होते हैं तो पूर्णत: शान्त होते हैं पर सृष्टि तो अशान्त रहती है। इस अशान्ति का अन्त क्या केवल मृत्यु है? क्या पृथ्वीवासियों ने मृत्यु को गरिमा प्रदान करने के लिए मोक्ष की कल्पना की, उसे पुरुषार्थ की दिव्य श्रेणी प्रदान की, उसे जीवन का परम फल तक कह दिया।"

"पुत्र वक्रतुण्ड! मुझे प्रसन्नता है कि तुम्हारे मन के ये प्रश्न तुम्हारी जाग्रत चेतना के प्रमाण हैं। जो शान्त, स्तब्ध, सुप्त या मृत होते हैं, उनमें न कोई हलचल होती है, न कोई प्रश्न उठता है। प्रश्न जिज्ञासा का मूर्तिमान रूप है।

तुम जानना चाहते हो : यही तो ज्ञान का प्रवेश-द्वार है। प्रश्न तुम्हें तरंगित करते हैं और समाधान तुम्हें शान्त, सन्तुष्ट और निस्तरंग कर देता है।"

गणेश ने अपनी सूँड़ ऊपर को उठाई। उसमें पिता और माता के लिए अभ्यर्थना का भी भाव था और अपनी जिज्ञासा-पूर्ति की प्रार्थना भी सम्मिलित थी। उनका एकदन्त लघु रूप में सूर्य किरणों में भासित हो रहा था। गणेश स्वयं कोटि सूर्यों की तरह चमक रहे थे और आकाश के चमकते हुए सूर्य की किरणें उस दन्त-कान्ति को और भी दीप्तिमान बना रही थीं। गणेश ने हाथ जोड़कर पूछा :

"प्रभो! आप माता-पिता ही मेरे आराध्य और सर्वस्व हैं। आप जितना मुझे ज्ञानदान देते हैं, समझाते हैं, मेरी तर्क-बुद्धि उतनी ही धारदार होती जाती है। सम्भवत: ऐसा इसलिए भी है कि मैं अधिक-से-अधिक जानना चाहता हूँ। आप लोगों का रचा हुआ यह विश्व आपके अन्नमय, प्राणमय, मनोमय, विज्ञानमय और आनन्दमय कोशों का एकत्र विग्रह है। इस सृष्टि का निम्न धरातल है—अन्न, खाद्य और पानीय तथा सर्वोच्च धरातल है आनन्द। प्राण उस विश्व को चालित करनेवाली शक्ति है, मन उसका विस्तार और उसकी तीव्र गति को सूचित करता है और विज्ञान उसे जीवन की कला सिखाता है। सृष्टि के पारस्परिक व्यवहार विज्ञान से सम्पादित होते हैं। यहाँ तक कि जीवों का आचरण, पारस्परिक सम्बन्ध, मैत्री और विरोध भाव का भी सर्जन मनोमय और विज्ञानमय कोशों की देन है। इन क्षुद्र सीमाओं को पार करके ही हम 'आनन्दी' होते हैं। मेरा प्रश्न है कि इस अन्तिम बिन्दु आनन्द तक कितने पहुँच पाते हैं? क्या यह आनन्द-भाव केवल जीवनमुक्त ऋषियों और दिव्यात्माओं के ही वश की वस्तु है? साधारण जीव तो वहाँ तक की यात्रा कर ही नहीं सकते। यह दुर्गम पर्वत सबके द्वारा विजित नहीं होता। तो यह भेद-भाव क्यों? मैं देख रहा हूँ कि सृष्टि का प्रधान पुरुष मनुष्य खंडित रूप में जी रहा है वह न पशु होता है, न देवता। वह मध्य कोटि का प्राणी है। उस पर हीनता और उच्चता दोनों का दबाव होता है। प्राय: वह अपनी जड़ता को तोड़ नहीं पाता और पूरे जीवन दुख ही भोगता है। मुझे मनुष्य-जाति की चिन्ता है, उसका कल्याण किस विधि सम्भव होगा, यह मेरी चिन्ता का मूल विषय है।"

"पुत्र वक्रतुण्ड! यह सत्य है कि आनन्द परिपूर्णता का अनुभव है और इसे अन्न, प्राण, मन, विज्ञान आदि कोशों के पार करने के बाद ही प्राप्त किया जाता है। मनुष्य-जीवन की सीमित अवधि में भी अपने सत कार्यों से मोक्ष और आनन्द का अनुभव करता रहता है। कुछ देते रहने का अभ्यास ही उसे सर्वस्व त्याग की शिक्षा देता है। मनुष्य अपनी लघुता में बिन्दु में ही सिन्धु का आनन्द लेता है, बार-बार लेता है।

तुम्हें पृथ्वी की व्यथा का अनुमान और अनुभव हो रहा है। यह मेरे लिए सन्तोष का विषय है। क्योंकि आज तक देव-जाति ने केवल अपनी चिन्ता की है, अपने पद और सुख को बचाए रखने का ही उद्योग किया है। मनुष्य उनके लिए कीट-पतंग की तरह निम्न और हीन प्रतीत होते होंगे पर उनकी दृष्टि-कुदृष्टि पृथ्वी पर लगी रहती है। वे ऋषियों के हवि और यज्ञ-भाग से परितृप्त होते हैं, यज्ञ की हवन-सामग्री उनके भीतर गन्ध-लोक की सृष्टि करती है, अग्नि उन्हें ऊर्जा देती है, हविष्य उन्हें तृप्त करता है, मंत्र उन्हें मार्जित करते हैं। स्वाहा और स्वधा के शब्द उनकी दिव्यता की वृद्धि करते हैं। पुत्र! यज्ञ परम पुनीत दैव भोग भी है। वास्तव में यज्ञ है—पूजन, सम्मिलित विचार और वस्तुओं का वितरण। यह यज्ञ श्रौत सूत्रों का विषय है। यह लोक-परलोक, दृश्य-अदृश्य, चेतन-अचेतन वस्तुओं का अधिकार प्राप्त करने का सबल माध्यम है। इसीलिए यज्ञ को दिव्य यंत्र और शृंखला तथा स्वर्गारोहण की सीढ़ी तक कहा गया है। ब्रह्मा की सृष्टि प्रक्रिया भी तो एक यज्ञ ही है।"

"पूज्य पित:! यदि मानवी सृष्टि भी यज्ञ फल है तो देवता, दानव और मानव-जाति का विभेद ही भला क्यों है? मैंने पुना है और मुझे ज्ञात भी है कि दानव अत्याचारी, कठोर और लोलुप-वृत्ति के होते हैं और देव-जाति के साथ उनका तुमुल युद्ध सृष्टि के आरम्भ से ही चला आ रहा है। दोनों महत्त्वाकांक्षी हैं, शक्ति और पद पाने की उदग्र लालसा दोनों में है तो क्या लालसा या महत्त्वाकांक्षा ही युद्ध का सृजन करती है? तो मनुष्य ने भला क्या बिगाड़ा है? उसके भीतर इस महत्त्वाकांक्षा की बाढ़ क्यों नहीं आती? इतिहास और पुराण बताते हैं कि देव-जाति का देवों से युद्ध कम ही हुआ है। इसी प्रकार असुर भी पारस्परिक टकराव से बचते हैं। प्राय: निम्न कोटि के असुर श्रेष्ठ असुर की दासता को शीघ्र स्वीकार कर लेते हैं पर मनुष्य तो हठी प्राणी प्रतीत होता है। वह तो अपनी ही जाति से लड़ता रहा है। राज्य-प्रसार की लालसा उसे भटकाती रहती है, वह स्वभाव से ही युद्ध-प्रिय और समरश्लाघी हो जाता है। ऐसा क्यों है? क्या षड्रिपुओं अर्थात् काम, क्रोध, लोभ, मोह, मद और मात्सर्य-जैसे दोषों की कामना मनुष्य-जीवन को ही उदाहृत कर मानी गई है?"

"वत्स, तुम्हार चिन्तन उचित दिशा की ओर चल रहा है। उपनिषदों में यह बात प्रचलित है कि एक बार ब्रह्मा के पास उपदेश पाने के लिए देव, दानव और मनुष्य तीनों पहुँचे। ब्रह्मा ने अपने नेत्र खोले ओर तीनों को शब्दात्मक उपदेश दिया : 'दत्त, दमयत, दयध्यम्।' अर्थात् मनुष्य को देने की कला सीखनी है, देवताओं को इन्द्रिय दमन करना तथा भोग-वृत्ति से पराङ्मुख होना है और दानवों को दया-भाव रखना है

तभी सृष्टि-चक्र का सही संचालन सम्भव है। मनुष्य को बाँटते रहना है। यह कभी अन्न रूप में, कभी द्रव्य रूप में तो कभी व्यवहार रूप में प्रकट होता है। यह देना प्रीतिभाव ही है। देवता सुखभोगी, लालसाओं से उन्मत्त, काम-विकार से ग्रस्त होते हैं। वे परोपजीवी, पराश्रयी होते हैं। अजर-अमर होना उनके लिए अभिशाप जैसा है जिससे वे सदा कामार्त्त रहते हैं। दानव पाताल-लोक के शासक हैं पर वे कठोर और उदग्र तप करके देवों से मनचाहा वर प्राप्त कर त्रिलोक के शासक भी बन जाते हैं, देवताओं से उनकी अमरावती छीन लेते हैं। यह छीना-झपटी चलती रहती है। दोनों देव और दैत्य-जातियाँ तुला के दंड की तरह ऊँची-नीची होती रहती हैं इसलिए ब्रह्मा ने दैत्यों को सदुपदेश दिया कि दया भाव ग्रहण करो।"

"फिर भी पितृश्रेष्ठ! मेरी दृष्टि में ब्रह्मा, विष्णु और स्वयं तत्रभवान आपने भी दैत्यों को अनन्त वरों से भूषित किया है। उसकी तुलना में मनुष्य-जाति की संख्या तो अंगुलिगण्य ही होगी। आप सबने उन्मत्त दैत्य-जाति को और प्रमत्त तथा प्रचंड बनाया है। मैंने अनुभव किया है कि पराजय की स्थिति की कल्पना से या वैसी स्थिति आने पर दैत्य-जाति उग्र तप करके मनचाहा वरदान पा लेती है। अमरता की इच्छा, अवध्य और अप्रतिहत होने की इच्छा ही उनमें प्रधान होती है। निश्चित मृत्यु को भी टालने के लिए वे हजार उद्योग करते हैं। वे किसी अस्त्र-शस्त्र से मर नहीं जाएँ, न दिन में, न रात में, न जल में, न थल में, न पृथ्वी में, न आकाश में, वे सब कहीं सुरक्षित रहें, कोई भी अस्त्र या शस्त्र उन्हें भेद नहीं सके, ऐसे उपाय दैत्यों ने ढूँढ़ निकाले हैं। और आप महेश्वरों ने उनकी दुर्दम लालसा को सहलाया है और उनके वध-कार्य को सदैव जटिल बनाया है। स्वयं परात्पर ब्रह्म-रूप विष्णु को कितने नाट्य करने पड़े हैं, देव-जाति की संरक्षा के लिए भाँति-भाँति के मौलिक उपायों से दैत्यों का प्राणान्त करना पड़ा है। हिरण्यकशिपु की कथा भी उनमें से एक है तो परमात्मा आधा सिंह और आधा मनुष्य बनकर गोधूलि बेला में जब आधा सूर्य डूब रहा था और आधा शेष था तब गोद में लिटाकर अपने व्याघ्र-नखों से उसका शरीर विदीर्ण करते हैं। चतुर्मुख ब्रह्मा इस कला में सबसे सिरमौर हैं। सबसे अधिक वरदान उन्होंने ही दिये हैं और दैत्यों की लालसा की प्रदीप्त अग्नि में घृत की ही आहुति दी है। पर सबसे निरादृत, उपेक्षित मानव-जाति ही है। मेरे भ्राता षडानन देव-जाति के सेनापति और संरक्षक हैं पर मैं कहना चाहता हूँ कि मैं स्वयं को मनुष्य-जाति का ही प्रतिनिधि समझता हूँ। मनुष्य मेरी दया और प्रेम के पात्र हैं। जीवन के रंगमंच पर उनका अभिनय क्षणिक होता है पर वह जो भी जितना भी होता है, सृष्टि में अपनी अमिट छाप छोड़ देता है।"

"पुत्र वक्रतुण्ड! मनुष्य मुझे भी प्रिय हैं और मैं उनका प्रिय हूँ। मैं उनके स्पर्श, उनके बोल, उनकी भक्ति के आवेश से सदैव उनके वशीभूत होता हूँ। वे मुझे रिझाते हैं और मैं रीझ भी जाता हूँ। इसलिए तो मैं उनका आशुतोष हूँ, भोला भंडारी हूँ। 'बम-बम' का जय निर्घोष मुझे मोहित कर देता है। उनकी आतुरता मुझे विगलित करती है, उनका स्पर्श मुझे उत्तेजित करता है। वे भक्ति के आवेश में रोते-गाते हैं, चीखते-चिल्लाते हैं, बमभोले का नाद करते हैं और मैं उनके हाथों उनका क्रीतदास हो जाता हूँ। उनका लोकाचार मुझे भी विह्वल कर देता है। पुत्र! तुम मनुष्य-जाति का दुख दूर करो, देव-जाति की भी चिन्ता करो। यह सन्तुलन ही तुम्हारे परमेश्वरत्व को सिद्ध करेगा।"

27

हिमालय के वन-वृक्षों और पुष्प-परागों के प्रवाह से सुगन्धमय क्षेत्र था गन्धमादन। प्रकृति का मोहक सौन्दर्य अपने मूल रूप में वहाँ सर्वत्र बिखरा हुआ था। वस्तुतः मूल प्रकृति केवल प्रकृति है, वह किसी की विकृति नहीं है। शास्त्र कहता है कि महत् से आरम्भ होने वाले सात तत्त्व प्रकृति और विकृति दोनों हैं। ज्ञानेन्द्रिय, कर्मेन्द्रिय, पाँच महाभूत और मन ये सोलह केवल विकृति हैं। पुरुष न तो प्रकृति है, न विकृति है। सांख्यशास्त्र प्रकृति और पुरुष दोनों को अनादि मानता है। यह प्रकृति ही सम्पूर्ण जगत् का विकास करती है। प्रकृति कारण है, जगत् कार्य। एक ही मूल प्रकृति से विश्व के विविध पदार्थ उत्पन्न होते हैं। इसके मूल में प्रकृति के तीन गुण सत्व, रज और तम हैं।

आज वक्रतुण्ड ने प्रातः होते ही सूर्योदय के पूर्व ही अपनी प्रिया सिद्धि के कक्ष से बाहर निकल कर अपने नथुनों में ताजा प्राणवायु भरकर आकाश की ओर देखा। मेघों के छोटे-छोटे दल उनकी सूँड़ के आघात से छिन्न-भिन्न हो रहे थे। हवा में मेघ-गन्ध व्याप्त थी। कल रात्रि तेज वर्षा हुई थी। सारा वन-प्रान्तर भीग गया था। विद्युत् इस तरह कड़क रही थी जैसे देवराज इन्द्र अपने वज्रायुध फटकार रहे हों। उन्होंने रात्रिकाल में ही गवाक्ष से विद्युत् का मेघमय नर्तन देखा था। उनके अंक में स्नेह-शिथिल सिद्धि की आँखें नींद से बोझिल थीं, उसकी समस्त शक्तियाँ तन्द्रालस थीं। उनके मन में यह ध्यान अवश्य आया कि पार्श्ववर्ती कक्ष में ही उनकी दूसरी कनिष्ठ प्रिया बुद्धि का विश्राम गृह है। वह अकेली है और आकाश में मेघों के अंक से विद्युत् प्रिया बार-बार छिटक जा रही है। सम्भव है, प्रकृति भी मनुष्य की तरह आचरण कर रही हो।

मेघ में पुरुष-भाव है और विद्युत् में स्त्री-भाव, पर यह स्त्री-भाव तो आज कुछ अधिक उग्र ही प्रतीत हो रहा है। गणपति को अपनी इस कल्पना से हल्की हँसी आ गई। उन्होंने महामति सिद्धि के इर्द-गिर्द फैली अपनी बलिष्ठ भुजाओं को धीरे से मुक्त किया और बिना कोई स्वर या आहट के बाहर आ गए। बाहर वर्षा मन्द पड़ गई थी। केवल पत्तों के नुकीले सिरों पर चमकती हुई धवल बूँदें झिलमिला रही थीं। शीघ्र ही सूर्य की रक्तिम किरणें उस पर बरसेंगी और उसके स्वरूप में एक लालिमा का ज्वार भर देंगी। गणपति ने अपनी दूसरी प्रियतमा बुद्धि के कक्ष की ओर देखा। द्वार बन्द था। उन्होंने वापस अपने कक्ष में सिद्धि को पुकारा। सिद्धि तुरत उठकर बैठ गईं। उन्होंने समीप आकर गणपति को नमन किया। गणपति बोले :

"देवि! कल सारी रात वर्षा हुई है, ऋतु मनोहारी हो गई है और बाहर के दृश्य भी हृदयहारी हैं। क्यों न, हम तीनों आज गन्धमादन पर्वत की उपत्यका में क्रीड़ा और मनोविनोद करें।"

सिद्धि ने कहा, "आर्य! आपकी इच्छा ही हमारे लिए आज्ञा है पर बुद्धि से भी पूछ लेना संगत होगा।"

"क्यों क्या बुद्धि बाहर नहीं जाना चाहेंगी? उन्हें मैं स्वयं कहे देता हूँ।"

"नहीं-नहीं! ऐसी कोई बात नहीं है। कल सन्ध्या में हम दोनों बहनों में सहज संवाद हो रहा था पर वही संवाद धीरे-धीरे विवाद में बदल गया। आपको ज्ञात है, बुद्धि मृदुल होते हुए भी स्वभाव से तार्किक है और वह कभी उतनी दूर तक विचार करने लग जाती है, जहाँ तक जाना आवश्यक नहीं होता।"

"हाँ, मैं जानता हूँ। बुद्धि में वेग है, बड़ी त्वरा है। वह किसी भी बात को दूर तक सोचती है। उसमें सिंहावलोकन का गुण है। जैसे सिंह एक ही दृष्टि में सारी प्रकृति को, अपने भक्ष्य या लक्ष्य को एक क्षण में देख लेता है वैसे ही बुद्धि आकाश में उड़ती हुई चील की तरह किसी भी तर्क को एक झटके से उड़ा दे सकती है।"

"जो भी हो। कल मेरा मन भी वश में नहीं था। मैं भी अपने पिता विश्वरूप की स्मृतियों में खोई हुई थी, उस समय दूसरी वार्ता में मुझे कोई रस नहीं आया। सम्भवत: कल वह मुझसे क्षुब्ध होकर स्वयं को दुखी अनुभव कर रही होगी।"

"देखो प्रिये! स्त्री-जाति में अनन्त शक्तियों का स्रोत छिपा हुआ है। कोई स्त्री यदि दुखी है या दुख झेलने पर विवश है तो समझो उसको अपनी अन्तर्निहित दिव्य शक्तियों का ज्ञान नहीं हुआ है। देखो, पृथ्वी रत्नगर्भा है, समुद्र भी रत्नाकर है, पर क्या उन्हें मालूम है कि उनमें कौन-कौन से दिव्य रत्न और खनिजों का भंडार छिपा हुआ है। क्या समुद्र-मन्थन से पूर्व देवता या असुर इस बात की कल्पना भी कर सकते थे

कि समुद्र से कालकूट विष निकलेगा, ऐरावत हाथी, उच्चैःश्रवा घोड़ा, साक्षात् विष्णु प्रिया महालक्ष्मी, धन्वन्तरि और सबसे मुख्य बात अमृत-कलश निकलेगा। मन्थन करो तभी विष या अमृत का पता चलता है। हमारे आन्तरिक सारे द्वार भी बन्द हैं क्योंकि बन्द होकर ही वे सुरक्षित रहते हैं। हम भी उस भवन की तरह होते हैं जिसके सभी द्वार बन्द होते हैं। जब हम प्रकृति के बीच आते हैं तो द्वारों को खोलना सीखते हैं।"

"आपकी बातें मैं ध्यानपूर्वक सुन रही हूँ आर्य! किन्तु आप तो जानते हैं कि बुद्धि में बचपना है, वह चपल-चंचल और क्रीड़ाप्रिय है। किसी बात को गम्भीरता से वह तभी लेती है जब या तो कोई संकट आ जाए या उसे ही न्यायाधीश बनाकर उच्चासन पर बिठा दिया जाए।"

"हाँ मैं जानता हूँ! बुद्धि में लीला-भाव बहुत है। वह रंजक है, क्रीड़क है, उसमें विदग्धता है, विच्छिति है। रस और अलंकरण के बिना तो उसकी अभिव्यक्ति ही नहीं होती। वह वैदिक कवि की तरह स्तोत्र-वाचन करनेवाली ऋषिका बन जाती है।"

"और मैं? मैं कैसी दिखती हूँ?"

"तुम तो देवि! सिद्ध महाशक्ति का अवतार लगती हो। तुममें एक गुण हो तो बताऊँ। तुम तो आठ-आठ महासिद्धियों की स्वामिनी हो। तुममें विराट्ता और गम्भीरता है। तुम उस छतनार वृक्ष की तरह हो जिसकी छाया में बड़ी शान्ति मिलती है, आत्मदर्शन होता है, चित्त स्थिर होता है, ग्रीष्म का कोई भय नहीं रह जाता। सारे ताप अनुताप नष्ट हो जाते हैं। और मेरी सखी बुद्धि भागीरथी की तीव्र धवल धार है, जो पवित्र है, प्यास बुझाती है, शीतलता का वरदान देती है। मैं तो तुम दोनों को पाकर धन्य हो गया। मैं मोदक प्रिय हूँ तो लोक में यह जो प्रवाद प्रचलित हुआ होगा कि उसके दोनों हाथों में लड्डू हैं, यह निश्चय ही मेरे सुख से प्रेरित होकर ही प्रचलित हुआ होगा।"

अभी गणपति का यह वाक्य पूरा भी नहीं हुआ था कि देवी बुद्धि का स्वर सुनाई दिया, "प्रभु आज मेरी ज्येष्ठ दीदी सिद्धि और मेरे लिए प्रातः काल ही मधुर स्वरों का उच्चार कर रहे हैं। मुझे भागीरथी का प्रवाह तो दीदी को वृक्ष की शीतल छाया से उपमित कर रहे हैं। अवश्य ही कोई विशेष बात या परिस्थिति है जिसका मुझे ज्ञान नहीं है पर अनुमान लगाने के लिए तो मैं स्वतंत्र हूँ ही।"

"देवि बुद्धि! आज मेरे मन में गन्धमादन की शीतल पवन-गन्ध में पूरी दोपहर बिताने और संगीत-नृत्य विलास का आनन्द लेने का विचार आ गया है। कल रात वर्षा हुई है और आज सूर्य की किरणें निकलनेवाली हैं। दिन मनोरम है। चलें, हम तीनों परस्पर संवाद करें, गाएँ, बजाएँ। मेरा विश्वास है प्रकृति भी हमारा साथ देगी।"

बुद्धि के स्वर में तनिक प्रतिवाद का भाव था, "लेकिन आज मेरा मन स्वस्थ नहीं लग रहा। आज सिद्धि के साथ ही क्यों नहीं चले जाते?"

"देखो, बुद्धि, तुम दोनों के साथ ही तो मैं परिपूर्ण होता हूँ। इसे मेरा आग्रह, आज्ञा का स्नेहोपहार समझो। चलो, वहीं हम मन की सब गाँठें खोलेंगे। प्रश्न भी होगा और उत्तर भी मिलेगा। तुम दोनों प्रश्न बनकर चलो और मैं उनके उत्तर बनकर तुम दोनों का अनुगमन करूँगा। हमारे साथ सहायिकाएँ भी चलेंगी और सभी आवश्यक वाद्य भी होंगे तभी तो गन्धमादन सजीव और मुखरित होगा। देवि! गन्ध का जीवन में बड़ा महत्त्व है। गन्ध वस्तु का सार है और उसकी विशेषता है। केवल देव-लोक ही 'गन्धलोक' नहीं कहलाता, मनुष्य की इस पृथ्वी पर भी गन्ध की बड़ी महिमा है। वसन्तकाल में पुष्प-रेणुओं से पृथ्वी का रंग ही नहीं बदलता, उसके भीतर एक अलग श्वास-चेतना का आविर्भाव होता है। वृक्ष, फल, फूल, पत्ते, पशु-पक्षी जैसी अनन्त योनियाँ सब अपनी विशिष्ट गन्ध के सहारे ही तो जानी जाती हैं।"

बुद्धि का मन थोड़ा चपल हुआ। उसने कहा, "अब समझ में आया मोदकों की थाल आपको दूर से ही कैसे आमंत्रण दे देती है!"

"तुम उचित कह रही हो देवि! मेरा स्वभाव ही ऐसा है। देखो, वायु को भी 'गन्धवह' कहा गया है, पृथ्वी भी गन्धवती कही गई है। शास्त्रों में 'गन्धव्रत' का विधान बताया गया है जो पूर्णिमा से आरम्भ होकर वर्ष भर चलता है, जिसमें सुगन्धित पदार्थों से देव प्रतिमा का निर्माण और पूजन होता है। इसी प्रकार नृत्य, संकीर्तन, गायन ये सभी पृथ्वी को पवित्र करते हैं : 'सद्यः पूजा वसुन्धरा।'"

यह कहकर गणाधिप ने सिद्धि और बुद्धि को तैयार रहने और सभी वाद्ययंत्रों, गणों, सहायिकाओं को तैयार करने का कार्यभार सौंपा और बोले, "मैं यथाशीघ्र मानसरोवर में डुबकी लगाकर गन्धमादन क्षेत्र में पहुँचता हूँ, तुमलोग भी वहीं मिलो।"

गणपति के जाने के बाद सिद्धि प्रीतिपूर्वक बुद्धि का हाथ पकड़कर अपने कक्ष में ले गई, उसे अपने साथ बिठाया, लाड़ लड़ाया और बोली, "मेरी सबसे प्रिय छोटी बहन! हम और तुम सहोदरा हैं। हमारे गोत्र, मनोभाव, शरीर-संरचना और सबमें समानता है। हमारे हृदय में कोई भेद नहीं, यहाँ तक कि हम दोनों ही प्रभु गणेश की अर्द्धांगिनी हैं, उनकी पूरक शक्ति हैं। तुम्हें कभी भी पीड़ित या उदास देखना मैं कभी नहीं चाहूँगी। तुम्हारे पास अपार बुद्धि का वैभव है, अपूर्व मनःशक्ति है। यह मन ही तो है जो दूसरों से हमें जोड़ता है। मैं जानती हूँ, तुम तर्कशीला और तर्क-प्रवीणा हो और मैं तुम्हारी भाँति शब्दों के मर्म-बन्धन को नहीं खोल पाती। इसलिए मेरे कारण कभी उद्विग्न मत होना। तुम्हारे हृदय में जब कभी जो भाव आए मुझसे स्पष्ट कहना।

स्पष्ट कथन ही तो सत्य कथन कहलाता है। हमारे आराध्य और प्रिय गणाधिपति ने हमें आज आनन्द और क्रीड़ा-भाव के लिए गन्धमादन पर आमंत्रित किया है। चलो! तुम्हारी और गणपति प्रभु की नृत्य-लीला अद्वितीय होती है। उसे पुनः देखना हम सबको अपार आनन्द देगा।"

बुद्धि ने कहा, "दीदी! मैं स्वीकार करती हूँ कि मुझमें तर्क-बुद्धि है और अतिवाद की सीमा पर पहुँचकर मेरा तर्क कभी-कभी कुतर्क भी बन जाता है। मेरा ज्ञान ही कभी-कभी बाधक बन जाता है। अज्ञानी भक्त भोला होता है। वह शब्द से नहीं, भंगिमाओं से अपनी अभिव्यक्ति देता है। भाव-विभोर होकर उसके साश्रु नयन हृदय को हिला देने की क्षमता रखते हैं पर केवल शब्द ठूँठ वृक्ष की तरह होते हैं। उनमें जब प्रेम-श्रद्धा और भाव का रसमय मिश्रण होता है तो उनमें अद्‌भुत चमत्कार पैदा होता है, तभी वह शब्द भी काव्य बन जाता है। यह संसार इसीलिए तो मधुर है कि वह देवताओं का रचा गया काव्य है जो न कभी मरता है, न कभी जीर्ण होता है : 'पश्य देवस्य काव्यं न ममार न जीर्यते।' दीदी! सत्य कहूँ तो कभी-कभी मैं गणपति प्रभु पर सम्पूर्ण अधिकार पाने की बलवती कामना से विकल और विचलित हो जाती हूँ। सम्भवतः यह स्त्री स्वभाव ही है जो एकाधिकार को अपनी गाढ़ प्रीति का लक्षण मान बैठता है। उसे जो मिले, पूर्णता से मिले, भले ही एक कण मिले पर वह उसका अपना हो, निजी हो, स्वायत्त हो। वह मन यह नहीं मान पाता कि प्रीति का खंडित रूप कैसे ग्राह्य हो सकता है? तुम मेरी ज्येष्ठ दीदी हो, फिर भी मेरी आकांक्षा की आकाश छूती लहरें मुझे डुबो देती हैं; फिर मेरा अता-पता नहीं चलता। क्या मेरा प्रेम स्वार्थ का ही दूसरा रूप है?"

"बुद्धि! मेरी प्रिय बहन! यह मन का स्वभाव है कि वह कम या अपूर्ण से तृप्त नहीं हो पाता। उसे जो भी चाहिए भरपूर ही चाहिए। उसे यह वैदिक वचन स्मरण नहीं रहता कि पूर्णता तो वास्तव में मन की परितृप्ति है। और प्रिय बुद्धि! तुमसे अधिक मन को कौन समझ सकता है? तभी तो शास्त्र कहते हैं कि पूर्णता का बोध बड़ा अद्‌भुत है। पूर्ण में से पूर्ण निकाल दिया जाए तो भी पूर्ण ही बच रहता है। प्रीति में न अधिकार-भाव होना चाहिए, न विभाजन का भाव। हम जिससे प्रेम करते हैं, इसकी प्रियता ही सच्ची प्रीति है। देवता तो सर्वसमर्थ हैं, वे कम में सन्तुष्ट होना नहीं जानते। यही संस्कार तो बाधक होता है। और कोई प्रीति सीखना चाहे तो पृथ्वी की मानव-जाति से सीखे। प्रीति है दैन्य, कार्पण्य, सम्पूर्ण समर्पण का अशेष अहोभाव। वहाँ कोई प्रतिदान नहीं, कोई चाह नहीं। सब कुछ तृप्तिदायक। हर स्थिति में मनस्तुष्टि और आनन्द लेने का लहराता हुआ माधुर्य का समुद्र। जो न कभी सूखता है, न कभी कम होता है।

हमारे गणपति सहस्र रूपों में व्यक्त होते हैं, उन पर केवल हमारा या तुम्हारा अधिकार नहीं। समस्त देव-जाति, समस्त गण, समस्त मानव-जाति का भी समान अधिकार है। इसी विराट् रूप में हम अपने गणपति को देखें तो केवल हमें आनन्द-ही-आनन्द का अनुभव होगा।"

बुद्धि की आँखों में अश्रु छलक आए। बोली, "दीदी! मैंने इतना नहीं सोचा था, आपने मेरी आँखें खोल दीं। चलिए, हम उनकी आज्ञा का पालन करें और गन्धमादन को आज एक अविस्मरणीय आनन्दमय अनुभव और सात्विक प्रीति-भाव में बदल दें।"

कहती हुई बुद्धि सिद्धि के गले लग गई। उसके मन में अपने पूर्व चिन्तन के लिए पश्चात्ताप का भी भाव था और संचित स्नेह बाँध तोड़कर बह जानेवाली नदी की तरह तरंगित हो उठा था।

28

गन्धमादन पर उत्सव का प्रस्ताव एक आनन्ददायी अनुभव और ऊर्जा प्रदान कर रहा था। ब्राह्ममुहूर्त होते-होते दोनों देवियों सहित गणपति और समस्त परिचारिकाएँ, वादक, नर्तक और रक्षक गणों का समुदाय तैयार हो गया था। गणपति समय का महत्त्व समझते थे, सबको तैयार देखकर हर्षित होकर सिद्धि और बुद्धि को सम्बोधित कर बोले :

"देवि! बस अब पवित्र उष:काल का आरम्भ होने ही वाला है। सूर्योदय से पाँच घड़ी पूर्व का यह समय अत्यन्त पवित्र है जहाँ रात्रि का अवसान होता है। अभी नक्षत्रों का मन्द प्रकाश झिलमिला रहा है पर थोड़ी ही देर बाद अरुणोदय होगा और फिर होगा सूर्योदय। प्रात:कालीन वेला में उषा का सौन्दर्य स्त्री-सुलभ आकर्षण का स्मरण दिलाता है। यह उषा सुन्दर युवती है, शोभित और सुन्दर वस्त्रों से अलंकृत सुजाता है। वह मुस्कुराती है, गाती है, नाचती है और अपना मोहक रूप दिखाकर विस्मय-विमुग्ध कर देती है। प्रत्येक क्षण उसका आकर्षण नित्य नूतन होता जाता है। वह ऋत में प्रकट होती है और ऋत की ही रक्षा करती है। उषा एक संकेत है कि पृथ्वीवासियो! अपनी यज्ञाग्नि को प्रज्वलित करो, जागो, पृथ्वी को एक करने का समय आ गया है। कहते हैं, सूर्य की वह प्रिया है। सूर्य उषा का उसी प्रकार पीछा करता है जैसे कोई नवयुवा नवयुवती का। उषा का सुकुमार रूप उसके लालिमामय रंगों में प्रकट होता है। अन्धकार राक्षसों की तरह उमड़ता है और यह उषा अपने तीरों की वर्षा से उसे समाप्त कर देती है।

आज उष:काल से सूर्योदय काल के बीच हम प्रकृति के सहज रूप का भी दर्शन करेंगे। वहाँ कोकिल की कूक, पपीहे का स्वर, चातक, दादुर एवं भाँति-भाँति

के सुरीले कंठों से फूटता संगीत होगा। झरने की अप्रतिहत धारा का मीठा गर्जन बड़ा सुखदायी होगा। वहाँ हम प्रकृति की भाषा सुनेंगे, उससे संवाद करेंगे। पृथ्वी से उठता हुआ यह मादक और मोहक संगीत हमें भी उत्तेजित करेगा तो हम भी नाचने और गाने पर विवश हो जाएँगे। तो हमारा यह छोटा-सा दल गन्धमादन पर पहुँचने को उत्सुक है अतः हम सब अब प्रस्थान करें।"

कुछ ही देर में सभी गन्धमादन की एक सुन्दर चौकोर समतल पट्टिका पर पहुँच चुके थे। पूर्वागत अनुभवी गणों ने देखते-देखते उत्सव की सारी तैयारियाँ पूरी कर दीं। कुछ क्षण तक सभी मंत्रमुग्ध गन्धमादन की उन्मुक्तता और प्रकृति की शोभा का निरीक्षण और अवलोकन करते रहे। प्रकृति का चैतन्य रूप वहाँ प्रसरित था। जो भी था, सहज था, अपने मूल रूप में प्रकट था। कहीं खोट नहीं, कहीं फेंटफाँट नहीं, देवता के आगे रखे गए नैवेद्य की तरह सौम्य, सुगन्धमय और हृदयावर्जक था।

वादकगण अपने संगीत साधनों को एकत्र कर सुर-ताल मिला रहे थे। गणपति ने कहा :

"माता पार्वती ने गन्धमादन के इस कार्यक्रम के विषय में जानकर अपना हर्ष प्रकट किया था। उन्होंने यह भी कहा था कि यदि तुम चाहो तो गन्धर्वों और किन्नरों को भी अपने साथ ले जा सकते हो। जानती हो सिद्धि! गन्धर्व स्वामी तो गायक हैं। गन्ध का अर्थ होता है संगीत, 'अव' का अर्थ है प्राप्त करना : जो संगीत को पूर्णतः प्राप्त कर लेता है वही गन्धर्व होता है। उसकी विद्या गन्धर्व विद्या है।

गन्धर्व देवता नाचने, गाने और वाद्य बजाने में कुशल होते हैं। गीत, वाद्य और नृत्य तीनों का पारस्परिक सम्बन्ध होता है। वाद्य गायन का अनुसरण करता है और नृत्य वाद्य का। हमारे प्रभु शिव ही दिव्य संगीत के उद्भावक हैं। पृथ्वी पर लौकिक संगीत का भी प्रचलन देश-काल आदि के आधार पर होता है। परलोक में गन्धर्व, किन्नर संगीत-कला को प्रकट करते हैं। इनमें कई नाम प्रसिद्ध हैं जैसे हाहा, हू हू, चित्ररथ, हंस, विश्वावसु, तुम्बरु, नन्दि आदि। यह भी माना गया है कि दिव्य गन्धर्व स्वर्ग और आकाश में रहते हैं और मर्त्य गन्धर्व पृथ्वी पर जन्म लेते हैं। गन्धर्व-लोक की कल्पना गुह्यक अर्थात् यक्ष-लोक के ऊपर और विद्याधर-लोक से नीचे की गई है। सामवेद के उपवेद को गन्धर्व वेद कहा गया है। हम चाहते तो माता की आज्ञा के अनुसार इन्हें भी आमंत्रित कर सकते थे पर यह लघु उत्सव नितान्त पारिवारिक है, इसलिए नृत्य-गीत का यह समारोह हम लोग ही मिलकर मनाएँगे।"

यह कहकर गणपति ने आसन पर बैठकर वीणा अपने हाथ में सम्हाली, और तारों को झंकृत किया। पृथ्वी-आकाश सभी उस झंकार में खो गए, सब ओर सुनने की उत्कंठा जाग गई।

बुद्धि चकित थी। उसने विस्मय भाव से कहा, "आर्य! आप वीणा वादन में प्रवीण हैं, यह मुझे ज्ञात नहीं था, अहा! मेरे लिए यह कितना आनन्ददायक है!"

गणेश वीणा के तारों पर हल्के-हल्के उँगलियाँ फिराते हुए बोले :

"देवि! संगीत की स्वर-साधना जैसे-जैसे सूक्ष्म होती जाती है, वैसे-वैसे देवत्व का भाव प्रकट होने लगता है। तुम्हें तो ज्ञात है, प्रभु शिव तांडव जैसे नृत्य के महान् नृत्यपति हैं तो माता पार्वती लास्य नृत्य विशारदा हैं। माता पार्वती के एक रूप माता ललिता का नाम ही 'वीणावती' है, स्वयं माता पार्वती का नाम 'वीणावादनतत्परा' है। गायन के भी आद्याचार्य प्रभु शिव ही हैं क्योंकि डमरू के निर्घोष से ही चौदह माहेश्वर सूत्रों की रचना हुई थी और इन्हीं से संस्कृत भाषा का व्याकरण निर्मित हुआ था। उन्हीं से स्वर, व्यंजन और वर्णों की रचना हुई थी।"

यह कहकर गणपति वीणा वादन में लीन हो गए। वीणा का स्वर सम्पूर्ण वातावरण को निनादित कर रहा था। स्वर के माधुर्य में इतना प्रवाह था कि देवी सिद्धि अपने को रोक न सकी, उनके मुख से गीत के बोल फूट पड़े, इस समय वे 'देशी' गान गा रही थी। स्वर-ताल का ऐसा मधुर मिश्रण था कि नृत्यशीला बुद्धि के पाँवों की पायल झनझना उठी।

वहाँ एक अद्‌भुत दृश्य समुपस्थित हो गया था। गणपति वीणा बजा रहे थे, सिद्धि गा रही थी और बुद्धि नृत्यरत हो गई थी। कुछ देर तक सब अपनी सुध-बुध खोए इस संगीत-साधना में लीन रहे। नृत्य थमने के बाद भी गणपति के मन को तृप्ति नहीं थी, उन्होंने वंशी उठाकर वंशी-वादन करना आरम्भ किया। वंशी बजाते समय वे भावोल्लास में लृ के आकार में 'लाकृति' रूप में टेढ़े खड़े हो गए। वंशी का मोहक स्वर गूँजता रहा। गणपति कृष्ण के अवतार के रूप में सज रहे थे : उनके कन्धे पर पड़ा पीताम्बर हवा के साथ दोलायित हो रहा था, उनके युगल चरण एक दूसरे पर टिके थे। उनकी बाँकी झाँकी मन मोह रही थी। वे युगल किशोर कृष्ण की तरह शोभायमान थे : 'तीन लोक झाँकी, ऐसी दूसरी न झाँकी, जैसी झाँकी हम झाँकी, बाँकी युगल किशोर की।'

साथ आए कई वादकों ने मिलकर अलग-अलग वाद्ययंत्रों से एक विशिष्ट राग को स्वर देना आरम्भ किया। विहाग की मधुर ध्वनि रस-वर्षा कर रही थी। गणेश उल्लसित होकर बोले :

"अहा! अद्भुत रस-संचार हो रहा है। चलो बुद्धि, हम साथ-साथ नृत्य करें। साध्वी सिद्धि अपने मधुर स्वर गुंजार कर वातावरण को परिशुद्ध करें!"

कहकर गणपति उठे और भावावेश में नृत्य आरम्भ कर दिया। उनका साथ देने के लिए बुद्धि भी उठ खड़ी हुई थीं। गणपति की हर ताल पर उनके गले में पड़ी वैजयन्ती की माला भी आन्दोलित हो रही थी। उनके माथे पर कसा हुआ मुकुट अपने स्थान से थोड़ा खिसक गया था। श्रम और स्वेद से मस्तक पर सुशोभित रक्त चन्दन का टीका थोड़ा बह चला था। उनके कर्ण युगल उसी प्रकार गंडस्थल से टकरा रहे थे जैसे कोई वादक किसी बड़े झाँझ को बजाने के लिए एक-दूसरे से तीव्रता से सटाता है। गणपति के अंग-अंग से झनकार निकल रही थी। उनका सारा शरीर ही भिन्न-भिन्न स्वर वाले वाद्यों की तरह बज रहा था पर उनसे एक व्यवस्थित ताल-लय मिश्रित स्वर निकल रहा था। वाद्य भिन्न हों पर स्वर एक हो जाए तो यही समग्रता संगीत को सार्थक बना देती है।

संगीत सभा के बाद बुद्धि ने प्रस्ताव रखा, "अब सूर्य की किरणें दीप्त होकर चारों ओर फैल गई हैं, क्यों न हम सब लौटने के पूर्व थोड़ी क्रीड़ा कर लें?"

सहसा सिद्धि ने हस्तक्षेप करते हुए कहा, "नहीं-नहीं बुद्धि! ऐसा प्रस्ताव मत रखो। तुम अवश्य लुका-छिपी का खेल खेलना चाहती हो। यह घना वन इस भाव के लिए सदैव प्रेरित करता है। पर, हम तुम इन महागणपति देव को अभी भी पूर्णतया नहीं जानते। ये मायामय, मायिक विद्याओं के ज्ञाता, कहाँ अन्तर्धान हो जाएँ, कहाँ प्रकट हो जाएँ, इनका कोई ठिकाना नहीं। इनसे इस खेल या प्रतिस्पर्द्धा में जीतना असम्भव है। तुम इनकी मोहिनी मूर्ति पर मत जाओ, अभी तुम्हें इनके 'उच्छिष्ट गणपति' या इनके 'विनायक' रूप से पाला नहीं पड़ा है। ये जैसा खेलें, वैसा ही खेलो। इनकी इच्छा को ही हम अपनी इच्छा समझें तो ईश्वर भी हमारा साथी और सहचर हो सकता है। देखो बुद्धि, जब पुरुष में देवत्व प्रकट हो अर्थात् उसमें दैवी भाव प्रबल हो तो उसकी आज्ञा का अवश्य अनुगमन करना चाहिए। हाँ! जब उसमें मानव-भाव प्रबल हो अर्थात् लोक-लीला-भाव आए तो थोड़ी नोक-झोंक, मान-मनौवल, रूठना-मनाना, रीझ-खीझ सब सुख देते हैं।"

गणपति बोले, "क्रीड़ा से तुम्हारा आशय? संगीत, गायन, नृत्य यह सब भी तो क्रीड़नीयक ही था, एक प्रकार से क्रीड़ा ही थी।"

"हाँ-हाँ अवश्य! पर अब थोड़ी दौड़-भाग भी कर लें। देखिए चारों ओर वन-वृक्ष की हरीतिमा लुभा रही है। रंग-बिरंगे, फूल, फल, शोभाशाली विशाल वृक्ष! कोई-कोई वृक्ष अत्यन्त स्थूल है। उसका उदर भाग देखिए, कितना प्रशस्त, कितना बड़ा जैसे महोदर हो। उन्हें देखकर अपने अत्यन्त प्रिय की स्मृति हो जाती है!"

"अच्छा! तो तुम काव्य-भाषा में मेरे सौन्दर्य का वर्णन कर रही हो। मैं स्थूल हूँ, मोटे वृक्ष का मोटा तना हूँ, मैं तुमसे भी अधिक तीव्रता से दौड़-भाग सकता हूँ। चलो इसी बहाने घास पर दौड़ें। बुद्धि! मुझे यह हरी घास-यह कोमल दूर्वा अत्यन्त प्रिय है। कोई मेरे माथे पर दूर्वा रख दे तो मैं बिन मोल उसका दास हो जाता हूँ। दूर्वा का हरा रंग पृथ्वी की हरीतिमा का मुझे सदैव स्मरण दिलाता रहता है। इसीलिए तो भाद्र शुक्ल अष्टमी को दूर्वा अष्टमी के नाम से जाना जाता है। जानती हो बुद्धि! दूर्वा का जन्म भगवान् विष्णु के केशों से हुआ है। इन पर कुछ अमृत बिन्दु टपक पड़े थे इसलिए यह दूर्वा कभी मरती नहीं, मिटती नहीं। यह अमरत्व का प्रतीक है। इस दूर्वा का पूजन भी देवी के रूप में किया जाता है। इस पूजन में दो मंत्रों का उच्चारण होता है, फल-फूल अर्पित किये जाते हैं, और प्रार्थना की जाती है कि हे देव! मुझे सौभाग्य दे, सन्तान और सब प्रकार के सुख प्रदान कर। इसके अतिरिक्त श्रावण या कार्तिक महीने में दूर्वा गणपति व्रत भी किया जाता है जो मुझे अत्यन्त प्रिय है।"

फिर गणपति ने सिद्धि को लक्ष्यकर कहा, "यह दूर्वा अद्भुत है। यह लघु है, इसमें लघिमा का गुण है पर यह कभी मिटती नहीं, क्रूर झंझावातों से यह भयभीत नहीं होती। बड़े-बड़े वृक्ष धराशायी हो जाते हैं पर यह दूब खूब-की-खूब बनी रहती है। लगता है तुमने इसे भी सिद्धि का वर दे रखा है।" सिद्धि ने कृतज्ञतापूर्वक मन्द मुस्कान से गणपति का समर्थन किया। वक्रतुण्ड अभी भी बुद्धि की बातों का स्मरण कर मुस्कुरा रहे थे। बोले :

"देवि! तुमने जो कहा, वैसा कहा, सब ठीक है। लोग कहते हैं, मैं अज्ञेय हूँ, जल्दी पकड़ में नहीं आता पर विवाह के कुछ ही दिनों में तुमने मुझे पूरा समझ लिया, यह क्या कम आश्चर्य की बात है?"

सिद्धि और बुद्धि दोनों ने महागणपति को नमस्कार करते हुए कहा, "इसे प्रीति की ढिठाई समझें, इसे भी खेल या आनन्द की मुद्रा में ग्रहण करें। आप अनन्त हैं प्रभो! तो आपकी सुसंगति हमें भी कभी-कभी अनन्त बना देती है।"

इसके बाद का कार्यक्रम मधुर मोदकों का प्रसाद-वितरण था। दोपहर होने को आ गई थी। गणपति की भी बुभुक्षा जग गई थी। देखते-देखते उनकी सूँड़ प्रलम्ब हो गई। सुपक्व केलों, आम्रफलों को वे एक ही झटके में अपने उदरस्थ करने लगे। मोदकों से भरे हुए थाल पलभर में रिक्त हो गए। वहाँ बैठे-बैठे गणपति ने अपनी प्रलम्बित सूँड़ से भागीरथी का जल जीभर पी लिया। तृप्ति की डकार ली। फिर तो सब भोज्य सामग्री पर टूट पड़े और वहाँ से विदा लेने के समय गन्धमादन की मधुर स्मृति के साथ सबके मुख पर आनन्दमय परितृप्ति का भाव झलक रहा था।

29

एक दिन देवर्षि नारद कैलास खंड में गणों की सभा को सम्बोधित कर रहे थे। वहाँ शिव के पदतल पर बैठे वे भगवती पार्वती और गणपति की श्री-शोभा का अवलोकन भी कर रहे थे। तभी भावावेग में वे बोलने लगे :

"महान् शक्तियों के क्रिया-कलाप दुर्ज्ञेय होते हैं। सामान्य जन और ईश्वरीय विभूतियों में यह अन्तर होता है कि सामान्य जनों की क्रिया से उनके चित्त की थाह मिलती है पर महाशक्तियों की क्रीड़ा से उनके चित्त तक नहीं पहुँचा जा सकता। जो उनके चित्त से एकाकार होते हैं वही उनकी प्रत्येक लीला का अर्थ समझ सकते हैं। उन्हें मानवीय बुद्धि से परखा नहीं जा सकता इसलिए शरणागति-भाव और भक्ति की आवश्यकता पड़ती है। साधारण-सी बात है कि उसकी कृपा से ही उसको जाना जा सकता है। ईश्वरीय सत्ता की हर क्रिया के पीछे संकल्प-भाव होता है और उससे एकमेक होकर ही उसका अनुभव किया जा सकता है।

"गणपति अनादि काल से अनेक युगों में अनेक रूपों और अवतारों में प्रकट होते रहे हैं। कृतयुग की बात है, कृतयुग सत्ययुग है, सृष्टि का प्रथम चरण। स्वच्छ पवित्र मानव-समाज। पर समाज तभी बनता है जब उसमें परस्पर विरुद्ध भावों वाली शक्तियों का द्वन्द्व होता रहता है, इसी संघर्ष से विकास और ह्रास का भी अनुभव होता है। वैदिक धर्म विश्व की चार सीमाएँ मानता है, जिन्हें युग कहा जाता है। ये हैं कृतयुग, त्रेतायुग, द्वापरयुग और कलियुग। ये नाम पाँसे के पहलुओं (पक्ष) के अनुसार रखे गए हैं। कृतयुग सर्वोत्कृष्ट है, जिसके पहलू पर चार बिन्दु होते हैं, त्रेता में तीन, द्वापर में दो और कलियुग में एक बिन्दु होता है। काल और अवधि की दृष्टि

से क्रम से प्रत्येक में एक-एक बिन्दु कम होता जाता है। पाँसों या पक्षों के आधार पर नामकरण का अर्थ है कि कृतयुग सबमें चौगुना लम्बा और सर्वगुण सम्पन्न युग है। इसके बाद गुणों की दृष्टि से ह्रास की प्रक्रिया आरम्भ हो जाती है। कृतयुग की आयु 4400 दिव्य वर्ष और त्रेता की 3300 वर्ष, द्वापर की 2200 वर्ष तथा कलियुग की 1100 दिव्य वर्ष है। एक दिव्य वर्ष का अर्थ है 1000 मानव वर्ष यह कृतयुग मनुष्य-जाति की सर्वाधिक सुखी व्यवस्था का उदाहरण है।

"कृतयुग का कृत नाम इस कारण था कि समस्त प्रजा इस काल में कृतकृत्य या कृतार्थ रहती थी। इस सत्ययुग की उत्पत्ति वैशाख शुक्ल तृतीया रविवार को हुई थी। इसमें विष्णु के चार अवतार हुए : मत्स्य, कूर्म, वराह और नृसिंह। इसी युग में बलि, मान्धाता चक्रवर्त्ती सम्राट् हुए थे। इसी आधार पर ब्रह्मलोक को भी सत्यलोक कहा गया। यद्यपि वहाँ युद्ध और विवाद के लिए स्थान नहीं था, किन्तु देवासुर संग्राम का प्रभाव गया नहीं था।"

देवर्षि की वाणी अबाध गति से चल रही थी, वे भाव-विभोर लग रहे थे। उन्होंने कहा : "आज मैं महागणपति वक्रतुण्ड के महोत्कट विनायक रूप की चर्चा करना चाहता हूँ। मेरे पिता ब्रह्मा ने सभी युगों में इनके विविध दिव्य रूपों का ज्ञान प्रदान किया है, वही मैं प्रस्तुत कर रहा हूँ। आर्यावर्त्त क्षेत्र में ऋषि-परम्परा चल रही थी। एक वेदज्ञ सुपठित ब्राह्मण रुद्रकेतु आश्रम बनाकर सपत्नीक वन में निवास कर रहे थे। पास ही जाह्नवी का तट था जहाँ गंगा का वेगपूर्ण प्रवाह अहर्निश चलता रहता था।

"रुद्रकेतु थे तो वेदज्ञ ब्राह्मण पर उनके मन में भीतर-भीतर सदैव एक अन्तर्द्वन्द्व चलता रहता था। वे हवन करते समय जब भी अग्नि में इन्द्रादि देवताओं को हवि देते उनके मन में प्रश्न उठता, "अमरावती के ये देवता चाहे वे देवराज इन्द्र हों, अग्नि हों, वरुण या मरुत हों, सबकी अभ्यर्थना ऋषि समुदाय को ही क्यों करनी पड़ती है, इस हवन या हवि का तात्पर्य क्या है? क्या मनुष्य-जाति देवताओं का दासत्व स्वीकार कर हतचेत, निश्चेष्ट उनकी कृपा-याचना के लिए बैठी हुई है? क्या मनुष्य-जाति का स्वतंत्र अस्तित्व नहीं है? मनुष्य की निवास-भूमि पृथ्वी का भूगोल तो समझ में आता है पर स्वर्ग को समझना तो सरल कार्य नहीं है। पृथ्वी उल्लास की भूमि है तो स्वर्ग विलास की। तो क्या यह मानव-जाति स्वर्ग के देवताओं के भरण-पोषण का उत्तरदायित्व उठाए हुए है? वन में आश्रम बनाकर निवास करते हुए ऋषियों का समुदाय कष्ट उठाकर हवन के साकल्य जुटाता है, गो पालन कर ऋषि-पत्नियाँ दुग्ध, दधि, घृत की व्यवस्था करती हैं और उस घृत का उपयोग देवों की तृप्ति के लिए होता है, वे इसकी गन्ध से पुष्ट होते हैं। देवराज इन्द्र वर्षा करते हैं, पृथ्वी हरित-भरित शस्यभार से भर जाती है। सभी देव-जातियाँ मनुष्य-जाति पर इतनी निर्भर क्यों हैं?

वर्षा तो प्रकृति की स्वाभाविक क्रिया है, सूर्य के तीक्ष्ण ताप से वाष्प और वाष्प से घनीभूत मेघों से वृष्टि-संचार, यह तो प्रकृति का नियत धर्म है! इसमें देवता की कृपा क्या है? हम देवताओं की तृप्ति तो चाहते हैं, मनुष्य की तृप्ति की नहीं सोचते। वैदिक मंत्रों में ऋषि कातर वाणी में इन्द्र से वर्षा की प्रार्थना करते क्यों दिखते हैं? क्या यह अकर्मठ मनुष्य-जाति पृथ्वी के भीतर निहित जलस्रोत का लाभ नहीं उठा सकती? वर्षा के जल का संरक्षण नहीं कर सकती? किसी शासक या सम्राट् की तरह देवताओं को उच्चासन पर आसीन कर वह प्रार्थना और स्तवन के ही गीत क्यों गाना चाहती है? वसिष्ठ, अगस्त्य, विश्वामित्र या अनेकानेक ऋषि देवताओं के लिए प्रार्थना मंत्रों की ही रचना करते क्यों दिखाई देते हैं? देव-जाति की इस निरंकुशता का उत्तर कौन देगा? देगा तो मनुष्य ही।" इस प्रकार के आक्रामक विचार रुद्रकेतु के मन को मथ देते थे।

"रुद्रकेतु के आश्रम में अग्निहोत्र की समस्त सुविधाएँ प्राप्त थीं। उनकी धर्मपरायण पत्नी शारदा उनकी सहानुगामिनी थी। समय पाकर उनकी पत्नी शारदा गर्भवती हुई, ब्राह्मण ऋषि ने उनकी हर दोहद इच्छा पूरी करने की चेष्टा की। उन्हें दो जुड़वाँ पुत्र उत्पन्न हुए। दोनों पुत्र शक्ति-सम्पन्न दीर्घस्वरूप वाले थे। रुद्रकेतु ने उन्हें देखकर परम तृप्ति का अनुभव किया और अपने जीवन को सार्थक समझा। एक-साथ दो पुत्रों की प्राप्ति, यह दीर्घ तपस्या का ही तो सुपरिणाम है, यह सोचकर वे धन्यता का अनुभव करने लगे। उस समय रुद्रकेतु का उत्साह छलक रहा था, उन्होंने प्रभु गणेश का पूजन, स्वस्तिवाचन एवं अन्य संस्कार पूरे करवाए। ज्योतिषियों ने दोनों बालकों के विषय में यह भविष्यवाणी की कि ये बालक महान् पराक्रमी होंगे और इनका नाम देवान्तक और नरान्तक होगा। वे दोनों बालक परम तेजस्वी और शक्तिशाली थे। सर्वत्र उनके साहस की प्रशंसा होती और ब्राह्मण दम्पति यह देख-देख परम आनन्द का अनुभव करते।

"एक बार मैंने उन्हें आशीर्वाद देकर तपश्चर्या की सीख दी और कहा कि वे महादेव शिव को उनके पंचाक्षर मंत्र से साधना द्वारा सन्तुष्ट करें। दोनों मुनिपुत्र देवान्तक और नरान्तक एकान्त वन-प्रदेश में शिव की आराधना में संलग्न हो गए। उन्होंने कठोर साधना की। उन्हें समय का कोई भान नहीं था। उन्होंने अपार कष्ट झेलते हुए प्रभु शिव को प्राप्त करने के लिए घोर तपस्या की। अन्ततः महाप्रभु कर्पूरगौर वृषारूढ़ शिव उनके समक्ष सहसा प्रकट हो गए। अपनी तपस्या के परम फल को पाकर दोनों मुनिकुमार आनन्दातिरेक से नृत्य करने लगे, उनका परम साध्य उनके नेत्रों के समक्ष खड़ा था। शिव जी ने परम सन्तुष्ट हो उनसे वर माँगने को कहा।

"देवान्तक और नरान्तक ने वर की याचना करते हुए कहा 'किसी भी देव, देवेन्द्र, असुर, मनुष्य, यक्ष, राक्षस, पिशाच, गन्धर्व, किसी भी जाति, किसी भी अस्त्र-शस्त्र,

पशु, ग्रह, नक्षत्र, किसी भी जीवधारी, किसी भी वन या ग्राम में हमारी मृत्यु न हो और हमें त्रैलोक्य का राज्य तथा आपके चरणों की सुदृढ़ भक्ति प्राप्त हो।' प्रभु भोलेनाथ ने उन्हें इच्छित वर प्रदान किया और उन्हें पूरी तरह निर्भय कर दिया।

"पर शक्ति और महत्त्वाकांक्षा का मेल तो होता ही है। अलौकिक शक्तियों से सम्पन्न देवान्तक ने स्वर्ग को जीतने के उद्‌देश्य से उस पर आक्रमण कर दिया और उसने अपने भाई नरान्तक को कहा कि तुम मृत्यु-लोक और पाताल को जीतकर अपने अधीन कर लो।

"देवान्तक ने देवताओं को युद्ध में पराजित कर दिया। उसकी हुंकार से देवता वन-कन्दराओं में जा छिपे। स्वर्ग-सुख से प्रमत्त भोगी देवताओं में प्रतिकार की कोई शक्ति नहीं थी। देवान्तक ने प्रचंड शक्ति का प्रदर्शन करते हुए इन्द्र के वज्र को विफल कर दिया। अपनी विजय से उन्मत्त देवान्तक ने नन्दनवन को नष्ट करना आरम्भ किया, जहाँ भी श्री-शोभा थी, सब निस्तेज हो गई। सभी देवता सुमेरु पर्वत की कन्दराओं में शरण लेकर कन्द, मूल, फल खाकर जीवन बिताने के लिए बाध्य हुए। देवांतक स्वर्ग का सम्राट् बन गया। उसके भाई नरान्तक ने पृथ्वी के अधिपतियों को परास्त कर दिया, कितने तो मारे गए, कितनों ने उसकी शरण गही और कुछ यत्र-तत्र पलायित हो गए।

"नरान्तक के पास युद्ध-विद्या में कुशल विशाल दैत्य वाहिनी एकत्र हो गई थी। असुर कपट एवं मायिक विद्या में प्रवीण थे। ऐसे ही असुरवीर ने गरुड़ का मायावी वेश धारण कर नाग-लोक के नागों का संहार करना आरम्भ किया। नाग-लोक बड़ी सरलता से नरान्तक के अधीन हो गया। अब नाग-लोक पर दैत्यों का शासन था। भयपूर्वक स्वीकार की गई इस अधीनता में मृत्यु की पीड़ा और जीवन की याचना का भाव था। अब तीनों लोक : स्वर्ग, मृत्यु-लोक और नाग-लोक देवान्तक और नरान्तक के वशवर्ती हो गए थे।

"आरम्भ में पिता रुद्रकेतु को लगा महाअनर्थ हो रहा है, उनके पुत्र देवान्तक और नरान्तक असुरों की तरह आचरण कर रहे हैं। वे तपस्वी भी रहे हैं और तपस्या का फल ही उन्हें महापराक्रमी बना रहा है। रुद्रकेतु ने सोचा : 'उन्होंने भी तो तप करके सन्तान की कामना की थी। उनके भीतर एक प्रच्छन्न भाव था कि उनकी सन्तान ऋषियों की तरह दुर्बल और दैव-निर्भर नहीं हो, हो तो स्वच्छन्द हो, वीर हो, अपरिसीम शक्तियों का स्वामी हो, वह समस्त स्वर्गीय सुखों का उपभोग करे, समस्त पृथ्वी को जीतकर उसका स्वामी बन जाए। अतल, वितल, पाताल के नाग-लोक तक उसकी विजय-दुन्दुभि सुनाई दे, सभी देवता उसके वशवर्ती हों।' वे स्वयं आज तक इन्द्र की पूजा-प्रार्थना करते आए थे। वे इन्द्र उनके पुत्रों के तेज के समक्ष पराजित भाव से प्रार्थना की मुद्रा में बैठे रहे! तो क्या वे पूरे जीवन देवताओं की पूजा के बदले भीतर-भीतर

वैमनस्य पाल रहे थे, देवों के ऐश्वर्य से आतंकित थे, उनकी दैवी शक्तियों से उन्हें ईर्ष्या हो गई थी? उनके भोग-भाव से उन्हें वितृष्णा हो गई थी और आज उनकी समस्त दबी हुई इच्छाएँ उनके दोनों महान् वीर पुत्रों देवान्तक और नरान्तक ने पूरी कर दी थीं! अब उन्हें प्रतीत हो रहा था कि 'आत्मा वै जायते पुत्रः' का शास्त्र-वचन सत्य सिद्ध हो रहा था। जैसा मन होगा, वैसे ही पुत्र भी होंगे। उनका शरीर कृशकाय, अत्यन्त दुर्बल था पर उसके भीतर एक धधकता हुआ संचित विद्रोह फण फैलाए नाग की तरह झूम रहा था। आज उसका वे प्रत्यक्ष फल देख रहे थे और उनके पुत्रों का नाम भी कितना सार्थक था देवान्तक और नरान्तक। दोनों किसी को अन्तिम स्थिति तक पहुँचा सकते थे, जैसे साक्षात् महाकाल के स्वरूप हों। जैसे-जैसे वे पुत्रों की विजय का संवाद सुनते, जैसे-जैसे उत्तरोत्तर उनके सुख-विलास के साधन बढ़ते वे परम प्रफुल्लित और गौरवान्वित होते। उनका सात्विक भाव तो आरम्भ में ही राजस भाव में बदल गया था और तामसी माया ने उन्हें सब ओर से आवृत कर लिया था।

"इधर सृष्टि-विकास के अपने नियम होते हैं जिसमें क्रिया, प्रतिक्रिया और कारण का सम्बन्ध-निर्धारण होता रहता है। जब संसार में दुर्नीति बढ़ती है तो उसके उपचार के उपाय भी निकल आते हैं। देवताओं की माता अदिति महामुनि प्रजापति कश्यप की धर्मपत्नी थीं। अदिति को देव-माता का गौरव प्राप्त था। वे विष्णु अवतार वामन, इन्द्र, द्वादश आदित्य, अष्टवसु, एकादश रुद्र तथा देव वैद्य अश्विनी कुमारों की, कुल तैंतीस देवताओं की माता थीं। अनेक जन्मों में अदिति ही क्रमशः रेणुका, कौशल्या और देवकी के रूप में अवतरित होकर परशुराम, राम और कृष्ण की माता बनीं। वे इन्द्र माता के नाम से विख्यात हुईं।

"देव-माता अदिति के मन में बार-बार प्रश्न उठता : 'मैं अनेक देवों की माता हूँ, पर सम्पूर्ण एकत्र देवशक्तियाँ परात्पर ब्रह्म के रूप में मेरे गर्भ में आएँ, मेरी यह कामना कब पूरी होगी?' उन्होंने अपनी यह इच्छा प्रजापति कश्यप के समक्ष रखी। कश्यप ने उन्हें विनायक मंत्र दिया, उसके पुरश्चरण की विधि बताई और बताया कि 'आदिदेव गणपति ही विनायक हैं। अलग-अलग युगों में उनके विविध अवतार हुए हैं और होते भी रहेंगे। उनके स्वरूप में त्रिदेवों अर्थात् ब्रह्मा, विष्णु और महेश का एकत्र समन्वय है। उनके हाथ का कमल कमलासन पर विराजित ब्रह्मा की भाँति सृष्टि-संरचना की लीला में सहयोग करता है। यह अम्लान कमल-पुष्प सृष्टि की निरन्तरता का साक्षी है। ये विनायक विष्णु स्वरूप हैं। विष्णु ने ही पशुरूप धारी अनेक अवतार धारण किये। उन्होंने मीन होकर जलचर जीव के रूप में, हिरण्याक्ष राक्षस के वध के लिए वाराह रूप में, हिरण्यकशिपु वध के लिए नृसिंह अवतार के रूप में, समुद्र-मन्थन के समय

सृष्टि के सम्भार को धारण करने के लिए कच्छप अवतार के रूप में, धर्म की सुरक्षा के लिए गो रूप में अवतार धारण किया है तो विनायक ने भी गजानन रूप में उन्हीं के स्वरूप को दुहराया है। और शिव तो गणपति विनायक के पिता ही हैं, उनकी संहारक मुद्रा जब विनायक में जागृत होती है तो बड़े-बड़े राक्षसों और कुकृत्य करनेवाले जीवों का क्षण मात्र में विनाश हो जाता है।' माता अदिति ने पति की आज्ञा का अनुसरण किया। वे प्रभु विनायक को पुत्र रूप में प्राप्त करने के लिए कठोर तपश्चरण में लीन हो गईं।

"अनेक वर्ष बीत गए। एक दिन शुभ मुहूर्त में देवाधिदेव विनायक गजानन रूप में उनके सामने अवतरित हुए। उनका मुखमंडल अद्‌भुत द्युति से चमक रहा था। कोटि-कोटि कामदेव भी मानो लज्जित हो रहे थे। उनकी दस भुजाएँ थीं, वे सिंह पर आरूढ़ थे। उनके दोनों पार्श्व में सिद्धि और बुद्धि विराज रही थीं। विनायक के कानों में दिव्य कुंडल झिलमिला रहे थे : वे चित्त की तरह दोलायमान थे, भाव की तरह गतिशील और परिवर्तनशील थे, प्रेम की भाँति आन्दोलित और अनुराग-भाव की तरह कपोलों का स्पर्श कर रहे थे। उन मंगलमूर्ति के कंठ में स्वर्णमालाएँ चमक रही थीं। उनके हाथों में परशु, पाश, कमल, मोदक आदि शोभा पा रहे थे। दिव्य मस्तक पर कस्तूरी का तिलक चर्चित था, नाभि पर सर्प सुशोभित था, दिव्य रक्ताम्बर शरीर पर चमचमा रहा था। महिमामयी माता अदिति इस विराट् स्वरूप को देर तक देखकर सह न सकीं। उन्होंने साश्रु और गद्‌गद कंठ से कहा, 'प्रभो! मनुष्य सम्पूर्ण जीवन अपने इष्ट को भजता है। उसकी दूरी ही उसे जीवनी शक्ति देती है पर उसे अकस्मात् सामने प्रत्यक्ष देखकर मति कुन्द हो जाती है। सूर्य दूर से ही प्रकाश और ताप देकर जीवन रक्षक होता है पर उसे समीप पाकर भस्मसात् होना पड़ता है। आप अपने इस दिव्य स्वरूप को समेटें। आप मेरे पुत्र रूप में कोमल बाल रूप में प्रकट हों, सबकी रक्षा करें, सबको त्राण दें। आप अग्रपूज्य, अग्रदेव ही नहीं आप आदिदेव भी हैं। आप अनन्त रूपों में विकसित होते हैं।' विनायक 'एवमस्तु' कहकर अदृश्य हो गए।

कुछ ही समय बाद माता अदिति ने गर्भ धारण किया। उनका शरीर तेजोमय हो गया और एक दिन वह अलौकिक तेजोमय विग्रह परम तत्त्व विनायक रूप में अदिति के गर्भ से प्रकट हुआ। फिर क्षणमात्र में माता की प्रार्थना पर विनायक लघु गजानन के रूप में क्रन्दन करने लगे। वह क्रन्दन किसी दुन्दुभि की तरह समस्त दिशाओं में फैल गया। दुष्ट तेजहीन हो गए किन्तु प्रकृति प्रसन्न थी। पिता कश्यप ने बालक का नाम रखा 'महोत्कट'। सप्तर्षि एवं अन्य ऋषिगण महोत्कट के दर्शनों के लिए पधारे। सबको अनुभव हो रहा था कि दिव्य लक्षणों से सम्पन्न यह बालक लीला-वपुधारी है। यही दुष्टों का दलन करेगा और साधुजनों को परित्राण भी देगा। सबने आदिदेव विनायक की अभ्यर्थना की।

30

शक्ति किसी पुष्प की तरह धीरे-धीरे प्रस्फुटित होती है। इसलिए महत्-तत्त्व की समस्त क्रियाएँ बाल्यकाल से ही दृग्गोचर होने लगती हैं।

नारद कुछ क्षण के लिए मौन होकर भक्तिभाव से वीणा वादन करने लगे। उनकी देव-वीणा का मधुर स्वर सब ओर माधुर्य घोल रहा था। सबका चित्त समरस हो रहा था। इस बीच अवसर देख माता पार्वती ने मिष्टान्न, मोदकों और फलों के अनेक दिव्य थाल मँगवाकर प्रभु को अर्पित कर समस्त गणों में उन्हें वितरित करने का आदेश दिया। मिष्टान्न की तो जैसे लूट मच गई। माधुर्य जैसे सर्वत्र बिखरा पड़ा था। सभी गण बुभुक्षित थे। सबने परम तृप्ति और आस्वाद का अनुभव किया। सब आकर अपने-अपने स्थान पर बैठ गए। सबके मन में विनायक की आगे की कथा, उनकी बाल लीलाओं में अवगाहन करने की इच्छा थी।

देवर्षि नारद ने कहना आरम्भ किया : "तपस्वी रुद्रकेतु के दोनों पुत्र देवान्तक और नरान्तक के विनाश के लिए महोत्कट विनायक का अवतरण हुआ था। महर्षि कश्यप के आश्रम में नवजात गणाधिप के आविर्भाव की सूचना दिग-दिगन्त में फैल चुकी थी। सबको यह अनुभव हो रहा था कि माता अदिति के अंक में आदिदेव विनायक महोत्कट के रूप में क्रीड़ा कर रहे हैं और अब असुरों का उन्मूलन शीघ्र ही सम्भव है। यह समाचार देवान्तक और नरान्तक तक भी पहुँचा। उन दोनों भाइयों ने यह विचार कि बीज या किसी पौधे का विनाश सरल होता हैं अतः उसके विशाल वृक्ष बनने की प्रतीक्षा नहीं की जा सकती। वे महोत्कट के नाश की मंत्रणा करने लगे। देवान्तक ने कहा :

"'हम दोनों भ्राताओं का जन्म ही देव-जाति, मनुष्य-जाति और पाताल वासी नागादि जातियों को नष्ट कर उन पर शासन करने के लिए हुआ है। मैं देवान्तक देवताओं का अन्त करने के लिए बना हूँ और मेरा सह जन्मा भ्राता नरान्तक मनुष्य-जाति का विनाशक बनकर उत्पन्न हुआ है इसलिए देवान्तक और नरान्तक नाम से हमारी प्रसिद्धि है।'

"उन दोनों भाइयों ने असुरों की सैन्य-शक्ति संगठित करनी प्रारम्भ कर दी। उन्होंने पूर्व असुर वृत्रासुर की माता दनु का भी आशीर्वाद प्राप्त किया। इसी दनु से सात दनुओं या दानवों की उत्पत्ति हुई थी, ऋग्वेद में उनका विस्तृत वर्णन हुआ है। ये दानव-पुत्र ही हैं जो आकाश के विभिन्न भागों को घेरे रहते हैं। इस दनु का एक अत्याचारी पुत्र शम्बर भी था जिसका इन्द्र ने वध किया था। दनु वंश के ही वंशज दानव हैं। इस दनु के गर्भ से वातापि, नरक, वृषपर्वा, निकुम्भ और वनायु आदि चालीस दानव उत्पन्न हुए थे। उन दानवों के अधीन अगणित सैन्य-बल था। आवश्यकता पड़ने पर वे क्षणार्ध में एक हो जाते और सुसंगठित होकर आक्रमण करते।

"प्रजापति दक्ष की कन्या दिति थीं। जैसे अदिति देवमाता थीं, वैसे ही दिति दैत्यों की माता थीं। देवताओं ने जब दैत्यों का नाश करना प्रारम्भ किया तो दिति ने अपने पति परमज्ञानी ऋषि कश्यप से इन्द्र का दमन करने के लिए एक पुत्र की याचना की जो अतुलित शक्ति सम्पन्न हो। कश्यप सहज ही प्रसन्न हो जाने वाले उदार ऋषि थे, दूसरे दिति में चापल्य और आकर्षण अधिक था। दैत्य-माता होने के कारण उनमें छल-वृत्ति और मायिक शक्तियाँ जन्मजात थीं। वह जानती थीं कि जैसे धारदार चाकू या अस्त्र किसी वस्तु को सरलता से दो टूक कर देता है वैसे ही सौन्दर्य जब तक वेधक नहीं हो तब तक वह म्यान में रखी हुई तलवार-सा निक्रिय होता है। अस्त्र और शस्त्र कितने भी तीक्ष्ण हों पर पड़े-पड़े उनमें भी जंग लग जाती है, अत: सौन्दर्य को भी प्रलोभनीय होना चाहिए। उसका आकर्षण-पाश भी ब्रह्मास्त्र की तरह अमोघ होना चाहिए, तभी उसकी सार्थकता है। यही कारण था कि महर्षि कश्यप दिति के समक्ष निरुत्तर हो गए। उन्होंने कहा :

"'तुम्हारी इच्छापूर्ति में सन्देह नहीं है किन्तु तुम्हें ऐसे पुत्र के लिए अत्यन्त कठोर तप करना पड़ेगा, अनगिनत दिन, अगणित वर्ष बिताने होंगे।' दैत्यों की माता दिति ने इन्द्र-वध के लिए सारे कष्टों को सहना स्वीकार किया। यह पूरा तप अत्यन्त शुद्धतापूर्वक होना था, कोई अपराध, कोई भूल क्षमा योग्य नहीं थी। महर्षि की इस कठोर आज्ञा का वे सावधानी से पालन करने लगीं। दिति कुशप्लव पर्वत पर आसनस्थ होकर तपश्चर्या में लीन हो गईं। और उनके गर्भ में वह इन्द्रहन्ता बालक पलने लगा।

इन्द्र दुखी और चिन्तित थे। वे उस अवसर की प्रतीक्षा कर रहे थे जब माता दिति से कोई भूल, कोई अशुद्ध आचरण तप में हो जाए और वे इसका लाभ उठा सकें। अन्ततः एक दिन उन्हें वह अवसर भी मिल गया। दिति एक दिन बिना पाँव धोए ही अशुद्ध दशा में सो गईं। उन दिनों इन्द्र दिति की सेवा में संलग्न रहते थे, दिति उन पर विश्वास करती थीं, पर दोनों के आन्तरिक-भाव प्रत्यक्ष थे। दोनों एक-दूसरे से अपने मनोभाव छिपा रहे थे। जब अनुचित दिशा की ओर दिति निद्रा निमग्न हो गईं तो इन्द्र ने उनके गर्भ में प्रवेश किया और उन अजन्मे और रुदन करते हुए शिशुओं को इन्द्र ने 'मा रोदी' (मत रोओ) कहा तो उन खंडों ने इन्द्र से कहा, 'हम तुम्हारे भाई हैं। तुम हमें क्यों मार रहे हो?' तब तक इन्द्र उस गर्भ को सात भागों में विभक्त कर चुके थे पर फिर भी वे जीवित थे तो इन्द्र ने एक-एक भाग को पुनः सात-सात भागों में खंडित कर दिया। वे उनचास भागों में विभक्त कर दिया। उन्हें उनचास भागों में विभक्त शिशु पुनः चिल्लाए :

"'हम तुम्हारे भाई हैं' तो इन्द्र ने कहा, 'यदि भाई हो तो निर्भय हो जाओ, तुम सब अब मरुत देवता हो, मेरे भ्राता हो।'

"कश्यप ने गर्भ-धारण के पूर्व ही दिति को समझाया था कि तपस्या में किया गया छोटा प्रमाद की भयंकर सिद्ध हो सकता है और गर्भस्थ शिशु भूल के परिणाम स्वरूप देवताओं का मित्र हो जाएगा। ठीक उसी प्रकार जैसे वृत्रासुर के घोर शत्रु इन्द्र का वध करने के लिए दैत्यगुरु शुक्राचार्य ने महान् यज्ञ किया वे 'इन्द्रशत्रु' के विनाश के लिए आहुतियाँ देने लगे पर 'इन्द्रशत्रु' शब्द के उच्चारण में एक स्वर के अपराध से उल्टे 'इन्द्रशत्रु' वृत्रासुर का ही नाश हो गया : 'यथेन्द्र शत्रुः स्वरतोपराधात्।'

"इन्द्र ने हाथ जोड़कर माता दिति से क्षमा माँगते हुए कहा, 'मेरा अक्षम्य अपराध आप क्षमा करें।' दिति उनकी सत्यवादिता से प्रसन्न हुईं। इन्द्र ने प्रार्थना की :

"'मेरे द्वारा अस्त्र से खंडित किये गए आपके रोते हुए पुत्रों को मैंने 'मा रुदन्तु' कहकर रोका था। अब सम्पूर्ण त्रिलोक में वे 'मरुतगण' नाम से विख्यात होंगे। वे देव-भाव धारण करेंगे, यज्ञभागी होंगे और सदैव मेरे प्रिय बने रहेंगे।'

"दिति बोलीं, 'मैं प्रसन्न हुई। मैंने तुम्हारी तरह का एक पुत्र माँगा था, तुमने उन्हें उनचास बना दिया। तुम्हारी इच्छा पूर्ण हो।' उन मरुतों के सात स्थान सुनिश्चित हुए : पृथ्वी, सूर्य, सोम, ज्योतिषियों के गण, सप्तर्षि मंडल और ध्रुव। इन्हें ही वात-स्कन्ध कहा गया। उन पर विचरण करनेवाले मरुतों के नाम हुए : आवह, प्रवह, उद्वह, संवह, विवह, अनुवह और परिवह। ये मरुत शिव के भी कृपा-पात्र हुए। इन्हीं की पुत्री सुयशा से हमारे नन्दीश्वर का विवाह सम्पन्न हुआ था।"

सभी गण गणेश्वर नन्दी प्रभु के विवाह की इस कथा से प्रसन्न होकर जयनाद कर उठे।

देवर्षि नारद की वाणी यहीं शान्त नहीं हुई, वे आगे की कथा कहते रहे : "दैत्यजननी दिति के उनचास पुत्र मरुतगण देवता-पद प्राप्त कर इन्द्र के साथ स्वर्ग लोक में अधिष्ठित हो गए। यह भी दिति के लिए असन्तोष का ही कारण था। उसने पुनः महर्षि कश्यप से प्रणय-निवेदन किया और कठिन-से-कठिन व्रत और तप करने को उद्यत हुईं कि उन्हें पुनः एक बलशाली पुत्र हो। कश्यप को सहमति देनी पड़ी। यह दक्षपुत्री दिति माता सती की सहोदरा थी, प्रभु शिव उसके भगिनी-पति थे। दक्ष की जिन तेरह कन्याओं का विवाह कश्यप से हुआ था उनमें दिति ज्येष्ठा थीं। देव-माता अदिति उनकी सपत्नी थीं। दिति ने अनेक दैत्य पुत्रों को जन्म दिया था जिनमें मायासुर, मूक, इल्वल, वातापि जैसे राक्षस-पुत्र, जय और विजय, हिरण्याक्ष और हिरण्यकशिपु, आदि पुत्रों को उन्होंने जन्म दिया। उन्हीं के आग्रह पर कश्यप ने अपनी एक जटा उखाड़कर अग्नि में डाल दी थी। उससे एक भयानक पुरुष उत्पन्न हुआ जिसे कश्यप ने इन्द्र का वध करने के लिए प्रेरित किया और दिति की इच्छा को पूर्ण करना चाहा। वही पुरुष वृत्रासुर था जिसे इन्द्र ने रम्भा अप्सरा के द्वारा सुरापान करवाकर अपने वज्र से मार डाला था।

"उनके उनचास मरुत पुत्र भी देवस्वरूप होकर इन्द्र के साथ चले गए, इससे वह और आहत हुई। कश्यप ने अपनी शोक विह्वला पत्नी को आश्वासन देते हुए पुनः कठोरतम तपस्या द्वारा मनोनुरूप पुत्र प्राप्त करने का आदेश दिया। दिति ने कठोर तप द्वारा एक वज्र एवं लोहे के समान दृढ़ शरीर वाला वज्रांग नामक पुत्र प्राप्त किया। जन्म लेते ही पुत्र ने माता से पूछा, 'आदेश दें, मुझे क्या करना है?' दिति ने अपने समस्त दैत्य पुत्रों का प्रतिशोध लेने की इच्छा से उसे इन्द्र का वध करने की आज्ञा दी। माता की आज्ञा शिरोधार्य कर व्रजांग ने इन्द्र को पराजित कर बन्दी बना लिया था, इससे माता दिति को परम सन्तोष प्राप्त हुआ। उस समय पिता कश्यप और ब्रह्मा के अनुरोध पर व्रजांग ने इन्द्र को मुक्त कर दिया। ब्रह्मा व्रजांग के शील भाव से प्रसन्न थे। उन्होंने उसके लिए एक सुकोमल पत्नी वरांगी उसे भेंट की। वज्रांग में धीरे-धीरे सात्विक भावों का उदय हो रहा था पर वरांगी की लालसा पूरी नहीं हुई थी। उसने एक ऐसे पुत्र की कामना की जो विष्णु आदि सभी देवताओं को कष्ट दे। तभी उसके गर्भ से भयानक राक्षसराज तारकासुर का जन्म हुआ जो कुमार कार्तिकेय को छोड़कर दूसरों के लिए अवध्य था। किन्तु वज्रांग की वृत्ति में साधुता आ गई थी। उसने ब्रह्मा से निवेदन किया कि इन्द्रपद के लिए उसे कोई इच्छा नहीं है।

वह एक ऐसा अद्‌भुत राक्षस था जिसने अपने पितामह ब्रह्मा से सांसारिक सुख-भोगों के स्थान पर वर माँगा था कि मेरा आसुरी-भाव नष्ट हो। वह इन्द्र के सिंहासन में रति के बदले धर्म में रति चाहता था। उसकी वर-याचना से ब्रह्मा भी चकित हुए थे और मनोनुकूल वर प्रदान किया था।

"इस प्रकार देव-माता अदिति का देव-भाव और माता दिति का दैत्य-भाव देव-दानव संघर्ष की रचना करता रहा।

"देवान्तक और नरान्तक भी उसी दैत्य-भाव के पोषक थे। उनका सकाम तप विजय की लालसा की पूर्ति के लिए था। उन्होंने पृथ्वी, अन्तरिक्ष, समुद्र और पाताल में यत्र-तत्र बिखरे और छिपे हुए राक्षसों की खोजबीन आरम्भ की और उन्हें एकत्र करने का प्रयास आरम्भ किया। उन्हें घोर आश्चर्य तब हुआ जब उन्हें ज्ञात हुआ कि जैसे वे ऋषिपुत्र होकर असुर कर्म में रुचि और आनन्द ले रहे हैं, वैसे लोग पृथ्वी पर भी भरे पड़े हैं, वैसे ही नाग-लोग में नाग भी निर्विष भी हैं और विषधारी भी। ऐसी द्विकोटिकता सर्वत्र व्याप्त है। पर सबसे अधिक मनुष्य ही इस दुविधा का उदाहरण है। मनुष्य के भीतर ही देव-भाव और दानव-भाव दोनों की सत्ता विद्यमान है। सुन्दर-से-सुन्दर मनुष्य के भीतर ऐसा क्रूरतम राक्षस छिपा बैठा है कि उसकी तो कभी कल्पना भी नहीं की जा सकती। मनुष्य सबसे अधिक अकल्पित, द्वन्द्वग्रस्त, अविश्वसनीय और द्विधाग्रस्त द्विकोटिक विभक्त जीव है। उसके व्यवहार में इतना अनिश्चय है कि वह कब दुर्दान्त पशु, कब क्रूरतम राक्षस और कब कोमल ममतामय प्राणी हो जाएगा, इसकी कोई निश्चित भविष्यवाणी नहीं की जा सकती। इसलिए जब भी देव-दानव संग्राम होता है तब-तब असुरता को ही नष्ट करने का प्रयत्न होता है। ये प्रतीक युद्ध की तरह हर युग में चलते रहते हैं।"

देवर्षि ने विशेष रूप से शिवगणों को लक्ष्य कर कहा, "प्रिय गणो! हर युग में गणपति तुम्हें भिन्न-भिन्न रूपों में प्राप्त होते रहेंगे, तुम्हारा उद्धार होता रहेगा। तुम्हारे स्वरूप और व्यवहार में परिमार्जन होगा, तुम्हारी दानवी वृत्तियाँ शान्त होंगी और तुम्हारा मनुष्यत्व जाग्रत होगा। तुममें करुणा और भक्ति का संचार होगा, तुम्हारा ताप कम होगा और धीरे-धीरे तुम सुशीतल और भक्ति-रस के अमृत का पान करने की क्षमता प्राप्त करोगे। स्मरण रखो, आसुरी वृत्तियों में लालसाओं की दहकती हुई लपटें हैं। इस अग्नि में भी बड़ा आकर्षण है पर तपस्या पर्वत-प्रदेश की प्रवाहित निर्झरिणी की तरह शान्ति देती है। तुम स्वच्छ हो जाओ, पूर्ण मनुष्य बनो और हमारे प्रभु शिव, माता पार्वती और गणाध्यक्ष गजानन की कृपा तुम पर सदैव बनी रहे। यही हमारी भी मंगल प्रार्थना है।"

31

महामुनि कश्यप सत्रहवें प्रजापति थे। वे ब्रह्मा के पौत्र और ऋषि मरीचि के पुत्र थे। ब्रह्मा की सृष्टि रचना में कश्यप का भी बड़ा योगदान था। कश्यप का मूल नाम अरिष्टनेमि था। दक्ष के यज्ञ में सती के साथ किये गए अनुचित व्यवहार के विरोध में अरिष्टनेमि ने कठिन कठोर कशा अर्थात् चाबुक जैसे शब्दों में प्रत्युत्तर दिया था, इसलिए भी वे कश्यप कहलाए। कश्यप स्वयं कहते थे कि शरीर की इन्द्रियाँ अश्व हैं जो कशा द्वारा नियंत्रित होकर कश्या कहलाती हैं अत: मानव शरीर भी कश्या है और उसमें प्राण-रूप से रहनेवाला मैं कश्यप द्विज हूँ। कश्यप ही चार मूल गोत्र प्रवर्तकों में से एक माने गए। शास्त्रों में कश्यप को ब्रह्मा का अंश-पुरुष और उसकी पत्नी अदिति को प्रकृति-स्वरूपा माना गया। सप्तम मन्वन्तर में उन्हें सप्तर्षि मंडल में भी स्थान प्रदान किया गया। कश्यप ने सृष्टि के विकास में अतुलनीय योगदान किया। उनसे उत्पन्न सन्तानों में देव, दानव, मानव, राक्षस, दैत्य, गन्धर्व, पशु-पक्षी, नाग, सर्प, अप्सरा आदि अनेक योनियों के प्राणी हुए। अदिति के अतिरिक्त दिति, कद्रू, विनता, दनु आदि पत्नियों से सृष्टि का क्रम आगे बढ़ा। अदिति के गर्भ से ही सूर्य, वामन और महोत्कट विनायक भी अपार शक्तियों के साथ प्रकट हुए।

ऋषि कुमार महोत्कट अपने संगी, ऋषि कुमारों के साथ क्रीड़ा करके आश्रम पर जैसे पहुँचे उन्हें एक रथ का घर्घर नाद सुनाई दिया और साथ ही कुछ अन्य अश्वों के टापों का स्वर भी आ रहा था। महोत्कट कौतूहल और बालसुलभ जिज्ञासा से रथ और रथ से पीछे चली आती हुई सैन्य टुकड़ी का अवलोकन कर रहे थे।

प्रजापति कश्यप ने आगे बढ़कर आगन्तुक का स्वागत किया तब महोत्कट को ज्ञात हुआ कि ये काशी के राजा प्रियव्रत हैं और उनके पिता के भक्त शिष्यों में हैं। कश्यप ने राजा प्रियव्रत को अपनी कुटी में आदरपूर्वक आसन दिया। राजा प्रियव्रत ऋषि के चरणों के समीप बैठ गए। वहाँ महोत्कट विनायक भी उत्सुकतापूर्वक जा बैठे।

राजा प्रियव्रत हाथ जोड़कर निवेदन कर रहे थे, "मुनि श्रेष्ठ! मुझे सदैव आपकी कृपा चाहिए। राज्य-कार्य का समुचित रीति से धर्म-मार्ग से संचालन दिन-प्रतिदिन कठिन होता जा रहा है। इस सत्ययुग का पुण्य मानो क्रमशः क्षीण होता दिखाई दे रहा है। राक्षसी वृत्तियों का प्रकोप बढ़ता जा रहा है। सर्वत्र त्राहि-त्राहि मची हुई है। देव! मृत्यु से भी अधिक मृत्यु का भय दुखदायी होता है। कोई भी पुण्यकार्य उचित रीति से फलित नहीं हो पा रहा। अब तो स्थिति इतनी भयावह होती जा रही है कि मानव और दानव जाति का अन्तर तो जैसे मिटता जा रहा है। इस कठिन घड़ी में मुझे अपने पुत्र का विवाह करना है। आप हमारे कुलगुरु हैं। सम्पूर्ण काशी आपके स्नेह और आशीर्वाद से पोषित होती आई है। मैं यह निवेदन लेकर आया हूँ कि आप काशी चलकर मेरे पुत्र का परिणय-संस्कार सम्पन्न करा दें और हमारी वंश-वृद्धि का आशीर्वाद प्रदान करें।"

"राजन्! आप शुभ समाचार लेकर आए हैं अतः मेरा आशीर्वाद सदैव आपके साथ है। किन्तु मैं चातुर्मास्य व्रत में संलग्न हूँ अतः अभी आश्रम छोड़कर मैं कहीं नहीं जा सकता।"

"किन्तु देव! आपके बिना यह शुभ संस्कार मैं सम्पन्न नहीं कर सकता।"

"मैं जानता हूँ राजन्! मैं आपकी श्रद्धा-विगलित भक्ति से भी परिचित हूँ। आप तनिक भी चिन्ता न करें। आपके समीप बैठा हुआ मेरा देव-पुत्र महोत्कट विनायक रूप है। वह सर्वशास्त्रविद, सभी अस्त्र-शस्त्र एवं मंत्र-विद्या में निपुण, अनादि ब्रह्म महागणपति का ही अवतार है। मेरा यही पुत्र आपके साथ जाकर आपके सभी यज्ञकार्य और विवाह संस्कार के सारे कर्मकांड पूर्ण करा देगा।"

राजा प्रियव्रत कभी ऋषि कश्यप को कभी महोत्कट को देख रहे थे जो देखने में एक प्रबुद्ध बालक किन्तु किशोर-जैसा प्रतीत हो रहा था। कश्यप राजा के मनोभाव और उनके मन की दुविधा को समझ रहे थे, बोले :

"राजन्! सत्य केवल दृष्टि के भरोसे नहीं रहता, उस पर विश्वास करना भी कभी-कभी आवश्यक हो जाता है। हमारा पुत्र विनायक सर्व विद्या सम्पन्न है। आप इसे अपने साथ ले जाएँ। इसकी सुरक्षा पर ध्यान दें। मुझे विश्वास है, यह भी आपकी सुरक्षा में सहयोगी होगा।"

सन्ध्या हो गई थी। कश्यप ऋषि की यज्ञशाला के पार्श्व में ही एक अतिथिशाला थी जिसमें काशीराज प्रियव्रत के विश्राम की व्यवस्था की गई और यह निश्चय हुआ कि कल प्रातः सूर्योदय होते ही महोत्कट राजा प्रियव्रत के साथ काशी के लिए प्रस्थान करेंगे।

अपनी कुटी में बैठे हुए महर्षि कश्यप ने अपने समीप बैठे हुए पुत्र महोत्कट के सिर पर स्नेहपूर्वक हाथ फेरा। उनका मन द्रवित हो रहा था। बोले :

"पुत्र! जन्म लेने के साथ ही मैंने तुम्हें समस्त दिव्य ज्ञान देने का प्रयत्न किया। शास्त्र ओर शस्त्र दोनों की समान शिक्षा दी, प्रकृति और पुरुष, द्यावा-पृथ्वी का रहस्य समझाया, देव-जाति, मानव-जाति, असुर-जाति और पशु-श्रेणी की विशेषताएँ बताईं। तुम्हारा अद्भुत शौर्य और वीरोचित नायकत्व ने मुझे तुम्हारे भीतर निहित समस्त शक्तियों से मुझे परिचित कराया। कोई भी जाति जब सृष्टि के लिए कल्याणकारी नहीं रह जाती है तो उसका विनाश अवश्यम्भावी हो जाता है। तुम काशी के राजा प्रियव्रत के पुत्र का विवाह-संस्कार कराके शीघ्र लौटने का प्रयत्न करना। मुझे ज्ञात है, राजा प्रियव्रत आसुरी शक्तियों से निरन्तर पीड़ित और प्रताड़ित हो रहे हैं। वे यहाँ उन कष्टों से मुक्ति के लिए आए थे। अहंकार और सुख-भोग की लालसा से राक्षसी-वृत्ति अधिक उद्दीप्त हो जाती है, यही प्रियव्रत के राज्य में ही हुआ है। मैं भविष्य देख रहा हूँ, तुम्हें उन सभी दुष्टों का संहार करना होगा। तुम विनायक हो, स्वयंभू नायक! तुम इच्छा करोगे और यह सृष्टि तुम्हारे संकेत पर बदलती जाएगी।"

महोत्कट विनायक धीर मन से पिता की बातें सुन रहे थे। उन्होंने प्रश्न किया :

"पितृ श्रेष्ठ! मेरे मन में एक प्रश्न अवश्य उठता रहता है कि इधर मैं जितने असुर वीर योद्धाओं की चर्चा सुन रहा हूँ, वे प्रायः ब्राह्मण हैं, ऋषि-पुत्र हैं। फिर अकस्मात् एक संस्कारवान कुल के सर्वथा विपरीत उनके भीतर विरुद्ध मनोभावों वाली राक्षसी वृत्तियाँ कैसे पनप उठती हैं? क्या ब्राह्मण-जाति भी हिंसक हो सकती है? अभी मुनिश्रेष्ठ रुद्रकेतु के पुत्र नरान्तक और देवान्तक भी तो इसी कोटि के रहे हैं। इसके पूर्व भी महान् असुर वीरों की कथाएँ प्रसिद्ध रही हैं। इस पट-परिवर्तन का कारण क्या है?"

"पुत्र! तुम्हारी जिज्ञासा उचित है। तुम यह स्मरण रखो कि श्रेष्ठता और उच्चता शिखर प्रदेश की भाँति होते हैं जहाँ से पतन होने पर कोई सीधा पर्वत की तलहटी में जा गिरता है। साधना के प्रकर्ष से डिगना सहज बात है। परिपक्व फल को डाल से टूटते देर नहीं लगती, उसे तो हवा का हल्का झोंका भी नीचे ला देता है। यही कारण है कि बड़े-बड़े साधकों को स्वर्ग की अप्सराओं ने पतित कर दिया है।

महान् ऋषि विश्वामित्र जैसे अनेक उदाहरण भरे पड़े हैं। किसी भी साधक के भीतर षड्रिपु सदैव विद्यमान होते हैं। यह छह शत्रु : काम, क्रोध, लोभ, मोह, मद, मात्सर्य सदैव अवसर की ताक में रहते हैं। साधक का संशयशील मन जैसे ही अपना धर्म खोता है, ये वृत्तियाँ उसे घेरकर परास्त कर देती हैं। इसलिए युद्ध बाहर ही नहीं दिखता, मन के भीतर भी सतत चलता रहता है। इस मन:संग्राम में विजयी योद्धा ही सच्चा साधक सिद्ध होता है। पुत्र! ब्राह्मण का ऋषित्व महिमामय है पर इधर ब्राह्मण जाति के प्रति मेरे मन में भी चिन्ता है। जब कृतयुग में इस सर्वोच्च जाति के पतन का संकेत मिल रहा है तो आगे अन्य युगों में तो और भी पतन सम्भव है।

"मैं दिव्य चक्षुओं से देख रहा हूँ, आनेवाले त्रेतायुग में भी ऋषि विश्रवा के पुत्र रावण, कुम्भकर्ण ब्राह्मण होकर भी राक्षसराज होंगे और राम के हाथों मारे जाएँगे। ये ब्राह्मण पृथ्वी के देवता, भू-सुर कहे गए हैं। ये वेदपाठी और परम सत्ता ब्रह्म के ज्ञाता माने जाते हैं। ये राजाओं के पुरोहित बने। ऋग्वेद के पुरुष सूक्त में जाति के अर्थ में इनका प्रयोग हुआ। सभी वैदिक ग्रन्थों ने इन्हें क्षत्रियों से भी श्रेष्ठ घोषित किया। यह भी माना गया कि क्षत्रिय और ब्राह्मण की एकता से ही उन्नति सम्भव है। यह दान स्वीकार करने वाली जाति 'आदायी' तो सोम-रस पीने के कारण 'आपायी' कही गई है। इसके अतिरिक्त भी इन्हें 'आवसायी' आदि नामों से भी पुकारा गया है। ये सभी स्थानों में रह सकते हैं इसलिए 'आवसायी' हैं और आनन्द से विचरते हैं इसलिए इन्हें 'यथाकाम प्रयाप्य' भी कहा गया है। ब्राह्मणों के अधिकार हैं : अर्चा, दान, अजेयता और अवध्यता तथा कर्तव्य हैं : ब्राह्मण्य वृति अर्थात् वंश की पवित्रता, कर्तव्यपालन अर्थात् प्रति-रूपचर्या और लोक को प्रबुद्ध करना।"

"पितृ प्रवर! आपसे चर्चा करके मेरे ज्ञान-चक्षु खुले हैं। ऐसे ब्राह्मण जो पथभ्रष्ट हैं, आसुरी वृति के मायाजाल में बँध गए हैं, मेरा मानना है कि उन पर शस्त्र उठाना ब्रह्मघात नहीं कहलाएगा।"

"निश्चय ही पुत्र! जो दोषी हैं, वे दंड के भागी होने चाहिए। ब्राह्मण जाति अपरिमित बुद्धिशाली रही है पर जब बुद्धि ही भ्रष्ट हो जाती हैं तो ब्राह्मणत्व कैसे बच सकता है? ऐसा व्यक्ति तो सामान्य मनुष्य कहलाने का भी अधिकारी नहीं रहता। अत: हे महोत्कट! जब ऐसा विरुद्ध समय आ जाए तो तुम अपना उग्र विनायक रूप प्रकट कर सकते हो तभी समाज और देश की रक्त-शुद्धि सम्भव है।"

रात्रिकाल का आगमन हो गया था अत: महोत्कट ने अपने माता-पिता के चरणों में शीश झुकाकर विश्राम की आज्ञा ली। ऋषि कश्यप पहली बार अपने प्रिय पुत्र विनायक को इतना बड़ा उत्तरदायित्व सौंप रहे थे, उनके मुख पर गौरव का भाव था।

32

गणपति के रूप में विनायक का अवतार समस्त विघ्नों के नायक के रूप में तो हुआ ही था, वे वास्तव में विशिष्ट नायक थे। स्वरूप और गुण में सबसे भिन्न। शक्ति, तेज और करुणा का अपूर्व समन्वय। गणेश इसलिए भी विनायक हुए कि दुष्टों का कार्य निर्विघ्न न होने पाए। इसीलिए पुण्याहवाचन के अवसर पर विघ्न और उसके पराभवकर्ता के रूप में विनायक गणपति का ही स्मरण होता था।

विनायक गणपति ने अपने पिता कश्यप की आज्ञा से काशी के राजा प्रियव्रत के साथ उनके पुत्र के विवाह-संस्कार की पूर्णता के लिए जाना स्वीकार कर लिया। राजा प्रियव्रत उन्हें रथ पर अपने साथ बिठाकर काशी की यात्रा पर चले पर उन्हें सन्तोष नहीं हो रहा था। वे इसलिए उद्विग्न थे कि किशोरावस्था का यह ऋषिपुत्र विनायक क्या समस्त वैदिक विधियों को उचित रीति से पूर्ण कर सकेगा?

राजा प्रियव्रत का रथ जब गहन वन में पहुँचा उस समय नरान्तक का चाचा धूम्राक्ष सूर्य की प्रसन्नता के लिए कष्ट सहता हुआ दारुण तप कर रहा था। वह सर्वसंहारक शस्त्रास्त्र की प्राप्ति के लिए उल्टा लटककर घोर कष्ट उठा रहा था। संयोगवश उसी समय सूर्यदेव ने धूम्राक्ष के लिए प्रभाभास्वर शस्त्र भेजा पर जब तक वह शस्त्र धूम्राक्ष तक पहुँचता तब तक विद्युत् गति से महोत्कट विनायक ने उछलकर उस शस्त्र को पकड़ लिया और अविलम्ब उसका परीक्षण करने के लिए धूम्राक्ष की ओर ही उछाल दिया। उस शस्त्र के परिचालन से भयानक शब्द हुआ और धूम्राक्ष का शरीर टुकड़े-टुकड़े होकर बिखर गया। आसपास के कई वृक्ष टूटकर दूर जा गिरे। धूम्राक्ष का वध होते देखकर उसके पुत्र जघन और मनु क्रोधाभिभूत होकर मुनि

कुमार विनायक पर टूट पड़े। उत्तर में विनायक ने भी विकट गर्जन करते हुए जघन और मनु के भी प्राण हर लिए। विनायक के धनुष की टंकार से असुर मूर्च्छित हो रहे थे और उनके शर-सन्धान से असुरों की सैन्य टुकड़ी हताहत हो रही थी।

बीहड़ वन का वह मार्ग निरापद नहीं रह गया था। पर महाराज प्रियव्रत साहसपूर्वक रथ को आगे बढ़ने का आदेश दे रहे थे। उन्हें लग रहा था कि क्रूर नरान्तक के गुप्तचरों से उसे सारी सूचना मिल गई है। पर वे यह नहीं समझ पा रहे थे कि महोत्कट विनायक का आगमन तो आकस्मिक हुआ है, वे तो कुलगुरु ऋषि कश्यप को आमंत्रित करने गए थे; महोत्कट गणपति के अवतार और उनकी सर्वशक्ति सम्पन्नता के बारे में उन्हें कैसे ज्ञात हुआ? यद्यपि महर्षि ने उन्हें महोत्कट की बाललीला के कई प्रसंग सुनाए थे जिसमें महोत्कट ने अनेक उपद्रवी राक्षसों का वध किया था। यहाँ तक कि यज्ञोपवीत के अवसर पर राक्षसों का एक दल जिसमें पिंगाक्ष, विघात, पिंगल, चपल, विशाल जैसे राक्षस थे, ब्राह्मण वेश में उस यज्ञोपवीत संस्कार में सम्मिलित होने के लिए बैठ गए थे। उनके माथे पर त्रिपुंड, गले में रुद्राक्ष की माला, हाथों में कमंडल था जिनमें भाँति-भाँति के छोटे अस्त्र उनके द्वारा छिपाकर रखे गए थे। वहाँ जब स्त्रियाँ शुभ गीत गाती विनायक पर अक्षत वर्षा कर रही थीं और पंडित स्त्रोत्र वाचन कर रहे थे तभी अनुकूल अवसर पाकर उन राक्षसों ने अपने छिपाए हुए अस्त्रों को निकालने का प्रयत्न किया, पर सावधान विनायक उनके षड्यंत्र को समझ गए थे। उन्होंने आमंत्रित अक्षतों को उठाकर उन पर फेंका और वे सभी भयानक राक्षस चीत्कार करते हुए प्राणरहित होकर गिर पड़े। उनके विशाल शरीरों के गिरने से भयानक शब्द हुआ, आसपास के कई वृक्ष धराशायी हो गए। वहाँ हलचल मच गई। उस उपनयन संस्कार में अनेक देवगण भी पधारे थे। कुबेर ने वक्रतुण्ड को अपनी कंठ माला पहनाई। शिव ने उन्हें 'विरूपाक्ष' की संज्ञा दी और अपना त्रिशूल और डमरू सप्रेम अर्पित किया। परशुराम की माता रेणुका ने उन्हें परशु प्रदान किया। वायु ने 'प्रभंजन' की संज्ञा दी। इन्द्र ने भी महोत्कट की शक्ति को पहचाना और उन्हें 'विनायक' नाम से सम्बोधित करते हुए अपनी शक्ति भेंट की।

राजा प्रियव्रत बालक विनायक की इस बाल-लीला और कीर्ति-गाथा को सुनकर समझ गए थे : वे अपने साथ एक कर्मकांड ज्ञाता ब्राह्मण को नहीं एक महाअवतारी, राक्षसों के विनाशक, विनायक नामक शक्तिपुंज को साथ लिए वाराणसी जा रहे हैं। वे भीतर-भीतर भयभीत भी थे और विनायक के साथ होने से आश्वस्त भी। उनके द्वन्द्वग्रस्त मुख पर आते-जाते इन भावों को लक्षित कर विनायक मन्द-मन्द मुस्कुरा रहे थे। पर विनायक का मार्ग सुरक्षित नहीं था। नरान्तक क्रोध से उबल रहा था।

उसने अपने अनेक योद्धाओं को आदेश दिया कि राजा प्रियव्रत और उनके साथ आ रहे ब्राह्मण कुमार को जीवित अथवा मृत पकड़कर मेरे सामने उपस्थित करो। विनायक के मार्ग में असुर अनेक रूपों में छलपूर्वक उन्हें मारने का उद्योग कर रहे थे। अब पतंग ओर विद्युल नामक दो असुर झंझावात के रूप में वहाँ प्रकट हुए। उनकी गति अत्यन्त प्रचंड थी, वन-वृक्ष उखड़ रहे थे, धूल-भरी तेज आँधी में हाथ को हाथ नहीं सूझ रहा था। असुरों की गर्जना का स्वर भीषण भय उत्पन्न कर रहा था पर इन सबकी परवाह किये बिना विनायक ने दोनों असुरों को अपनी वज्र मुष्टिका के प्रहार से आहत कर दिया। वे दोनों असुर निर्जीव होकर पृथ्वी को कम्पायमान करते हुए गिर पड़े। उन असुरों की विशाल काया को देखकर नगरवासी चकित और भयभीत हो गए पर उन्हें यह ज्ञात हो गया कि महाराज के साथ कश्यप पुत्र के रूप में एक महान्, देव-तुल्य, शक्तिशाली नवयुवा का आगमन हो गया है जिसने क्षणमात्र में भीषण असुरों का संहार कर डाला है।

अत्यन्त उग्र होकर नरान्तक ने अपने सेनानायकों से कहा :

"काशीराज प्रियव्रत हमारा परम शत्रु और विरोधी हो गया है। कल तक वह हमारी दया पर जीवित था, हाथ बाँधे खड़ा रहनेवाले सेवक की मुद्रा में रहनेवाला वह दुर्बल राजा अचानक एक बालक की सहायता पाकर उद्दंड और उच्छृंखल हो गया है। उसके संकेत पर हमारे कई शक्तिशाली योद्धा मारे गए हैं। वह हमसे भयभीत नहीं लग रहा। याद रखो निर्भयता से भी अहंकार पुष्ट होता है। हमें उसका राज्य विनष्ट कर देना है और साथ-साथ उस ऋषि कुमार का भी वध किसी प्रकार भी होना है। कल-बल-छल और दानवी माया का सहारा लो और सब मिलकर उसके विनाश का शीघ्र उपाय करो। उसके नहीं होने पर राजा स्वयं हमारे चरणों में पूर्ववत् आ गिरेगा।"

राजा प्रियव्रत की यात्रा इतनी सुगम नहीं थी। यद्यपि उनका रथ अपनी राजधानी के समीप ग्रामों के मध्य से तीव्र गति से चल रहा था पर निरन्तर ऐसा अनुभव हो रहा था कि वे अदृश्य शत्रुओं से घिरे हैं। पता नहीं कब कहाँ से आक्रमण हो जाए! वे शंकित, मनोदुर्बल और विकल मन:स्थिति में मार्ग के शीघ्र कट जाने की प्रतीक्षा में थे। पर उनके साथ अस्त्र-शस्त्र से लैस महोत्कट प्रतिक्षण सावधान और सजग थे। उनके मुख पर तेजस्विता की लालिमा और बढ़ गई थी। शत्रु राक्षसों के संहार से वे और भी उत्साहित थे। उन्हें मार्ग में एक पाषाणकाय असुर दिखाई दिया। जब तक वह उन पर आघात करता, महोत्कट ने अपने तीक्ष्ण परशु के प्रहार से उस पाषाण देहधारी दैत्य के टुकड़े-टुकड़े कर दिये।

अन्ततः यात्रा पूरी हुई और राजा प्रियव्रत ससम्मान उन्हें अपने महल में ले गए। षोडशोपचार पूजा और स्तुति से महोत्कट का सम्मान हुआ। मगर विनायक को चैन नहीं मिला। नरान्तक के भेजे हुए काम, क्रोध नामक राक्षसों ने उन पर आक्रमण कर दिया। उन्हें मारकर वे निवृत्त हुए ही थे कि एक मतवाले गजराज के रूप में कुंड नामक राक्षस उन पर टूट पड़ा। महोत्कट ने विद्युत् की स्फूर्ति से उसकी सूँड़ काट दी और अपने मुष्टि प्रहार से उसे भी प्राणहीन कर दिया। राक्षस नरान्तक विनायक के वध के लिए उतावला था। उसने अपने अनेक क्रूर शूरवीर सेनापतियों ज्वालामुख, व्याघ्रमुख और दारुण को भेजा। वे तीनों मायावी अपनी आसुरी माया से जन-जन को त्रस्त करने लगे तब विनायक ने योगमाया का आश्रय लेकर एक-एक कर तीनों के शरीर को विदीर्ण कर दिया। वे माया का उत्तर माया से दे रहे थे। इसी बीच दानवराज नरान्तक ने अन्धकासुर, अम्भकासुर और तुंग जैसे भयानक राक्षसों को ससैन्य भेजा। अन्धकासुर की मायिक शक्ति प्रचंड थी। उसने माया रचकर सूर्य को कालिमा से ढँक दिया, सर्वत्र गहन अन्धकार के बीच त्राहि-त्राहि मच गई। राक्षसों की सम्मिलित शक्ति कभी बवंडर बनकर पर्वतों को भी उड़ा देनेवाले वेग के रूप में दिखाई देती तो कभी भयानक धारासार वृष्टि और विद्युत् गर्जना के रूप में प्रकट होती। सम्पूर्ण नगर त्रस्त हो रहा था पर विनायक ने बिना देर किये उन तीनों मायावियों को उठाकर आकाश की ऊँचाई तक ले जाकर पृथ्वी पर इतनी जोर से पटका कि तीनों के शरीर क्षत-विक्षत होकर टुकड़े-टुकड़े होकर बिखर गए।

अम्भकासुर का मस्तक कटकर उसके भवन में अचानक गिरा। उसके स्वर से कम्पित होकर और अपने पुत्र का मस्तक देखकर अम्भकासुर की माता भ्रमरी क्रोध और आवेश से मूर्च्छित हो गई। वह चोट खाई हुई सर्पिणी की तरह फुफकारती हुई उठी और विनायक की माता अदिति का वेश धारण कर राजा प्रियव्रत के महल में पहुँच गई। प्रियव्रत ने उसकी अभ्यर्थना की। ऋषि-पत्नी अदिति ने कहा कि 'इतने दिनों से मैंने अपने विनायक को नहीं देखा, मेरा हृदय इसके लिए विकल हो रहा था।' राजा ज्यों-ज्यों विनायक की वीरता की प्रशंसा करते जा रहे थे, भ्रमरी क्रोध से उन्मत्त होती जा रही थी। तभी बाहर से खेलते हुए विनायक ने वहाँ प्रवेश किया।

पहले तो वे अपनी माता अदिति को देखकर चौंके पर भ्रमरी के हाव-भाव से ही उन्हें उसके छली रूप का ज्ञान हो गया। भ्रमरी ने पुत्र-प्रेम प्रदर्शित करते हुए विनायक को गोद में लेकर खाने के लिए मोदक दिया। विनायक ने मोदक तो ले लिया पर वे उसकी गोद में बैठे-बैठे किसी अचल पर्वत की तरह भारी हो गए। अब तो भ्रमरी प्राण-भय से जोर-जोर से चिल्लाने लगी। वह अपने शरीर से विनायक को अलग

करना चाहती थी किन्तु विनायक और भी तीव्रता से उसके शरीर पर पर्वत-तुल्य भार डाल रहे थे। अन्त में राक्षसी आर्तनाद करती हुई अपने राक्षसी रूप में प्रकट हो गई। देखते-देखते उस महाकाय राक्षसी का भी प्राणान्त हो गया।

सम्पूर्ण नगर में विनायक की शक्ति और प्रभुता का प्रसार हो गया। राजा प्रियव्रत सीधे उनके चरणों में गिर पड़े। वे रुँधे कंठ से बोले, "हे क्रीड़ा-वत्सल! आपने खेल-खेल में अनगिनत राक्षसों का बड़ी सरलता से वध कर दिया। आप हमारे और हमारे नगर के प्रजा-वत्सल हैं।"

विनायक ने मन्द स्मिति से उत्तर दिया, "राजन्! मैं तो अपने पिता की आज्ञा से आपके पुत्र के विवाह के कर्मकांड को पूर्ण करने आया था पर यहाँ आने पर अनुभव हुआ कि आपका राज्य तो असुरों की अत्याचार-स्थली है। वैसे भी काशी भगवान् शिव की प्रिय नगरी है। यह राक्षसों का क्रीड़ा-क्षेत्र और अनाचार का क्षेत्र नहीं बने, इसके लिए कुछ तो प्रयत्न करना ही था। अभी तत्काल तो आप निष्कंटक लग रहे हैं पर जब तक दुरात्मा पापी राक्षसराज नरान्तक और देवान्तक का वध नहीं होगा, तब तक सृष्टि में शान्ति स्थापित नहीं होगी। मेरे लिये जो करणीय है, वह तो मुझे करना ही होगा।"

कहकर विनायक मौन हो गए। उनके मुख पर गम्भीरता का भाव था और राजा प्रियव्रत सन्तुष्ट होकर करबद्ध प्रार्थना की मुद्रा में उनके समक्ष बैठे थे।

33

समस्त पृथ्वी और नाग-लोक को जीतने वाला नरान्तक युद्धोन्मत्त और अहंकारी हो गया। वह जो चाहता वह उसे सुलभ था। उसका अग्रज देवान्तक कल्पवृक्ष की सुखद छाया में बैठकर दुर्लभ-से-दुर्लभ पदार्थ की इच्छा करता और वह पदार्थ नरान्तक तक पहुँच जाता। उस समय पृथ्वी और स्वर्ग जैसे एकमेक हो गए थे। नरान्तक और देवान्तक भयंकर मायिक शक्तियों के स्वामी थे। उधर उनके पिता रुद्रकेतु और माता शारदा के संस्कार सर्वथा परिवर्तित हो गए थे। उन ऋषि और ऋषि-पत्नी ने जीवन-भर वन के आश्रमों में छोटी-सी कुटिया में रहकर अग्निहोत्र आदि की व्यवस्था करने और गो-पालन में ही जीवन के अधिकांश वर्ष व्यतीत कर दिये थे। वन में क्लेश ही क्लेश था। यज्ञ, हवन से ही दिनचर्या आरम्भ होती थी, शेष समय में गो-सेवा और वन से सूखी लकड़ियों के चयन का कार्य होता। रुद्रकेतु एक-दो दिनों के अन्तराल पर समीप के ग्रामकों में भिक्षाटन के लिए जाते। जो भी अन्न या शाक मिलता उससे जीवन-यापन करते अन्यथा वन के फल-फूलों पर ही उनका जीवन निर्भर था। उनके दोनों पुत्रों ने भी माता-पिता की आज्ञा से कठोर तपश्चर्या वाला जीवन चुना था। इसमें उन्हें सफलता भी मिली और परमात्मा की कृपा से वे दोनों परमवीर, शक्तिशाली और युद्धोन्मत्त हो गए। नरान्तक और देवान्तक दोनों त्रिलोक का सुख भोग रहे थे तो उनके माता-पिता भी तपस्वी जीवन छोड़कर अब किसी विलासी सर्वसुख-भोगी देवता का जीवन व्यतीत कर रहे थे। अपार सम्पत्ति, अगणित दास-दासियाँ, सेवा में सदा तत्पर सुन्दर अप्सराएँ! रुद्रकेतु अपना ऋषित्व कबके भूल चुके थे। सदा शान्त रहनेवाले रुद्रकेतु को क्रोधाभिभूत होते अब देर नहीं लगती थी।

सुस्वादु व्यंजनों और मिष्ट भोज्य पदार्थों के भक्षण के साथ-साथ वे सोम-रस का भी नियमित सेवन करने लगे थे। अप्सराओं ने सेवा में कोई कोर-कसर नहीं छोड़ी थी और देखते-देखते उनकी पत्नी शारदा की रुक्ष केशराशि सुसंयत और सौन्दर्यवर्धक सज्जा-सामग्रियों से किसी युवा सौन्दर्य से प्रतिस्पर्द्धा करने लगी थी। दोनों पति-पत्नी नरान्तक की विजय का समाचार सुन-सुनकर उत्फुल्ल होते। उन्हें स्पष्ट लग रहा था कि आँखें बन्द कर ध्यान लगाने से अन्तत: भिक्षान्न मिलता है। कभी परमात्मा की कृपा हो गई तो एकाधिक दुर्लभ वरदान भी प्राप्त हो जाते हैं। पर आँखें खोलकर योजनाबद्ध रूप से देवान्तक और नरान्तक द्वारा किये गए युद्ध और शक्ति-प्रयोग से पृथ्वी से स्वर्ग तक पुल बाँधा जा सकता है।

माता-पिता स्नेहवश अपने छोटे पुत्र नरान्तक से मिलने पृथ्वी पर आए। उन्होंने राक्षसों की एक छोटी-सी टुकड़ी के साथ नरान्तक की राजधानी में प्रवेश किया। नरान्तक अपने माता-पिता को अचानक आया देखकर आनन्द से भर गया। उसने मंत्रोपचार से माता-पिता की पूजा की, उनकी अभ्यर्थना कर उन्हें दिव्य आसन प्रदान किया।

रुद्रकेतु और शारदा ने देखा नरान्तक कुछ त्वरा में लग रहा था। उसके मुख पर चिन्ता की हल्की रेखाएँ थीं, भृकुटि भी तनी थी। उसकी लम्बी दीर्घ आकृति पर बेतरतीब उगी हुई मूँछ और दाढ़ी के केश उसके मुख को डरावना बना रहे थे। उसकी तनी हुई भुजाएँ उसकी दृढ़ता का प्रमाण दे रही थीं। उसकी आँखों में एक नृशंस भाव था, वह भाव जो एक मनुष्य के दानव बनने की प्रक्रिया से उत्पन्न होता है। वह स्वाभाविक जन्मजात दानव नहीं था इसलिए वह अधिक क्रूरतापूर्वक व्यवहार करने का अभ्यस्त हो गया था।

रुद्रकेतु और शारदा ने देखा कि नरान्तक अपने कक्ष में कवच-कुंडल और शिरस्त्राण धारण कर युद्धवेश में सुसज्जित हो रहा है तो पिता रुद्रकेतु अपनी जिज्ञासा को रोक न सके। उन्होंने पूछा :

"मेरे बलशाली पुत्र नरान्तक! अब तो तुम दोनों भ्राता त्रिलोक के स्वामी हो गए हो। तुम्हारा साम्राज्य भी निष्कंटक है। मैं आरम्भ से अब तक देख रहा हूँ, त्रिभुवन में ऐसा कोई नहीं जो तुम दोनों भ्राताओं को पराजित कर सके। फिर यह युद्ध का बाना क्यों? क्या तुम्हारा कोई शत्रु अभी शेष है, या भूल से जीवित रह गया है? तुम्हारे पास तो एक-से-एक भट और आक्रामक योद्धा हैं, फिर उनके रहते तुम स्वयं शस्त्र साध रहे हो! यह मेरे लिए किंचित् आश्चर्यकर लग रहा है। मुझे यह भी ज्ञात है कि पृथ्वी-लोक और नाग-लोक के समस्त शासक तुमसे पराजित हो चुके हैं।

सबने तुम्हारी अधीनता स्वीकार कर ली है। सब विधिवत् तुम्हें कर दे रहे हैं फिर यह युद्ध किससे होना है? मेरी चिन्ता दूर करो पुत्र!"

उत्तेजना से बोलते समय रुद्रकेतु के स्वर थरथरा रहे थे, उनके स्वर-व्यंजन का उच्चारण शिथिल हो गया था।

नरान्तक अपनी पीठ पर तरकस को कसते हुए बोला :

"पिता श्री! आज ब्राह्मण-पुत्र का ब्राह्मण-पुत्र से संघर्ष होने वाला है। कश्यप का एक पुत्र महोत्कट जिसे सब विनायक कहते हैं, जो अभी मेरी दृष्टि में बालक है, अभिचार और मायिक शक्तियों का स्वामी है। उसने छलपूर्वक मेरे अनेक वीर योद्धाओं को मार डाला है। उसके पास अपनी न कोई सैन्य-शक्ति है, न वीर योद्धाओं का बल है। केवल काशीराज प्रियव्रत का आश्रय और समर्थन उसे प्राप्त है। यह काशीराज प्रियव्रत तो मेरी दृष्टि में कीट-पतंग है, वह भी अपने राज्यसिंहासन पर मेरे चाचा और आपके कनिष्ठ भ्राता धूम्राक्ष की कृपा से बैठा हुआ है। उस दुष्ट महोत्कट ने चाचा धूम्राक्ष का भी वध कर दिया है। प्रियव्रत तो नितान्त दुर्बल प्राणी है पर अपने पुत्र के विवाह-कार्य के पौरोहित्य के लिए वह कश्यप के स्थान पर उस विनायक को ले आया है। वह विनायक बालकों और अपने समवयस्कों के साथ खेल और क्रीड़ा में मग्न रहता है पर जब-जब किसी बहाने उसके वध की योजना मैंने बनाई वह असफल होती रही। मुझे ऐसा प्रतीत होता है कि वह मारण, वशीकरण, उच्चारण आदि स्तम्भन और क्रियाओं में प्रवीण कोई छद्मवेशी यातुधान राक्षस या देवता है जो मनुष्य रूप में दैत्यकुल का विरोधी है। वह दैत्यकुल का सर्वनाश चाहता है और मैं दैत्यकुल का संरक्षण चाहता हूँ। वह भी ब्राह्मण, मैं भी ब्राह्मण!" कहते हुए नरान्तक हो-होकर हँस पड़ा। उसका अट्टहास रुक नहीं पा रहा था। वह फिर बोला :

"पिता श्री! हम भी तो ब्राह्मण हैं। आज तक हम अपनी तंत्र और मंत्र विद्या से राजाओं और सम्राटों का हित साधन करते रहे। देवराज इन्द्र से लेकर सभी देवताओं को आहुतियाँ देते रहे, उनकी तृप्ति के लिए हवनादि कार्य करते रहे। स्तोत्र-रचना करते रहे, वेद रचते रहे। श्लोक, काव्य और प्रार्थना के मंत्र सब निरे स्तोक वाक्य, शब्दों से दिये गए उत्कोच थे। हम ब्राह्मणों ने ही अंजलि-बद्ध प्रणाम कर और पृथ्वी पर प्रणिपात होकर देवताओं को महत्त्वशाली बना दिया और हम वेदपाठी, वनवासी, वृक्षों की लकड़ियाँ बटोरते, गाँवों का दान पाकर प्रसन्न होते ब्राह्मण, स्वर्ण शृंगों से मंडित गौवों कर दान पाकर इतराते ब्राह्मण आत्मलुब्ध, आत्ममुग्ध, सृष्टि के आदिकाल से 'सन्तोष ही परम सुख और धन है' का वाक्य दुहराते रहे। पिता श्री! मैंने इस कृतयुग में क्रान्ति की है। मेरे भ्राता देवान्तक ने अमरावती जीत ली।

देवताओं को गिरि-गह्वरों और पर्वत-कन्दराओं में ढकेल दिया। वे जहाँ-तहाँ आश्रय लेने के लिए विवश हो गए। हम मनुष्य-जाति के लोग क्या नहीं कर सकते? हम अब देवता ही तो हैं पिता श्री। मेरा भाई देवान्तक इन्द्र है, मैं नरान्तक पृथ्वीपति, पातालपति। हम दोनों भ्राता अवध्य हैं, अमर हैं। अब यह नया ब्राह्मण कुमार हमें चुनौती दे रहा है, लोहा लोहे को काटने आया है। हम इसे भी ध्वस्त कर देंगे। ये वृक्षों पर उछलने कूदनेवाले वानर-शिशु वन के स्वामी, दहाड़ते हुए सिंह, से टकराने का दुस्साहस भला कैसे कर सकते हैं? बड़े-से-बड़े जीवों को उदरस्थ कर निगल जानेवाला अजगर कितना भी शक्तिशाली हो पर है तो वह भूमिष्ठ प्राणी : पृथ्वी पर रेंगनेवाला जीव। उसकी तुलना हम जैसे दुर्धर्ष योद्धाओं से नहीं की जा सकती जो धरती, आकाश, सर्वत्र समान गति से अपनी युद्धकला का प्रदर्शन कर सकते हैं। मैं इस युद्ध में काशीराज का तो मान-मर्दन करूँगा ही, उस विनायक की शक्ति को भी तौलूँगा जो कल, बल और छल से अब तक हर बाजी जीतता रहा है।"

यह कहकर नरान्तक थोड़ा शान्त हुआ, उसने अपनी बात के समर्थन के लिए अपने पिता रुद्रकेतु की ओर देखा। रुद्रकेतु ने कहा :

"पुत्र नरान्तक! तुम अपने हर कार्य में विजयी रहोगे। तुम प्राणवान हो, उदग्र हो, तुमने अपने प्रयत्नों से यह सफलता अर्जित की है। देखो पुत्र, कोई भी व्यक्ति न तो जन्मजात तपस्वी होता है, न सम्राट्। ज्ञान, धन, कीर्ति ये सब अर्जित करनेवाली वस्तुएँ हैं। अर्जित करने का अर्थ है अप्राप्य को पाने का उद्योग और जो पहले से प्राप्त है उसकी सुरक्षा एवं उसकी निरन्तर वृद्धि का प्रयत्न। तुम जाति-गोत्र से ब्राह्मण थे, सबके लिए प्रणम्य और पूज्य थे तो तुम आज भी सबके लिए प्रणम्य और पूज्य हो तो इसमें आश्चर्य ही क्या है? पहले तुम इन्द्र के माथे पर मुकुट रखकर स्वस्ति वाचन करते थे, आज इन्द्र जैसे देवता तुम्हारा मंगल गीत गाते हैं, बात वही है। बस, पात्र बदल गए है। यह क्रीड़ा-कौतुक मुझे भी सुखदायक लग रहा है। ब्राह्मण केवल यंत्र नहीं है, वह यांत्रिक है। वह मंत्र का उद्‌गाता मात्र नहीं मंत्र का रचयिता मांत्रिक है। अब उसने अपने हाथों में शस्त्र उठा लिया है तो देखो त्रिलोक कैसे उसके चरणों पर नतमस्तक होकर पड़ा है। मैं इस दृश्य-परिवर्तन से बड़ा प्रसन्न हूँ।"

"आप प्रसन्न हैं पिता श्री। मेरे लिए यही सन्तोष की बात है। अब मुझे युद्ध पर जाने की आज्ञा दें।"

माता-पिता से आशीर्वाद लेकर नरान्तक ने अपनी विशाल सेना को सुसज्जित होने का आदेश दिया। गजवाहिनी, अश्ववाहिनी और पदाति सैन्य-बल भाँति-भाँति के अस्त्र-शस्त्रों से सुसज्जित होकर तैयार हो गया। सब ओर एक अधीरता, प्रमत्तता,

अहंकृति का भाव था। सूर्य किरणों में खुली तलवारें चमक रही थीं, बायें हाथ में ढाल शोभा पा रहे थे। धनुष-तीर कन्धों पर लद गए थे, धनुष की प्रत्यंचा को कानों तक खींचने के लिए वीरों के हाथ व्यग्र हो रहे थे। गदाएँ एक-दूसरे से तनिक भी टकराने पर भयंकर नाद कर रही थीं, लोहे से लोहा बज रहा था। कभी-कभी भूल और भ्रम से उनके टकरा जाने से अग्नि-स्फुलिंग भी बरस रहे थे। हाथों में भाले जैसे उछल रहे थे। वे शत्रुओं के रक्तपान के लिए उतावले थे। पृथ्वी को प्रकम्पित करता हुआ नरान्तक अपनी अपार सैन्य-शक्ति को लेकर काशी की ओर प्रस्थित हुआ। युद्ध में बजने वाले दुन्दुभि आदि अनेक वाद्य चित्तवृतियों को मथ रहे थे। घंटा नाद सबको विमोहित कर रहा था। सब केवल मृत्यु को देखना चाहते थे। कटे हुए, रक्त-स्रवण करते शिरों को देखना ही उनका स्वप्न था।

34

काशी के अधिपति प्रियव्रत को भान हो रहा था कि नरान्तक शान्त बैठनेवाला जीव नहीं है। उसने राक्षसत्व का चयन किया है अत: सामान्य जनों से उसकी लालसा शत-गुणित है। उसकी दृष्टि जहाँ तक गई है वहाँ उसने जय की कामना की है। उसने भूमंडल को वश में किया, पाताल के नाग-लोक के अपरूप लावण्य पर अधिकार जमाया और उसके यमज भ्राता देवान्तक ने स्वर्ग पर अपनी विजय-पताका लहरा दी। अप्सरियाँ, किन्नरियाँ, गन्धर्व सब उसके वशवर्ती हो गए। जो राजा होगा वही सर्वजन-स्तुति योग्य होगा, इसी नियम के आधार पर देवान्तक और नरान्तक त्रैलोक्य में पूजित होते रहे।

अभी यह कल्पना सम्राट् के मन में चल रही थी कि अचानक यह दु:संवाद मिला कि नरान्तक की विशाल सेना जो अगणित है, कई अक्षौहिणियों की है, प्रमत्त दशा में काशी पर आक्रमण के लिए बढ़ी चली आ रही है। सम्राट् प्रियव्रत की अधीरता स्वाभाविक थी। उन्होंने शीघ्रता से युद्धवेश धारण किया, पत्नी अम्बा से विदा ली और युद्ध-भूमि में प्रस्थान करने से पूर्व विनायक को प्रणाम किया। विनायक उस समय प्रात:कालीन सन्ध्योपासन में ध्यानस्थ थे। प्रियव्रत जब युद्ध-भूमि में पहुँचे तो पूर्वी दिशा से धूल की प्रचंड आँधी बड़े वेग से उठती हुई दिखाई दी। केवल धूल ही धूल, धरती से आकाश तक सब कुछ धूम्रवर्ण का हो रहा था। कुहासे की मोटी परत की तरह धूल ने दृष्टि पर जैसे पट्टी बाँध दी थी। दृश्य होकर भी सब कुछ अदृश्य था, वस्तु की सत्ता होकर भी नहीं थी। क्षणमात्र में समुद्र की विराट् गगनचुम्बी लहरों की तरह नरान्तक की सैन्य-वाहिनी पर उनकी दृष्टि पड़ी जो बड़े वेग से हवाओं को

चीरती हुई रक्त पिपासु पशुओं की तरह दौड़ती चली आ रही थी। सम्राट् यह देखकर सन्न और हतप्रभ हो गए। इस विशाल दैत्य वाहिनी के समक्ष उनकी सेना की भला क्या बिसात? फिर भी उन्होंने राजोचित कर्तव्य का पालन किया और अपने सैनिकों का उत्साह बढ़ाया। कुछ देर तक तो उनके सैनिकों के उत्साह का परिणाम भी दिखा। दैत्य-सेना में भय व्याप्त था, सैनिकों के पाँव उखड़ रहे थे पर नरान्तक युद्धाभ्यासी योद्धा था। उसने महाराज प्रियव्रत के शिविर को घेरकर अमात्यों सहित उन्हें बन्दी बना लिया। अब ये सभी बन्दी नराधम नरान्तक की कृपा पर जीवित थे। अपनी विजय के उन्माद में नरान्तक ने भयानक गर्जना की। उस गर्जना में पशुता, राक्षसत्व और एक पथभ्रष्ट मनुष्य की अपरिसीम लालसाओं का उन्मत्त आक्रोश सम्मिलित था।

महागणाध्यक्ष विनायक जब सन्ध्या वन्दन और ध्यान से निवृत्त हुए तो उन्हें महल के अन्त:कक्ष से महारानी अम्बा का रोदन सुनाई पड़ा। उस रोदन में हाहाकार और अपार व्यथा थी। उसे सुनते ही करुणामूर्ति विनायक में एक-साथ करुणा, क्रोध, वीरता और कृपा के भाव जाग्रत हो गए। उन्होंने तीव्र स्वर में हुंकार भरी। उनके शूर्पकर्ण तेजी से हिल रहे थे, सारा शरीर रक्त-वर्ण का हो गया जैसे वह सिन्दूर से पुता हुआ हो। उनकी क्रोधाविष्ट आँखों में लालिमा भर गई थी, उनका मुख दर्प से चमक रहा था। वे गजानन रूप में उग्र लग रहे थे, उनका शुंड वक्र होकर दक्षिण की ओर मुड़ रहा था। उनका तीखा एकदन्त सूर्य किरण की नुकीली रेखा की तरह दमक रहा था। उन्होंने मानसिक ध्यान कर अपनी पत्नियों सिद्धि और बुद्धि को पुकारा :

"कहाँ हो, देवियो? प्रकट होओ! अपने समस्त उत्ताप और अग्नि-ज्वाल के साथ हवन-कुंड की धधकती अग्नि की तरह आकाश तक उठो! जला दो समस्त राक्षस-समूह को, समस्त राक्षस तुम्हारे मुख में प्रवेश कर मोक्ष प्राप्त करें। राक्षसत्व मिटेगा, तभी मनुष्य बचेगा और मनुष्य बचेगा तो उसका मानव-भाव भी बचेगा।"

विनायक के शब्द सुनते ही सिद्धि और बुद्धि अपने दिव्य और विराट् रूपों में प्रकट हो गईं। उनकी आँखों में भयंकर रोष था। उनका शरीर वृहदाकार हो गया था और उनमें से सहस्त्रों की संख्या में काल-स्वरूपा उग्र देवियाँ प्रकट होती जा रही थीं। सबके हाथों में भयंकर अस्त्र-शस्त्र थे, मुख विद्रूप था, जिह्वा रक्त-स्नात थी। वे सब भयानक स्वर कर रही थीं, उनके अस्त्र-शस्त्रों की टंकार से दिशाएँ दहल रही थीं। कपालिनी, दिगम्बरा, रक्तभूषणधारिणी, रौद्री, मुण्डमालाधारिणी, शृंगालवेष्टिता, विष्टि, कंकाली, कालशक्ति, कालकर्षिणी, कल्मषा आदि उग्ररूपा देवियों ने महान् राक्षस नरान्तक के सैनिकों को जीवित ही उदरस्थ करना आरम्भ किया। जैसे प्रलय-काल में नटराज प्रलयंकर शिव के चरण-विक्षेप से सृष्टि का प्राण-तत्त्व निस्तेज होने लगता है,

जीव-समुदाय उनका ग्रास बनने लगता है, उसी प्रकार नरान्तक की सेना को सिद्धि और बुद्धि देवी के मुख से प्रकट हुई असंख्य देवियों ने उच्च स्वर में कोलाहल करते हुए लील लिया। देखते-देखते नरान्तक की समस्त सैन्य-शक्ति दुर्बल पड़ने लगी। इसी बीच एक भयानक काल-पुरुष विनायक की इच्छा मात्र से प्रकट हो गया। उसके नाद से दिशाएँ दहल गईं। वह काल-पुरुष अत्यन्त घोर था, उसका वर्ण काला और शरीर पृथ्वी से आकाश की उच्चता तक विस्तीर्ण था। उस घोर काल-पुरुष ने बची-खुची समस्त सेना को उनके अस्त्र-शस्त्र, अश्व, रथ, सारथि समेत मुख में भक्षण कर लिया। प्राण बचाकर भागते हुए सैनिक भी न बचे, उन्हें भी घोर काल-पुरुष ने चिमटे की तरह अपनी बड़ी-बड़ी नख वाली उँगलियों में दबोच कर उदरस्थ कर लिया। जीवित सैनिकों का यह भक्षण और उनकी आर्तता सुनकर नरान्तक अपना धैर्य खो बैठा। उसने कभी किसी युद्ध में इतना भीषण रक्तपात, इतना सैन्य-भक्षण और किसी काल-पुरुष की ऐसी बुभुक्षा की कथा भी नहीं सुनी थी। वह हतप्रभ और कुंठित हो गया। उसने अपना धनुष उठाकर शर-वर्षा की झड़ी लगा दी। वे शर उस काल-पुरुष के शरीर को वेधकर दूसरी ओर निकल जाते थे, उसके कारण काल-पुरुष का सारा शरीर रक्त-स्नात था। वह अपने ही रक्त को चाटता हुआ और भयंकर लग रहा था। उसे देखकर जैसे छिन्नमस्ता महादेवी की लीलाओं का स्मरण हो रहा था। नरान्तक उससे दूर भाग रहा था और काल-पुरुष उसका पीछा करता जा रहा था। नरान्तक पहले स्वर्ग की ओर फिर दिशा बदलकर पाताल की ओर दौड़ा पर काल-पुरुष ने उसे वैसे ही जकड़ लिया जैसे किसी भयानक सर्प को गरुड़ अपने पंजों में उठा लेता है। उसे बाँधकर वह काल-पुरुष विनायक के पास आया। उसकी प्रशंसा करते उस विनायक ने अपना विस्तृत मुख खोला जिसमें वह प्रलयकारी घोर काल-पुरुष उसी प्रकार समा गया जैसे पृथ्वी की गन्ध पृथ्वी में विलीन हो जाती है, जैसे सन्ध्याकाल में कमल-पुष्प की पंखुड़ियाँ स्वत: बन्द हो जाती हैं।

नरान्तक बन्दी की मुद्रा में विनायक के सामने खड़ा था। वहाँ काशीराज गर्वित भाव से विनायक के चरणों की ओर निहार रहे थे। उस समय उनकी दशा किसी भक्त सेवक की भाँति थी। तभी नरान्तक ने हुंकारते हुए विनायक को कहा, "मैं जानता हूँ, तुम ऋषि कश्यप के ब्राह्मण-पुत्र हो, मैं भी मुनिवर रुद्रकेतु का ब्राह्मण-पुत्र हूँ। तुम अपने इस नव युवाकाल में ही समस्त मायिक शक्तियों के स्वामी हो गए हो। सम्भव है, तुमने भी यह शक्ति प्रभु शिव आदि महान् देवों से ही पाई हो। निश्चय ही, तुम्हारी माया प्रचंड है। मैंने स्त्री-शक्ति का चमत्कार भी देखा है और काल-पुरुष की घोर भक्षण-लीला भी देखी है। फिर भी तुम मेरी दृष्टि में बालक ही हो।

मैं और मेरे भाई देवान्तक समस्त सृष्टि के स्वामी हैं। हमने प्रभुओं से कठोर साधना कर इच्छित वर पाया है। तुम हमें मार नहीं सकते। मुझमें बार-बार जी उठने की शक्ति है। तुम मेरा सिर काटोगे तो वहाँ नये सिर आ जाएँगे, एक-दो नहीं अगणित सिर। मेरी भुजा काटोगे तो क्षणमात्र में नई भुजा उसका स्थान ले लेगी। एक तो यह संसार मायिक जगत् है। उसमें हम माया के सूत्रधार हैं। हम माया का उत्तर माया से देना जानते हैं। मैं नरों का अन्त करने के लिए और मेरा भाई देवों का अन्त करने में सर्वथा समर्थ हैं। तभी मैं नरान्तक हूँ और मेरा भाई देवान्तक अभिधान से प्रसिद्ध है।"

नरान्तक की बात का विरोध करते हुए काशीराज प्रियव्रत ने उसका वध करने की इच्छा से अपना धनुष तान लिया। इस पर और उग्र होकर नरान्तक ने उनका धनुष-बाण छीनकर दो टूक कर फेंक दिया। उसकी उत्तेजना बढ़ती ही जा रही थी। उसमें वह अपनी माया का प्रदर्शन करते हुए नाना रूप धारण कर विनायक पर आघात करने का प्रयत्न करने लगा। विनायक भी अति क्षिप्रता से उन्हीं रूपों में अपना स्वरूप बदल-बदल कर उससे भीषण युद्ध करने लगे। नरान्तक यहीं तक नहीं रुका। वह पर्वतों और बड़े-बड़े वृक्षों को जड़ से उखाड़कर बड़े वेग से विनायक को चोट पहुँचाने का प्रयत्न करने लगा पर विनायक बड़ी तेजी से उसके हर आक्रमण को विफल करते जा रहे थे।

विनायक के ध्यान करते ही उनका पिनाक और बाणों से भरा तूणीर प्रस्तुत हो गया। विनायक के शरों से नरान्तक के अंग कट जाते पर पुनः-पुनः देखते-देखते नये अंग उस स्थान पर उत्पन्न हो जाते। उसका सिर भी कटता और पुनः जुट जाता। यह चमत्कार कम भयकारी नहीं था, पर विनायक तनिक भी विचलित नहीं हुए। क्रोधोन्मत्त असुर नरान्तक की उग्रता बढ़ती ही जा रही थी। वह देख रहा था कि वर के प्रभाव से मृत्यु उसका स्पर्श भी नहीं कर सकती। बार-बार जी उठना, अंगों का नूतन हो जाना यह उसकी अमरता का प्रमाण नहीं तो और क्या है? वह उत्साहित होकर दूने वेग से विनायक पर भीषण शर-वर्षा करने लगा। उस समय विनायक ने मोहनास्त्र का प्रयोग किया जिससे नरान्तक को मति विभ्रम हो गया : उसकी निर्णायिका बुद्धि नष्ट हो गई। कभी वह विनायक को आकाश तक उठा हुआ विस्तृत रूप में देखता, कभी उन्हें लघु बालक के रूप में देखता। उसकी निर्णय-शक्ति समाप्त हो गई थी। वह सोच नहीं पा रहा था कि विनायक वस्तुतः किस स्थान पर अवस्थित हैं? यह ऊहापोह और द्वन्द्वात्मक स्थिति उसके मरण-काल का संकेत दे रही थी। विनायक ने यह अवसर पाते ही बड़ी सरलता से नरान्तक को अपने दोनों हाथों से पकड़कर पीस डाला।

पृथ्वी को हिला देनेवाले एक भयंकर चीत्कार के साथ नरान्तक के प्राण-पखेरू उड़ गए। उनकी उँगलियों के वज्र आघात से नरान्तक का मस्तक कटकर दूर जा गिरा। क्षणिक प्रकम्पन के बाद दिशाएँ शान्त और स्थिर हो गईं, सृष्टि के पंच-तत्त्वों की उत्तेजना थम गई और वे अपने वास्तविक रूप में कार्य करने लगे। पृथ्वी और पाताल-लोक में सहसा नीरव शान्ति छा गई।

नरान्तक की माता शारदा और पिता रुद्रकेतु अपने पुत्र नरान्तक का कटा हुआ सिर गोद में रखकर विलाप कर रहे थे। अन्याय और अत्याचार का अन्तिम परिणाम उन्होंने शास्त्रों में पढ़ा था पर अब उसे प्रत्यक्ष देखकर वे आर्त पुकार कर रहे थे। उन्हें लग रहा था कि ज्ञान तभी प्रभावकारी होता है जब वह व्यावहारिक और प्रमाण सिद्ध होता है। रुद्रकेतु और शारदा दोनों अपने मृत पुत्र नरान्तक का निस्तेज सिर सहेजे स्वर्ग के अधिपति और अपने दूसरे पुत्र देवान्तक से मिलने के लिए स्वर्ग-लोक के लिए प्रस्थित हुए।

35

देवान्तक इन सब बातों और घटनाओं से अज्ञान अपने अन्त:कक्ष में सोमपान का उत्सव मना रहा था। अनेक अप्सराएँ उसके चषक में सोम की मदिरा ढाल रही थीं। चषक बार-बार खाली हो जाता और बार-बार भर दिया जाता। श्वेत वस्त्र धारिणी अप्सराओं से घिरा देवान्तक नृत्य-गीत और सोम-रस में डूब-उतरा रहा था। पारदर्शी वस्त्रों में अप्सराओं का उन्मद सौन्दर्य उसकी कामाग्नि को निरन्तर भड़का रहा था। देवान्तक ने प्रलाप करते हुए कहा :

"देखो! वन के ऋषियो! मैं ब्राह्मण हूँ। मैंने हवनादि कार्य नहीं छोड़े हैं : अप्सराओं के चुम्बन का स्वर ही स्वाहा-स्वाहा की ध्वनि है, यौवन-मद से किसी पुष्प-लता की तरह झूलता हुआ कोमल शरीर ही हवन-वेदी की रंगीन अग्नि-ज्वालाएँ हैं, उनकी योनि ही अग्नि-वेदी है, वक्ष ही आहुति के लिए प्रस्तुत नारिकेल फल हैं, जलती हुई लकड़ियों की चट्-चट् ध्वनि ही उनकी सुरत-कालीन सीत्कार है, वीर्य घृत है, उनका मादक स्पर्श ही धूप की धूम गन्ध है। ऋषि गणो! तुम पृथ्वी पर स्वाहा-स्वाहा की रट लगाते रहो, मैं स्वाहा का तत्क्षण फल यहाँ पाता रहूँगा।"

इस तरह आत्मालाप करते, बड़-बड़ाते हुए देवान्तक सोम-रस के प्रभाव से चेतना-शून्य हो गया।

कुछ ही घड़ी के बाद सूर्य किरणों के ताप से उसकी सुख-निद्रा में बाधा पड़ी, तभी उसे स्वर्ग-द्वार पर एक बड़ी हलचल का अनुभव हुआ। किसी के आर्तनाद का स्वर उसके कानों से टकराया। वह स्वर भी अब परिचित लगने लगा। वह तो उसकी माता शारदा का चीत्कार था जो स्वर्ग को हिला रहा था। उसे पिता रुद्रकेतु की भी

हिचकियाँ अब साफ सुनाई दे रही थीं। किसी घोर अनिष्ट की आशंका से वह सहसा उठ बैठा। किंचित् काल में ही प्रकृतिस्थ होकर द्वार खोलकर उसने बाहर देखा। हाँ, यह उसके माता-पिता का ही रुदन सब कहीं गूँज रहा था। माता की गोद में प्रिय भाई नरान्तक का कटा हुआ रक्त-स्नात सिर पड़ा था। एक झटके से सोम-रस का उसका नशा उतर गया था। वह खाली पाँव दौड़ता हुआ माता-पिता के पास पहुँचा। भाई नरान्तक के सिर को गोद में लेकर वह अत्यन्त आर्तदशा में विकल होकर चीखने लगा। हजारों-लाखों का निर्मम वध करनेवाला आज अपने भाई को मृत पाकर किसी शिशु की तरह बिलख रहा था। दुख का यह एकाकी और प्रचंड रूप उसने कभी नहीं देखा था। वह दाँत पीसते हुए चिल्लाया :

"विनायक! विनायक! मैं तुम्हारा वध करूँगा। मेरे प्राणप्रिय भाई के हत्यारे! तुम्हारी मृत्यु ही मेरे अशान्त मन का उपचार है। जब तक मैं तुम्हारा नाश नहीं कर लेता तब तक मैं अशान्त हूँ, उद्वेलित हूँ उद्‌भ्रान्त हूँ। मैं आघात का उत्तर भयानक प्रतिघात से दूँगा।"

यह कहता हुआ देवान्तक भीषण गर्जना करने लगा। उसका शरीर उसके वश में नहीं था। उसकी भुजाएँ फड़क रही थीं। उसने अविलम्ब अपनी समस्त सैन्य-वाहिनी को सुसज्जित होने का आदेश दिया। समस्त दैत्यों, दानवों, राक्षसों एवं असुर-जाति की सभी उपजातियों को आमंत्रण भेजा।

उसका प्रलाप चल रहा था, अब त्रिकोणात्मक युद्ध होगा। देवता, मनुष्य और असुरों का निर्णायक युद्ध। स्मरण रहे, हमें मनुष्य-जाति से लड़ना है। उसमें देव तत्त्व और असुर तत्त्व का भी अद्‌भुत मिश्रण और रसायन है। अब लोहे से लोहा टकराएगा। देवता कापुरुष थे। ये हमसे हारते ही प्राण-रक्षा के लिए गिरि-गह्वरों में छिपकर फल-मूल खाकर समय बिताते थे पर अब हम मनुष्य-जाति से लड़ने जा रहे हैं और सुना है उसका एक नायक विनायक है जो घोर मायावी और शक्तिशाली है। वह ऋषि कश्यप और अदिति का पुत्र है। उसके साथ काशी के राजा प्रियव्रत की सैन्य-शक्ति है। हमें उन्हें कुचल देना है। अब पूरी तरह उन्हें कुचल देना है। अब पूरी तरह उन्हें मिटा देना है और मैं उन्हें मिटाकर ही दम लूँगा।"

दैत्य-सेना उत्तर में हुंकार भरने लगी। उनकी आँखें आक्रमण करने के लिए शत्रुओं को खोज रही थीं। सेना के वीर दैत्य अपने भालों को हाथों में उछाल रहे थे, अपनी तलवारें नचा रहे थे। उनके हाथों में भाँति-भाँति के नये आविष्कृत आयुध थे जिन्हें वे बार-बार घुमा रहे थे। कोई दानव मुख से अग्नि की भीषण ज्वालाएँ निकाल रहा था तो कोई अपने मुख से तीव्र वेग से जल-वर्षा कर उसे बुझा दे रहा था।

कोई अपने मुख से 'हू-हू' के स्वरों में तीव्र प्रभंजन के वायु वेग से वातावरण को कँपा रहा था तो कोई अपनी प्रचंड माया से आकाश से अग्नि-वर्षा कर रहा था। सभी उतावले थे, सभी मतवाले थे। युद्ध जीतने की लिप्सा दानवत्व की सबसे बड़ी शक्ति है, सब उसी शक्ति का प्रदर्शन कर रहे थे। देवान्तक अपनी सेना का यह भीतर न समा सकने वाला उच्छल प्रवाह देखकर प्रसन्न और सन्तुष्ट हो रहा था। उसकी सैन्य-शक्ति की आगे की पंक्ति में दीर्घदन्त, तालजंघ, घंटासुर, कालान्तक और रक्तकेश जैसे भयानक राक्षस योद्धा खड़े थे। सबने देवान्तक को देखते ही उसकी जय का तुमुल नाद किया।

इधर विनायक ने पुन: सिद्धि देवी और बुद्धि देवी का स्मरण किया : "आप पधारें! आप मेरी प्रिया हैं, दिव्य शक्तियाँ हैं, मेरे वामांग और दाहिने अंग में विराजती हैं। आप सिद्धि देवि! आप अणिमा, गरिमा, महिमा आदि अपनी आठों शक्तियों से प्रकट हों और इस भयानक शत्रु देवान्तक का नाश करें। बुद्धि देवि! आप सिद्धि की सहायता तो करें ही, साथ ही अपने रण-कौशल से समस्त कुसंस्कारी और भ्रष्ट राक्षस कुलों का संहार कर दें। आपमें निर्णय लेने की अद्‌भुत क्षमता है। आप ही तो करणीय और अकरणीय को निर्धारित करती हैं। आप ही शत्रुओं के मर्मस्थलों पर उचित समय पर आघात करती हैं और जब चाहें इच्छा मात्र से किसी भी युद्ध का परिणाम बदल देती हैं।"

विनायक की आज्ञा पाते ही सिद्धि और बुद्धि देवियों ने विनायक की अद्‌भुत सैन्य-शक्ति का संचालन और संयोजन कर दिया। उनकी समस्त देवियाँ मानव-मुंड के खाली खप्परों को लिए रणांगण में नृत्य कर रही थीं। उनकी रक्त-पिपासा जग गई थी। दैत्यों के रक्त में देवताओं से भी अधिक सुरा की मात्रा होती है, उनके रक्त में भी नशा होता है। देवियाँ अट्टहास कर रही थीं, नृत्य कर रही थीं। कभी-कभी उनके हाथों के खाली रक्त-खप्पर टकरा जाते तो उनसे भयानक टकराहट का स्वर निकलता जो विशाल पर्वतों के टूटने का भ्रम पैदा कर देता। देवियों, अष्टसिद्धियों की इस विराट् वाहिनी को देखकर देवान्तक सहम गया। उसका गला-पचा-दबा संस्कार सिर उठाता : 'स्त्री से युद्ध क्या किसी वीर पुरुष को शोभा देता है?' पर फिर वह स्वयं को समझाता :

'खड्ग को आँखें नहीं होतीं। योद्धा यह नहीं देखता कि उसके लिए कौन खड़ा है या कौन उसे हन्ता बनाकर चतुर्दिक् घुमा रहा है। उसे तो तलवार की चमक और मुद्रा ही देखनी है। लोहे की एक ही भाषा है, मृत्यु का आमंत्रण। जो इसे स्वीकार करता है वह फिर आगा-पीछा नहीं सोचता!"

अन्ततः युद्ध भेरी बज उठी। आक्रमण-प्रत्याक्रमण आरम्भ हो गया। देवियों के कराल-मुख में राक्षस-दल समाता चला जा रहा था।

महिमा, प्राकाम्य, ईशित्व और वशित्व ने मिलकर कालान्तक का शिरश्छेद कर डाला। दैत्य-नायक मुसल और मल्ल पर देवियों ने बड़े वेग से पर्वत उखाड़ कर उछाल दिये जिससे वे दोनों रक्त-वमन करते नष्ट हो गए। अणिमा सिद्धि ने कर्दम नामक राक्षस को घुमाकर पृथ्वी पर दे मारा। पृथ्वी पर गिरते ही उसका सम्पूर्ण शरीर क्षत-विक्षत हो गया। तालजंघ और दीर्घदन्त जैसे राक्षस सिद्धि और बुद्धि देवियों के वज्र-मुष्टि प्रहार से चकनाचूर हो गए।

दैत्य-सेना देवियों का निरन्तर ग्रास बनती जा रही थी। विनायक ने सिद्धि और बुद्धि को श्रमित देखकर उन्हें अपने अंक में विश्राम दिया और निर्णय किया : अब महादुर्दान्त राक्षस देवान्तक का अन्त उन्हें कर ही देना चाहिए।

36

सिद्धि और बुद्धि महादेवियों की महाशक्तियों के रौरव रूप से भयभीत होकर देवान्तक अपने प्राण बचाकर युद्ध-भूमि से पलायन कर अपने राजमहल में आकर एकाकी, विषण्ण और उदास पड़ा था उसका मनोमालिन्य स्पष्ट प्रकट हो रहा था।। पिता रुद्रकेतु और माता शारदा ने उसके पास जाकर समझाने का प्रयत्न किया। वे जान रहे थे कि :

'जब समय विपरीत होता है तो सबसे पहले चित्त अशान्त होता है, सुख-सुविधाएँ नष्ट हो जाती हैं, स्व पर में परिवर्तित हो जाता है। आत्मबल क्षीण हो जाता है, अहंकार के ध्वस्त होते ही महत्त्वाकांक्षाएँ चरमरा कर ध्वस्त हो जाती हैं। इसलिए अपने मन की व्यथा को माता-पिता से कहो, तुम्हारा मन हल्का हो जाएगा।'

देवान्तक ने कहा :

"पिता श्री! हमारे वीर योद्धा महाबलशाली थे पर विनायक की सहायता करनेवाली देवियों, स्त्री-शक्तियों ने हमारी सेना का संहार कर दिया। उनकी शक्तियों से उत्पन्न, अग्नि-ज्वाला की तरह जीभ लपलपाती एक कृत्या ने तो हमारी सेना के महावीरों का सीधे भक्षण कर लिया। हमने युद्ध में लड़ते, कटते, मरते असंख्य वीरों को अब तक देखा है पर किसी कृत्या या तंत्र-मंत्र के अभिचार-प्रयोग से वीर सेना-नायकों को पकड़कर चबा जानेवाली अघोर-घोर शक्तियों को नहीं देखा था। उस कृत्या के अघोर कर्म से हमारी सम्पूर्ण सेना नष्ट-भ्रष्ट हो गई। उस कृत्या ने महाबली वीरों को सीधे उदरस्थ कर लिया।

"दूसरा घोर आश्चर्य यह था कि जिस विनायक को मैं बालक समझता था, वह कथमपि बालक नहीं है। वह तो मेरी आँखों के समक्ष देखते-देखते प्रलम्ब और दीर्घकाय गगनस्पर्शी विराट् आकृति में बदल गया। वह न तो पूर्णत: नर था न पशु! उसका सिर हाथी का और शरीर मनुष्य का था। उसकी दश भुजाएँ थीं, वह सिंह पर बैठा महाभयानक गर्जन कर रहा था। उसके शूर्पकर्ण-गजकर्ण जोर-जोर से हिल रहे थे, उसमें स्वर्ण कुंडल तेजी से दोलायमान थे, उसके पवन वेग से कई सैनिक दूर-बहुत दूर जा गिरे थे। उस विनायक के माथे पर रत्नजटित मुकुट भी था, उसके वस्त्र लाल थे। वह त्रिपुंडधारी बड़े वेग से चिग्घाड़ रहा था, उस स्वर के सामने रणक्षेत्र में बजनेवाली दुन्दुभि भी फीकी पड़ गई थी। उसका वाहन सिंह समीप आए योद्धाओं को झपट्टा मारकर जकड़ लेता और उसे चीर-फाड़ रहा था। युद्ध-भूमि का वह दारुण दृश्य अभी भी मेरी आँखों में तैर रहा है। यह क्या था पिता श्री! अभिचार कर्म, आसुरी विद्या, तमस् माया या देवताओं का कपट-जाल? कल तक जो एक बालक था आज वह पर्वताकार रूप में सिंह पर बैठा दहाड़ रहा था, यह क्या कम आश्चर्यजनक और अविश्वसनीय बात है?"

पिता सत्यकेतु ने कहा, "पुत्र देवान्तक! मेरे एक ही उपाय से तुम्हारी चिन्ता नष्ट हो जाएगी। मैं तुम्हें बीज सहित अघोर मंत्र की साधना की दीक्षा बतलाता हूँ। यह भी कापालिक शिव की वाममुद्रा का पूजन है। यह उग्रतम अनुष्ठान तुम्हें युद्ध में विजय दिलायेगा। तुम्हारे हवन-कुंड से एक महाशक्तिशाली कृष्ण-वर्ण का अश्व प्रकट होगा। उस पर आसीन होकर तुम युद्ध करो तो तुम्हारी सफलता निश्चित है।"

देवान्तक को उस घोर यज्ञ में सफलता मिली, उसे कठोर कर्म करने का पूर्वाभ्यास था ही। अन्तत: कृष्ण-वर्ण का एक शक्तिशाली अश्व हवन-कुंड से आविर्भूत हुआ। अपनी सफलता पर गौरवान्वित देवान्तक और भी क्रोधोन्मत्त हो उठा। उसने अपने सम्पूर्ण सैन्य-बल को बटोरकर काशीराज पर भयानक आक्रमण किया। अष्ट सिद्धियों का सैन्य-बल उसके सामने दुर्बल पड़ रहा था। यह देख विनायक ने अपने विराट् रूप में सिंहासीन होकर युद्ध-क्षेत्र में प्रवेश किया।

क्रुद्ध देवान्तक ने कहा, "विनायक! तू कितने भी रूप बदल ले, पर है तो तू अबोध निरा शिशु ही! तू मेरा कुछ नहीं बिगाड़ सकता। मैं स्वर्ग का सम्राट्, अखिल पृथ्वी और पाताल लोक का शासक! भयभीत होकर मुझसे प्राणों की भिक्षा माँग।"

विनायक ने अट्टहास करते हुए कहा, "मूर्ख देवान्तक! अग्नि का एक कण वनों को दावानल से दग्ध करने के लिए पर्याप्त होता है। लघुता में बड़ा बल होता है। सूक्ष्मता स्थूलता से सदा श्रेष्ठ है राक्षसराज! अब तुम्हारा वध आवश्यक हो गया है।

तुमने ब्राह्मणत्व और मनुष्यत्व दोनों को कलंकित किया है। तुम मनुष्य जैसी श्रेष्ठ जाति से नीचे गिरकर अपने अपकर्मों द्वारा राक्षस बन गए, ह्रास हो गया तुम्हारा। तुम पृथ्वी का कलंक हो, मैं इस कलंक को मिटा दूँगा। तुम्हारे विनाश के लिए ही मैंने मनुष्य रूप धारण किया है। जैसे नाग ही नाग के पदचिह्न को पहचानता है वैसे ही मनुष्य होकर ही मनुष्य की समस्त छल-वृत्तियों को जाना जा सकता है। इसलिए तू मृत्यु के वरण के लिए स्वयं को तैयार कर ले।"

यह सुनकर देवान्तक की क्रोधाग्नि में घृत की जैसे आहुति पड़ गई। वह धधकती हुई अग्नि की तरह लपका, उसने बाणों की झड़ी लगा दी। उसके समस्त आक्रमणों को विनायक ने बड़ी सरलता से विफल कर दिया। युद्ध करते समय भी विनायक का संवाद चल रहा था :

"तू ऋषि पुत्र था देवान्तक! तुमने भगवान् शिव को प्रसन्न करने के लिए घोर तपस्या भी की पर जब वरदान पाने का अवसर आया तो तूने अमर होने, विजयी होने, किसी भी आघात से सुरक्षित होने और देव-जाति का विध्वंस कर सुखोपभोग भोगने की इच्छा ही पूरी करनी चाही। जिस तपस्या से ज्ञानी मोक्ष की प्राप्ति चाहते हैं, उससे तूने शरीर-भोग की कामना की। तूने सृष्टि का संविधान बदलने की चेष्टा की, यहाँ तक कि तुम्हारे परिवार की ऋषि परम्परा ही नष्ट हो गई। तुम्हारे वेदज्ञ नैष्ठिक पिता भी इस भोग-लालसा के कारण पथ भ्रष्ट हो गए और अपने कुल को दुर्जेय बनाने के लिए अभिचार कर्म तथा तंत्र-मंत्र आदि के द्वारा वाममार्गी हो गए और उसी सीख का दुरुपयोग कर तू सरलता से बिना श्रम के सब कुछ पा लेना चाहता है?"

देवान्तक ने तब तक अवसर का लाभ उठाकर मोहनास्त्र का प्रयोग कर दिया था, परिणामत: विनायक और उनका समस्त सैन्य-वर्ग निद्रालस हो चला था। सबको निद्रित, अर्द्ध-निद्रित देख देवान्तक ने चक्र मंडल में त्रिकोणाकृति का कुंड बनाकर अभिचार कर्म आरम्भ किया। वह रक्त और मांस का हवन करता हुआ मारक मंत्र बुदबुदा रहा था। काशी के राजा प्रियव्रत को यह समाचार जैसे मिला वे चिन्तित हो गए और दौड़े-दौड़े विनायक के पास पहुँचे। उन्होंने प्रभु विनायक को सावधान करते हुए देव-सेना की निद्रालस स्थिति का वर्णन किया। यह सुनते ही विनायक ने चैतन्य होकर घंटा रव करनेवाले बाणों को प्रत्यंचा तानकर छोड़ दिया। उस समय दारुण मेघ गर्जन के साथ सौ-सौ विद्युतों के कड़कने का स्वर गुंजित हो गया। इस घंटानाद ने देव-सेना को पूर्णत: जगाकर रणोत्सुक कर दिया। मायावी असुर देवान्तक की हर दानवी माया का उत्तर विनायक अपनी मायिक सृष्टि से देते जा रहे थे।

अन्ततः देवान्तक की मानसिक स्थिरता नष्ट हो गई। उसे सर्वत्र विनायक का ही स्वरूप दिखाई देने लगा। एक नहीं, अनेक असंख्य विनायक उसे युद्ध-भूमि में दृष्टिगोचर हो रहे थे। उसका भ्रम बढ़ता जा रहा था। उसने देखा विनायक एक पराक्रमशाली विशाल गजमुख वाले योद्धा की तरह पृथ्वी से आकाश तक व्याप्त थे। उनका विराट् हस्तिमुख अन्तरिक्ष को छू रहा था। माथे पर अलौकिक मुकुट की दिव्य आभा जगमगा रही थी और कानों का गोल कुंडल तीव्रता से डोल रहा था। जो भी था गतिमान था, वेगवान था। मुख के नीचे स्कन्ध से मानवाकृति दमक रही थी। कन्धे पर पीतवर्णी उत्तरीय फड़फड़ा रहा था, नेत्रों से मानो आग बरस रही थी। विनायक का रक्तवर्णी मुख शोभाशाली लग रहा था। एक क्षण के लिए देवान्तक ने सोचा :

'अरे, क्या क्रोध भी मनुष्य को सुन्दर बना सकता है? यह तो अद्भुत और आश्चर्यजनक है!'

देवान्तक ने विनायक के गजदन्त को अपने बलिष्ठ हाथों में जकड़कर तोड़ देना चाहा पर क्रुद्ध विनायक ने अपने दन्त के नुकीले अग्रभाग से देवान्तक के मस्तक पर बड़ी तीव्रता से आघात किया और एक महाचीत्कार के साथ देवान्तक का सिर दो भागों में विदीर्ण होकर फट गया। रक्त की तेज धार बह चली। देवान्तक का निर्जीव शरीर भयानक स्वर करता पृथ्वी पर गिर पड़ा। गिरते-गिरते उसके प्राणों से निर्गत एक ज्योति विनायक के स्वरूप में समा गई। बची-खुची दैत्य-सेना पलायन कर गई। देवताओं ने विजय दुन्दुभि बजाई। पृथ्वी के राजाओं ने विनायक को लोक-रक्षक के रूप में 'धरणीधर' नाम से सम्बोधित किया। पाप और अनाचार से पृथ्वी, स्वर्ग और पाताल ये त्रिलोक सहसा मुक्त हो गए थे।

विनायक अपने पिता की आज्ञा से ब्राह्मणोचित कर्म के लिए काशीराज प्रियव्रत के पुत्र का विवाह-संस्कार कराने आए थे, इस बीच नाना विघ्न-बाधाओं और राक्षसों को वे निर्मूल करते रहे। अब उनकी उपस्थिति में प्रियव्रत के पुत्र का परिणय-कार्य सम्पन्न हुआ और वे पुनः माता अदिति और पिता कश्यप के पास वापस लौट आए। काशी की विकल प्रजा ने प्रभु विनायक को 'ढुंढिराज' के रूप में पूजित-स्थापित कर सदैव ध्यान और स्मरण में रखा। विनायक के उग्र कर्म ने समस्त विघ्नों को सदा के लिए शान्त कर दिया था।

37

चारों ओर कोलाहल व्याप्त था। जहाँ तक दृष्टि जाती थी घोड़ों की टापों से उड़ी हुई धूल ने पृथ्वी से आकाश तक उष्ण कुहासे की मानो सृष्टि कर दी थी। विराट् सैनिकों का एक बड़ा दल हवा में जैसे उड़ता हुआ चला जा रहा था। उनके हाथों के भाले चमक रहे थे, वे इतने चमकदार थे कि सूर्य किरणों के पड़ते ही देखनेवालों की आँखें चौंधिया जातीं। अनेक अश्वारोहियों के कन्धों पर टँगे हुए धनुष हल्के-हल्के हिल रहे थे, पीठ पर कसे हुए तूणीर में भरे हुए बाण जैसे बाहर निकलने को आतुर हो रहे थे। अपनी सेना का नेतृत्व करते हुए राजा दिवोदास अपनी राजधानी काशी से निकलकर अपनी तीखी तलवार नचाते हुए युद्ध-क्षेत्र की ओर बढ़ रहे थे। हैहयवंशी क्षत्रियों की सेना भी दूसरी ओर समुद्र की उत्तुंग लहरों की तरह दौड़ती चली आ रही थी।

हैहयवंश का राजा हय कम शक्तिशाली नहीं था। वह स्वभाव से ही उद्धत, उच्छृंखल और महत्त्वाकांक्षी था। काशी राज्य को जीतने की लालसा से ही वह वर्षों से अपनी सेना संगठित कर रहा था। उसकी सेना में आभीरों की प्रमुखता थी। वह आभीर क्षत्रियों को आदर देता था और मानता था कि हैहयवंशी क्षत्रियों में भी पाँच प्रकार के क्षत्रिय होते हैं पर यदु की सन्तान होने के कारण वे यदुवंशी ही कहे जाते हैं। यदु के इन वंशधरों ने संगठित होकर अनेक युद्धों में विजय प्राप्त कर ली थी। राजा हय एकछत्र साम्राज्य स्थापित करना चाहता था पर उसे अन्य जाति-वर्गों का सहयोग नहीं मिल पा रहा था।

राजा हय की मुखाकृति ही उसके लोलुप स्वभाव का परिचय दे देती थी। उसका दीर्घकाय बलिष्ठ शरीर सामान्य पुरुषों से अधिक बलशाली था। क्रूरता उसके मुख पर सदैव खेलती रहती थी। उसे ऋषियों और ब्राह्मणों से घृणा थी और उसका कारण था उसके प्राचीन कुल-गौरव की क्षति। वाराह कल्प में वैवस्वत मंवन्तर के पच्चीसवें सत्ययुग के आरम्भ में हैहयवंश के महाप्रतापी राजा कृतवीर्य को सूर्य की उपासना से अर्जुन नामक पुत्र उत्पन्न हुआ जो सहस्त्रबाहु कार्तवीर्य के नाम से प्रसिद्ध हुआ। वह जन्मजात सहस्त्रबाहु नहीं था पर अत्रिपुत्र दत्तात्रेय की कृपा से युद्ध-भूमि में वह हजार भुजाओं वाला हो जाता था। उसमें समस्त पृथ्वीमंडल को जीतने की अपार शक्ति थी। वह अत्यन्त कर्मठ, प्रजापालन में सदैव तत्पर शासक था। अगर सृष्टि में उससे भी अधिक कोई शक्तिशाली हो तो उसके हाथों मृत्यु पाने में भी इसे कोई संकोच नहीं था। शास्त्रों ने उसे विष्णु के सुदर्शन चक्र का अवतार तक सिद्ध कर दिया था। इस कार्तवीर्य अर्जुन ने माहिष्मती नगरी की नाग-जाति को परास्त कर अपनी राजधानी बनाई और मनुष्य तथा नाग-जाति को समान महत्त्व दिया था। यह भी प्रसिद्ध था कि अर्जुन ने नर्मदा नदी में सुन्दरियों के साथ जल-क्रीड़ा करते हुए अपनी सहस्त्र भुजाओं से नदी का प्रवाह रोक दिया था। उसके पास ही लंकापति रावण का शिविर लगा हुआ था। रावण की पूजा-सामग्री नर्मदा के उल्टे जल प्रवाह से बह गई तो उसने कटु वचन कहे। इससे उत्तेजित होकर कार्तवीर्य ने लंका जाकर रावण को बन्दी बना लिया था जिसे पुलस्त्य ऋषि के आग्रह पर ही उसने मुक्त किया था।

पर अधिकार और अहंकार दोनों सहचर होते हैं। कार्तवीर्य अर्जुन भी अहंकार की अधिकता से प्रमत्त हो गया था। एक दिन अपनी सेना की एक टुकड़ी लेकर वह जंगल में मृगया के लिए गया। पशुओं के पीछे-पीछे भागते-भागते वह अत्यधिक श्रान्त हो गया। इधर सन्ध्या भी हो रही थी। उसे ज्ञात हुआ कि मार्ग में ही महान् बलशाली परशुराम के पिता जमदग्नि ऋषि का आश्रम है। थोड़ी देर वह ऊहापोह में पड़ा रहा कि अपने सैन्य-दल के साथ उनको प्रणाम करने के लिए जाना उनके शान्त तपस्वी जीवन में बाधा ही पहुँचाना है, फिर भी वह जमदग्नि के आश्रम पर रुक गया। ऋषि ने उसकी अभ्यर्थना की और अपनी कामधेनु की कृपा से राजा कार्तवीर्य का सम्पूर्ण सेना सहित भरपूर आतिथ्य किया। कार्तवीर्य के आश्चर्य की सीमा नहीं थी। कार्तवीर्य ने ऋषि की कपिला गौ की दिव्य शक्तियों को जानकर जमदग्नि से उसकी याचना कर दी। जमदग्नि ने कहा :

"यह मेरी पैतृक सम्पत्ति है और मेरे कार्य की सहयोगिनी है, इसे देने में मैं असमर्थ हूँ।"

कार्तवीर्य नहीं सुनने का अभ्यस्त नहीं था। उसे या तो गौ चाहिए या युद्ध। पर ऐसा हो नहीं सका। जमदग्नि उस युद्ध में मारे गए और उनकी दैवी कपिला गौ भी गोलोक चली गई। उस समय परशुराम अपने पिता के साथ आश्रम में नहीं थे, पर पिता की मृत्यु का समाचार मिलते ही उन्होंने कार्तवीर्य को युद्ध की चुनौती दी और प्रमत्त कार्तवीर्य की सहस्त्र भुजाओं को काट डाला। इस प्रकार कार्तवीर्य जैसे योद्धा का दारुण अन्त और पतन हो गया।

हैहयवंश के राजा हय को जब भी अपने पूर्वज सहस्त्रार्जुन कार्तवीर्य का स्मरण होता उसकी नसें तन जाती, भुजाओं में दृढ़ता आ जाती। अचानक उसमें साहस और नूतन शक्ति का संचार हो जाता। उस समय उसकी युद्धप्रियता बढ़ जाती और आज ऐसा ही अवसर आ गया था। राजा हय एक अनुभवी और कुशल अश्वारोही था। वह अपने घोड़े की लगाम को थामकर दोनों हाथों से अपनी तलवार चला सकता था। उसकी तलवारों की एक विशेषता यह थी कि उनका आकार अन्य तलवारों की अपेक्षा अधिक लम्बा था और उसका नुकीला भाग बहुत धारदार और चमकदार था। वह लगातार अपनी सेना को प्रोत्साहित करते हुए चल रहा था। विपक्षी सेना के सम्मुख आते ही उसकी मुद्रा अत्यन्त आक्रामक और भयानक हो गई।

राजा दिवोदास ने हैहयवंशी सेना को समुद्र की लहरों की तरह सामने से आते हुए देखा पर वे तनिक भी विचलित नहीं हुए। दिवोदास एक धर्मप्राण शासक थे। वे स्वयं को ईश्वर द्वारा नियुक्त अभिभावक और शासक समझते थे, उनमें अनुशासन कूट-कूटकर भरा था। वे हैहयवंशी क्षत्रियों और यादवों की सेना की विराट्ता के समक्ष एक बड़े पर्वत की तरह खड़े हो गए। सैनिकों का दल एक-दूसरे पर टूट पड़ा था। तलवारों से तलवारें बज रही थीं, नुकीले-चमकीले भाले शरीरों को लगातार छेदे जा रहे थे। रक्त का प्रवाह फव्वारों की तरह अचानक उछल जाता। कभी भाले घोड़ों को छेद देते तो कभी सवार मुहूर्त भर में प्राणहीन होकर उलटकर गिर जाता। कुछ ही समय में युद्ध का निर्णय हो गया और राजा दिवोदास विजयी होकर अपनी राजधानी काशी पहुँचे। उनके आगमन से पहले अग्नि की भाँति उनकी विजय का समाचार काशी में पहुँच चुका था। सन्ध्या के प्रदोषकाल में जब दिवोदास अपनी श्रान्त सेना के साथ राजधानी पहुँचे तो उन्हें दीपमालिका का जगमग प्रकाश दिखाई दिया जो पुरवासियों के आनन्द को सूचित कर रहा था। दिवोदास का मन उत्साह से भर गया। वे जब अपने राजमहल में पहुँचे तो उन्हें ज्ञात हुआ कि महर्षि भरद्वाज कुछ ही क्षण पहले आए हैं और उनकी प्रतीक्षा कर रहे हैं। दिवोदास शीघ्रतापूर्वक महर्षि भरद्वाज की सेवा में पहुँचे, उनका पाद-वन्दन और पूजन-सत्कार किया। भरद्वाज ने कहा :

"राजन्! आपके इस भयंकर युद्ध पर जाने की सूचना आपके द्वारा मुझे समय पर मिल गई थी और मैंने आपकी और आपकी रक्षा के लिए एक बड़े यज्ञ का आयोजन किया था। मुझे ज्ञात था कि अन्ततः विजय आपकी ही होगी। आप धर्म-पथ पर चलने वाले यशस्वी सम्राट् हैं अतः हैहय या अन्य जातियाँ चाहे वे नागवंश की हों या देववंश की, आपको कभी पराजित नहीं कर सकतीं। जब स्वयं पितामह ब्रह्मा के आदेश से आप काशी नगरी का राज्य-संचालन कर रहे हैं तो आपके विरोध का साहस भला किसमें है?"

"ऋषिवर! आपकी मुझ पर सतत कृपा रही है। हैहयवंशी राजा को अपने कुल और पूर्व-पुरुषों का बड़ा अभिमान है। वे सर्वत्र कार्तवीर्य सहस्रार्जुन का नामोल्लेख करते चलते हैं। पर वीरता किसी एक कुल या व्यक्ति तक तो सीमित नहीं होती, इस सत्य से वे आज भी अपरिचित हैं।"

"आपने उचित कहा राजन्! पर हैहय कुल के लोग यह नहीं जानते कि आपका राजा दिवोदास कितने महान् कुल के प्रतिनिधि हैं। मैं जब भी आपके पूर्व-पुरुषों का स्मरण करता हूँ, मेरा शीश झुक जाता है। काशी सदैव आपके कुल के पूज्य पुरुषों द्वारा सम्पोषित और संरक्षित रहती आई है। आप महान् आयुर्वेदवेत्ता धन्वन्तरि के पुत्र केतुमान, जिन्हें हर्यश्व भी कहा जाता है, के पौत्र और राजा भीमरथ, जो हेमरथ के नाम से भी प्रसिद्ध रहे हैं, के प्रतापी पुत्र कहे गए हैं। यह आपका ही प्रताप था कि स्वयं ब्रह्मा ने आपको भूतल पर शासन करने के लिए चुना और आपका नाम दिवोदास रखा। आपने भी ब्रह्मा के समक्ष शर्त रखी थी कि आप तभी राज्य-शासन का यह भार स्वीकार करेंगे जब देवता अपने स्वर्ग तक सीमित रहें, वे पृथ्वी पर न आएँ, वे अपने देव-लोक तक ही रहें। इसी प्रकार नाग-लोक के नागवंशी और पाताल के असुर भी अपनी सीमा में रहें। इन नियमों और अनुशासनों के साथ आपने काशी का राज्यारोहण स्वीकार किया था।"

"ऋषिवर! आपने मेरी जीवन-दृष्टि की प्रशंसा की, इसके लिए मैं श्रद्धापूर्वक नतमस्तक हूँ। वस्तुतः हर जाति की अपनी जीवन-शैली होती है, इनकी भिन्नता ही पारस्परिक विद्वेष और वैमनस्य का कारण बनती है। देव-जाति की स्वार्थपरता और निरंकुशता भला किससे छिपी है? इसी प्रकार असुरों की लोलुपता और छीनने की प्रवृत्ति से भी सभी परिचित हैं। इसलिए इनसे दूरी बनाए रखने में ही मनुष्य-जाति का कल्याण है। मनुष्य की सेवा, पूजा, तपस्या और उपासना के लिए त्रिदेव ब्रह्मा, विष्णु और शिव ही पर्याप्त हैं।"

ऋषि भरद्वाज ने दिवोदास की बात का समर्थन करते हुए कहा, "राजन्! आप न्यायप्रिय और धर्म-परायण सम्राट् हैं। आप अपनी नीतियों पर अडिग रहें, शासन-कार्य करते रहें।"

दिवोदास ने कहा, "ऋषिवर! मेरी शर्त की सीमा में शिव भी आ गए। उन्हें भी काशी छोड़कर मन्दर गिरि पर अपना स्थायी निवास बनाना पड़ा। उनके साथ पार्वती, गणेश आदि समस्त शिव परिवार भी मन्दर गिरि पर आश्रय लेकर रह रहे हैं।"

"राजन्! यह मन्दर गिरि महान् और बहु पुण्यशाली है। है तो यह अविचल जड़ पर्वत ही, पर पारिवारिक सम्पर्कों से यह भी चेतन-सत्ता के रूप में प्रतिष्ठित है। पितरों की मानसी कन्या धारिणी का विवाह मेरु पर्वत से हुआ था, उसी दम्पति का पुत्र हुआ मन्दर। यह मन्दर पर्वत अति उत्साही, आक्रामक और तीव्र गति सम्पन्न था। पूर्व काल में इन्द्र ने अपने वज्र से उसके पंख काटकर उसके उड़ने की शक्ति समाप्त कर दी थी। पर समुद्र-मन्थन के समय जब इन्द्र ने मन्दर को मन्थन का आधार-दंड बनने का आग्रह किया तो मन्दर ने अपने विरोध का स्मरण कर इस याचना को ठुकरा दिया था। तब देवों, दैत्यों की सम्मिलित स्तुति से वह प्रसन्न हुआ और विष्णु की सहायता से वह क्षीर सागर में प्रस्थापित हुआ और विष्णु ने कूर्म अवतार लेकर अपनी पीठ पर उसे स्थापित किया। तब वासुकि को मन्थन-रज्जु बनाकर समुद्र-मन्थन का कार्य सम्पन्न हुआ। इस मन्दर पर्वत ने कठोर तप करके अविमुक्त क्षेत्र काशी की समकक्षता प्राप्त की तभी शिव काशी छोड़कर वहाँ रहने के लिए बाध्य हुए। राजन्! जब तक आप दोष और त्रुटि रहित राज्य शासन करते रहेंगे तब तक आपका कोई विरोधी आपको परास्त नहीं कर सकता।"

भरद्वाज मुनि के चरणों में विनत होकर राजा दिवोदास ने उन्हें आदरपूर्वक विदा किया।

38

गणपति को ज्ञात था कि उनके पिता शिव और माता पार्वती काशी में आत्मस्थ रूप से बसते हैं, काशी उनकी प्रिय 'देव-नगरी' जैसी है। महागणपति को भी काशी अत्यन्त प्रिय लगती थी। यह काशी प्राक्-काल से सृष्टि जितनी प्राचीन, अमरावती-जैसी सुन्दर और मानव सहित अन्य जीवों के लिए मोक्ष प्रदायिनी थी। यह परम तीर्थ और धर्म का केन्द्र रही। यह समस्त धर्मों का भी आश्रयभूत स्थल थी। काशी की राजधानी आरम्भ से ही वाराणसी रही। पुराणों की दृष्टि में चन्द्रवंश के ऐल राजाओं में क्षत्रवृद्ध नामक सम्राट् ने काशी राज्य की स्थापना की थी। उपनिषदों में यहाँ के राजा अजातशत्रु का उल्लेख मिलता है जो ब्रह्म विद्या और यज्ञ विद्या या अग्नि विद्या का विद्वान् था। राजा दिवोदास ने भद्रश्रेण्य के सौ पुत्रों को मारकर काशी पर अधिकार कर लिया था। गणपति को यह ज्ञात था कि काशी कई नामों से जानी जाती है, ये नाम थे : वाराणसी, काशी, अविमुक्त क्षेत्र, आनन्दकानन और श्मशान या महाश्मशान। स्वयं प्रभु शिव ने उसे सर्वप्रथम 'आनन्दकानन' और 'अविमुक्त' की संज्ञा प्रदान की थी। काशी एक ज्योतित नगरी थी। काशी का अर्थ ही है ज्योतित होना या ज्योतित करना। यह मनुष्य के निर्वाण पथ की प्रदर्शिका है। वरणा और असी नदियों के बीच स्थित होने के कारण यह वाराणसी कहलाई। वरणा त्रुटियों का नाश करती है और असी पापों का। यह नगरी पाप अथवा 'अवि' से मुक्त है, इसीलिए 'अविमुक्त' है। यह श्मशान सर्वाधिक पवित्र है। 'श्म' का अर्थ है, शव और 'शान' का अर्थ है लेटना। प्रलय काल में यहाँ महान् आत्माएँ भी शव या प्रेत रूप में विराजती हैं इसलिए यह 'महाश्मशान' है। प्रभु शिव ने स्वयं कहा था कि यह 'अविमुक्त' क्षेत्र

प्रेत-भूमि है और मेरी संहार-मुद्रा यहीं प्रकट होती है। यह काशी सामान्य नगरी नहीं है। असी नदी 'इड़ा' है तो वरणा 'पिंगला' और अविमुक्त 'सुषम्ना' की भाँति है, पर कहीं-कहीं असी को पिंगला, वरणा को इड़ा और गंगा को सुषुम्ना माना गया।

पहले तो सब कुछ ठीक चल रहा था। पर जबसे दिवोदास काशी के राजा बने थे, उन्होंने एक प्रकार से सभी देवों के हस्तक्षेप को अमान्य कर दिया था और स्वयं ब्रह्मा ने उनके इस आग्रह को स्वीकार कर लिया था। यही कारण था कि शिव को भी अपनी प्रिय नगरी को छोड़कर मन्दर पर्वत पर रहने के लिए बाध्य होना पड़ा था। शिव मानते थे कि नियम और कठोर अनुशासन ही देवत्व की रचना करते हैं इसलिए वे भी सपरिवार मन्दर पर्वत पर रहने को बाध्य थे। पर उनका चित्त उदास था, गंगा काशी में ही छूट गई थी और उनका हृदय भी काशी से अलग होकर किंचित् अशान्त ही था।

शिव चाहते थे कि किसी भी प्रकार राजा दिवोदास की कोई त्रुटि, कोई धर्म-विरुद्ध आचरण प्रकट हो, कहीं से कोई छिद्र मिले ताकि उसके धर्मच्युत होते ही ब्रह्मा के आशीर्वाद से सभी अर्गलाएँ टूट जाएँ और अपने आनन्दकानन में शिव पुनः शिवा के साथ विचरण कर सकें। गणपति अपने पिता के इस मनःकष्ट को दूर करने के लिए पूरा सहयोग देना चाह रहे थे।

शिव की यह मानसिक पीड़ा उनके एक प्रिय गण निकुम्भ से नहीं देखी गई। वह यक्ष-जाति का एक शक्तिशाली और मायिक शक्तियों से युक्त, कठोर, देवयोनि का ही प्राणी था। उसने वाराणसी निवासी मंकण नामक ब्राह्मण को स्वप्न में आदेश दिया कि वह उसकी एक भव्य मूर्ति की प्रतिष्ठा नगर द्वार के समीप करा कर पूजा-अर्चना प्रारम्भ करे। मंकण ने वैसा ही किया। निकुम्भ की मूर्ति नगरवासियों की मनोकामनाएँ पूर्ण करने वाली फलदायी सिद्ध हुई। उसका प्रभाव इतना बढ़ा कि राजा दिवोदास की पत्नी सुयशा भी पुत्र-प्राप्ति की कामना से उसकी पूजा में संलग्न हो गई पर निकुम्भ ने उसकी मनोभिलाषा पूर्ण नहीं की। इस पर चिढ़कर दिवोदास ने कहा कि नगर-द्वार पर बैठा हुआ यह राक्षस इतना खाता है कि हमारी इच्छापूर्ति नहीं कर सकता तो इसके यहाँ होने का प्रयोजन ही क्या है? यह सोचकर उसने निकुम्भ के मन्दिर को ध्वस्त कर देने का आदेश दिया। निकुम्भ ने भी जानबूझकर उसकी पत्नी की इच्छा इसलिए पूरी नहीं की थी कि इससे भी दिवोदास क्रुद्ध होकर कोई भूल कर बैठे। निकुम्भ ने मन्दिर को ध्वस्त करने के कारण निकुम्भ ने भी पीड़ित होकर शाप दे दिया कि यह काशी नगरी जनशून्य और उजाड़ हो जाएगी। काशी के उजड़ने पर विवश होकर दिवोदास को गोमती के किनारे अन्यत्र एक नगर बसाना पड़ा। समय आने पर काशी का पुनः उद्धार हुआ। भरद्वाज मुनि के यज्ञ के प्रभाव से दिवोदास को प्रतर्दन नामक पुत्र की प्राप्ति हुई।

वह पुत्र अग्नि के समान दीप्तिमान और तेजस्वी हुआ। उसने अपने पिता के समस्त शत्रुओं को नष्ट कर दिया। उस समय ब्रह्मा ने भी शिव की सहायता करनी चाही। उन्होंने वृद्ध ब्राह्मण वेश में दिवोदास से मिलकर उसकी कीर्ति का बखान किया और यज्ञ सम्पन्न करने की इच्छा व्यक्त की। दिवोदास ने उन पर विश्वास करके यज्ञ के लिए अपना राज्यकोष खोल दिया। ब्रह्मा ने दिवोदास के सहयेाग से ही दशाश्वमेध यज्ञ पूर्ण किया। पर वे भी दिवोदास में कोई दोष न ढूँढ़ सके। यहाँ तक कि निरन्तर परिभ्रमण करने वाले सूर्य भी दिवोदास में कोई त्रुटि नहीं निकाल सके।

शिव की काशी में बसने की इच्छा कैसे पूर्ण हो, इस विकट प्रश्न के समाधान के लिए वक्रतुण्ड ने ही बीड़ा उठाया। उन्होंने लीला-भाव से एक ब्राह्मण ज्योतिषी का रूप धारण कर मन्दर गिरि से काशी के लिए प्रस्थान किया। काशी के जन-जीवन में उनकी कीर्ति सुगन्ध की तरह फैलने लगी और वे जनता में एक दिव्य भविष्यद् वक्ता के रूप में प्रसिद्ध हो गए। जो भी आता अपने प्रश्नों के उत्तर पाकर सन्तुष्ट होकर लौटता। गणेश की कीर्ति राजा दिवोदास और अन्त:पुर की रानियों तक पहुँची। एक दिन रानी सुयशा और लीलावती ने ज्योतिषी रूपधारी गणेश को राजमहल में आमंत्रित किया। दिवोदास ने गणेश का यथाविधि सत्कार कर कहा, "आप परम तत्त्वज्ञानी, ब्रह्मज्ञ, श्रेष्ठ द्विज प्रतीत हो रहे हैं। आप मेरे मन की चिन्ता का निवारण करें। मेरा चित्त सांसारिक भोग-लिप्साओं से विरत हो रहा है अत: मेरे भविष्य का उचित दिशा-निर्देश करने की कृपा करें।"

"आप निश्चिन्त हो जाएँ राजन्! आज के ठीक अठारहवें दिन उत्तर दिशा से एक तेजस्वी ब्राह्मण काशी में पधारेंगे। यदि आप उनसे विनीत और श्रद्धा भाव से प्रार्थना करेंगे तो वे आपको उचित उपदेश प्रदान करेंगे जो आपके लिए कल्याणकारी सिद्ध होगा।"

गणपति के आदेश को राजा ने सादर शिरोधार्य किया। राजा का मन राज्य-शासन और किसी भी भौतिक इच्छा से विरक्त हो गया। अठारहवें दिन विष्णु ने ब्राह्मण वेश में आकर अपने सदुपदेश से राजा के चित्त का उच्चाटन कर दिया। दिवोदास ने शिवलिंग की प्रतिष्ठा और पूजा कर शिव को काशी में प्रस्थापित कर दिया।

राजा दिवोदास के शिवधाम चले जाने पर शिव अपनी प्रिया पार्वती के साथ काशी में पधारे। उन्होंने गणपति की भूरि-भूरि प्रशंसा की और कहा कि यह वाराणसी मेरे लिए दुष्प्राप्य थी जो मेरे शिशु गणेश के ही कृपा-प्रसाद स्वरूप मुझे पुन: प्राप्त हुई है। जो कार्य पिता के लिए दु:साध्य होता है उसे पुत्र सिद्ध कर देता है और आज मैं पुत्रवान हूँ क्योंकि मेरे पुत्र वक्रतुण्ड ने मेरी चिर चिन्तित अभिलाषा पूर्ण कर दी है।"

गणपति ने करबद्ध होकर पिता का आशीर्वाद ग्रहण किया, श्रद्धा के अतिरेक से उनकी आँखें पिता के चरणों में झुकी हुई भाव-विभोर और अर्द्धनिमीलित थीं।

39

कैलास पर्वत के अतिरिक्त शिव का दूसरा निवास मन्दराचल पर भी था। हिमवान आदि पर्वतों ने पृथ्वी को धारण किया था। इस धारण-शक्ति या गुरुत्व के कारण ही उनकी महिमा थी। इनमें 'कुल' पर्वतों में मन्दर की गणना थी। मेरु, मन्दर, कैलास, मलय गिरि, गन्धमादन, महेन्द्र, श्री पर्वत एवं हेमकूट : ये आठ पर्वत 'कुल' पर्वत कहलाते थे। मन्दर पर्वत की शोभा भी निराली थी। वह भी दूसरा कैलास ही प्रतीत होता था। मध्य भाग में उसमें कई योजनों की समतल भूमि थी जिसके चारों किनारों पर वन-श्रेणियाँ फैली हुई थीं उनमें अधिकतर फलदार वृक्ष अधिक थे। शिव को वह स्थान इसलिए भी प्रिय था। उसमें आम, जामुन, कदलीफल, कपित्थ आदि के सहस्त्रों वृक्ष थे। मन्दर पर्वत का वन-भाग वन्य-पशुओं से भरा पड़ा था। उसमें दहाड़ते सिंह थे तो वन्य हाथियों के दल की सम्मिलित चिग्घाड़ भी सुनाई देती थी। पीले, काले वर्णों वाले हरिणों के अतिरिक्त तीखी नोक और श्रृंगवाले शरभ मृगों का कुलाँचे भर-भर कर उड़ान भरना अपूर्व दृश्यों की सृष्टि करता था। शिव की कृपा से वहाँ भी गिरि-कन्दराएँ सब प्रकार के साधनों से सुसज्जित थीं। देव-शिल्पी विश्वकर्मा ने उन्हें राजमहलों की समस्त ऐश्वर्य जनित सुविधाओं से भर दिया था। वहाँ के द्वारों पर मणि-माणिक के वंदनवार हवा के स्पर्श मात्र से झनझनाते रहते और संगीतमय वातावरण की सृष्टि करते थे। कभी शिव नृत्य-मुद्रा में आ जाते तो कभी माता पार्वती लास्य नृत्य में तल्लीन हो जातीं, उस समय देव-जाति के ही किन्नर और गन्धर्व संगीत सभा का दृश्य उपस्थित कर देते। उस समय गणपति भी उत्साह में आकर अपनी शास्त्रीय नृत्य-कला का प्रदर्शन आरम्भ कर देते,

महिमामयी सिद्धि गीत आरम्भ कर देतीं और बुद्धि भी गणपति के साथ ताल-लय में नृत्य आरम्भ कर देतीं। केवल शिव परिवार ही सम्पूर्ण ब्रह्मांड में अनोखा था जो नृत्य-गीत का रसिक था। केवल कुमार कार्तिकेय गम्भीर प्रकृति के युवा वीर थे जो ताली के ताल देते थे और उनका आज्ञाकारी मयूर उनके हर संकेत पर अपने रंग-बिरंगे पंखों को खोल कर महानृत्य में सहयोगी बनता था। गीत-संगीत और नृत्य का सुख शिव और गणपति अधिकतर कैलास, गन्धमादन और मन्दर गिरि पर ही लेते थे। वहाँ की वनभूमि और समतल पट्टिका उन्हें प्रिय थी।

पर आज का आनन्द-नृत्य अति विशेष और मनोहारी हो गया था। आज गणपति की दोनों पत्नियाँ सिद्धि और बुद्धि के पुत्रवती होने के उपलक्ष्य में सिद्धि-पुत्र 'क्षेम' और बुद्धि-पुत्र 'लाभ' का जन्मोत्सव मनाया जा रहा था। देव-जाति बुद्धि सम्पन्न, प्रगल्भ और प्रौढ़ जाति थी इसलिए जन्मकाल से ही क्षेम और लाभ भी ज्ञान सम्पन्न हो गए थे।

शिव ने अपनी दोनों प्रशस्त भुजाओं में क्षेम और लाभ को स्नेहपूर्वक उठाकर अपनी गोद में बिठाया। उनका शरीर रोमांचित था और भावोद्रेक से उनकी आँखें अर्द्धोन्मीलित थीं। वे अधमुँदी आँखों से अपने उमड़ते हुए वात्सल्य को व्यक्त कर रहे थे। उन्होंने हँसते हुए कहा :

"जानते हो वत्स क्षेम! तुम्हारे नाम का तात्पर्य क्या है? क्षेम का अर्थ है कल्याण, शुभ-चिन्तन और शुभ कर्म। शुभ-भाव संसार के परिरक्षण के लिए होता है। यह एक व्यापक विश्वबन्धुत्व का भाव है जिसमें जड़ से जड़ वस्तुएँ भी सचेतन होकर हमारा साथ देती हैं। स्वस्त्ययन करते समय लता, वनस्पति, औषधि, पृथ्वी, आकाश, अन्तरिक्ष सबके प्रति शान्ति की कामना की गई है। जगत् में व्यक्ति अकेला नहीं होता, वह सबका समुच्चय होता है, सबके मिलने से पूर्ण पुरुष होता है। यह प्रकृति ही तो है जो विराट् पुरुष की सत्ता को घोषित करती है। कोई भी उच्च पद या सिद्धि मिले तो उसका उपयोग संसार के कल्याण के लिए ही होना चाहिए। तुम मेरे प्रिय पौत्र हो और तुम्हें जानना चाहिए कि मेरे नाम शिव का भी अर्थ है कल्याण : सम्पूर्ण जगत् का कल्याण। कोई भी पदार्थ या धन तभी सार्थक होता है जब वह दूसरों को सुख दे। जैसे वृक्ष जब फल, फूल, पत्र और छाया देता है तभी वह सार्थक होता है। तुम अपने नाम को सार्थक कर दूसरों का कल्याण तभी कर सकते हो जब दूसरों की पीड़ा का तुम अनुभव करोगे। किसी भी दुख को देखना पर्याप्त नहीं होता, उसे आत्मानुभूमि का विषय बनाना पड़ता है, उससे एकमेक होना पड़ता है।

"और अब बचे तुम! मेरे प्रिय पौत्र लाभ। तो तुम्हारा जन्म आनन्द के लिए हुआ है। जो स्वयं आनन्दित होता है, वही दूसरों को भी आनन्द प्रदान कर सकता है। सिद्धि मार्ग से अर्थात् शुभ मार्ग से जो प्राप्त हो उसी का लाभ लेना सच्चा आनन्द है। देखो पौत्र! बुद्धि स्वर्ण है तो सिद्धि उसकी सुगन्ध। तुम्हारी माताएँ जीवन की पूर्णता का संकेत देती हैं। मेरा पुत्र गणेश सृष्टि की आदि कल्पना का प्रतीक है। वह मेरे लिए परम पूज्य है क्योंकि वह प्रकृति का समाहार है जहाँ पशु, मनुष्य, देवता सब मिलकर एक महाशक्ति के रूप में प्रकट होते हैं।"

क्षेम ने शिव के मस्तक पर विराजित चन्द्रकला को छूने का प्रयत्न करते हुए पूछा, "बाबा! हम देवता हैं या कोई अवतार या देव योनि का ही कोई प्रतिरूप?"

"प्रिय क्षेम! स्वरूप और कर्म ब्रह्मा के विधान से हैं। तो हम देवता ही हैं और देवता वह है जो देना जानता है : 'दानात् देव:।' सदैव दूसरों के लिए ही हमारा अवतरण होता है।"

वार्तालाप के ही क्रम में क्षेम और लाभ की दृष्टि जैसे अपने पिता गणेश पर पड़ी वे अपने बाबा प्रभु शिव की गोद से हठपूर्वक उतरकर पिता के पास भागे आए। उन्होंने गणपति की सूँड़ से खेलना आरम्भ किया फिर लाभ ने अचानक पूछ दिया :

"पिता श्री! हम इतना तो जान गए हैं कि हम सब देवता हैं। हमारा स्वरूप अलग, अवतार अलग। हम दूसरों से भिन्न भी हैं और श्रेष्ठ भी।"

गणपति ने अपने प्रिय पुत्र लाभ को टोकते हुए कहा, "लाभ! हम किसी अन्य ग्रह या लोक के अज्ञातवासी नहीं है। हमारा सम्बन्ध जितना ईश्वरीय शक्तियों और देवताओं से है, उतना ही मनुष्य-लोक से भी है। यह मर्त्य-लोक का ही नियम है जिसमें 'मातृ देवो भव', 'पितृ देवो भव', 'आचार्य देवो भव' की शिक्षा दी जाती है। माता, पिता, गुरु को साक्षात् ईश्वर-स्वरूप ही घोषित किया गया है। देवता और मनुष्य में एक तात्त्विक अन्तर भी है। मनुष्य दैहिक, दैविक और भौतिक त्रिताप से ग्रस्त जीव होता है। सौ वर्षों की सीमित आयु में भी वह चैन से बैठ नहीं पाता और संन्यास की अवस्था आते-आते तो मानव शरीर अत्यन्त जर्जर, विविध रोगों की खान बन जाता है। इसका सीधा कारण है कि देवता अजर-अमर होते हैं और मनुष्य तो मरणधर्मा होता है, निरन्तर क्षीयमाण होता हुआ वह मृत्यु को प्राप्त करता है। उसका जो पृथ्वी-लोक है, वह बड़ा अद्‌भुत है। वह पुण्य की संचय भूमि है। मनुष्य सत्कर्म द्वारा जो पुण्य संचय करता है उसी के बल पर वह स्वर्ग-सुख पाने का भी अधिकारी होता है। पर सुख-भोग की तो सीमा है। उसका पुण्य वैसे ही क्षीण होता है, वह पुनः स्वर्ग से पृथ्वी पर ढकेल दिया जाता है : 'क्षीणे पुण्ये मर्त्यलोकं विशन्ति।' तो इसका अर्थ हुआ कि स्वर्ग में पुण्य नष्ट हो जाता है और पृथ्वी पर उसका संचय होता है।"

लाभ ने पूछा, "पितः! क्या देवताओं को रोग-व्याधि नहीं होती? अगर नहीं होती है तो उनके वैद्य अश्विनी कुमार क्या करते हैं?"

गणपति बोले, "पुत्र! तुम्हारी जिज्ञासा स्वाभाविक है। जैसे मनुष्य के शरीर में व्याधियाँ होती हैं, वैसी देवताओं में नहीं होतीं पर उनमें व्याधि की अपेक्षा आधि अर्थात् मानसिक रोग होते हैं। देवताओं में चिन्ता, ईर्ष्या, विद्वेष, भय, तृष्णा और लालसाओं का तो जैसे समुद्र उमड़ता रहता है। ऐसी स्थिति में उन्हें अश्विनी कुमारों के वैद्यक उपचारों की आवश्यकता तो पड़ती ही है।

"एक बात और है पुत्र! मैं देवताओं से मनुष्य को अधिक श्रेष्ठ, अधिक कर्म-प्रधान मानता हूँ। देवता भोग-योनि के हैं। अतः वे नया कर्म नहीं कर सकते। उनके पास ज्ञान तो प्रचुर होता है पर विज्ञानमय कोश तो मानो मनुष्य की सम्पत्ति है। यह पृथ्वी, यह मर्त्य-लोक इतना लुभावना है कि नया कर्म करने के लिए देवताओं को भी पृथ्वी पर जन्म लेना पड़ता है। सामान्य देवता ही नहीं ईश्वरीय विभूतियाँ विष्णु, शिव आदि भी अवतार लेने के लिए विवश हो जाती हैं। मैं स्वयं मनुष्य का प्रेमी हूँ। मैंने भी अपने कई अवतारों में पृथ्वी के दुख-सुख सहे हैं। विनायक, मयूरेश आदि मेरे अवतार इसी कोटि के हैं। जैसे कोई श्रमिक परदेश जाकर अच्छी कमाई करके लौटता है वैसे ही देवता भी पृथ्वी पर जन्म लेकर अपना जन्म सुधारते और पुण्य संचय करने से पीछे नहीं हटते हैं।"

क्षेम ने पिता गणेश से पूछा, "पूज्यवर! देवता सर्वसमर्थ हो सकते हैं पर उनमें एक कमी तो स्पष्ट दिखती है। वे अनेक बार अपनी स्तुतियों से परमात्मा को : कभी विष्णु, कभी ब्रह्मा और कभी बाबा शिव को रिझा लेते हैं। वे उन्हें देखते हैं, उनका आशीर्वाद पाते हैं पर उन्हें मुक्ति नहीं मिलती। वे मोक्ष के अधिकारी नहीं होते। ऐसा क्यों है?"

"पुत्र! तुम देखने में तो छोटे हो पर तुम्हारी चेतना अत्यन्त विकसित है, बुद्धि भी शाणित, बड़ी धारदार है। ऐसा इसलिए होता है क्षेम! कि देवता भोग परायण हैं, भक्ति परायण नहीं। जो भक्त है, वही मोक्ष का अधिकारी बनता है। मनुष्य ही बँधने और मुक्त होने अर्थात् मोक्ष पाने की कला जानता है। इसलिए मैं मनुष्य-जाति से प्रेम करता हूँ, उसका होकर ही रह गया हूँ।"

क्षेम ने एक और प्रश्न पूछ दिया, "तात! आप और काका श्री भगवान् षडानन को बाल्यावस्था से ही सभी हाथों में अस्त्र-शस्त्र क्यों थमा दिये गए? आपके हाथों में भी परशु, पाश, कभी धनुष-बाण, कभी चक्र आदि शोभा पाते दिखाई देते हैं। तो क्या आप लोग सदैव युद्ध-मुद्रा में ही होते हैं? केवल युद्ध, केवल युद्ध!

अशान्ति से भरा हुआ जीवन आप लोग स्वीकार ही क्यों करते हैं? फिर असुर, दानव, दैत्य ये सब भी तो देवताओं के भ्राता है। भाई-भाई का युद्ध एक असमाप्त युद्ध हो गया है। सुना है, देवासुर संग्राम से आज तक यह वैर-विरोध की अग्नि अब तक धधक रही है। क्या इसकी शान्ति का कोई उपाय नहीं है?"

एक क्षण के लिए गणपति मौन रहे, फिर बोले, "पुत्र! तुम्हारी जिज्ञासाओं से मैं प्रसन्न भी हूँ और उत्साहित भी। इतने छोटे से वय में तुमने शास्त्र और शस्त्र दोनों पर गम्भीरतापूर्वक विचार किया है। प्रश्न का उत्तर मैं दे रहा हूँ। "देखो, यह प्रश्न शक्ति-प्रदर्शन और प्रतिद्वन्द्विता का नहीं है। यह तो धर्माचरण और सत्यप्रियता का है। जो सुर नहीं है, जिसमें दैवी गुणों का सर्वथा अभाव है, वही तो असुर है। असुर-जाति एक नकारात्मक विचारों की जाति है जो सदैव दूसरों को परास्त कर सुख-भोग की लालसा की पूर्ति करना चाहती है। उसकी आकांक्षाएँ असीमित हैं, उसका वेग दुर्दम है। अपनी शक्ति के उन्माद में वह मार्ग की समस्त बाधाओं को कुचलना जानती है। उग्रता, कठोरता, असहनशीलता और अराजकता के कारण वे प्रेम, करुणा, श्रद्धा आदि गुणों से प्राय: वंचित रह जाते हैं। रही बात देवताओं की तो देव यदि दैवी गुणों को भूलते हैं या उसका परिपालन उचित रीति से नहीं कर पाते हों, तो इसमें दैवी गुणों का दोष नहीं होता। जहाँ ये गुण हैं, वहाँ तो देवत्व की सत्ता स्वीकार करनी ही होगी।

"हाँ, मैं यह अवश्य चाहता हूँ कि तुम्हारे हाथों में जन्मकाल से ही अस्त्र-शस्त्र थमा दिये जाएँ। तुम अस्त्र-शस्त्र की शिक्षा अवश्य लो किन्तु युद्ध की कामना मत करो। सृष्टि का संचालन रीति-नीति, व्यवहार और बुद्धि से भी किया जा सकता है। यह ध्यान रखो कि आनेवाले समय में संसार का नाश केवल युद्ध से नहीं दुर्भिक्ष, महामारी, अनावृष्टि-अतिवृष्टि जैसी ईतियों और भीतियों से भी होगा। आनेवाले समय में जब संसार के कार्य-व्यापार बढ़ेंगे, नये राज्य, नई सभ्यताओं का शासन होगा तब केवल युद्ध से ही संसार की क्षति नहीं होगी। भाँति-भाँति की महामारियाँ, वैज्ञानिक आविष्कार भी प्राणघातक सिद्ध होंगे। यह संघर्ष तो सदैव किसी-न-किसी रूप में चलता ही रहेगा। अब युद्ध का आधार होगा बुद्धि-प्रयोग। तब युद्ध का शस्त्र, युद्ध की नीति सबमें परिवर्तन होगा। इसलिए तुम लोग सबके कल्याण और आनन्द के विषय में सोचो क्योंकि भौतिकता की उन्नति से भी अध्यात्म के द्वार खुल सकते हैं।"

क्षेम और लाभ ने पिता गणेश के चरणों में और प्रभु शिव और पार्वती के साथ-साथ अपनी दोनों माताओं को भी झुककर प्रणाम किया। उन्हें ऐसा प्रतीत हो रहा था, जैसे संसार की मानव-जाति के उत्थान के लिए उन्हें पिता गणेश ने दीक्षा प्रदान की है।

40

कैलास का दृश्य आज दिव्य और मनोरम लग रहा था। ग्रीष्म ऋतु का आगमन हो गया था। पर्वतों पर जमा हिमखंड धीरे-धीरे आर्द्र हो रहा था। हिम के झालरों से झूलती हुई बूँदें हीरक कणों की तरह झिलमिला रही थीं। गणपति के दोनों पुत्र क्षेम और लाभ दौड़ते-भागते क्रीड़ा कर रहे थे। उसके आगे-पीछे मूषक, वरदराज नन्दी और विषैले सर्प भी फण काढ़े उनका अनुसरण कर रहे थे। उसी समय संगीत के मधुर नाद से समस्त कैलास क्षेत्र गूँज गया। नन्दी ने उल्लसित होकर कहा, "वीणा का यह माधुर्य बता रहा है कि देवर्षि नारद आ गए हैं। जब नाद सुनाई दे रहा है तो बिन्दु के भी दर्शन होने ही वाले हैं।"

क्रीड़ा में निमग्न क्षेम और लाभ दोनों सहसा रुक गए। लाभ बोले, "कौन आ रहे हैं? ये देवर्षि नारद कौन हैं? कोई देवता हैं? या ऋषि या मनुष्य या कोई संगीतकार?" क्षेम ने कहा, "अब मुझे स्मरण आ रहा है, ये पहले भी आए हैं। उन्होंने हम दोनों भ्राताओं को बड़े स्नेह से आशीर्वाद दिया था, हमारे जन्मोत्सव पर हम दोनों को विलक्षण बाँसुरी दी थी। उनका यह उपहार सबसे भिन्न था इसलिए भी मुझे स्मरण रहा।"

लाभ ने कहा, "क्या वे कोई देव-सभा के संगीतज्ञ हैं? उनका वीणा वादन कितना मधुर है! वे जब वीणा के तारों पर उँगलियाँ फिराते हैं तो हवा में डोलते पेड़ भी मौन भाव से ध्यानस्थ हो जाते हैं। इस प्रकार सम्पूर्ण पृथ्वी को मोहित कर लेने वाला व्यक्ति तो कोई साधारण पुरुष नहीं हो सकता। हम दोनों भ्राता भी उनसे संगीत सीखने के इच्छुक हैं। हमारे परिवार में सभी नृत्य कुशल हैं तो वाद्य में भी तो किसी को पारंगत होना चाहिए न?"

वक्रतुण्ड ने कहा, "वत्स! तुम्हारी जिज्ञासाएँ तो बढ़ती जा रही हैं! उन सबका समाधान होगा। तुम अपने बाबा से तो पूछो, वे त्रिकालदर्शी, सर्वान्तरयामी महादेव हैं। उनके हाथों में ही सृष्टि की कुंजी है। वे बताएँगे तुम्हें देवर्षि नारद की सुनी-अनसुनी, कही-अनकही बातें। वे ही खोलेंगें सृष्टि के इस दिव्य ऋषि का रहस्य!"

अभी वक्रतुण्ड का वाक्य पूरा भी नहीं हुआ था कि देवर्षि नारद वहाँ पधार गए। माता पार्वती और शिव के चरणों में प्रणति निवेदित कर वे वक्रतुण्ड के चरणों में झुके तो वक्रतुण्ड ने उन्हें बीच में रोककर हृदय से लगा लिया। सिद्धि और बुद्धि को श्रद्धापूर्वक प्रणाम अर्पित कर वे दिये गए आसन पर बैठे। अब क्षेम और लाभ की बारी थी। दोनों ने देवर्षि को साष्टांग प्रणाम किया। देवर्षि जैसे इसके लिए तैयार नहीं थे। उन्होंने शीघ्रता से दोनों बालकों को गोद में बिठाया। क्षेम और लाभ नारद की दिव्य वीणा से लगकर बैठे थे। उन्होंने उसके तारों को स्पर्श किया। संगीत की एक मीठी स्वर-लहरी हवा में गूँजी पर क्षेम और लाभ को लगा कि उन्होंने जैसे विद्युत् की अग्नि-रेखा को छू लिया हो। उन्होंने चौंककर हाथ खींच लिए और प्रश्नवाचक दृष्टि से नारद की ओर देखा। नारद ने कहा :

"हाँ पुत्र! यह दैवी वीणा माता सरस्वती का प्रसाद है। बिना मानसिक आवाहन के इसका सहसा स्पर्श नहीं किया जा सकता। तुम दोनों में संगीत के प्रति आकर्षण है, यह मैं जानता हूँ। तभी तो मैंने तुम दोनों को जन्मोत्सव के साथ ही बाँसुरी प्रदान की थी। देखो पुत्र! सम्पूर्ण पृथ्वी में संगीत प्रवहमान है। बाँसुरी क्या है? हरित बाँस का एक टुकड़ा पर उसमें कितना रस भरा है! भगवान् कृष्ण के हाथों में यही बाँसुरी सम्पूर्ण जड़-चेतन को वशीभूत कर लेती है।"

अभी तक वार्ताक्रम चल ही रहा था कि नन्दी और शिव के प्रमुख गण वीरभद्र वहाँ समीप आ गए। नन्दी के स्वर्ण-शृंग चमक रहे थे, उनके गले में पड़ा स्वर्ण-हार मधुर स्वरों में रुन-झुन कर रहा था। उनकी पीठ पर लाल रंग की गद्देदार पट्टिका पड़ी थी जिसकी किनारी स्वर्ण-नूपुरों से सज्जित थी। उनके हाथों और पाँवों में भी स्वर्ण-वेष्टन शोभा पा रहा था। वीरभद्र सदा की तरह विराट्, चौकन्ने पर भक्तिभाव से गद्गद, शिव-चरणों की प्रीति से लबालब भरे दिख रहे थे। भगवान् शिव के समीप वीरभद्र इतने भावुक और विभोर थे कि उनके मुख से शब्द भी ठीक से उच्चरित नहीं हो पा रहे थे। पर्वतों को बाहुओं से ठेल देनेवाले और अपनी हुंकार से दसों दिशाओं को कम्पित कर देनेवाले वीरभद्र एक भक्त की मनोदशा में अंजलिबद्ध, कातर और आर्त हो रहे थे। उन्हें भाव-विभोर देखकर नन्दी ने ही निवेदन किया :

"जगत् पिता महादेव! देवर्षि श्री नारद का वीणा वादन युगों-युगों से हमें मोहित, आह्लादित और आनन्दित करता रहा है, पर हम उन्हें जानना चाहते हैं। उनका परिचय क्या है? वे आपके भक्त हैं, प्रिय हैं। वे हमारे भी नमस्य हैं, हमें देवर्षि के विषय में बताएँ! हमारी यह उत्सुकता इतनी बढ़ गई है कि धीरे-धीरे सभी प्रमुख गणों का समुदाय इस ज्ञान-लोभ से यहाँ आकर एकत्र होता जा रहा है। हमारी यह सदिच्छा पूरी करें प्रभो!"

शिव ने एक मधुर दृष्टि देवर्षि पर डाली। देवर्षि नारद भी मन्द-मन्द मुस्कुरा रहे थे, जैसे कह रहे हों कि "मैं तो सदैव दूसरों का चरित-वर्णन, गुण-कथन करता और गाता रहा हूँ! पर आज अपने ही पाश में मैं स्वयं बँधा जा रहा हूँ!"

शिव ने कहना आरम्भ किया :

"हमारे प्रिय देवर्षि नारद ब्रह्मा के मानस पुत्र और सृष्टि के आदिकाल से स्वर्ग से मर्त्य-लोक, नाग-लोक ही नहीं समस्त लोकों में समान गति से भ्रमण करते रहे। इन्होंने संगीत की महान् साधना की। विष्णु-लोक के श्रेष्ठ गन्धर्व तुम्बरु महान् गायक थे, विष्णु-लोक की सभा में उनका बड़ा मान था। नारद के मन में इनके सत्कार से अवसाद हुआ, वे उनसे भी श्रेष्ठ गायक बनना चाहते थे। तुम्बरु स्वर्ग के नाट्याचार्य थे। उन्हें युधिष्ठिर के राजसूय यज्ञ के अवसर पर आम्रपत्र के समान हरित-वर्ण के तेजस्वी सौ घोड़ों का उपहार प्राप्त हुआ था। हमारे नारद प्रज्वलित अग्नि के समान दीप्तिमान हैं, उनके नेत्रद्धय बालसूर्य के समान हैं। जटामंडल धारी वे चन्द्रकिरणों से धवल वस्त्र धारण करते हैं, उन्हें पीताम्बर भी प्रिय है। कभी उसके साथ कृष्णाजिन का उत्तरीय, स्वर्ण का यज्ञोपवीत, दंड और कमंडल भी उनके बाह्य व्यक्तित्व को सज्जित करते हैं। वे कौपीन, वल्कल और वीणा धारण करते हैं। मैं यदि नादरूप हूँ तो नारद और तुम्बरु नाद तत्त्ववेत्ता हैं। नारद, तुम्बरु, हा हा, हू हू आदि श्रेष्ठ गायकों में परिगणित हैं। नारद के संगीतज्ञ होने के पीछे एक कथा प्रचलित है कि एक बार वे जब ब्रह्मलोक गए हुए थे तो वहाँ उन्होंने कौतूहलवश देवी सरस्वती की वीणा को बजा दिया। उस नाद से वीणा के सप्तस्वर सात ब्राह्मणों के रूप में मूर्च्छित होकर अधोपतित हो गए जो नारद के संगीत की अज्ञानता से किये गए वादन से नष्ट हो गए थे। इसके लिए प्रभास क्षेत्र में उन्हें भैरव की कठोर उपासना करनी पड़ी तब कहीं वे निष्पाप हो सके। विष्णु गान-प्रिय थे, उन्होंने नारद को ऋषि बना दिया। उन्होंने मानस की उत्तर दिशा में पर्वतवासी ग्राम-बन्धु उलूक से गायन शिक्षा ली और अनुभव किया कि संगीत तपस्या से नहीं वरन् गुरु-मुख से गायन सुनने और वैसा ही अभ्यास करने से प्राप्त होता है। उन्होंने यह भी सीखा कि गायन एक निःसंकोच कला है।

उसमें शारीरिक मुद्राओं और भंगिमाओं का भी बड़ा महत्त्व होता है। कालान्तर में कृष्णावतार के समय कृष्ण ने उन्हें बाँसुरी वादन की शिक्षा दी और अपनी पत्नी जाम्बवती, सत्यभामा और रुक्मिणी से भी संगीत शिक्षा प्राप्त करने का आदेश दिया। तब कहीं नारद तुम्बरु से श्रेष्ठ कलाकार बने। उस समय तुम्बरु के साथ मिलकर नारद ने कृष्णस्तवन का गायन किया था। नारद की एक वीणा का नाम 'कच्छपी' वीणा है जो कृष्ण ने उन्हें प्रदान की थी। नारद ने मुझसे ही अचला भक्ति के साथ त्रिकालज्ञ संगीतज्ञ होने का वर प्राप्त किया था।

"हमारे नारद ब्रह्मा के मानस पुत्र हैं, क्षीर सागर में शेष की शय्या पर विश्राम करते विष्णु के परम भक्त हैं और मेरे तथा मेरे समस्त परिवार और विराट् गण समुदाय के अत्यन्त प्रिय और आत्मीय हैं। वे ही तो मनुष्य-जाति और देव-जाति के मध्य सेतुबन्ध हैं। वे ही दोनों की कड़ी जोड़ते हैं। वे समस्त सृष्टि से संवाद करते हैं, वे सच्चे अर्थों में सन्देशवाहक हैं। मनमौजी और मनस्वी हैं। देखा जाए तो यह सम्पूर्ण पृथ्वी एक महाश्मशान ही तो है जिसमें मेरा और महाकालिका का अकुंठ नृत्य सदैव चलता रहता है। वे हमारे हर पदक्षेप के ताल-छन्द को समझते हैं। भक्ति और प्रेम का जो अनिर्वचनीय आनन्द है वह कोई इनसे सीखे। यह अनिर्वचनीय प्रेम गूँगे के गुड़ के आस्वाद की भाँति है पर नारद उसे प्रत्यक्ष करना जानते हैं। इन्हें लीला-नाट्य में भी रुचि है। कहाँ जोड़ना है, कहाँ तोड़ना है, कहाँ बुद्धि-विभ्रम का मायाजाल रचना है, इसमें वे पटु हैं। इनके समक्ष तो विधाता की बुद्धि भी चकरा जाती है और कई बार नारद उनके क्रोध और शाप के भी भागी बने हैं।"

बुद्धिशाली गणपति श्रद्धाभाव से परमपिता शिव के कथन का मनन कर रहे थे। उन्होंने प्रश्नवाचक मुद्रा में पूछा :

"पितः! आपकी वाग्धारा से हमें देवर्षि नारद जी के विषय में कई ज्ञातव्य बातें सुनने को मिल रही हैं। मेरे मन में विक्षेप की तरह एक प्रश्न उठा है जिसे मैं आपके समक्ष निवेदित कर रहा हूँ। हमारी सृष्टि के पूरे संविधान में दो बातें अत्यन्त महत्त्वपूर्ण प्रतीत होती हैं जिन्होंने सृष्टि के विकास को कहीं बाधित तो कहीं अग्रसर किया है और वे हैं, शाप और वरदान। जो भी तपस्वी कठोर तपश्चर्या करता है वह या तो ब्रह्मा को या आप महादेव को रिझाकर जैसे वशीभूत कर लेता है और प्रायः वरदान का एक ही मुख्य तात्पर्य दिखाई देता है, अमरता की प्राप्ति। चूँकि मनुष्य मरणधर्मा है, राक्षस-जाति भी मरणशील ही है इसलिए इन दोनों वर्ग के तपस्वियों ने सबसे अधिक वरदान की कामना की है। वैसे देवता भी विपदग्रस्त होने पर तप करते और इच्छित वर पा लेते हैं। वर का यह अभेद्य कवच पाने के बाद भी महत्त्वाकांक्षी लोग

अन्ततः मृत्यु को प्राप्त होते ही हैं। एक वर का कभी-कभी दूसरे वर से भी सम्बन्ध होता है। उस पर आप तो आशुतोष ठहरे। जैसे तनिक-सी आँच पाकर नवनीत पिघल जाता है, वैसे ही भक्त की पीड़ा से आप विचलित होकर प्रकट हो जाते हैं। केवल प्रकट ही नहीं होते, भक्त जैसा चाहता है वैसे स्वरूप में ढल जाते हैं। यही स्थिति शाप की है। शाप तो मानो एक जंगम-चलन्त क्रोध के परिणाम की भाँति है। पृथ्वी पर दुर्वासा जैसे ऋषि तो अपने भयंकर क्रोध और शाप के लिए प्रसिद्ध हैं। आपने इस संसार में देव-जाति से लेकर मनुष्य-जाति तक इस शाप की क्षमता कूट-कूटकर भर दी है। अनेक बार तो काम-भाव भी शाप की भूमिका रच देता है। तो क्या वरदान महाशक्तियों की विवशता है और शाप क्रोध का एक साधारण विकार?"

शिव और पार्वती अपने पुत्र गणेश का पक्ष बड़ी तन्मयता से सुन रहे थे। शिव बोले :

"पुत्र! यह प्रश्न सनातन काल से उठता रहा है। पर सृष्टि नियमों के अधीन है। जो श्रम और साधना में लीन होगा उसे उसका अधिकार और प्रत्यक्ष फल अवश्य प्राप्त होगा। वहाँ पात्र-अपात्र का विचार नहीं होता, हमारे कर्म ही हमारी पात्रता का निर्धारण करते हैं। राक्षस-जाति एक महत्त्वाकांक्षी किन्तु क्रूर जाति मानी गई है। सृष्टि के सन्तुलन के लिए विरुद्ध तत्त्वों की भी आवश्यकता होती है। वन केवल कोमल हरिणों या गजराज, वानर या अन्य शाकाहारी जीवों से ही नहीं बनता। उसमें सिंह, व्याघ्र, महिष एवं अन्य दुर्दान्त पशु भी होते हैं जो वन को दुर्गम और क्रूर बना देते हैं। यही सन्तुलन का रहस्य है। कभी-कभी विरुद्ध भावों से भी अनुकूल भावों की महत्ता प्रकट होती है, अत्याचार की अधिकता से करुणा का महत्त्व सूचित होता है। मैं शीघ्र तुष्ट होकर वरदान देता हूँ तो मेरा तीसरा नेत्र पलक झपकते प्रलय भी तो ला देता है और महाकालिका जब क्रुद्ध होती हैं तो रक्त-खप्पर धारिणी हो जाती हैं, रक्तबीज जैसे दुर्दम राक्षसों का रक्त पी जाती हैं।"

"पितः! आपने मेरी जिज्ञासा को शान्त किया है, आपसे हुई हर वार्ता मुझे तत्त्वबोध कराती है : 'वाद-वादे जायते तत्त्वबोधः।" मैं सन्तुष्ट हुआ।"

इसके बाद कुछ क्षणों का विश्राम काल था। देवर्षि नारद के सामने एक बड़े स्वर्ण-परात में मोदकों और ऋतुफलों का भंडार लाकर रखा गया। नारद उस वृहत् परात और लड्डुओं का ढेर देखकर घबरा से गए। हाथ जोड़कर बोले :

"प्रभो गणपति! मैं क्षीणकाय पवन की तरह यहाँ से संचरण करने वाला प्रभु का सेवक हूँ। यह महाप्रसाद देखकर ही मेरी बुभुक्षा शान्त हो गई है, अब किसी भी खाद्य पदार्थ की ओर देखना भी मुझे अप्रिय लग रहा है। आपका मुझ पर अपार स्नेह है। पर मैं तो इनकी सुगन्ध से ही तृप्त हो गया हूँ।"

"फिर भी देवर्षि! मधुर मेरा प्रिय पदार्थ है। मेरी रुचि की रक्षा के लिए ही इसे ग्रहण करें। ये सुपक्व पीताभ आम्रफल दूर-दूर तक अपनी सुगन्ध फैला रहे हैं। ये जम्बुफल भगवान् नारायण की कान्ति से मानो स्पर्धा कर रहे हैं और कन्द-मूल तो ऋषियों के अत्यन्त प्रिय खाद्य हैं। अत: इनके रूप और गुण के साथ इनके स्वाद का भी अनुभव करें तो ये आपको रसलुब्ध बना देंगे।"

"हे गणपति! मैं जान रहा हूँ कि नारद जैसे वाचाल को आप आज मूक बनाने की ठान चुके हैं पर इसे आपका कृपा-प्रसाद मानकर मैं एक-दो मोदक से ही परम तृप्त हो जाऊँगा।" कहकर नारद जी ने प्रसाद ग्रहण किया। यह देख-सुनकर शिव और पार्वती के मुख पर आई हुई मन्द मुस्कान किसी से छिपी नहीं रही।

कुछ ही देर बाद सभा-मंडप का वातावरण शान्त और सौम्य हो गया। माता पार्वती की इच्छा मात्र से उपस्थित गणों के लिए अनेक परातों और थालों में स्वादिष्ट मोदकों और सुपक्व फलों का अम्बार लग गया था। सबने प्रसाद लिया और परम तृप्ति की डकार भी ली। सबके आसन ग्रहण कर लेने के बाद शिव ने देवर्षि नारद की देव-कथा की कड़ी जोड़ते हुए कहना आरम्भ किया :

"हमारे देवर्षि नारद ने रेवा नदी के उत्तरी तट पर नव नाड़िकाओं का निरोध कर उग्र तप करके मुझे प्रसन्न किया था। नारद की कामना थी कि उनके मन में मेरे प्रति अचला भक्ति हो, वेद-विद्याओं में वे निष्णात बनें, त्रिकालज्ञ और संगीतज्ञ बनें और त्रिलोक में देव-दानव और मानव-जाति के युद्धों को देखने की शक्ति मिले। मैंने ही इन्हें त्रिलोक में अबाध गति से विचरण करने की क्षमता प्रदान की और साथ ही सप्त स्वर, तीन ग्राम, इक्कीस मूर्च्छनाएँ एवं उनचास तानों में विचक्षणता प्रदान की। मैंने यह भी कहा : 'हर युग में मेरे लिए होनेवाले दिव्य नृत्य-गीत के तुम द्रष्टा बनोगे। तुम ज्ञान कोविद, एकाकी और नि:संग रहोगे।'

"साथ ही यह भी सत्य है कि हमारे देवर्षि के पास त्रिलोक की समस्त सूचनाएँ हैं, वे उनका आदान-प्रदान भी खूब करते हैं। इन्हें कलहकर्ता भी कहा गया है पर इसमें भी लोक-कल्याण की ही भावना छिपी हुई है। वे ऐसी योजनाएँ बनाते हैं कि तामसिक शक्तियाँ उनके कथन से उत्तेजित हो उठती हैं और कुछ ऐसी भूलें कर बैठती हैं जिनसे उनका विनाश शीघ्र सम्भव हो जाता है। किसी के भी चित्त को संक्षुब्ध करने और अध:पतित करने की कला में वे सिद्धहस्त हैं। फिर भी हमारे देवर्षि का चरित्र पूर्णत: निष्कलंक और उज्ज्वल है। इनमें अहम्मन्यता नहीं, एक प्रकार की बाल-सुलभ चंचलता और क्रीड़ा का भाव है। स्वयं कृष्ण ने उन्हें अनेक आदर सूचक नामों से सम्बोधित किया है जिसमें 'अध्यात्मगति तत्त्वज्ञ', 'ऋजु', 'तेजोवृद्ध', 'यशोवृद्ध', 'बुद्धिवृद्ध', 'तपोवृद्ध', 'बहुश्रुत', 'वाग्मी', आदि मुख्य हैं।

"नारद का देवत्व और ऋषित्व सृष्टि के आदिकाल से लेकर कृतयुग, त्रेतायुग, द्वापर और कलिकाल में भी वर्णित हुआ है। हर युग में नारद का आविर्भाव होता रहा है और वे सभी जातियों के बीच सम्बन्ध सेतु बनाते या बिगाड़ते रहते हैं। ये भक्ति तत्त्व की परम्परा के वाहक हैं, रक्षक और प्रचारक हैं।

"दक्ष ने इन्हें शाप दिया था कि 'तुमने' मेरा सदा अकल्याण किया है। अतः जाओ, सर्वत्र घूमने से तुम्हारे पैर कभी स्थिर न रहें। यह भी कहा जाता है कि काल की अज्ञातनामा पुत्री ने नारद जी को वरण करने की इच्छा जताई थी पर नारद जी ने उसकी प्रार्थना को स्वीकार नहीं किया। इस कारण उस कन्या ने इन्हें सर्वत्र भटकते रहने का शाप दे दिया था। पर यह विचरण भी इनकी असाधारण शक्ति बन गया और संसार के लिए कल्याणकारी ही सिद्ध हुआ। हमारे देवर्षि पुण्य की राशि हैं, जीवन्मुक्त हैं : 'जीवनमुक्तः जीवनमुक्तः जीवनमुक्तः'" कहकर शिव ने उनके सिर को अपने करुणामय करों से स्पर्श किया। नारद भूमि पर भाव-विभोर होकर उनके चरणों में लोट गए। फिर बहुत देर तक सर्वत्र 'जय-जय' की ध्वनि का मंगल उच्चारण होता रहा। देवर्षि के प्रति सबके मन में स्थिर श्रद्धा का भाव और दुगुना हो गया था।

41

प्रातःकाल होते ही वक्रतुण्ड ने शीतल सुवासित जल से स्नान किया पर मन में उमड़ते हुए प्रश्न विकलता उत्पन्न कर रहे थे। उन्होंने आँखें मूँद लीं और ध्यान-योग में जाने का प्रयत्न किया। उस समय अचानक उन्हें नारद जी की स्मृति हो आई। एक प्रकार से उन्होंने स्मरण करते हुए देवर्षि को संवाद दे दिया कि वे यथाशीघ्र कैलास पर उनसे मिलें। उन्हें नारद जी की बातें याद आ रही थीं कि मुझे शब्द-ज्ञान तो हो गया है पर आत्मज्ञान नहीं हुआ। नारद जी ने एक बार सनत्कुमार से इसी प्रकार की विकलता में कहा था : 'तरति शोकं आत्मवित्', जो आत्मा को जान जाता है वह दुख-सागर को पार कर जाता है। तो क्या सचमुच शास्त्रों का ज्ञान 'नाम-ज्ञान' है। समस्त वैदिक ज्ञान नाम ही तो है, यह शब्द-ज्ञान आत्मा तक पहुँचने का प्रारम्भिक चरण मात्र है। सनत्कुमार ने ही समझाया था कि वाणी इस नाम से बड़ी है और मन वाणी से बड़ा है। इस वाणी और नाम का अनुभव वैसे ही किया जा सकता है जैसे कोई बन्द मुट्ठी में दो आँवले दबा ले। बात यहीं तक नहीं रुकती। इस मन से संकल्प, संकल्प से चित्त, चित्त से ध्यान, ध्यान से विज्ञान, विज्ञान से बल, बल से अन्न, अन्न से जल, जल से तेज, तेज से आकाश, आकाश से स्मृति, स्मृति से आशा, आशा से प्राण बड़ा है। नाम या शब्द से प्राण तक की यह यात्रा ही असली ज्ञान है। गणपति ने अपनी समस्त नाट्य वृत्तियों को उसी प्रकार अपने भीतर समेटा जैसे कछुआ अपनी कच्छप गति से अपने सभी अंगों को समेटकर आत्मस्थ कर लेता है।

गणपति ने अपने आप से संवाद किया, "मैंने सारे शास्त्र पढ़ और सुन लिए हैं, अनेक युद्धों में अपने जन्म से ही भाग ले रहा हूँ और उनमें विजयी भी हुआ हूँ।

एक जन्म की कौन कहे, मैंने कई-कई जन्मों में, कई-कई रूपों में प्रकट होकर अपना कर्त्तव्य-पालन किया। मेरे पिता देवाधिदेव महादेव में प्रलय-सृष्टि के विनाश की क्षमता है पर वह विनाश, सम्पूर्ण सृष्टि का जल-प्रलय उसकी समस्याओं का उपचार नहीं है। उससे पाप-बुद्धि या असुर-बुद्धि का नाश नहीं होता। जैसे किसी वृक्ष को आकार देने के लिए कुशल माली निरन्तर समय-समय पर काट-छाँट करता रहता है, वैसे ही सृष्टि में जब भी पापात्मा व्यक्तियों की बाढ़ आ जाती है तो उन्हें संयमित करना पड़ता है। व्यर्थ को हटाना ही तो आविष्करण है। जैसे कलाकार किसी पाषाण खंड को काट-छाँट कर व्यर्थ के प्रस्तर खंडों को हटा देता है और एक सुन्दर मूर्ति की रचना कर देता है, वैसे ही सृष्टि को भी निरन्तर प्रक्षालित, परिष्कृत और परिमार्जित करते रहना पड़ता है।"

अभी गणपति का आत्म-मन्थन चल ही रहा था कि देवर्षि नारद की सुमधुर वीणा का स्वर कानों से टकराया। गणपति हर्षित होकर आसन से उठे। उन्होंने अपने बाह्य कक्ष में ही देवर्षि को आसन प्रदान कर उनका पूजन अभिनन्दन किया।

देवर्षि ने पूछा, "प्रभो! आज जैसे ही मुझे आपने स्मरण किया, मैं चलने को तत्पर हो गया। आपका यह हृदय-संवाद मन की गति से भी तीव्र रूप में मुझे प्राप्त हो गया। आज्ञा करें देव! आप कुछ चिन्तित और विचार-मग्न अवश्य प्रतीत हो रहे हैं।"

"आप उचित समझ रहे हैं नारद जी! मैं मनुष्य-लोक के विषय में ही निरन्तर चिन्ता कर रहा हूँ। आपकी तो सभी लोकों में अबाध गति है, विशेषकर पृथ्वी-लोक के सात्विक, राजस और तामस सभी प्रकार के तत्त्वों से आपका निकट का सम्बन्ध है। मैं मनुष्य-जाति के समस्त क्रिया-कलाओं को समीप से, अति समीप से देखना-जानना चाहता हूँ। आखिर वे कौन-से कारण हैं, वह कौन-सी चुम्बकीय शक्ति है जो परमात्मा को भी झकझोर देती है? विष्णु हों या शिव या अन्य देवता सभी अवतार लेकर पृथ्वी पर उतरना चाहते हैं। जीवन की सामान्य प्रवृत्ति तो यह है कि हर आत्मा ऊर्ध्वगामी होती है और होना चाहती है। ऊपर उठने की इसी भावना ने तो स्वर्ग, कैलास या बैकुंठ आदि लोकों की कल्पना और कामना की है। तो फिर उच्च लोकों से नीचे अवतरण करना, इसमें अवश्य कोई आनन्द का रहस्य छिपा होगा? दूसरे, पृथ्वी धर्म-तत्त्व की प्रयोगशाला है। महान् और दिव्य ऋषियों से यह पृथ्वी भरी पड़ी है। मैं उनका भी दर्शन करना चाहता हूँ। यज्ञ-याग की उनकी विधियाँ, देवताओं के साथ उनका सामीप्य और साहचर्य, सब स्वयं अनुभूत करना चाहता हूँ। क्या उनकी जीवन-शैली देवताओं से मिलती-जुलती है? क्या उनके शुद्ध-बुद्ध पुरुष पृथ्वी पर देवताओं की भाँति विचरते रहते हैं? मुझे इतना तो ज्ञात है कि पृथ्वी पर अपार कृषि-सम्पदा है,

भूमि तो है ही अन्न का कोश। यह अन्नमय कोश ही तो आनन्दमय कोश तक ले जाता है। उपनिषद ग्रन्थ पुकार-पुकार कर कहते हैं : अन्नमय कोश, प्राणमय कोश, मनोमय कोश, विज्ञानमय कोश से होता हुआ जीव आनन्दमय कोश तक पहुँचकर आनन्दी होता है और वह भूमा का सुख प्राप्त करता है।"

देवर्षि नारद कुशल वैद्यराज देव-वैद्य अश्विनी कुमारों की भाँति मुस्कुराए जैसे उन्हें नाड़ी का स्पर्श करते ही रोग और निदान दोनों सूझ गए हों। बोले :

"प्रभो! आपकी यह मनोव्यथा अत्यन्त सात्विक, पवित्र और कल्याणकारी है। आप मेरे साथ पृथ्वी-लोक चलें और स्वयं सत्य का अनुभव करें!"

"देवर्षि नारद जी! मेरी इच्छा है कि मेरे साथ सिद्धि और बुद्धि तथा मेरे दोनों पुत्र क्षेम और लाभ भी चलें। मेरे साथ वे भी अनुभव करें : सर्वथा एक भिन्न अनुभव। वास्तविक दुख, पीड़ा और अभाव का साक्षात्कार करें। वे भी देखें कि सुख-सुविधाओं से सम्पन्न प्रजापतियों, देवताओं के लोक से कितना अलग होता है मनुष्य-लोक! मैंने अपने कुछ अवतारों में राजाओं और उनकी प्रजाओं के साथ समय बिताया है। मैं जानता हूँ कि दरिद्रता, दीनता, बुभुक्षा और शरीर-पीड़ा क्या होती है, अत्याचार-अनाचार क्या होते हैं। संघर्ष-विघर्ष कितने भयानक रूप में प्रकट होते हैं हम एक दुःस्वप्न को साकार करने जाना चाहते हैं। क्या इसमें आपकी सहमति है?"

देवर्षि विह्वल हो गए, "देव! इस यात्रा के पीछे छिपी हुई आपकी अनन्त करुणा और कृपा का अनुभव कर मैं भाव-द्रवित हो गया। मेरे पिता चतुरानन ब्रह्मा सर्वसमर्थ हैं पर वे प्रार्थना, परिश्रम और तपस्या के बाद ही मूर्तिमान होकर प्रकट होते हैं। लगभग यही स्थिति मेरे प्रभु नारायण की भी है। भक्ति सच्ची हो, तपस्या बिलकुल खरी हो तो वे भी खम्भ फाड़कर प्रकट हो जाते हैं पर बहुत यातनाएँ झेलने के बाद ही वे चैतन्य होते हैं। हाँ, हमारे भोले बाबा शिव-शम्भु भिन्न प्रकार के महादेव हैं। जैसे सूर्य किरणों का स्पर्श पाते ही हिमखंड को पिघलते देर नहीं लगती, वैसे ही भगवान् शिव को रीझने में तनिक भी विलम्ब नहीं होता। एक चमत्कार तो यह भी है कि हर पावन शिवरात्रि के दिन पृथ्वी पर जितने शिवलिंग हैं, वे सबके सब जाग्रत, चैतन्य और ऊर्जावान होकर प्राणवन्त हो उठते हैं। पर इस रहस्य को सभी नहीं जानते। जिस पर देवाधिदेव की कृपा होती है, वही उन्हें जान सकता है। आप अपने पूरे परिवार के साथ पृथ्वी पर चलना चाहते हैं, यह तो और भी आनन्द की बात है। क्षेम और लाभ भी तो पृथ्वी की आध्यात्मिक और बौद्धिक शक्ति को परखें। दोनों वधुएं सिद्धि और बुद्धि भी पृथ्वी को समीप से देखें। वहाँ स्त्री-जाति की वेदना को समझने का यत्न करें, उनके दुख-दारिद्र्य और मात्र जीवन जीने के लिए कठोर

श्रम और उनके कर्म का अनुभव करें। किसी का दुख देखकर वास्तविक पीड़ा का अनुभव और सहानुभूति का भाव उपचार से कम महत्त्व नहीं रखता। अत: आप जब चलना चाहें, मै सेवा-तत्पर हूँ।"

गणपति ने कहा, "आपसे सहमति मिलने भर की देर थी, मैं सिद्धि-बुद्धि और दोनों 'बालकों' को इस यात्रा के लिए प्रेरित करता हूँ। कुछ क्षणों में हम पृथ्वी-लोक में होंगे। हाँ, हम वहाँ दूसरों के लिए अदृश्य ही होंगे। यह यात्रा पूर्ण अवलोकन, स्वानुभव और दिव्य ऋषियों के दर्शन और सब प्रकार के मनुष्यों के जीवन-चक्र को समझने का एक प्रयत्न मात्र भर है।"

यात्रा की तैयारी आरम्भ हो गई थी। सबसे पहले गणपति के प्रिय वाहन मूषकराज का पदार्पण हुआ। आज उनकी सज्जा ही निराली थी। थोड़ी देर के लिए देवर्षि के मन में हुआ कि गणपति यदि दिव्य रथ पर चलते तो उन्हें सपरिवार सुविधा होती। कहाँ परिवार में पति, पत्नी और दो पुत्र और कहाँ मूषकराज की सवारी। पर मूषक सम्भवत: उनके मन की चिन्ता भाँप गए थे। देवर्षि ने देखा एक विराट् हाथी के आकार में मूषकराज आखु का स्वरूप बदल गया था। उनकी पीठ पर हाथी के हौदे की तरह स्वर्ण-मंडित चौकोर हौदा कस गया था, उस पर गद्देदार आसन और रंगीन गाव तकिये लगे थे और वह दृढ़ रज्जुओं से पीठ पर बँधा था। मूषक आखु की पीठ पर लाल रंग की झालर झूल रही थी जिसमें टँके हुए रत्न आँखों को चौंधिया रहे थे। मूषकराज के दोनों कानों में छोटे-छोटे स्वर्ण कुंडल भी चमकते हुए धीरे-धीरे डोल रहे थे, यहाँ तक कि उनकी पूँछ भी पीत रेशमी वस्त्रों से लिपटी पूरी तरह सुसज्जित थी।

देवर्षि ने मूषकराज का यह दिव्य रूप कभी नहीं देखा था। अत: वे मुग्ध, चकित और विस्फारित दृष्टि से यह लीला निहार रहे थे। तभी अन्त:पुर से सिद्धि-बुद्धि और क्षेम, लाभ के साथ गणपति का आगमन हुआ। मूषकराज ने नीचे झुककर अपने विनम्र रूप में सबको आसनस्थ करके यात्रा आरम्भ की। देवर्षि नारद आनन्दमग्न होकर बायें हाथ से करताल और दाहिने से वीणा के तारों को छेड़ते हुए आकाश-मार्ग से उड़ चले। आगे-आगे नारद जी आकाश-गमन कर रहे थे और मूषकराज उनका अनुगमन कर रहे थे। सबसे हर्षित क्षेम और लाभ थे, भगवती सिद्धि और बुद्धि भी गणपति की इस लोक-लीला में हँसते हुए सहयोग कर रही थीं।

42

मूषकराज आकाश में ऐरावत की तरह उड़े जा रहे थे। उनका यह पर्वताकार रूप प्राय: युद्ध-काल में ही प्रकट होता था पर आज तो वे सिद्धि-बुद्धि जैसी दिव्य माताओं और क्रीड़ा-कुशल क्षेम और लाभ को लेकर चल रहे थे। आकाश में मेघों का वितान-सा तना था। आकाश में उड़ते हुए दोनों बालक जल भरे श्यामल मेघ-दलों को हाथों से उछाल देते, उनके जल-कणों की बौछार से साथ चलते हुए नारद का भी शरीर भीग जाता और उनके मुख से 'नारायण' 'नारायण' की ध्वनि और भी तीव्र हो जाती। कभी-कभी नारद जी की वीणा के तार भी भीग जाते और उनका स्वर भी विशृंखलित हो जाता पर वेग से चलती हुई हवा में उन्हें सूखते भी देर न लगती। मूषकराज अपने अहोभाग्य पर इतरा रहे थे। यद्यपि वे दैवी शक्ति से उड़ान भर रहे थे पर वे आकाश की उच्चता में स्वयं जल भरे किसी विशाल काले मेघदल की तरह शोभा पा रहे थे।

मूषकराज को उड़ान भरते अधिक समय नहीं हुआ था पर ऐसा प्रतीत हो रहा था कि बहुत शीघ्र ही देवर्षि उन्हें किसी स्थान पर रुकने का आदेश दे सकते हैं। नारद जी ने चलते हुए ही गणपति परिवार को लक्ष्य कर कहना आरम्भ किया :

"देव! हम बहुत शीघ्र पवित्र भूमि आर्यावर्त्त के नैमिषारण्य क्षेत्र में पहुँचने वाले हैं। यह क्षेत्र ऋषियों के कुलपति महर्षि शौनक का क्षेत्र रहा है। उन्होंने यहाँ द्वादशवर्षीय यज्ञ कार्य सम्पन्न किया था। ऋषिवर शौनक अत्यन्त कुशल, व्रतधारी और बुद्धिमान आरण्यक शास्त्रों में निष्णात गुरु थे। वे शुभपरायण सत्यवादी, नियतव्रती और तपस्वी चित्त के थे। ऋषियों की सभा में उन्हें श्रेष्ठ आसन प्रदान किया जाता था। लोक रक्षा ही महर्षि शौनक का पवित्र उद्देश्य था। महर्षि शौनक की इस कर्मभूमि और तपोभूमि

नैमिषारण्य की भी एक रोचक कथा है। महर्षि के मन में एक बार दीर्घकाल-व्यापी ज्ञान-सत्र करने की इच्छा पनपी। उनकी इच्छा और आराधना को देखकर विष्णु ने उन्हें एक चक्र प्रदान किया और कहा कि इसे लेकर चलते हुए, चलते चले जाओ और जहाँ इस चक्र की नेमि अर्थात् परिधि गिर जाए उसी स्थल को पवित्र मानकर वहीं आश्रम बनाकर ज्ञान-सत्र और यज्ञों का अनुष्ठान आरम्भ करो। महर्षि गौतम के साथ अठासी हजार ऋषियों का विराट् समुदाय साथ-साथ चल रहा था। वहाँ वह एक महान् आश्चर्यकारी और अभूतपूर्व दृश्य था। यह समस्त समुदाय उस चक्र के पीछे-पीछे चलने लगा। वह चक्र नाचते हुए गोमती नदी के किनारे एक वन में पहुँचा ही था कि उसकी नेमि वहीं गिर गई ओर वह चक्र भूमि में प्रवेश कर गया। चक्र की नेमि गिरने के कारण वह क्षेत्र 'नैमिष' कहा गया। यही नैमिष-वन नैमिषारण्य है। यह धर्म-चिन्तन का जाग्रत तीर्थ है। ऋषिगणों का समुदाय यहीं एकत्र होकर किसी समस्या का समाधान भी ढूँढ़ता है। यह पावन यज्ञभूमि भी है। यहाँ के समस्त वासी 'नैमिषीय' कहे जाते हैं। इस नैमिष-वन का विस्तार तो सरस्वती नदी के तट पर चला गया माना गया है।

क्षेम ने सहसा देवर्षि से प्रश्न किया, "मुने! पृथ्वी के समय और देव-लोक के समय की गणना भिन्न क्यों है? इसे समझा दीजिए।"

देवर्षि बोले, "पुत्र! यह बड़ा विराट् और गम्भीर प्रश्न है, इसकी दीर्घता को हृदयंगम करना आवश्यक है। सृष्टि की आयु को मापने के लिए युग, मन्वन्तर एवं कल्प की गणना हुई है। कल्प के वर्णन में चार युगों का वर्णन किया गया है। विश्व की आयु की माप के लिए दो और वृहत् माप परिकल्पित हैं : वे हैं मन्वन्तर एवं कल्प। युग चार होते हैं : कृतयुग, त्रेतायुग, द्वापरयुग और कलियुग। इन चार युगों का एक महायुग होता है, एक हजार महायुगों से एक कल्प बनता है। अत: विश्व की सृष्टि से लेकर उसके नाश तक की आयु का नाम कल्प है। इसी प्रकार इकहत्तर महायुगों का एक मन्वन्तर और चौदह मन्वन्तरों का एक कल्प माना गया है। अत: चारों युगों को मिलाकर तैंतालिस लाख बीस हजार वर्षों का एक महायुग निर्मित होता है। प्रत्येक मन्वन्तर में इकहत्तर महायुगों से कुछ अधिक वर्ष होते हैं।"

बुद्धि के पुत्र लाभ ने प्रश्न किया, "नारद बाबा! यह समय तो बड़ा विराट् और व्यापक लग रहा है तो जब सृष्टि की आयु पूर्ण हो जाती है तब क्या होता है?"

"पुत्र! सृष्टि बार-बार बनती है। महाप्रलय के बाद सब कुछ नया हो जाता है। इस नयेपन के कारण ही सृष्टि कभी जीर्ण नहीं होती। वह नये-नये साँचों में स्वत: ढलती रहती है। परमात्मा भी रूप बदल-बदलकर अवतार ग्रहण करता रहता है। ब्रह्मा जो सृष्टि के रचयिता हैं, उनकी भी आयु सुनिश्चित है। वे भी बदलते रहते हैं।

यहाँ तक कि पुत्र! मैं नारद भी समय-समय पर अपना स्वरूप बदलने को बाध्य होता हूँ। केवल ब्रह्म ही निर्विकार, निस्पन्द और अनाकुल होता है। यह ब्रह्म शब्द वैदिक वाङ्मय की देन है। पुत्र! सामान्य प्रयोगों में इसका अर्थ होता है : मंत्र, प्रार्थना, तेज, शब्द, शक्ति, सम्पत्ति आदि। पर इस शब्द के पीछे बहुत बड़ा अर्थ और दर्शन छिपा हुआ है। ब्रह्म शब्द 'वृह्' धातु से निष्पन्न है जिसका अर्थ है बढ़ना, प्रस्फुटित होना। जो शब्द उच्चरित होता है उसकी एक अन्तर्निहित शक्ति और प्रक्रिया होती है, उसका एक अर्थगर्भी विस्फोट होता है। उसके उपवृंहण से इसका सम्बन्ध होता है। जो वृहत् है और जो वृहत् करता है, वही वास्तव में ब्रह्म है। ब्रह्म से बड़ा कोई नहीं। वह एक महास्वरूप है, दिव्य ओंकार, दिव्य प्रणवनाद है। वही ब्रह्मा है, वही विष्णु, वही महेश और वही आदि-अनादि दिव्य गणपति जो तुम्हारे महान् पिता ही नहीं, सृष्टि के भी पिता के भी पिता हैं। ये दिव्य हैं, इसलिए रहस्यमय हैं। वे प्रिय हैं, इसलिए तुम्हारी भाँति समस्त सृष्टि इनकी गोद में बैठी हुई इनके वात्सल्य और स्नेह की अधिकारिणी है। हमारा यह ब्रह्म हमारी पकड़ से भी परे है और हमारा वशवर्ती भी। उसने हमें पकड़ रखा है तो हमने भी उसे अपने स्नेहपाश में पूरी तन्मयता और प्रीति से जकड़ रखा है। ब्रह्म का यही अनुभव भूमा है, यह विराट्ता का बोध है। क्षुद्र नहीं, सार्वभौम। यह हमें भी सर्वव्यापक बनाता है, असीम और अनन्त सत्ता का अधिकारी बना देता है। यह ब्रह्म-सुख ही भूमा का सुख है क्योंकि अल्प में सुख नहीं मिलता : 'नाल्पे सुखमस्ति'। यह ब्रह्म इसलिए दिव्य है कि हम सब उसी में आविर्भूत होते हैं, उसी में पुनः समा जाते हैं, जैसे समुद्र की लहरें पुनः समुद्र में विलीन हो जाती हैं। उपनिषदों में इसी भाव को 'तज्जलान' कहा गया है। अर्थात् ब्रह्म तज्ज, तल्ल और 'तरन्' है। तज्ज अर्थात् उसी से सभी जीव जन्म लेते हैं और वह 'तदन्' है क्योंकि अपनी स्थिति के समय में सभी भूत उससे 'अजन्' अथवा 'प्राणान्' करते हैं। ये तीनों तत्त्व ब्रह्म में समाहित हैं। यह ब्रह्म सच्चिदानन्द अर्थात् सद् भी, चित् भी, आनन्द भी है। वह एक अपूर्व मिश्रण एक अपूर्व रसायन है। सत् है उसका बाहरी स्वरूप, चित् है उसकी आन्तरिक सत्ता और आनन्द है उसका अपार अनुभव। इस दृष्टि से उसे सत्य, शिव और आनन्द भी माना गया है। वास्तव में यह सच्चिदानन्द रूप ही उसके वास्तविक स्वरूप का पता देता है। तैत्तरीय उपनिषद की आनन्दवल्ली में अन्नमय कोश, प्राणमय कोश, मनोमय कोश, विज्ञानमय कोश और आनन्दमय कोश ब्रह्म के स्थूल और सूक्ष्म स्वरूप का संकेत करते हैं। सच पूछो, तो यह ब्रह्म 'आनन्दमय' मात्र भी नहीं, वह तो 'आनन्दघन' है। जो ब्रह्म अपने शुद्ध रूप में निर्गुण, निराकार और निर्विशेष है। जो न कहा जा सकता है, न वर्णित हो सकता है पर वही ब्रह्म

माया में प्रतिबिम्बित होकर सगुण और सविशेष हो जाता है। यही सगुण है, ईश्वर है, यही अद्वैत है। यह यह भी है और वह भी है। इसीलिए तो वह 'नेति-नेति' न इति, न इति (ऐसा नहीं, ऐसा नहीं) कहा गया है। देखो पुत्र! यह सम्पूर्ण विश्व ही ब्रह्म है। उसकी कृपा और करुणा का अनुभव करो। हम सब उसे देख रहे हैं, छू रहे हैं, हम सब उसके सामीप्य का सुख ले रहे हैं।"

गणपति मन्द मुस्कान से शान्त-भाव से देवर्षि की बातें सुन रहे थे। उनका शुंड विनम्र-भाव से झुका हुआ था। जब वे कर्म-क्षेत्र या युद्ध-क्षेत्र में उतरते थे तब वही शुंड वक्र हो जाता था, उसकी आकृति में मोड़ आ जाता था। और वे अचानक तभी चतुर्बाहु हो जाते थे, उचित अस्त्र-शस्त्र यथास्थान आ जाते थे। पर एक हाथ में मोदक या कमल का पुष्प अवश्य आ जाता था जो उन्हें स्मरण दिलाता था कि किसी भी स्थिति में स्वाद, सुगन्ध और रसमयता कम नहीं होनी चाहिए। क्योंकि रस सूख जाने पर जैसे वृक्ष ठूँठ हो जाता है वैसे ही जीवन भले ही कर्म के उद्वेलन से भरा हो पर उसका रस कभी भी सूखना नहीं चाहिए। यह पृथ्वी भी तो 'रसा' कही गई है, यह रस इसकी प्राण-शक्ति है। यही तत्त्व इसके हरे-भरे होने का प्रमाण है।"

गणपति की आनन्द-मुद्रा प्रकट हो रही थी, उनके गंडस्थल से मद स्रवित हो रहा था। वे मुग्ध-भाव से कभी सिद्धि तो कभी बुद्धि को, कभी क्षेम तो कभी लाभ को, कभी देवर्षि नारद तो कभी अपने प्रिय वाहन मूषक को तो कभी आसपास दिग-दिगन्त तक व्याप्त हरीतिमा धारे हुए पृथ्वी की शोभा को देख रहे थे। वे सबका रस ले रहे थे। यही रस तो चर्वणा का विषय है। सभी वस्तुओं में अप्रत्यक्ष रूप से यह रस हिल्लोलित हो रहा है पर इसका भी उद्घाटन करना पड़ता है, क्रिया भी करनी पड़ती है और आनन्द भी लेना पड़ता है। उन्होंने अपनी इसी आनन्द-मुद्रा में सोचा कि यही व्यवसायात्मिका बुद्धि तो रसानन्द की सिद्धि तक पहुँचाती है। उन्होंने कटाक्ष से बुद्धि और सिद्धि की ओर देखा। उन दोनों महाशक्तियों को बात को समझने में तनिक भी देर न लगी, उनके मुख पर भी मुस्कान तैर गई। उस समय क्षेम गणपति के मस्तक पर विराजित चन्द्रकला से और लाभ गणपति के शुंड को दोनों हाथों से पकड़कर धीमे-धीमे झूलने का नाट्य कर रहे थे।

गणपति के शुंड पर आसीन लाभ ने नारद जी को टोकते हुए कहा, "नारद बाबा! मेरे मन में कब से एक प्रश्न बार-बार विद्युत् की तरह कौंध रहा है कि मंत्र-शक्ति क्या है भला? केवल अक्षर या शब्द या शब्द-समूह भर—फिर उसमें ऐसा क्या चमत्कार होता है कि देवता दौड़े चले आते हैं। वे कर्षण करते हैं, अर्थात् उनमें आकर्षण का गुण होता है। तो क्या मंत्र में भी पृथ्वी की तरह अपनी ओर खींचने की अदम्य शक्ति होती है?"

नारद जी मुग्ध-भाव से सुन रहे थे और मूषकराज के साथ-साथ आकाश-गमन भी कर रहे थे। बोले :

"तुम्हारे मन में ऐसे प्रश्नों का उठना ही तुम्हारे देवत्व को चरितार्थ करता है। पुत्र! वेद भी गाए गए हैं। इन संहिताओं के गायकों ने मंत्र का दर्शन किया है। उनके समृद्ध विचारों की यह उपज है। ऋचा, छन्द, स्तुति को ही मंत्र कहा गया है। ऋषियों के गद्यमय और पद्यमय वचन ही मंत्र माने गए हैं।

यों तो वैदिक सूक्त मंत्र कहे गए हैं, उनके यज्ञीय सिद्धान्त निरूपण भी मंत्र हैं जो ऋक्, साम और यजुष् कहलाते हैं। ये मंत्र सूक्ष्म प्रार्थनाएँ हैं। चेतना घनीभूत होकर कभी एक अक्षर में तो कभी शब्द या शब्द-खंडों में आकार लेती है, यही प्रणव-नाद के रूप में ओंकार का रूप लेती है यही शिव-चेतना में 'नमः शिवाय', वैष्णव-चेतना में 'नमो भगवते वासुदेवाय', भगवती महाशक्ति की चेतना में 'ऐं ह्रीं क्लीं चामुंडायै विच्चे' के द्वारा सरस्वती के बीज-मंत्र 'ऐं', महालक्ष्मी के बीज-मंत्र 'ह्रीं' और महाकालिका के 'क्लीं' बीज में व्यक्त होती है। यही मंत्र-शक्ति हमारे प्रभु गणेश के 'गं' बीज द्वारा 'ॐ गं गणपतये नमः' के रूप में व्यक्त होती है। ये अक्षर और शब्द हमारे भावों के प्रबल आवेग में हमारी अन्तःशक्ति के मेल से मंत्र रूप ले लेते हैं। ये एक आर्त पुकार बनकर प्रकट होते हैं और परमात्मा को भी प्रकट होने के लिए बाध्य और विवश कर देते हैं।"

क्षेम और लाभ दोनों उल्लसित हो रहे थे, बोले, "नारद बाबा! इस यात्रा ने हमें बड़ा सुख पहुँचाया। हमने सुना है कि हनुमान जी ने भगवान् सूर्य को अपना गुरु बनाया था और उनसे प्रार्थना की थी कि वे ब्रह्म-विद्या का उपदेश दें। सूर्य ने कहा, 'मैं तो स्थिर नहीं, निरन्तर चलायमान हूँ, मैं कहीं स्थिर होकर बैठूँ, तब तो तुम्हें ज्ञान दूँ!' फिर हनुमान जी की प्रार्थना पर उन्होंने कहा, 'बस एक उपाय है, हनुमान मेरे साथ-साथ उड़ते चलें और यात्रा-मार्ग में ही मैं प्रश्नोत्तर देता हुआ उनके सारे प्रश्नों का समाधान करता चलूँगा।' अन्ततः ऐसा ही हुआ। पर आज उससे भिन्न रूप में हमें ज्ञान मिला। आप हमारे साथ-साथ उड़ते हुए हमें इस यात्रा में ज्ञान-सम्पन्न करते रहे।"

अब नारद जी के मुस्कुराने की बारी थी। उन्होंने कहा, "इतनी बड़ी तुलना के मैं योग्य नहीं हूँ पर गणपति प्रभु की सेवा का जो सुअवसर मुझे प्राप्त हो रहा है, वह अवश्य मेरा सौभाग्य है, इतना तो मैं मानता ही हूँ। सबसे अच्छी बात यह है कि बातों-बातों में यह लम्बा मार्ग कितनी सरलता से कट गया क्योंकि अब हम लोग नैमिषारण्य तीर्थ के समीप हैं जिसमें आसपास के समस्त क्षेत्रों का हम सूक्ष्म अवलोकन करेंगे और आपको प्रत्यक्ष ज्ञान भी होगा।"

यह कहकर नारद जी ने मूषकराज को नैमिषारण्य के एक एकान्त, शान्त और स्वच्छ क्षेत्र में उतरने की प्रेरणा दी। मूषकराज ने तदनुसार उनके आदेश का पालन किया।

43

नैमिषारण्य में पवित्र गोमती नदी के सुरम्य तट पर एक विशाल वट-वृक्ष की छाया में अत्यन्त स्वच्छ हरित दूर्वायुक्त भूमि पर सिद्धि और बुद्धि देवियों ने आसन लगाया। मध्य में गणपति ने स्थान ग्रहण किया। उनके चारों ओर सिद्धि और बुद्धि के साथ क्षेम और लाभ भी बैठे। गणपति के चरणभाग में ठीक उनके सामने नारद हरित दूर्वा पर सुखासन की मुद्रा में बैठ गए। वे धीरे-धीरे वीणा के तारों पर अपनी उँगलियाँ फेर रहे थे। एक मीठी झनकार सब ओर फैल रही थी। नदी की तरंगों का नाद और मन्द हवा में तैरते हुए पत्तों की सरसराहट का संगीत एक शान्त वातावरण की सृष्टि कर रहा था। थोड़ी देर तक सभी वीणा के मीठे सुरों में खोए रहे फिर सामने मोदकों और फलों के अम्बार पर सबकी दृष्टि गई। गणपति ने सबसे पहले फलों और मोदकों को अपने प्रिय मूषकराज को दिया। फिर नारद जी और क्षेम और लाभ की बारी आई। बुद्धि ने चुटकी ली :

"प्रभो! आप तो आज बड़ी धीरता और दानशीलता का परिचय दे रहे हैं। सामने सुपक्व, सुगन्धिमय मोदकों का भंडार हो, पीतवर्णी रसातुर मधुर और मोहक आम्र भंडार बिखरा हो और आप एक अनासक्त निर्लिप्त योगी की भाँति उनसे व्यवहार करें, यह क्या कम आश्चर्यकर है? जैसे पुष्प-पराग को देखकर मधु-लोभी मधुप प्रमत्त होकर दौड़ पड़ते हैं, जैसे आपके गंडस्थल से बहते मद-जल पर भ्रमर रस-पान को उद्यत दिखाई देते हैं, वैसे ही आपका सरस चित्त तो मोदकों को देखकर ही आनन्दित हो जाता है। पर आज तो अनोखी बात है कि आप सहर्ष इनका वितरण कर रहे हैं, स्वयं आनन्द-लुब्ध नहीं हो रहे?"

"देवि! रस केवल भोजन और स्वाद से ही नहीं मिलता, वह दृश्यमान भी है। मैं द्रष्टा-भाव और भोक्ता-भाव दोनों से किसी भी पदार्थ या दृश्य का आनन्द लेता हूँ। तटस्थ होकर देखने की कला बड़े अभ्यास की वस्तु है। संसारी व्यक्ति वस्तु के प्रति आकृष्ट होते ही उसे तुरत प्राप्त करने का प्रयत्न करता है, प्राप्ति से अधिक उसे अधिकार-भाव की परितृप्ति में आनन्द मिलता है। यह मेरा है, मैं इसका अधिकारी और अधिपति हूँ, यही भाव तो संसार में स्वार्थ और अहमहमिका वृत्ति के पनपने में सहायक है अर्थात् केवल मैं ही मैं। केवल मेरा! यही भाव माया का जनक है। इसलिए मैं सबकी तृप्ति में ही अपनी तृप्ति का अनुभव करता हूँ। हाँ, कभी-कभी लीला-भाव से भोज्य पदार्थों के प्रति अधिक उत्सुकता जगाकर आप सबको भ्रमित भी कर देता हूँ। मेरे हाथ में सदैव विराजित मोदक माधुर्य-भाव का स्मरण दिलाता रहता है। हम विविध भावों में विचरें, काम, क्रोध, लोभ, मोह, मद, मात्सर्य सबको उदात्त बनाकर उसे भी दिव्य बना दें पर हमारा माधुर्य कभी नष्ट न हो। क्योंकि यही माधुर्य हमारी दिव्यता का रहस्य है। परमात्मा अम्ल, तिक्त, कटु, कषाय आदि के साथ मधुर रूप में ही हमें ग्राह्य है तभी तो 'मधुवाता ऋतायते' आदि की चर्चा हुई है। सर्वत्र माधुर्य का भाव ही प्रकट हो रहा है, तभी तो विश्व मृत्यु एवं अनन्त दुखों के बाद भी प्रिय ही लगता है।"

क्षेम और लाभ भी शान्ति से पिता के साथ सत्संग कर रहे थे। सब प्रसाद पाकर मग्न थे। गोमती का जलपान कर सबने परम तृप्ति का अनुभव किया।

नारद जी ने ही बात आगे बढ़ाई। उन्होंने क्षेम और लाभ को टोकते हुए कहा, "वत्स! आज ज्ञान पाने का नहीं ज्ञान के अनुभव का दिन है। हम प्रकृति की पाठशाला में बैठे हैं। चारों ओर हरीतिमा का ज्वार उमड़ रहा है। जहाँ तक दृष्टि जाती है, पृथ्वी रंगमय ही लगती है। हर वस्तु, हर प्राणी, हर पक्षी का अपना रंग दिखाई दे रहा है। जो जहाँ है, एक-दूसरे से भिन्न और विशिष्ट है। पुत्रो! तुम दोनों भ्राताओं के नाम भी कितने सार्थक और महिमाशाली हैं।"

नारद जी की इस बात पर दोनों बालकों का ध्यान गया। वे गम्भीरतापूर्वक नारद जी की बातें सुनने लगे। नारद कह रहे थे, "क्षेम का अर्थ है कल्याण या शुभ और तुम्हारी माता हैं सिद्धि। लाभ का अर्थ है प्राप्ति और माता हैं बुद्धि। तो इसका सीधा तात्पर्य है कि लाभ का उपयोग मात्र शुभ के लिए हो। हम जो अर्जित करें या प्राप्त करें, वह केवल हमारा नहीं हो। वह एकवचन की वस्तु न बने, बहुवचन के लिए हो। सबके प्रति समान-भाव रखना ही मानवतावादी भावों की कुंजी है। मूल मंत्र है समष्टि-भाव। संसार का नियम है कि यहाँ कुछ तो मातृ-पितृ परम्परा और संस्कार

से मिलता है पर अधिकांश का अर्जन स्वयं करना पड़ता है। ज्ञान भी जब अनुभव का विषय बनता है तो वह स्वार्जित सम्पत्ति की भाँति हो जाता है। इस सृष्टि का कार्य बुद्धि के बिना नहीं चल सकता। बुद्धि है भौतिकता, इसकी आवश्यकता पद-पद पर पड़ती है। मनुष्य जिसे उन्नति कहता है, वह बुद्धि का ही फलाफल है। पर इतने से ही काम नहीं चलता। उसकी पूर्ण और अन्तिम परिणति आध्यात्मिकता में होती है तो सिद्धि है आध्यात्मिक उपलब्धि। ये दोनों मिलकर ही जीवन को पूर्णता प्रदान करती हैं।"

गणपति बड़े आनन्द से यह प्रश्नोत्तरी सुन रहे थे, उन्होंने नारद जी से कहा, "देवर्षि! जब आप क्षेम और लाभ को ज्ञान-दान दे रहे हैं तो उन्हें दो विशेष बातें भी समझाएँ : एक तो सृष्टि का यथार्थ ज्ञान और भौतिकता का अर्थ और दूसरे सिद्धि और बुद्धि का वास्तविक परिचय, जिससे दोनों बालक जान सकें कि उनकी माताएँ क्या हैं, कौन हैं?"

"देव! आपकी आज्ञा शिरोधार्य है। मैंने पहले ही संकेत किया था कि यह पवित्र नैमिषारण्य एक धर्म-क्षेत्र है जहाँ सहस्र-लक्ष ऋषियों ने निरन्तर धर्म की मंगलमयी वाणी का उच्चार किया है, सम्मिलित भाव से एकत्र होकर ऊहापोह किया है, मानव-जीवन के कल्याण की दिशा में चिन्तन-अनुचिन्तन किया है। और इस भूमि का सद्प्रभाव देखिए कि हम जबसे आए हैं, एक प्रकार से कल्याणकारी पक्षों पर ही विचार कर रहे हैं। क्षेम और लाभ स्वयं विज्ञ हैं, जन्मजात दिव्य भावों से भरे हैं, फिर भी न तो ज्ञान की सीमा है, न कहने और सुनने की सीमा है। पर वक्ता और श्रोता का सुदुर्लभ मेल हो जाए तो फिर क्या कहने!

"वत्स क्षेम और लाभ! एक बात तो अवश्य विचार करने की है कि आखिर सृष्टि की रचना होती ही क्यों है? क्या सर्वतत्त्वविद ईश्वर यह नहीं जानता कि मर्त्य-लोक दुखमय है, जराजीर्ण, अवश्यम्भावी मृत्यु की प्रतीक्षा करनेवाला, मात्र सौ वर्षों की सीमित आयु में ही प्रसन्न रहनेवाला एक अपूर्व-सा प्रतीत होने वाला सन्तप्त और अतृप्त जीवन है। फिर जान-बूझकर इस दुखमय संसार की रचना का उद्देश्य ही क्या है? क्या यह बताना कि देवताओं की अपेक्षा मनुष्य-जाति दुर्बल और हीनतर है? पर ऐसा प्रत्यक्ष दिखाई तो नहीं देता। मनुष्य का संकल्प बड़ा अद्‌भुत है। वह अपने तपोबल और कर्म के बल से इन्द्र-पद भी प्राप्त कर लेता है, असम्भव को सम्भव कर दिखाता है, जो चाहता है लिए बिना नहीं छोड़ता। फिर भी शास्त्र कहते हैं कि सृष्टि द्वारा ईश्वर ने अपनी विभूति प्रकट की है। जैसे मन में स्वप्नों का उदय होता है वैसे ही सृष्टि भी एक आकस्मिक सुख है। वह एक रचना है, नूतन और मौलिक, शरीर, मन और प्रकृति के आवेष्टन के साथ वह रचना प्रकट होती है।

यही तो है ईश्वर का रंगमंच, उसकी नाट्य-कला का प्रदर्शन-स्थल। पर साथ ही यह भी कहा जाता है कि परमात्मा पूर्ण है, आप्तकाम है, उसको कोई माया कैसे स्पर्श कर सकती है? जैसे मकड़ी निष्प्रयोजन अपने तन्तुजाल की रचना करती है, उसे फैलाती या इच्छानुसार जब चाहे समेट लेती है वैसे ही सृष्टि एक विकसनशील व्यवस्था है। यहाँ बहुत कुछ निरुद्देश्य भी सृजित होता है जिसकी आवश्यकता समय आने पर ही प्रतीत होती है। वास्तव में पृथ्वी पर जन्म लेते ही किसी बालक का पुरुषार्थ प्रकट नहीं होता, समय पाकर ही वह बीज से वृक्ष बनता है और तब जाकर उसकी उपयोगिता समझ में आती है। यह समस्त सृष्टि ब्रह्म का स्वाभाविक कर्म है जो सायास कम, अनायास अधिक है। इसीलिए इसे देवता का काव्य कहा गया है। यह सृष्टि निरन्तर नवीन होती रहती है, इसकी पूर्णता कभी कम नहीं होती। बालको! तुम्हारी पूज्य माता सिद्धि और बुद्धि सृष्टि-चक्र के परिचालन की सहायिका हैं। मैंने अभी-अभी कहा है कि मनुष्य को जीने के लिए बुद्धि चाहिए, बुद्धि व्यवहार की भी जननी है। हम क्या करें और क्या न करें, यह निर्णयात्मिका शक्ति भी बुद्धि से ही प्राप्त होती है। सम्पूर्ण दृश्यमान जगत् भौतिक सुख-सुविधाओं से भरा है, हमारी इच्छा के पीछे इसी भौतिक प्रवृत्ति का हाथ होता है। भौतिकता है परम पुरुषार्थ। जैसे कोई राजा राजसूय यज्ञ करता है, अश्वमेध द्वारा वह अपने शासन का विस्तार करता है, सभी दिशाओं में उसका जयनाद होता है, विजय ही उसका परम साध्य होता है। इस विजय के पीछे श्री-सुख और अबाध समृद्धि की कामना होती है और जब पुरुषार्थ फलित हो जाता है तो वही सम्राट् सब कुछ त्यागकर वानप्रस्थ लेकर वन का रुख करता है, त्यागी और तपस्वी हो जाता है। सब कुछ पाना और पाने के बाद सब कुछ छोड़ देना यह भी परम पुरुषार्थ है। इसलिए वह बुद्धि से जो प्राप्त करता है, उसे अध्यात्म-भाव में लय कर देता है, यही है सिद्धि-तत्त्व। सिद्धि है साधना का परम फल : अपूर्व प्राप्ति। ये दोनों तत्त्व मिलकर ही किसी भी संकल्प को सार्थक बनाते हैं।"

इतना सुनते ही वक्रतुण्ड प्रसन्न हो गए। वे किसी योग की मुद्रा में आसनस्थ हो गए। बोले, "महात्मा नारद। आपने बालकों को अच्छी दीक्षा दी।

"धीरे-धीरे यही ज्ञान शक्तिपात की ओर ले जाता है, कुंडलिनी जाग्रत हो जाती है और अतीन्द्रिय दिव्य अनुभव प्राप्त होते हैं। इसी प्रकार शक्ति की आराधना आर्यावर्त्त की संस्कृति रही है। देवी को ही उपनिषदों का ब्रह्म और एकमात्र सत्ता घोषित किया गया है। अन्य देव इसी की विभिन्न अभिव्यक्तियाँ हैं। इसलिए बिना शक्ति के हमारे शिव भी शव-तुल्य कहे गए हैं। शक्ति ही शिव या ब्रह्म की विशुद्ध कार्य शक्ति है, वही सृष्टि करती है, वही संहार भी करती है। इस शक्ति को ही ब्रह्म-तुल्य कहा गया है।

वही तो है जो अव्यक्त ब्रह्म को व्यक्त कर देती है इसलिए उसे मूल प्रकृति कहा गया है। वत्स! वाक्, सरस्वती, श्रद्धा आदि स्त्री-शक्तियाँ ही हैं जिनकी कल्पना वेदों में हुई है। सभी देवताओं की देवियों की कल्पना शक्ति-रूप में ही की गई है। ऋग्वेद के आठवें अष्टक में 'इयं शुष्मेभि:' आदि मंत्रों से महाशक्ति सरस्वती की वन्दना की गई है। यजुर्वेद में 'सरस्वत्यै स्वाहा' के रूप में देवी की आहुति का विधान है। इसी प्रकार यजुर्वेद में भी पृथ्वी और अदिति देवियों का वर्णन है। अथर्ववेद में महाशक्ति का कथन उनकी दिव्यता का साक्षी है। इसी प्रकार यौगिक साधनाओं में साक्षात् शिव को ही 'समय' कहा गया है, वे ही महाकाल-स्वरूप हैं। जिसे हम समय कहते हैं, वह वास्तव में शिव और शक्ति का तादात्म्य है। साधक का मुख्य कार्य होता है मूलाधार में से सुप्त कुंडलिनी को जाग्रत कर स्वाधिष्ठान आदि चक्रों में से ले जाते हुए सहस्रार चक्र में अधिष्ठित महाशिव के साथ ऐक्य कराना। इसमें पराशक्ति की प्रधानता होती है। परम पुरुष के हृदय में जैसे ही सृष्टि की इच्छा उत्पन्न होती है उसके दो रूप शिव और शक्ति के रूप में प्रकट होते हैं। शिव प्रकाश-रूप हैं, शक्ति विमर्श-रूप। विमर्श का अर्थ है पूर्ण शुद्ध अहंकार की स्फूर्ति। इस स्फूर्ति को ही 'चित्', 'चैतन्य', 'स्वातंत्र्य', 'कर्तृत्व' और 'स्फुरण' आदि नामों से जाना जाता है। इसी शिव और शक्ति के संगम से सृष्टि उत्पन्न होती है।

"प्रिय वत्स! ज्ञान-मार्ग, योग और साधना के मार्ग से भी दिव्य शक्तियों का अनुभव और आवाहन होता है किन्तु मैंने अपने एक ग्रन्थ 'नारद भक्ति सूत्र' में भक्ति और प्रेम की एकता को महत्त्व दिया है। प्रेम ही भक्ति के उच्चतर सोपानों तक हमें ले जाता है, तभी तो मैंने कहा था : 'अनिर्वचनीयं प्रेम स्वरूपम् मूकास्वादनवत्।' यह प्रेम वाणी और वर्णन से परे है, यह गूँगे के गुड़ के आस्वाद की भाँति अकथ है : 'अकथ कहानी प्रेम की।' अत: जैसे-जैसे प्रेम प्रकट होगा अन्य कर्मकांड और बाह्य उपचार छूटते चले जाएँगे। और चित्त के पूर्ण निर्विकार होते ही असीम आनन्द की उपलब्धि हो जाएगी।"

कहकर नारद जी ने गणपति और उनकी महान् शक्तियों को प्रणाम किया।

गणपति ने कहा, "देवर्षि नारद! हमें ज्ञात है कि आप आचार्य भी हैं, भगवन्नाम के अनुरागी भी हैं और संगीत के महान् आचार्य भी। इसलिए आपको शिक्षा का यह गुरुतर दायित्व सौंपा गया था जिसे आपने सुन्दर रीति से अपने गुह्य और गहन ज्ञान द्वारा सहज बना दिया।"

44

अब यात्रा के अगले पड़ाव की ओर चलने को वक्रतुण्ड का परिवार तत्पर हुआ, वह क्षेत्र था काशी। गणपति ने कहा, "काशी हमारे पूज्य पिता श्री महादेव की नगरी है, इससे मेरा भी सम्बन्ध रहा है। कृतयुग के विनायक अवतार में मैंने अनेकानेक राक्षसों का वध किया था, उस जन्म में मैं महर्षि कश्यप का पुत्र महोत्कट विनायक के रूप में अवतरित हुआ था। काशी में परमप्रभु शिव के अनेक दिव्य स्थान हैं जहाँ वे लिंग रूप में विराजते हैं। इस काशी में एक बार राजा दिवोदास की भूल के अन्वेषण में अनेक देवताओं को कार्यभार दिया गया था, मैं भी ज्योतिषी के रूप में काशी के जन-जन में लोकप्रिय हो गया था। राजा दिवोदास के हटने के बाद ही पिता श्री अपनी प्रिय नगरी में पुन: बस पाए थे।"

देवी सिद्धि ने टोका, "तो आर्य! आप नाट्य कुशल भी हैं पर आपका गजानन रूप वह क्या भला छिपाए छिप सकता है?"

"देवि सिद्धि! आप भोलेपन की पराकाष्ठा तक न जाएँ। ज्योतिषी तो वेश-परिवर्तन से ही हुआ जा सकता था।"

काशी मणिकर्णिका घाट पर निर्जन एकान्त में मूषकराज स्थिर हुए। नारद जी के लिए वह स्थान युग-युग से परिचित और प्रिय था। सामने ही गंगा की धवल धार का जल प्रवाह उच्छल गति से बह रहा था। जल इतना शुद्ध, इतना पारदर्शी कि आकाश में तैरते हुए मेघ-दल गंगा की तरंग मालाओं से खेलते दिखाई दे रहे थे। आकाश की नील छाया में उज्ज्वल मेघों की नित्य नूतन परिवर्तित होती कान्ति चित्र-रचना का आनन्द दे रही थी। हवा भी शीतल थी, मूषकराज का श्रम-परिहार हो गया।

सब वहाँ पुनः आसनस्थ हुए। दूर आते-जाते लोगों की भीड़-भाड़ दिख रही थी। समीपवर्ती श्मशान में मृत शरीरों का दाह-संस्कार भी चल रहा था। जीवन और मृत्यु का ऐसा सद्भाव बालकों ने कभी नहीं देखा था। वे चकित और उत्सुक भाव से यह सब देख रहे थे।

सिद्धि देवी ने नारद जी से प्रश्न किया, "देवर्षि! आप संसार की प्रत्येक गतिविधि और हलचल से परिचित हैं। इस पृथ्वी-लोक में विशेषकर आर्यावर्त्त की भूमि को चुनने का कोई विशेष प्रयोजन? मेरा दूसरा प्रश्न है, हमारे पति विघ्ननाशक वक्रतुण्ड के विषय में इस आर्यावर्त्त की लोक-धारणा क्या है? देवाधिदेव महादेव को तो सभी हृदय से पूजते आए हैं पर हमारे गजानन जो गणाध्यक्ष हैं उन्हें उनके ये लोक-गण किस रूप में देखते, मानते और जानते हैं? यह जानने की मेरी भी इच्छा उदग्र हो गई है।"

बुद्धि ने भी यही बात दुहराई, "हाँ नारद जी! आप सर्वज्ञाता हैं। आप ही हमें पृथ्वी के गणों की भावना से परिचित करा सकते हैं। मैं भी यह सब जानने और सुनने के लिए समुत्सुक हो गई हूँ।"

नारद जी ने विनम्र-भाव से महागणपति और दोनों देवियों को प्रणाम करते हुए कहा :

"आप दोनों द्वारा किये गए प्रश्न परम प्रभो वक्रतुण्ड की महिमा को ही जानने के प्रयत्न हैं। हमारे गजानन पूर्णानन्द, परानन्द, पुराण पुरुषोत्तम परब्रह्म ही हैं। इनके प्रभा मंडल में प्रवेश करते ही समस्त जागतिक प्रपंचों का शमन हो जाता है, भ्रान्तियाँ मिट जाती हैं। वे मूलाधार में स्थित हैं और इच्छा, ज्ञान और क्रिया, इन तीनों शक्तियों में व्याप्त हैं। उनका अरुण-वर्ण एक दिव्य ज्योति-स्वरूप प्रकाश-पुंज की तरह चमकता रहता है। ये एक नहीं अनेक गुणों से सम्पन्न हैं। इनका रमणीय एकदन्त अचिन्त्य रूप, अनन्त छवि, प्रणव रूप, साधकों के हृदय में प्रतिष्ठित है। वे साक्षात् प्रणव-रूप 'ओम्' हैं। उनके दोनों चरण अकार हैं, विशाल उदर उकार है और मकार इनका महामंडल मस्तक है। इसी अ, उ और म् के योग से ओंकार बनता है जिसमें शब्द-ब्रह्म समाहित है। यह प्रसिद्ध है कि भगवान् शिव ने माता पार्वती के साथ विवाह के समय मुनियों के आदेश से आपका पूजन किया था। ये ऐसे गणाधीश हैं जो यश, श्री, धर्म, निर्वाण, वैराग्य और ऐश्वर्य आदि के स्वामी हैं तथा इनसे ही निर्गुण परब्रह्म का आरम्भ होता है। हमारे गजानन को 'गुणपति' और 'गुणेश' भी कहा गया है। यह 'गुणेश' देवाधिदेव महादेव का भी एक प्रिय नाम है। ये समस्त गुणों के स्वामी हैं इसलिए गुणाधीश हैं। पृथ्वी के भक्त प्रार्थना करते हैं कि आप हमारे हृदय में निवास करें, उन्होंने केवल आपकी वासभूमि के लिए अपने

हृदय को रिक्त कर रखा है। आपके स्मरण मात्र से समस्त लौकिक कार्य निर्विघ्न पूर्ण होते हैं। फिर न किसी संकट का भय होता है, न किसी आघात या बाधा का। भक्त मानते हैं कि गणपति का सगुण रूप लावण्यमय है। इनका कुशल नृत्य, इनका पद-संचार, इनके भावों की अभिव्यंजना मन को मोह लेती है।

ब्रह्मानन्द के मद से जब इनके शरीर में थिरकन होती है, चरणों की किंकिणियाँ झनझना उठती हैं और मुख अवर्णनीय आनन्द और पुलक भार के कारण हल्की लालिमा से भर उठता है। उस पर विशाल मस्तक पर सिन्दूर की लालिमा का दमकना, इनके ज्ञान-रूप गंडस्थल से स्रवित परमार्थ के उपदेश का मद-प्रवाह देखकर भक्तों का मन भ्रमरों की भाँति सोऽहं का गुंजार करता रहता है। इनके मस्तक का रत्न-मंडित मुकुट, कर्ण-कुंडलों की नीलमणि की चमकती द्युति, शुभ्र एकदन्त पर रत्न-मंडित सुवर्ण कंकण किसका हृदय नहीं चुरा लेते? आपके शरीर पर लिपटा पीताम्बर, नाभिक्षेत्र पर तनकर बैठा नाग, कंठ में पड़ी दिव्य अम्लान मालाएँ, हाथ का कंगन, परशु और मोदक सब अपने विरोधाभासों के बाद भी आपको मोहक बना देते हैं। आप कुशल नट हैं, आप नाचते भी हैं और सम्पूर्ण जगत् को नचाते भी हैं।"

बुद्धि ने पुन: प्रश्न किया, "हमारे प्रिय गणाध्यक्ष हैं तो पहले कैलास शिखरवासी गणों के विषय में आप बताएँ, फिर पृथ्वी के गण-जीवों का परिचय दें। मैंने कैलास के गणों को नृत्य करते, उछलते-कूदते, माया-विग्रहों की रचना करते देखा है, उनके भक्ति-भावित मुख की भाव-विह्वल भंगिमाओं का अवलोकन किया है। पर क्या वे शाश्वत रूप से कैलास के क्षेत्र के वासी होकर भगवान् भूतनाथ और हमारे गजानन के लिए सेवा-तत्पर हैं या अन्य कोई कारण भी हैं?"

नारद जी इस प्रश्न को सुनकर किंचित् मौन हो गए। उन्होंने दीर्घ उच्छ्वास के साथ कहना प्रारम्भ किया :

"देवि! यह एक लम्बी दारुण-कथा की भाँति है। कैलास के गण जीवन के ताप से तप्त कर्म-फल का भोग भोगने को बाध्य शिव की शरण में शरणागत होकर पड़े हैं। उनके जीवन के पाप, ताप और शाप के बावजूद शिव के प्रति अगाध भक्ति ने उन्हें नरक-यातना से बचाकर महादेव की शरण में डाल दिया। ये सभी आत्माएँ सर्वतंत्र स्वतंत्र जैसी हैं। शिव की आज्ञा ही उनके लिए आदेश और अनुशासन है, वीरभद्र और नन्दी का स्वर्ण-दंड ही उनका पथ-प्रदर्शक है, प्रभु की प्रीति ही उनका काम्य और प्रतिपाद्य है। वे सभी जीव माया की शक्ति रखनेवाले, कौतुक करनेवाले, रीझने और अपनी क्रियाओं से शिव को रिझाने का प्रयत्न करनेवाले हैं। वे मन्दाकिनी में डुबकियाँ लगाते हैं। पुष्पराग ही उनके लिए चन्दन है, वे मृत्तिका या बालुका का

लिंग निर्मित कर बड़े यत्न से वन-वृक्षों से तोड़े गए पुष्पों से उनका शृंगार करते हैं। सूर्य किरणें ही उनके लिए आरती के सदृश हैं, वृक्षों के फल ही नैवेद्य हैं, भावावेश में आँखों से बहते अश्रु ही उनकी मौन प्रार्थना के मंत्र हैं। सारा कार्य प्रात:काल सम्पन्न कर वे प्रभु के आदेश की प्रतीक्षा में जहाँ-तहाँ उदग्र होकर देखते रहते हैं कि कब सेवा का कोई अवसर उन्हें प्राप्त हो जाए!"

"देवर्षि नारद जी! आपकी बातों से मैं इन जीवों के विषय में तनिक विस्तार से जानना चाहती हूँ।" बुद्धि की बात पर सिद्धि ने भी अपनी सहमति जताई। नारद पुनः बोले :

"इन पाप-कर्मा गणों को मानो प्रायश्चित्त का यह दिव्य अवसर प्राप्त हुआ है। उनकी एक कोटि प्रेत की होती है। जीवात्मा जैसे ही शरीर से विलग होता है, शास्त्र उसे प्रेत की ही संज्ञा देता है, उसे देह से निर्गत मृत-व्यक्ति के रूप में वैदिक शास्त्रों में बताया गया है। वे यद्यपि अशरीरी होते हैं पर उन्हें कुछ-कुछ अपने पूर्व शरीर का भान होता है। वैसे मायिक शक्तियों से वे मनचाहा रूप भी धारण कर सकते हैं और जीवधारियों को कष्ट भी दे सकते हैं। उन्हें अतिमानवीय शक्तियों में गिना गया है। कार्तिक मास की चतुर्दशी तिथि प्रेत चतुर्दशी कहलाती है। इन प्रेतों के देवता शिव ही हैं। इस दिन दीपमालिका प्रज्वलित करने का भी विधान है। उच्च आचरणों से वह जीव प्रेतत्व से मुक्ति भी पा सकता है। प्रेतों की कथा सुनने का मूल तात्पर्य उनके प्रति सहानुभूति और सद्भाव उत्पन्न करना है। जो भी हीन, दलित, पीड़ित है वह शिव की कृपा और प्रीति का अधिकारी बन जाता है। इसी वर्ग की एक कोटि है भूत। वैसे ही पंचभूतों में आकाश, पृथ्वी, अग्नि, वायु और जल की गणना होती है, स्थूल जगत् के विकास में इन तत्त्वों का योगदान होता है किन्तु सूक्ष्म शरीर वाली प्रेतात्माएँ भी भूत ही कही जाती हैं। संसार के समस्त जीव-जगत् को शास्त्रों ने 'भूतानि' कहा है। हमारे शिव ही भूतनाथ हैं। घोर कर्म करने के कारण ही प्रेतात्माएँ जीव की मृत्यु के बाद, यत्र-तत्र भटकती रहती हैं। ये प्रेत श्मशान में निवास करते हैं। यहीं महाकालिका का भी प्रचंड नृत्य चलता रहता है, शिव भी उनका साथ देते हैं। उस समय प्रेतादि भी नृत्य करते हुए दैत्यों को पददलित करते रहते हैं। शिव और शक्ति के संयोग से महाश्मशान मानो सजीव हो उठता है। कैलास पर माता पार्वती और शिव तथा गजानन के शरीर को छूकर बहनेवाली वायु का स्पर्श होते ही उनका ताप-तप्त शरीर और मन सहसा शान्त, अनुद्वेलित और आनन्दमग्न हो जाता है। देवि! ये गण बड़े सेवा-परायण हैं। ये कैलास के विराट् क्षेत्र को सर्वदा स्वच्छ रखते हैं, वन-वृक्षों की सतत देखभाल, उनके फल-फूलों के साज-शृंगार में संलग्न रहते हैं।

"देवि! इन पीड़ित जीवात्माओं और पृथ्वी की मनुष्य-जाति में बस इतना ही अन्तर है कि वे जीव मृतात्माएँ हैं जो यहाँ चलती-फिरती, सेवा करतीं और कर्म में सुधार करने का प्रयत्न करती दिखाई देती हैं; पर यह दृश्यमान पृथ्वी के लोग जीवित हैं, इनमें प्राणों का स्पन्दन हो रहा है। पर इनका दुख भिन्न प्रकार है। ये जीव तृष्णा, असन्तोष और आकांक्षाओं की मार से सदैव आहत होते रहते हैं। तपस्वी तो वन में जाकर दीर्घ और कठोर तपस्या से परमात्मा को सन्तुष्ट करने का प्रयास करता है पर ये संसारी गृहस्थ रोग, शोक, अभाव और संघर्ष में ही पूरा जीवन काट देते हैं। मृग-तृष्णा के छलावे की तरह इनकी जीवन-यात्रा आगे चलती रहती है। तो जब संसारी व्यक्ति अपनी समस्त उलझनों और पीड़ाओं के बीच परमात्मा की भक्ति करता है तो वह बहुत बड़ी सेवा करता है। इसीलिए देवि! हमारे गजानन को पृथ्वी से प्रेम है, उसके समस्त प्राणियों से अनुराग है। पृथ्वी की क्षणभंगुरता में बड़ा आकर्षण है, जो अभी है, वह कल नहीं रहेगा। यही अस्थिरता, यही अनिश्चितता तो पृथ्वी का प्राण रस है।"

"देवि! हम अभी काशी नगरी में गंगा के तट पर हैं। यह नगरी शिव और हमारे गणपति की प्रिय नगरी है। कहते हैं, शिव के त्रिशूल पर यह टिकी हुई है। पुराण कहते हैं कि चन्द्रवंश के ऐल कुल के क्षत्रवृद्ध नामक राजा ने काशी राज्य की स्थापना की थी। उपनिषदों में भी इसके राजा अजातशत्रु का उल्लेख है जो ब्रह्म-विद्या का निष्णात पंडित था। राजा दिवोदास के समय प्रभु शिव के गण निकुम्भ के शाप से हजारों वर्षों तक काशी उजाड़ पड़ी रही, फिर शिव के निवास के बाद ही काशी जीवन्त हुई। हमारे प्रभु शिव के लिए यह 'आनन्दकानन' है, 'अविमुक्त क्षेत्र' है, 'वाराणसी' है और 'महाश्मशान' भी है। मृत्यु के बाद यह मनुष्य की आत्मा को मुक्त करती है। हमारे प्रभु शिव जब सृष्टि का संहार करते हैं तो संहारक के रूप में वे काशी से ही इसका प्रारम्भ करते हैं। यह तीर्थ नगरी है और भगवान् विश्वनाथ ही काशी के रक्षक हैं।"

यात्रा के सत्र के समापन के समय गणपति ने इतना ही कहा :

"काशी सम्पूर्ण पृथ्वी का मानो मेरुदंड है। शिव-पूजा के विशेष अवसरों पर विशेषकर शिव-रात्रि के दिन सभी लिंगों में प्राणवान होकर प्रभु शिव प्रवेश करते हैं और मैं भी अपनी जन्मतिथि भाद्र कृष्ण चतुर्थी को पृथ्वी की अपनी सभी मूर्तियों में जीवन्त होकर प्रविष्ट होता हूँ। इसलिए मैं पृथ्वी से अलग कहाँ हूँ, इसकी सत्ता में मेरी भी सत्ता समाहित है।"

कहकर गणपति मौन हो गए और पुनः मूषकराज यात्रा के लिए तत्पर हुए। देवर्षि भी गणपति-परिवार को विदा कर विश्वेश्वर की उपासना में प्रवृत्त हुए।

45

कैलास पर पूरी रात हिम-वर्षा के बाद जब प्रातःकाल बाल-सूर्य उदित हुआ तो उसकी रक्तिम किरणों से दृष्टि-सुख मिल रहा था। पक्षियों का कल-कूजन बढ़ गया था। शीत में धीमे-धीमे ताप घुल रहा था जो शरीर को सुख प्रदान कर रहा था। अलस पड़े नागों के शरीर में एक कम्पन और झुरझुरी का अनुभव हो रहा था। हिम से ढँक गए वृक्षों के पत्तों पर सूर्य किरणें एक चमकीला प्रकाश-पुंज उड़ेल रही थीं। शिव बाहर आकर अपनी ध्यान-मुद्रा में बैठ गए थे। सूर्य को देखते ही उन्हें सूर्यवंश के प्रभापुंज राम का स्मरण हो आया था। वे राम को दूसरा सूर्य कहते थे। कृतयुग के बाद त्रेतायुग का पदार्पण एक सामाजिक क्रान्ति की तरह घटित हुआ था। सत्ययुग की शान्त प्रजा अब अधिक सजग, अधिक चैतन्य हो गई थी। यज्ञ-याग का प्रचलन तो बढ़ गया था पर राक्षसी वृत्तियाँ भी आक्रामक हो गई थीं। उस समय विश्व की चार सीमाएँ मानी गईं और उन्हें युग कहा गया। ये युग ही कृतयुग, त्रेतायुग, द्वापरयुग और कलियुग माने गए। यह नामकरण पासे के पहलुओं (पक्ष) के अनुसार किया गया था। कृत के पहलू पर चार बिन्दु होते हैं, वह सर्वोत्कृष्ट है। त्रेता पर तीन, द्वापर पर दो और कलि पर एक बिन्दु होता है। कृत एक पूर्ण युग है, उसी क्रम में अन्य युगों में गुणों और काल का ह्रास होता गया है। त्रेतायुग में ही रामावतार हुआ और आदि ब्रह्म के रूप में गणाधीश्वर गणेश का भी एक अवतार मयूरेश के रूप में हुआ। महाकाल शिव स्वयं काल-चक्र के परिवर्तन को लक्षित कर रहे थे।

उसी समय दैनिक नियमानुसार देवी पार्वती पूजा के उपकरण लिए वहाँ आ गईं। सबसे पहले उन्होंने शिव के स्नान के बाद गंगाजल से भीगे जटाजूट को अपने

उत्तरीय से पोंछा। उनके मुख-प्रोक्षण के बाद उन्होंने जल से भीगे हुए नागों पर भी ममता दिखाई, उन्हें भी स्वच्छ वस्त्र से पोंछकर शिव के गले में लपेट दिया। चन्दन, पुष्प और आरती के बाद वे वहीं उनके समीप बैठ गईं। आज शिव प्रसन्न लग रहे थे। यह देखकर पहले तो नन्दी आकर शिव के समक्ष बैठ गए फिर वीरभद्र एवं अन्य कुछ प्रमुख गण भी पहुँच गए। उनके एकत्र होने से ही यह ज्ञात हो जाता था कि शिव की मुद्रा आज प्रसन्न है, उनकी दृष्टि में स्नेह का भाव है और तीसरा नेत्र तो इस तरह बन्द है कि उसके खुलने का प्रश्न ही नहीं उठता। शिव को यह भी ज्ञात हो गया कि आज ब्रह्म-बेला में ही गणेश सपरिवार अपने नाना हिमालय के आमंत्रण पर वहाँ गए हैं और वे कुछ दिन वहीं बिताएँगे। शिव ने यह जानकर कहा :

"यह भी एक संयोग ही है कि मेरे मन में त्रेतायुग के मेरे आराध्य श्रीराम का मुझे आज स्मरण हुआ और साथ-साथ गणेश के त्रेतायुग के अवतार मयूरेश का भी स्मरण हो आया।

सबसे पहले नन्दी ने प्रश्न किया :

"देवाधिदेव! क्या महाप्रभुओं के अवतार एक युग में एक बार होते हैं या अनेक बार वे सृष्टि के कल्याण के लिए अवतरित होते हैं?"

"प्रिय नन्दीश्वर! अवतार का सम्बन्ध समय से है, वह उसकी अनुकूलता और प्रतिकूलता की माँग पर निर्भर करता है। कभी अंशावतार तो कभी पूर्णावतार की आवश्यकता होती है, तो कभी-कभी मनुष्य-समाज और पशु-समाज तो कभी-कभी पक्षी-समाज में भी दिव्य भावों का सन्निवेश होता है। इसके रहस्य को जान लेने पर तुम्हारी जिज्ञासा स्वतः शान्त हो जाएगी। देखो, हमारे नारायण का चतुर्थ अवतार नृसिंहावतार हुआ था। दैत्यराज हिरण्यकशिपु के वध के लिए तथा भक्तवर प्रह्लाद की रक्षा के लिए भगवान् ने यह अवतार लिया था। उनका आधा शरीर मनुष्य का और आधा सिंह का था। यह हिंसक रूप का प्रतीक था। ईश्वरीय विधान में दुष्टों का संहार न्यायोचित है। यह कथा वैदिक वाङ्मय में सभी प्रमुख ग्रन्थों में गाई गई है। देखो नन्दी, अवतार है परमात्मा का पृथ्वी पर अवतरण, उतरना। ईश्वर अपनी योग-माया का आश्रय लेकर अवतार के स्वरूप में प्रकट होता है। विष्णु के कई अवतार पशु आदि जीवों के रूप में आए हैं जैसे मत्स्य, कूर्म, वराह, नृसिंह आदि। जितने भी अवतार होते हैं, उनमें मुख्य, गौण, पूर्ण और अंश रूपों के अनेक भेद होते हैं। अवतार का कारण है ईश्वर की इच्छा : दुष्कृतों का विनाश और साधुओं का परित्राण ही उसका पावन उद्देश्य होता है। वास्तव में अवतार कहीं आठ, कहीं दस, कहीं सोलह, कहीं चौबीस गिने गए हैं अतएव सर्वव्यापक परमात्मा की शक्ति

केन्द्रीकृत होकर अवतार के रूप में प्रकट होती है। वेद तो यहाँ तक कहते हैं कि वास्तविक जन्म न लेते हुए भी वे स्थूल गर्भ में उत्पन्न होते हैं। कभी-कभी वे अनेक रूपों में प्रकट होते हैं, 'अन्तर जायमानो, बहुधा विजायते।' धीरे-धीरे वह ब्रह्म सोलह कलाओं में प्रकट होता है। विष्णु के अवतार इसलिए अधिक हैं कि वे रक्षक, पोषक और पालक हैं। इसी प्रकार पक्षी कुल-वर्ग में विष्णु के वाहन गरुड़ की कल्पना हुई है जिसका आधा शरीर पक्षी और आधा मनुष्य का है। विष्णु ही सूर्य का स्वरूप है जिनके तीव्र वाहन के रूप में गरुड़ को महत्त्व मिला है। महत्त्वपूर्ण बात तो यह भी है कि सूर्य का सारथि अरुण गरुड़ का ही अग्रज है जो सूर्य के उदय काल में रक्तिम प्रभा के साथ प्रकट होता है। ये गरुड़ दक्ष कन्या विनता और कश्यप के पुत्र हैं। इसलिए इन्हें 'वैनतेय' भी कहा जाता है। विनता अपनी सपत्नी कद्रू से वैर-भाव रखती थी। कद्रू सर्पों की माता थीं। अत: गरुड़ को भी सर्पों का शत्रु कहा गया है। गरुड़ के ही पुत्र सम्पाति और जटायु बताए गए हैं। गरुड़ की संज्ञा गरुत्मान, सुपर्ण आदि भी है। शास्त्रों में सूर्य के भी अश्व-रूप में तथा उनकी पत्नी संज्ञा के अश्वी-रूप धारण करने का उल्लेख मिलता है। अत: मूल रूप से अवतार में कल्याणवाचक भाव ही है। हे नन्दी! आप स्वयं भी गणों के दंडनायक भी हैं और हमारे प्रिय दिव्य वाहन भी।

"ठीक इसी भाँति हमारे गणपति भी परात्पर ब्रह्म के अवतार माने गए हैं और परात्पर ब्रह्म को 'महागणाधिपति' कहा गया है। यह स्पष्ट माना गया है कि 'महागणाधिपति' ने ही अपनी इच्छा से अनन्त विश्व और प्रत्येक विश्व में अनन्त ब्रह्माओं की सृष्टि की और प्रत्येक ब्रह्मांड में अपने अंश से त्रिमूर्तियाँ प्रकट कीं। इसीलिए समस्त दैवी और मंगल कार्यों में गौरी और गणेश का पूजन-स्मरण होता है। कार्यारम्भ के पूर्व 'श्री गणेशाय नमः' का उच्चार इसलिए होता है कि गणपति विघ्नों के देवता हैं। वे दुष्टों के कार्य में विघ्न उत्पन्न करते हैं और भक्तों के कार्य के विघ्न हरते हैं। ये आदि और अनादि देव हैं।"

नन्दी बोले, "देव! हमारे गणपति विविध गुणों से समलंकृत हैं। वे उदार भी हैं, आक्रामक भी। देव, मनुष्य और पशु सम्पदा के विग्रह और रक्षक हैं। उन्हें पृथ्वी और पृथ्वी के समस्त जड़-चेतन पदार्थ प्रिय हैं। पृथ्वी पर उगी हुई 'दूर्वा' का संस्पर्श होते ही वे प्रसन्न हो जाते हैं। वे विनायक के रूप में आक्रामक भी हैं और दुष्टों के संहारक भी। हमारे इस विराट् ब्रह्म की महिमा तो देखिए! वह लाल मौली के धागे से लिपटी पूगीफल-सुपारी में तो कभी हरिद्रा की गाँठ में ही अपनी सम्पूर्ण ईश्वरीय सत्ता के साथ प्रविष्ट हो जाता है।"

शिव ने कहा, "अब मैं तुम सब प्रिय जनों से त्रेता में गणपति के मयूरेश्वर अवतार की चर्चा करूँगा। वस्तुतः पुत्र के कृत्यों के स्मरण से भी माता-पिता को

सामीप्य-सुख का ही अनुभव होता है। देखो, संसार में लालसाओं का सबसे प्रबल रूप है : इन्द्र-पद जैसे दिव्य पदों की प्राप्ति का लोभ, अपार बल और अवध्य तथा अमृत होने की आकांक्षा, पुत्रवान होने और कीर्ति की लालसा; संक्षेप में इन्हें पुत्रैषणा, वित्तैषणा और लोकैषणा के नाम से जाना गया है। इन एषणाओं का कभी अन्त नहीं होता, एक एषणा पूरी हुई नहीं कि दूसरी उद्भूत हो जाती है। इसी तरह गंडकी क्षेत्र के एक राज्य के राजा चक्रपाणि और उनकी पत्नी उग्रा सन्तानहीन होने के कारण मनोव्यथा में जी रही थीं। उनके मन में राजपाट छोड़कर वानप्रस्थ लेने की तीव्र इच्छा उत्पन्न हो रही थी, तभी उनके पास शौनक ऋषि का आगमन हुआ। शौनक ऋषि अत्यन्त महिमामय, तपस्वी और द्वादशवर्षीय यज्ञ के सूत्रधार के रूप में लोक-प्रसिद्ध थे।

"राजा चक्रपाणि की सेवा से ऋषि प्रसन्न हो गए। उन्होंने पति-पत्नी को सूर्यदेव की उपासना का आदेश दिया। राजा ने विघ्नेश्वर गणेश की पूजाकर भक्तिपूर्वक सूर्य की उपासना आरम्भ की पर एक दिन उग्रा का मन कामासक्त हो गया और पूजा में बाधा हो गई। गर्भवती उग्रा के शरीर में अग्नि का प्रदाह था। उन्होंने सिन्धु के तट पर जाकर असमय ही गर्भ का त्याग कर दिया और सहायिकाओं सहित महल में लौट आईं। उधर उग्रा का पुत्र अत्यन्त बलशाली और भयंकर आकृति का था। उसके भयानक रुदन से सम्पूर्ण वातावरण काँप उठा। समुद्र भी उसके कराल तेज को सह नहीं पा रहा था अत: उसने उस बालक को चक्रपाणि को सौंपकर बता दिया कि इस तेजस्वी बालक पर आँख तक नहीं ठहरती, यह आपका ही पुत्र है। राजा चक्रपाणि प्रसन्न हो गए। उन्होंने उग्रा के उस पुत्र का नाम सिन्धु रखा। उस बालक की मुद्रा इतनी भयकारक और उग्र थी कि उसे 'उग्रेक्षण' नाम भी दिया गया।

"कुछ ही समय बाद सिन्धु अत्यन्त बलशाली, भीमकाय, दुर्द्धर्ष और अपराजेय हो गया। वह खेल-खेल में वृक्षों को जड़ों सहित उखाड़ फेंकता, पर्वतों को चूर्ण कर देता, अपनी मुष्टिका के प्रहार से सिंहों और हाथियों को क्षत-विक्षत कर डालता। एक दिन उसने अपने माता-पिता से तप करने की अपनी इच्छा प्रकट की। वह वर प्राप्त कर पृथ्वी, स्वर्ग और पाताल को जीत लेना चाहता था। माता-पिता ने भी उसका अनुमोदन किया। उसकी तपस्या से सूर्यदेव प्रकट हुए और उसे त्रिभुवन विजयी होने का इच्छित वरदान दिया। साथ ही यह भी कहा कि जिस अवतारी पुरुष के अंगुष्ठ के नखाग्र पर कोटि-कोटि ब्रह्मांड निवास करेंगे, उसी के द्वारा वह वध्य होगा : उसे अमरण का वर मिला गया था तो उसके आनन्द का पार नहीं था। उसकी शक्ति और बढ़ गई थी और वह दुर्दान्त राक्षस अत्याचार और अनय की पराकाष्ठा पर पहुँच गया।"

46

असुरों की दुष्ट प्रवृत्ति सदा विध्वंसात्मक होती है। गुण या सद्गुणों की मात्रा निर्धारित की जा सकती है पर नीचता और राक्षसी वृत्ति की माप-तौल नहीं की जा सकती। अपनी माता उग्रा के चित्त-विकार और महत्त्वाकांक्षा की कुत्सा के कारण उनके गर्भ से सिन्धु दैत्य का जन्म हुआ था। पहले तो उसके भयकारक स्वरूप से विचलित होकर उग्रा ने उसे समुद्र किनारे छोड़कर त्याग दिया था पर नियति के क्रूर-विधान से वह फिर अपने पिता चक्रपाणि के पास पहुँच गया। पिता ने उसे सिन्धु नाम दिया। जन्म से ही वह विकृतानन, उग्र, आक्रामक था। उसके स्वर में इतनी भयानकता थी कि दिशाएँ दहल जातीं। पहले तो राजा चक्रपाणि भयभीत हुए फिर उनके मन में चक्रवर्ती सम्राट् बनने की लालसा जग गई। समाज को शासित करने के लिए एक अराजक, निरंकुश और भयकारक पुत्र होने से हानि से अधिक लाभ ही है। प्रजा को जीतने के लिए किसी राजा को साम, दाम, दंड, भेद, जैसी नीतियाँ अपनानी पड़ती हैं। प्रजा में विद्रोह न फैल जाए इसके लिए उसका मुँह तकना पड़ता है, उसके अनुकूल क्रिया-कलाप करने होते हैं। एक प्रकार से राजा को नीतिगत रूप में नमनीय और प्रजापालक बनने पर बाध्य होना पड़ता है पर एक असुर-पुत्र यदि महाबली है तो वह इन्द्र का भी शास्ता बन सकता है, स्वर्ग को भी जीत सकता है। स्वर्ग जो विपुल सारभूत सुखों की संचय-भूमि है जहाँ अप्सराओं का ललित, मधुर सौन्दर्य रक्त-प्रवाह को उष्ण और सहसा तीव्र करने में समर्थ है, जहाँ नन्दन-वन के पारिजात पुष्प की प्रमत्त सुगन्ध रस लुब्ध कर देती है, जहाँ कल्प-वृक्ष चित्त की हर इच्छापूर्त्ति के लिए सतत सचेष्ट है। राजा चक्रपाणि की नासिका में पारिजात के

दिव्य पुष्पों की गन्ध समा रही थी, अप्सराओं के मादक सौन्दर्य के उष्ण स्पर्श से वे पुलकित, मथित और उज्जीवित हो उठे थे। उन्होंने सोचा :

'पुत्र ही तो पिता की सभी दमित इच्छाओं को तृप्त कर सकता है, वह मेरी आत्मा का ही तो प्रतिफल है। मैंने अपना पूरा जीवन नीति-परायण होकर सद्धर्म में बिताया है। अब जीवन के प्रौढ़िकाल में यदि समस्त सुख पंक्ति बाँधकर मेरा द्वार खटखटा रहे हैं तो मैं अपना द्वार क्यों न खोल दूँ? एक अराजक पुत्र भी सारी लालसाएँ पूरी कर सकता है तो करे! वह उत्पात मचाता है तो मचा ले। वह मथ दे सारा त्रिलोक, छान लाए अमृत, सारा नवनीत! जो कार्य मैं नहीं कर सका अब मेरा पुत्र सिन्धु ही उसे पूरा करेगा।'

सिन्धु दिनोंदिन प्रचंड होता जा रहा था, उसका अमानुषिक बल बढ़ता जा रहा था। सूर्य प्रदत्त वर ने उसे आततायी बना दिया था। उसके राज्य में न ऋषि सुरक्षित थे, न वेद। यज्ञ और कर्मकांड रुक गए थे। त्रेतायुग में इस प्रचंड काल में मयूरेश के रूप में भगवान् गणपति का अवतार ऐसे ही उपद्रवी तत्त्वों के नियमन के लिए हुआ था। मयूरेश का विवाह त्रेतायुग में भी सिद्धि और बुद्धि से ही सुनिश्चित हुआ। वैवाहिक वार्ता के क्रम में जब मयूरेश अपने सम्पूर्ण परिवार के साथ यात्रा-मार्ग में थे तो वे राजा सिन्धु के गंडकी क्षेत्र से जा रहे थ, वहाँ सिन्धु के सशस्त्र सैनिकों ने उनका मार्ग रोक दिया और दैत्यराज सिन्धु की आज्ञा के बिना आगे बढ़ने से रोकना चाहा। मयूरेश ने उत्तर दिया :

"मैं साधु पुरुषों का संरक्षक हूँ। मेरी गति अव्याहत है, मुझे कोई नहीं रोक सकता।" असुरों का सेनानायक उनकी बात सुनकर क्रोधोन्मत्त हो उठा। उसने अपने सैनिकों को ललकारते हुए कहा :

"आक्रमण करो! ये सब तुम्हारे आहार हैं।"

मयूरेश ने अपने साथ चलते हुए मुनिवरों से कहा :

"आप सब अभिमंत्रित दर्भास्त्र का प्रयोग करें। मुझे दूर्वा अत्यन्त प्रिय है। इस सूखी हुई दूब के दर्भास्त्र से ये सारे सैनिक स्वतः नष्ट हो जाएँगे। मुनियों द्वारा दर्भास्त्र का प्रयोग होते ही उसके छोटे-छोटे असंख्य टुकड़े वायुमंडल में फैल गए और सिन्धु के सैनिकों की नाक, आँख, कान आदि इन्द्रियों में प्रविष्ट हो गए। उनके कारण सैनिकों के श्वास अवरुद्ध होने लगे और वे इस मरणान्तक पीड़ा को नहीं सह सके और देखते-देखते वह सैन्य टुकड़ी धराशायी हो गई।

साधु मुनिजनों ने मयूरेश को लक्षित कर कहा, "तुम महान् हो गुणेश! तुम गुणेश्वर हो, मयूरेश्वर हो, मयूर राज हो। हम तुम्हारी वन्दना करते हैं, शीश झुकाते हैं।"

मयूरेश ने कहा, "महादैत्य सिन्धु का उपद्रव निरन्तर बढ़ता जा रहा है, मुझे ज्ञात हुआ है कि अनेक देवताओं को इसने बन्दी बना रखा है। मैं इसका समूल नाश करने का व्रत लेता हूँ। अब इसके नाश के पश्चात् ही किसी भी मंगल कार्य का विधान होगा।"

दैत्यराज सिन्धु को एक भयानक युद्ध की सम्भावना दिखाई दे रही थी। उसने समस्त लोकों में पृथ्वी, पाताल और समुद्र में निवास करनेवाले कालकेय राक्षसों को एकत्र करना आरम्भ किया। दैत्य-जाति की सुरक्षा के लिए सभी धीरे-धीरे एकत्र हो रहे थे। सिन्धु ने देखा कि उसके सैनिकों में केवल जन्मना असुर-जाति के ही लोग नहीं है, उनमें मनुष्यों की भी बड़ी संख्या सम्मिलित हो रही है। यह सोचकर उसने भयंकर गर्जना की।

वह भी तो मनुष्य-जाति का है, राजा चक्रपाणि का पुत्र। पर महत्त्वाकांक्षाओं ने उसे बड़ा बना दिया। युद्ध में उसकी रुचि थी। बहता हुआ रुधिर उसकी प्यास को तीव्र कर देता था। किसी राज्य को जीत लेना, उसकी भूख को शान्त करता था। कारागार में बन्द देवताओं को दयनीय रूप में देखकर उसका अहंकार तृप्त होता था। उसके सैनिकों में मनुष्य-जाति की भी एक बड़ी संख्या हो गई थी। वह जान गया था कि लालसा और अतृप्ति मनुष्य की सबसे बड़ी दुर्बलता है। अन्याय के मार्ग से भी यदि सुख प्राप्त होता है तो यह दुर्बल चरित्र के मनुष्यों के लिए काम्य विषय है। यह मनुष्य अपने भय को निर्मूल कर निर्भय होने के लिय माया, तंत्र, मंत्र, मारण, सम्मोहन, वशीकरण और स्तम्भन की विद्याएँ सीखकर विजय पाने के लिए सरल मार्ग चुनता है इसलिए भी उसे असुरत्व की दीक्षा लेनी पड़ती है।

दैत्यराज सिन्धु की सैन्य-शक्ति देखते-देखते शतगुणित हो गई। वह अपनी वज्र मुष्टिका से अपनी ही छाती पर उत्साह के आवेग में चोट करता हुआ भयानक गर्जना करते हुए युद्ध-भूमि में पहुँच गया। वह मदोन्मत्त हो रहा था। उसके पास तालजंघ, कमलासुर, गन्धासुर, महाकाय आदि अनेक दिग्विजयी वीर सेनानी विद्यमान थे। पर गणपति मयूरेश ने सिन्धु दैत्य के सभी महारथियों को एक-एक कर धूलिसात् कर दिया। दैत्य-सेना में हाहाकार मचा था! वीरभद्र, नन्दी आदि गणों और सैनिकों के आघात से सिन्धु की बची-खुची सेना भी नष्ट हो गई।

सिन्धु जितना क्रुद्ध था उतना ही आश्चर्यचकित भी। समस्त देवताओं को पराजित करनेवाला उसका सैन्य-बल एक बालक के समक्ष पराजित और मृत हो गया था। उसके क्रोध की उन्मत्तता इतनी बढ़ गई कि वह मयूरेश के सहायक गणों पर तीखे प्रहार करने लगा। उसकी शरवर्षा से सभी गण व्यथित और आहत हो रहे थे।

वह परम पराक्रमी वीरभद्र, भूतराज, भृंगी, रिटि सबको अपने प्रहार से विदीर्ण करता चल रहा था। युद्ध करता हुआ वह अचानक मयूरेश के समक्ष आ गया :

'तो यही है मयूरेश : एक बालक! उसका चिर शत्रु! जिसकी वीर गाथाएँ किन्नर और गन्धर्व गाते हैं, स्वयं शिव जिसकी प्रशंसा करते हुए नहीं थकते।'

उसने बड़ी तीव्रता से मयूरेश पर वाणों का सन्धान कर तीरों की वर्षा कर दी। मयूरेश ने अपने परशु से उसके आघात को विफल कर दिया। सिन्धु दैत्य अपनी विफलता से और आक्रामक हो गया। उसने अपने चक्र से प्रहार किया और मयूरेश ने अपने शूल से उस चक्र के टुकड़े-टुकड़े कर डाले। सिन्धु की सहायता के लिए उसके दो पुत्र धर्म और अधर्म आ गए। धर्म कुशल योद्धा था और अधर्म के पास मायावी शक्तियाँ थीं। पर मयूरेश ने निर्भय भाव से युद्ध करते हुए एक ही आघात में उसके दोनों पुत्रों, धर्म और अधर्म, का शिरश्छेदन कर दिया, उसके दोनों पुत्र निष्प्राण होकर रणभूमि में गिर पड़े। अपनी आँखों के सामने अपने पुत्रों की मृत्यु देखकर छिन्न बुद्धि वाला सिन्धु मयूरेश के सामने खड़ा होकर एक-एक कर अपने सभी भयानक अस्त्रों से प्रहार करने लगा। मयूरेश को प्रतीत हुआ कि अब इस युद्ध-लीला का संवरण होना चाहिए तो उन्होंने एक क्षण के लिए ध्यान करके अपने दिव्यास्त्र परशु को अभिमंत्रित कर बड़े वेग से उसे दैत्यराज सिन्धु की ओर फेंका। क्षणमात्र में वह परशु दैत्यराज सिन्धु के उदर और नाभि भाग को चीरता हुआ पुनः मयूरेश के हाथों में वापस लौट आया और उधर सिन्धु का विशाल मृत शरीर पृथ्वी को कँपाता हुआ गिर पड़ा। उस परशु के नाद से दिशाएँ दहल गईं। सभी देवगणों को यह अनुभव हो गया कि दैत्यराज सिन्धु का वध हो गया। सहसा वातावरण बदल गया था। दुष्ट की मृत्यु वस्तुतः दुष्टता की ही मृत्यु होती है। सभी सुख और निश्चिन्तता का अनुभव कर रहे थे। सिन्धु के कारागार से देवताओं को मुक्ति मिल गई थी। कहते हैं, तभी से मयूरेश ने अपना मयूर अपने भ्राता कार्तिकेय को सप्रेम समर्पित कर दिया था। वक्रतुण्ड गणपति का यह मयूरेश गुणेश रूप एक कुशल योद्धा के रूप में प्रमाणित हुआ था।

47

कैलास के दिव्य शिखर के उन्मुक्त कक्ष में कभी-कभी ही ऐसा सुअवसर आता था जब प्रभु अपनी प्रभुता भूलकर सामान्य गणों के साथ एकमेक हो जाते थे। शिव, पार्वती, गणपति, सिद्धि और बुद्धि, क्षेम और लाभ उसमें आनन्दपूर्वक भाग लेते पर कभी-कभी माता-पिता, पार्वती और शिव, तथा गणपति को अपने कनिष्ठ भ्राता कुमार कार्तिकेय का स्मरण हो आता। माता का हृदय विकल हो जाता, पिता शिव व्यग्र होते और गणपति का अन्त:करण पीड़ित हो जाता। वे सोचते कि विवाह के मेरे हठ के कारण ही प्रिय भ्राता कुमार ने आजीवन कौमार व्रत धारण कर लिया। वे किसी प्रिया के पति न होकर 'देव-सेना' के पति होकर रह गए। जन्मकाल से ही युद्ध को उन्हें नियति के रूप में स्वीकार करना पड़ा था। गणपति ने माता-पिता की वन्दना और प्रदक्षिणा को पृथ्वी की परिक्रमा से ही महत्तर घोषित किया और माता-पिता ने भी इसका सहर्ष अनुमोदन किया किन्तु कुमार कार्तिकेय इस निर्णय को स्वीकार नहीं कर सके। उन्हें लगा उन्होंने घोर श्रम किया है, माता-पिता की आज्ञा को शिरोधार्य कर वे एक लक्ष्य लेकर चलते गए, उनके श्रम का कोई आदर न हुआ। उनका स्पष्ट दृष्टिकोण था कि श्रम की प्रतिष्ठा तो होनी ही चाहिए। यह श्रम शास्त्र-वचन से अधिक सत्य और प्रामाणिक है। पर जब तक वे लौटते गणपति का विवाह सिद्धि और बुद्धि के साथ ही हो चुका था। वे कभी देव-सभा में पुष्टि की कलात्मक प्रतिभा से प्रभावित हुए थे। उसका शील और सौन्दर्य उनकी चेतना में बस गया था। पर कैलास लौटते ही जब वस्तु-स्थिति का उन्हें ज्ञान हुआ, वे आहत हो गए और तत्क्षण कैलास छोड़कर दक्षिण दिशा में जाकर बस गए और फिर कभी नहीं लौटे।

गणपति मानते थे कि उनके भ्राता कार्तिकेय पवित्र शक्ति के प्रतीक हैं। तपस्या और ब्रह्मचर्य के द्वारा जिस शक्ति का संचय और संरक्षण होता है वही स्कन्द कुमार हैं। कुमार अनेक शब्दों से विख्यात और पूज्य रहे हैं, जैसे स्कन्द, गुह्य, रुद्रसून्, सुब्रह्मण्यम्, महासेन, सेनापति, सिद्धसेन, शक्तिधर, गंगापुत्र, शरभू, तारकाजित्, षडानन, पावकि आदि। सृष्टि विज्ञान में स्कन्द, सूर्य की वह शक्ति है जो वायुमंडल के ऊपर स्थित होती है और जिससे संवत्सराग्नि का उदय होता है।

गणपति प्रभु शिव और माता शिवा की इस महिमा से परिचित थे कि उनके कृपा-प्रसाद से ही भुक्ति और मुक्ति सहज सम्भव है। आज आश्विन शुक्ल पक्ष की षष्ठी तिथि थी, यही तिथि स्कन्द षष्ठी थी। यह माना गया था कि अमावस्या के दिन अग्नि से स्कन्द की उत्पत्ति हुई थी, तथा वे चैत्रशुक्ल षष्ठी को प्रकट हुए थे। तारक वध के बाद हर शुक्ल पक्ष की षष्ठी तिथि को स्कन्द का पूजन और स्मरण ठहराया गया। क्रीड़ा-भाव को भी उपासना के अंग रूप में रखा गया। उनका स्मरण करते हुए वक्रतुण्ड की आँखें भर आईं। उनकी यह मनोदशा शिव से छिपी न रह सकी। उनका अन्तर्यामी मन सब कुछ समझ रहा था।

शिव ने कहा, "आज हमारे प्रिय पुत्र कार्तिकेय की स्कन्द षष्ठी तिथि है। आज हमें दो कार्य करने हैं : एक तो विद्या, कला और संगीत की देवी महासरस्वती के द्वारा क्षेम और लाभ को दीक्षा प्रदान की जाए, उनका ज्ञानरंजन हो और आज सभी कला की उपासना करें, संगीत, नृत्य और नाट्य द्वारा भगवती सरस्वती, पार्वती और समस्त गणों का मन:प्रसादन हो, सबका यथेष्ट, यथेच्छ मनोरंजन हो।"

सबने प्रसन्न-भाव से इस पर अपनी सहमति जताई और शिव के नाम का तुमुल जयघोष किया। मुहूर्त भर में समस्त गन्धर्वों, किन्नरों एवं इन्द्रादि देवताओं को सूचित कर दिया गया और पार्वती ने स्वयं महाशक्ति-रूपा देवी सरस्वती का स्मरण किया। वे बिना विलम्ब किये वहाँ प्रकट हो गईं। देवी सरस्वती श्वेत पद्मासन पर विराज रही थीं। सरस्वती नदी देवता भी थीं और वाग्देवता भी। बुद्धि, विद्या और ज्ञान की अधिष्ठात्री देवी आज प्रत्यक्ष प्रोद्भासित हो रही थीं। सरस्वती की अर्चा के बाद क्षेम और लाभ को विद्या, बुद्धि, कला और संगीत का ज्ञान माता सरस्वती ने अपने स्पर्श मात्र से दे दिया। उन्हें सप्तस्वर के ग्राम, सप्तराग, सप्तगीत, समस्त मूर्च्छनाएँ, उनचास तान, तीन ग्राम, चतुर्विध ताल, तीन प्रकार का लय, तीन गतियाँ आदि संगीत सम्बन्धी समस्त ज्ञान प्रदान किया। साथ ही उन्हें अपना बीज मंत्र 'ऐं' का भी स्वरूप समझाया।

सरस्वती ने क्षेम और लाभ को बताया :

"पुत्र! जिस कला की उपासना तुम करने जा रहे हो वह कला शिव की शक्ति का ही एक रूप है। शिव द्वारा विश्व की क्रमिक सृष्टि अथवा विकास की प्रक्रिया ही कला है। सभी कलाओं में शक्ति की ही अभिव्यक्ति होती है। शैव तंत्रों में चौंसठ कलाओं की चर्चा हुई है। उनमें गीत, वाद्य, नृत्य, नाट्य आदि की गणना हुई है। हमारे प्रभु शिव कपर्दी हैं, रुद्र हैं। उनके मस्तक पर विशाल जटाजूट बँधा रहता है। वेदों में रुद्र की इस सज्जा का अनेकश: उल्लेख हुआ है। शिव ने अपनी इन्हीं जटाओं के जटिल जाल में स्वर्ग से उतरती हुई महावेगवती गंगा की उच्छल तरंग मालाओं को लपेट लिया था। वे जब नृत्य करते हैं तो उनके बँधे हुए जटाजूट धीरे-धीरे खुलते हैं। वे उनके विशाल कन्धों पर छितराते हैं तो ऐसा प्रतीत होता है जैसे दिगम्बर दिशाओं ने वस्त्र धारण कर लिया हो। उनके पद-ताल पर समुद्र की उत्ताल तरंगें क्वणन नाद करती हैं, नदियों का हिल्लोलित जल एक मधुर मृदु जल-तरंग के संगीत की सृष्टि करता है। खड़खड़ाते हुए वृक्ष, संघर्षण करते हुए मेघ तबले की थाप और कभी पीटे जाते हुए नगाड़ों का भीमाकुल स्वर उत्पन्न करते हैं। समूची जड़ प्रकृति सहसा चैतन्य हो उठती है, पवन के संचरण में एक सुरीला नाद गूँजने लगता है, कमल दलों के पुष्प-रेणु एक सुगन्ध का लोक रच देते हैं, सर्वत्र एक जागृत उत्सुकता और चैतन्य का भाव फैल जाता है। जैसे समाधि टूटने के बाद इड़ा और पिंगला का सम्मिलन सुषुम्ना में सजीव हो जाता है वैसे ही एक मध्यम गति में शरीर भाव का अनुगमन करने लगता है। यह एक प्रकार की संप्रज्ञात समाधि की-सी दशा होती है जिसमें चित्त एक विशेष भाव-दशा में एकाग्र हो जाता है। वह वृत्ति इतनी जागरित हो जाती है कि दूसरी सब वृत्तियाँ मन्द पड़ जाती हैं। ध्यान-योग से इसमें प्रज्ञा का उदय होता है। संप्रज्ञात समाधि से मिलती-जुलती यह अवस्था 'सबीज समाधि' के रूप में भी जानी गई है, इसमें एक-न-एक आलम्बन का बोध बना रहता है। इस अवस्था में एकाग्रता इतनी बढ़ जाती है कि सारा विश्व-प्रपंच विस्मृत-सा हो जाता है। शिव जब उल्लास से भर कर नृत्य करते हैं तो वह आनन्दानुगत समाधि बन जाती है पर जब वे तांडव की मुद्रा में आते हैं तो वह समाधि वितर्कानुगत, अस्मितानुगत और विचारानुगत समाधि बन जाती हैं।"

सरस्वती की वीणा का प्रवाह चल ही रहा था कि सबने देखा शिव अपने सुखासन से सीधे बैठ गए थे। उनके अंगुष्ठ में धीमा-धीमा कम्पन हो रहा था। उनकी उँगलियाँ फड़क रही थीं। कभी वे ताल देतीं कभी वृत्ताकार घूम रही थीं, कभी वे तीव्र तो कभी मन्द हो रही थीं। नासिका फड़क रही थी, मुख-मंडल रक्तिम हो गया था। वह सन्ध्याकाल में पूर्णचन्द्र की उदितावस्था की तरह अत्यन्त रक्तवर्ण का परम मधुर और भव्य लग रहा था। उन्होंने पास पड़े अपने दिव्य त्रिशूल में झूलते हुए

डमरू वाद्य को उठा लिया और सहसा डमरू बज उठा। उसके स्वर से समस्त वन प्रान्तर एक मधुर नाद से गूँज उठा। शिव अपनी चारों भुजाओं के साथ प्रकट होकर सहसा नृत्य-मुद्रा में आ गए थे। उन्होंने तीव्रता से एक गोल चक्र में प्रदक्षिणा ली और वन प्रान्तरों के समस्त वृक्ष दोलायित हो गए, डालियाँ खड़खड़ा उठीं, हवाओं में कम्पन भर गया। वे उल्लास-मुद्रा में नृत्य करने लगे। सरस्वती वीणा वादन करने लगीं। उसी समय देवर्षि नारद का भी पदार्पण हो गया। वे शिव की नृत्यशील मुद्रा के आगे नतमस्तक होकर पृथ्वी पर साष्टांग लेट गए। उन्होंने प्रकृतिस्थ होकर सरस्वती के वीणा वादन में सहयोग करते हुए अपनी वीणा के तार भी छेड़ दिये। वहाँ एक अनोखा दृश्य उपस्थित हो गया था। अभी तक गणपति बैठे-बैठे ताल दे रहे थे, अब वे भी अपने को रोक नहीं सके। उन्होंने सिद्धि और बुद्धि का हाथ पकड़ा और एक संगीतमय भाव दशा में सभी नृत्य करने लगे थे। जो जहाँ था, वहीं रोमाकुलित और भाव-विभोर होकर झूम रहा था। गणों का विशाल समूह तब तक वहाँ जुट गया था। वे सब अपने स्वामी शिव और गणपति का महानृत्य देख रहे थे। क्षेम और लाभ की भोली मुद्राएँ भी अत्यन्त चित्ताकर्षक थीं। देवर्षि भाव-विभोर होकर 'ॐ नमः शिवाय' मंत्र को ही भाँति-भाँति के स्वर और आलाप में गा रहे थे। बहुत देर तक समस्त प्रकृति के साथ पुरुष का यह आनन्द-नृत्य चलता रहा। शिव के बँधे जटाजूट बिखर गए थे। जैसे चमकते हुए सूर्य पर कृष्णवर्णी नील मेदुर कान्तिवाले मेघों की लट छा जाती है वैसे ही उनके दीप्तिमान मुख पर श्याम घटाओं की तरह केशराशि उड़ती हुई आ-जा रही थी। यह रंग और रूप के अद्‌भुत सम्मोहन और मिश्रण का दृश्य था।

माता सरस्वती का वीणा वादन और शिव का आनन्द-नृत्य प्रायः एक-साथ रुका तो सम्पूर्ण वातावरण उत्साह के अनुभव से किलकारियों और भावोच्छ्वसित शब्दों के प्रवाह की अनुगूँजों से भर उठा। सब ओर 'साधु' 'साधु' का स्वर व्याप्त था। सबके शरीर में एक नया रक्त प्रवाह मानो संचरित होने लग गया था। आनन्द के प्रवाह में मानो सभी बहे जा रहे थे। देवर्षि नारद के 'नारायण-नारायण' के नामोच्चार से ही मानो सबकी मूर्च्छा भंग हुई, सब चैतन्य हो गए।

देवी सरस्वती ने कहा, "आज गणपति देव के दोनों पुत्र दीक्षित हुए और उन्होंने विद्या और ज्ञान के क्षेत्र में निःसंशय होकर प्रवेश किया। ज्ञान का यह निःसंशय रूप है। संशयात्मक ज्ञान द्विकोटिक होता है। वह चित्त को दो भागों में बाँट देता है, तर्क और कल्पना सिखाता है पर सच्चे ज्ञान में दृढ़ता होती है। ज्ञान और गान जीवन को समस्थिति में रखते हैं। वैदिक काल से ही गेय मंत्रों का गान सामवेद के रूप में प्रचलित रहा है। यह गान दो प्रकार का है : मार्ग और देशी।

शिव के द्वारा समर्थित गान मार्ग-संगीत कहा गया है। जो विभिन्न देशों के अनुसार लोकरंजन के लिए अनेक रीतियों में प्रकट हुआ है, उसे देशी-संगीत कहा गया है। ऋषियों के बीच यह संगीत विद्या गांधर्व विद्या के रूप में प्रचलित थी। सामवेद का ही उपवेद गांधर्व वेद है और इनके चार आचार्यों में हनुमान जी भी प्रमुख हैं। पुत्र क्षेम! तुम्हें मैं शुभ नाम से भी उच्चरित करूँगी और प्रिय पुत्र लाभ! आज तुम विद्या के गहन और विस्तृत क्षेत्र में पदार्पण कर चुके हो। विद्या व्यापक शब्द है। इसमें कला, धर्म और दर्शन तीनों का समन्वय है। दर्शन के क्षेत्र में यह विद्या अध्यात्म तक ले जाती है और आत्मज्ञान में सहायक होती है। धर्म के क्षेत्र में विद्या तीनों वेद अर्थात् त्रयी धर्मशास्त्र, जो मूलत: समाजशास्त्र है, का ज्ञान कराती है। पौराणिक दृष्टि से यही विद्या साधना और तंत्र के रूप में व्यक्त होकर महाशक्ति दुर्गा और माता पार्वती के दिव्य रूपों का साक्षात्कार कराती है। कला के क्षेत्र में यह विद्या अनेक शिल्पों के रूप में ललित कलाओं और उपयोगी कलाओं के रूप में प्रकट होती है। यह कला जीव मात्र के आनन्द और कल्याण का साधन भी बनती है और मनुष्य मात्र की जीविका में भी सहयोग करती है। और भी व्यापक रूप में देखो तो यह विस्तृत व्यापक आकाश ही महाकाल है, अन्तरिक्ष का मध्य आकाश काली है और यह सम्पूर्ण सुन्दर पृथ्वी ही कला है। इसलिए जब कोई कला की उपासना करता है तो समझो वह माता पृथ्वी को ही पूज रहा है। उपनिषदों ने माना है कि विद्या तो अध्यात्म-विद्या है जो विद्या-रूपी अध्यात्म और अविद्या-रूपी भौतिकता को जान लेता है, वही वास्तविक अमृतत्व को प्राप्त करता है। यह विद्या ब्रह्मज्ञान ही तो है : 'परमोत्तम पुरुषार्थ साधनीभूता विद्या, विद्या, ब्रह्म ज्ञानस्वरूपा।'"

इतना कर महाभागा सरस्वती मौन हो गईं। दिग-दिगन्त उनकी तुमुल जयध्वनि से गूँज रहा था।

48

तबसे सहस्त्रों अगणित वर्ष बीत गए। इस वर्ष भी शीतकाल आते ही हिमालय के पर्वतों और कैलास पर हिम-वर्षा आरम्भ हो गई थी। समस्त पगडंडियाँ हिमाच्छादित हो गई थीं। बड़े-बड़े बर्फीले ढोकों ने सारा मार्ग अवरुद्ध कर दिया था। विशालकाय वृक्ष ऊपर से नीचे तक श्वेतवसन धारक योगियों की तरह ध्यानस्थ खड़े थे। कहीं कोई न हलचल थी, न आहट। केवल कहीं-कहीं वृक्षों के पत्रकों पर जमा हुआ हिम पत्तों से नीचे लुढ़कर हल्का-सा शब्द कर देता। वर्षा की बूँदों की तरह हिमपात हो रहा था। सर्वत्र एक नीरव शान्ति व्याप्त हो गई थी।

शीतकाल के आरम्भ होते ही शिव अपनी एक प्रिय कन्दरा में जाकर समाधिस्थ हो गए थे। समाधि में जाने के पूर्व पार्वती ने उनकी विधिवत् पूजा और प्रार्थना की और कहा :

"प्रभो! आप जब-जब एकचित्त होकर समाधि में लीन होते हैं, मुझे अपने विवाह के पूर्व आपकी सेवा में दत्तचित्त होकर संलग्न रहने का ध्यान आता है। आपकी समाधि आपके महान् और दृढ़ रूप का स्मरण दिला देती है। उस समय भी आपने सम्यक् प्रकार से अपने मन का आधान कर उसे केन्द्रित कर लिया था। अष्टांग योग के यम, नियम, आसन, प्राणायाम, प्रत्याहार, धारणा और ध्यान से होते हुए आप समाधि दशा में स्थित हुए थे। आपके योग की उस चरम स्थिति की मैं साक्षी रही हूँ। आपने अपनी यौगिक साधना से चित्त की समस्त वृत्तियों का पूर्ण निरोध कर लिया था। प्रमाण, विपर्यय, विकल्प, निद्रा और स्मृति नामक चित्तवृत्तियाँ आपके वशीभूत थीं। उस समय आप असंग, अनासक्त, विरागी दृष्टिगत हो रहे थे तभी तो देवताओं के

कुचक्र से, कामदेव के असमय पुष्प-काम-सन्धान से, आपके तीसरे नेत्र की ज्वाला से उसे दग्ध होना पड़ा था। धीरे-धीरे आप संप्रज्ञात समाधि से असंप्रज्ञात समाधि की ओर चले गए थे जहाँ ज्ञान, ज्ञाता और ज्ञेय का भेद बिलकुल मिट जाता है। ऐसा परम वैराग्य जगता है कि सभी बाह्य अन्त:वृत्तियाँ निरुद्ध हो जाती हैं। उस समय बस केवल संस्कार मात्र ही शेष रह जाता है तभी तो इसे निर्बीज समाधि की संज्ञा दी गई है। उसमें आप विशुद्ध हैं, वह दशा उपाय-प्रत्यय की होती हैं जिसमें अविद्या नष्ट हो जाती है और चित्त ज्ञान में समाहित और स्थिर हो जाता है।"

शिव ने टोका, "देवि! समाधि में मैं लीन होता हूँ पर उसकी समस्त स्थितियों का ज्ञान आपको प्राप्त हो गया है। पर आप तो कभी समाधि के अतल तल में डूबने का सुख नहीं लेतीं। क्या इसमें आपकी रुचि नहीं है?"

"प्रभो! मुझे आपमें रुचि है तो आपके सभी क्रिया-कलाप भी मुझे प्रिय हैं। मैं जानती हूँ आप जगन्नियन्ता हैं। आपकी भृकुटि के संकेत पर यह ब्रह्मांड क्रियाशील है पर जब सृष्टि का चक्र पूरा होता है तो आपकी तर्जनी के संकेत बदल जाते हैं। पद-क्षेप में तांडव की तीव्र गति का एक परिवर्तनकारी दृश्य उत्पन्न हो जाता है और आपके तीसरे नयन के खुलने और भ्रू-चाप से सृष्टि प्रलय में डूब जाती है। मैं तो सदैव आपकी सहयोगिनी हूँ, राक्षसों के अनाचार का शमन मुझे करना होता है, शाकम्भरी के रूप में पृथ्वी को मैं शाक और अन्न से परिपूर्ण करती रहती हूँ। आपके समाधि-काल में मैं निरन्तर आपकी सेवा में तत्पर रहूँगी।"

शिव ने सन्तुष्ट-भाव से अपने को समग्र रूप से एकत्र कर निर्बीज समाधि के लिए तैयार कर लिया और आँखें बन्द कर लीं। उस समय उनके मुख पर दिव्य प्रकाश की झलक थी। पर्वत की वह कन्दरा इतनी दीप्तिमान थी कि लगता था कि वहाँ अनेक सूर्य एक-साथ उदित हो गए हों।

वक्रतुण्ड को पिता शिव की समाधि की सूचना कुछ विलम्ब से मिली। वे पिता के दर्शनों के साथ-साथ उनसे संलाप करने के लिए व्यग्र थे। इस बार यात्रा से लौटने में उन्हें विलम्ब हो गया था। वे अपनी पत्नियों सिद्धि-बुद्धि और अपने दोनों पुत्रों के साथ प्रजापति विश्वरूप के आमंत्रण पर अपनी श्वसुराल चले गए थे। वहाँ सब प्रकार के सुख-साधनों और सत्कार के बीच रहते हुए भी उन्हें अपना कर्म-क्षेत्र स्मरण में आ रहा था। वे पृथ्वी की चिन्ता से व्यथित थे। वे जानते थे जो असमर्थ और असहाय हैं उन्हें करुणाभरी दृष्टि चाहिए, सहानुभूति और समवेदना चाहिए। जो हमारे दुख को अपना समझ कर अनुभव करे तभी तो वह समवेदना का बोध कर सकता है। वे पिता की समाधि से आज स्वयं को अकेला अनुभव कर रहे थे।

माता पार्वती से क्या कहें, कैसे कहें, उन पर भी तो समग्र सृष्टि का भार है। आज गणपति को स्पष्ट लग रहा था कि देवता होना सरल कार्य नहीं है। यह तो दूसरों की चिन्ता से चिन्तित होने की कला है, दूसरे की पीड़ा में स्वयं को लय कर देने का उपक्रम है। तभी उन्हें देवर्षि नारद का स्मरण हुआ। वही तो हैं पृथ्वी और आकाश के पुल, देवता और मनुष्य के बीच की कड़ी। पृथ्वी उनके लिए 'हस्तामलकवत्' है, जैसे हाथ में पड़ा हुआ आँवला हो। वे पृथ्वी के समस्त गुणों, अवगुणों, सीमाओं और शक्तियों से परिचित हैं। उन्हें ही क्यों न बुलाया जाए?"

गणपति ने ध्यान-योग से देवर्षि का स्मरण किया। उस समय देवर्षि आकाश-मार्ग से कहीं समीप ही थे और संयोगवश पृथ्वी पर ही उतरने को इच्छुक थे। वे गणपति का आमंत्रण पाते ही इच्छा करते ही वहाँ प्रकट हो गए।

"गणपति प्रभो! आपने स्मरण किया और मैं उपस्थित हो गया। यह नितान्त संयोग था कि मैं आपके समीप ही आकाश-मार्ग में था अत: आने में मुझे विलम्ब नहीं हुआ। मेरे लिए आपकी क्या आज्ञा है?"

"नारद जी! हजारों वर्षों से मैं द्वन्द्वग्रस्त ऊहापोह में पड़ा हूँ, मुझे अपना योद्धा-रूप प्रिय नहीं है। इसी विद्रोह-भाव के कारण मैं अपने चार हाथों वाले रूप में भी केवल एक हाथ में परशु धारण करता हूँ। दूसरे हाथ में कमल का पुष्प, तीसरे में मोदक और चौथे में अभय वर-मुद्रा होती है। युद्ध किसी समस्या का समाधान नहीं है। वह एक समस्या मिटाकर दूसरी समस्या को जन्म देता है। मैं पृथ्वी का शास्त्र जानता हूँ पर उसके व्यावहारिक रूप से आप अधिक परिचित हैं। आप राज्यों, नगरों, ग्रामों, वनों, पर्वतों, नदियों, समुद्रों से लेकर जीव-मात्र का लेखा-जोखा रखते आए हैं। पहले मैं आपको पृथ्वी का शास्त्र बताना चाहता हूँ, फिर आपसे आज के काल के सम्बन्ध में प्रश्न करूँगा। नारद जी! यह विराट् पृथ्वी देवी मानी गई है। द्यौ अर्थात् आकाश को पिता और पृथ्वी को माता माना गया है। ऐतरेय जैसे ब्राह्मण-ग्रन्थ बताते हैं कि पृथ्वी समुद्र की मेखला धारण करती है, शतपथ-ब्राह्मण इसे 'सृष्टिज्येष्ठ' और 'प्रथम सृष्टि' की संज्ञा देते हैं। अथर्ववेद के 'पृथ्वी सूक्त' में भी पृथ्वी को माता और जीवधारी मनुष्यों को उसका पुत्र कहा गया है। यह पृथ्वी गो रूप में भी वर्णित हुई है, वह ऋत और सत्य की साक्षी है, मनुष्य की जीवन-निर्देशिका है। नील विष की तरह विष्णु समस्त आकाश-मंडल में व्याप्त हैं और उसकी पत्नी के रूप में पृथ्वी का स्मरण और नमन किया गया है।

"यह पृथ्वी 'पृथिवी' भी कही जाती है। वह एक ठोस आधार है जिस पर सभी प्राणी और पदार्थ ठहरे हुए हैं। पृथ्वी का प्रत्यक्ष रूप तो यही है कि हम उसे विविध रूपों में देखते हैं। इसमें प्रकृति के सौन्दर्य का साक्षात्कार करते हैं, उसे छूते हैं।

उसकी गन्ध का अनुभव करते हैं पर पृथ्वी का जो अधिष्ठाता देवता है वह अप्रत्यक्ष है। हम प्रत्यक्ष पृथ्वी से ही उसका अनुमान लगाते हैं। यह भूमि-देवता, पृथ्वी रहस्यमय है। वह शक्ति है, ऊर्जा है। वह पृथ्वी इसलिए कहलाती है कि वह पृथुल है, अत्यन्त विशाल है। शुक्ल यजुर्वेद कहता है वह 'जीवनदानु:' अर्थात् जीवन देनेवाली शक्ति है। ऋग्वेद यह भी कहता है कि वह सृष्टिकर्त्ता के पैरों से उत्पन्न हुई है इसलिए उसका नाम पद्या है। आश्चर्य की बात तो यह है कि देवता भी पृथ्वी पर ही यज्ञ करते हैं इसलिए उसे 'देवयजनी' भी कहा गया है। कभी पृथ्वी को विष्णु-पत्नी तो कभी वर्षा के प्रभाव से 'पर्जन्य-पत्नी' तो यज्ञ होने के कारण होने से 'ऋतस्य-पत्नी' भी कहा गया है। यह पृथ्वी देव-माता भी है, इस कारण वह अदिति कही जाती है। अग्नि को उसका पुत्र माना गया है : 'अग्ने तना पृथिव्या:।' मंगल ग्रह को पृथ्वी का ही पुत्र कहा गया है। यह पृथ्वी वसु या रत्न धारण करने के कारण वसुधा, रत्नगर्भा और वसुन्धरा है; यज्ञों का भरण-पोषण होने के कारण वह 'इज्या' कही गई है; अपने अनन्त रूपों के कारण वह 'अनन्ता' है; स्थिर होने के कारण 'अचला'; विश्व का भरण-पोषण करने के कारण 'विश्वम्भरा' है। नारद जी! इस प्रकार संक्षेप में इस विराट् पृथ्वी का व्याकरण समझा जा सकता है। पर सहस्रों वर्ष बीत जाने के बाद अनेक सभ्यताओं के परिवर्तन के बाद एक बात तो स्पष्ट है कि पृथ्वी का अर्थ केवल आर्यावर्त या भारतवर्ष का दिव्य भाग नहीं है, पृथ्वी उसके आगे भी है। इस सृष्टि में अनेक समुद्र, अनेकानेक पर्वत, अनेक देश, अनेक जातियाँ, वर्ण और भाषाएँ हैं। इस दृष्टि से सृष्टि एक सार्वभौम सत्ता में रूप में दिखाई पड़ती है जहाँ विविध सभ्यताओं और संस्कृतियों का संगम दिखाई पड़ता है। इन सबमें इतना अन्तर और इतनी विभिन्नता है कि देखकर आश्चर्य होता है। मनुष्य-जाति ने अपने लिए अलग-अलग स्तोत्र और प्रार्थनाएँ रच ली हैं। अलग-अलग ईश्वरों की कल्पना हुई। जैसे-जैसे समय बदलता गया है, भक्ति और प्रेम के भी प्रतिमान बदलते गए हैं। इस सम्बन्ध में मैं आपके विचार जानना चाहता हूँ।

नारद बोले, "गणपति देव! आपका स्वरूप पृथ्वी के लिए सदैव शुभ, विघ्नहर्ता रहा है। आपका वक्रतुण्ड रूप दुष्टों को दंड देता है और सरल चित्त के प्रेमी मनुष्यों के मार्ग के विघ्नों को हर लेता है। यह सम्पूर्ण आर्यावर्त का क्षेत्र, भारत देश, उत्तर से दक्षिण और पूर्व से पश्चिम तक प्रत्येक शुभ कार्य में आपका स्मरण करता है।"

"प्रभो गणपति! मानव सभ्यता और संस्कृति के विकास के हजारों वर्षों बाद हम इक्कीसवीं शताब्दी के ईस्वी सन् 2020 के उत्तरार्द्ध में संसार के विषय में विचार कर रहे हैं। अच्छा है कि अब हम देवासुर संग्राम की भूमिका और आर्यावर्त के सत्ययुग,

त्रेतायुग, द्वापरयुग और कलियुग के प्रथम चरण की बात को थोड़ा भूलकर सृष्टि के सत्य का साक्षात्कार करना चाहते हैं। विश्व अब बहुत बड़ा विकसित, शिक्षित और वैज्ञानिक बुद्धि से आगे बढ़ रहा है। अब सत्य तो यही है देव-जाति अनुभूति और स्तोत्र वाचन और अनुभव का विषय बनकर रह गई है। अब तो मनुष्य में द्वन्द्व है, अस्त्र-शस्त्रों का स्वरूप बदल गया। वे सूक्ष्म, अतिसूक्ष्म अणु-परमाणु के रूप में प्रकट हो गए हैं। यह संसार जो 'दुनिया' शब्द से भी जाना जाता है वह पारस्परिक युद्धों, प्रतियोगिताओं और व्यापारिक सम्बन्धों में व्यक्त हो रहा है। प्रेम नितान्त भोगेच्छा को तृप्त करने का बाह्य साधन भर है, अर्थ और काम ही जीवन के मुख्य पुरुषार्थ बन गए हैं। प्रकृति का शोषण हो रहा है और धर्म को यदि गो कहा जाए तो उसके चार पाँवों में से तीन पाँव टूट चुके हैं और वह सिर्फ एक पाँव पर किसी तरह टिकी हुई खड़ी है।"

"नारद जी! संसार वृहत् और पृथुल तो हो गया पर उसमें बड़प्पन का अभाव हो गया। आप आश्वस्त रहें, देवासुर संग्राम की तरह किसी निश्चित स्थान पर युद्ध अब नहीं होंगे पर सद्विचार और कुविचार में संघर्ष तो चलता ही रहेगा। प्रकृति का अधिकाधिक शोषण होगा तो प्रकृति भी चुप नहीं बैठेगी, वह भी विद्रोह करेगी। मनुष्य का अहंकार ही उसे ले डूबेगा। अराजकता, आतंक और महामारी, अनावृष्टि, अशान्ति आदि ईति और भीति से पूरा संसार सीखता रहेगा। जब ज्ञान-विज्ञान, धन-ऐश्वर्य और प्रभुता की शक्ति थक जाएगी तो ईश्वर की भी याद आएगी। यह मनुष्य-जाति अपनी भूलों से ही सीखेगी और अन्ततः बड़े विनाश के बाद भी जो घटित होगा वह किसी-न-किसी रूप में सबके लिए कल्याणकारी ही सिद्ध होगा।"

नारद जी ने प्रश्न किया, "देव! जैसे-जैसे विज्ञान प्रगति कर रहा है, भौतिकता समृद्धि ला रही है, मनुष्य की लिप्सा, पिपासा और महत्त्वाकांक्षा भी बढ़ती जा रही है। इस समय संसार महामारी और मृत्यु की विभीषिका झेल रहा है। अणु और परमाणु युद्ध की आशंकाएँ बढ़ गई हैं। बुद्धि के वेग से प्रमत्त आज का मनुष्य विनाश को ही अपना बल और साधन समझ बैठा है। मार्कण्डेय पुराण आदि ग्रन्थों में जिस प्रलयंकारी महामारी की चर्चा होती रही है, वह इस कलिकाल में प्रत्यक्ष होने जा रही है। ये महामारियाँ मानव-जाति को नष्ट करने का प्रयत्न करेंगी। मानव सभ्यता के लिए इससे बड़ा संकट और विघ्न क्या हो सकता है? इसलिए प्रभो! आपकी करुणा-दृष्टि ही मानव-जाति की रक्षा कर सकती है।"

"प्रिय नारद जी! अपनी बुद्धि के आज्ञाचक्र में पड़ा मनुष्य स्वयं अपनी असहायता का कारण बन जाया करता है। मनुष्य की यह विशेषता है कि वह बार-बार भूल करता है और बार-बार स्वयं को सुधारने का प्रयत्न भी करता है।"

"प्रभो! भारत का महाराष्ट्र क्षेत्र भाद्र कृष्ण चतुर्थी से चतुर्दशी तक आपकी मूर्ति पूजा में संलग्न हो जाता है। देव! आपका दिव्य अष्टविनायक रूप महाराष्ट्र के पुणे नामक नगर के समीप महान् तीर्थों के रूप में अवस्थित और पूजित है। सारा देश 'गणपति बप्पा मोरेया' के नाद से गुंजरित हो जाता है। आपने मुझे पूर्व में ही बताया था कि आप उन दिनों अपनी प्रत्येक मूर्ति में अपने सम्पूर्ण तेज के साथ जीवन्त हो उठते हैं। महाराष्ट्र के सिद्धिविनायक की भाँति भारत के प्रत्येक क्षेत्र में आपका पूजन, भजन और कीर्तन जन-मानस को शक्ति देता है। काशी के छप्पन विनायक रूप आपके प्रत्यक्ष स्वरूप के दर्शन कराते हैं। विदेशों में भी आपकी पूजा लोकप्रिय है। जापान, चीन, कम्बोडिया, अमेरिका, ब्राजील आदि अनेक देशों में आपकी मूर्तियाँ प्रतिष्ठित हैं। मेरा विश्वास है जब-जब विश्व को मंगलकारी भावों की आवश्यकता पड़ेगी, लोग गणपति की शरण में ही आएँगे।"

गणपति वक्रतुण्ड ने तृप्ति-भाव से कहा, "नारद! मैं सदैव मनुष्य-जाति का हित साधक हूँ, उनके सुख-दुख में उनका सहचर हूँ।"

नारद बोले, "हे वक्रतुण्ड! हे गणपति देव! आपका स्वरूप पृथ्वी के लिए सदैव शुभ, विघ्नहर्त्ता का रहा है। आपका वक्रतुण्ड रूप दुष्टों को दंड देता है और सरल चित्त के प्रेमी मनुष्यों के मार्ग के विघ्नों को हर लेता है। आप संसार के सभी जीवों का दुख हरें! यह सम्पूर्ण आर्यावर्त का क्षेत्र, भारत देश, उत्तर से दक्षिण और पूर्व से पश्चिम तक प्रत्येक शुभ कार्य में आपका ही स्मरण करता है। वक्रतुण्ड! संसार सत्पथ पर चले, शोषण और जाति-भेद नष्ट हो। स्त्रियों और पीड़ित दलितों को सच्चा सम्मान मिले। आपकी कृपा से मनुष्य मात्र का कल्याण सम्भव है। आप जीव मात्र के अधिपति हैं। आप सदैव हमारे साथ रहें और हमारा नमन स्वीकार करें।"

वक्रतुण्ड की करुणामय प्रफुल्ल-मुद्रा उनके 'तथास्तु'-भाव और परम शान्ति का दिव्य अनुभव करा रही थी।

॥ ॐ शान्तिः शान्तिः शान्तिः ॥